U0607649

苦儿流浪记

Sans Famille

[法]埃克多·马洛◎著

章衣萍 林雪清◎译

长江出版传媒 长江文艺出版社

Sans Famille

名家推荐

这是一部最伟大的爱的教育！儿童们少年们喜欢看的。

这是一部最伟大的力的文学！儿童们少年们应该看的。

这本书中的苦儿路美，他吃了很多的苦，终于成为了一个社会上有用的人，并且骨肉团圆，始苦终乐，是值得中国的少年或青年看的。

——柳亚子先生评

我们应该明暸教导儿童重要的原则，如暗示法，替代法，鼓励法等。这书便用许多暗示法替代法鼓励法等，教苦儿怎样去努力。

——陈鹤琴先生评

单就"布尔乔亚"的立场，来估计价值，这本《苦儿流浪记》是很好的一部儿童读物，因为它对于谜样的人生，能够描写得很美丽，尤其对于家庭的爱。译笔也很流利。

——林庚白先生评

我想：苦儿不读这书，还情有可原；富儿如果不读，那就该打了。

——汪原放先生评

用艺术的笔法，描写出人道大义的形象，多美化呵！

——陈之佛先生评

书中的小孩路美，是一个顶天立地的好汉。独行其是，百折不回。希望读这书的中国少年和青年，也能够受到他独立创造的勇敢精神的影响。复兴中国民族是需要这种勇敢精神的。

——刘海粟先生评

《苦儿流浪记》是一部教育小说，也可说是一部儿童生活教育指导要籍。读了使我们认识我们的生活该怎样去努力！

——徐晋，于本书再版时。

扫码上对话
AI成长伙伴
☑ 故事收音机
☑ 收看成长课
☑ 趣味测一测
☑ 读书分享会

苦儿流浪记序

人生两个宝；

双手与大脑！

用脑不用手，

快要被打倒；

用手不用脑，

饭也吃不饱；

手脑都会用，

才算是开天辟地的大好老。

这是陶知行先生的手脑相长歌。一个人——要不是死人的话——用手时不会用脑，便呆头呆脑；用脑时不会用手，便笨手笨脚。事实告诉我们，这一个人即使是活人，也只是活死人了。陶先生说手和脑是"人生"的"两个宝"，确是实话。这"两个宝"，是谁都有的，谁都可以用的；但谁会用呢？老实说：谁都容易会用，谁都不容易会并用啊！

《苦儿流浪记》中的苦儿路美，他会用这"两个宝"了，他会并用这"两个宝"了！他不是天生就会并用这"两个宝"的，可是他有手，他会拼命地用手，他有脑，他会拼命地用脑，他会拼命地用脑时拼命地用手，他会拼命地用手时拼命地用脑。他视为母亲的奶妈宝莲教他那样用手时，他便拼命地那样用手的同时去拼命地那样用脑。他认做亲生父亲一般的花匠亚根教他这样用手时，他便拼命地这样用手的同时也去拼命地这样用脑。他口口声声称做一生唯一的大恩人的师父李士老人教他这样那样地用手用脑时，他也就拼命地这样那样地用手时去用脑，这样那样地用脑时去用手。苦儿路美，真的是手脑都会用的好孩子呵！所以结局，他不被人打倒，他饭也吃得饱，他是苦儿，他是开天辟地的大好老了！

章衣萍先生和林雪清女士合译这部《苦儿流浪记》，不避辛劳地译了六个多月，他们说是并不辛劳；因为这个开天辟地的大好老苦儿路美的事迹，有激励他们奋勇译述的力量。我也为了这部《苦儿流浪记》，足足花了一个月时间亲眼校阅过，因为它也有吸引我乐于校阅的力量，所以在这一个月的校阅期间内我也并不感到麻烦，枯燥，厌恶，疲劳。自然，这部伟大的《苦儿流浪记》，是值得我们先睹为快的；尤其是小孩子们，它能尽量忠实地指导小孩子们怎样去用手时用脑，怎样去用脑时用手，怎样去向严雪烈日狂风暴雨的境域前进。怎样去和饥饿寒暑疾病盗贼诸魔力奋斗——做一个开天辟地的大好老来。

大约这部伟大的《苦儿流浪记》出版那一天吧，我要把它寄给我最最疼爱的正在小学念书的女儿瑶华看，叫她也学学苦儿路美，拼命地用脑用手，拼命地用手用脑，一样地做一个开天辟地的大好老，我想。

张一渠

1933.3.16

题苦儿流浪记代序

这像是一个仁慈的女人！
她有春水般爱的柔情，
涵养著我的心灵；
她有烈火般爱的热情，
燃烧着我的心灵。
我的心灵呀，
尤其孩子们的心灵，
花一般地在她的爱的嘘拂之中萌发，生长，荣润！

曾泽

1933，中国儿童节前半月

《苦儿流浪记》序

　　莫奈德(Hector Malot)的《苦儿流浪记》(原名San Famille)是法国一部很有名的小说，几乎有全世界的译本了。我国从前也有包天笑的译本，是删节的，是文言的。我一向爱好这书，因为这是很好的一本教育小说，读了令人兴奋的。但是要译呢，没有功夫，自己也觉得没有那么大的能力，总是想想就算了。但我很欢喜认识林雪清女士，因为她的努力和耐心，这部书居然成功了，而且很流利。原书成后曾经纳入曙天和我的修改。因为要给儿童看，所以流利最要紧。我们用的是很完整的本子，大约没有什么遗漏的了。但有时为了方便了解起见，也许加上几句，使儿童更容易看懂。

　　这书中的苦儿名叫路美，(为了人名容易给儿童记着，所以很多把原名改短的)他一直到了九岁，还当那养他的女人是他自己的母亲。那女人待他很好。他在九岁以前，几乎没有见过那女人的丈夫，就是他当作父亲的耶路姆。可是一次耶路姆从巴黎受了伤，辍工回来，却给路美很不好的印象。耶路姆嫌路美："骨格那样柔弱，瘦巴巴的，手脚没有一件像样的。"他要把这苦儿送到孤儿院去。路美发观了他们的祕密，才知道自己不是他们的儿子。路美是怎样来的呢？他原来是一个弃儿，生后五六个月，就被丢在外面，耶路姆捡来的。养到九岁了，耶路姆就瞒了他的妻，去当给李士老人，一个走江湖耍把戏的老人。他有一只猴子，叫做乔利先生，三只狗，一只是卡彼，一只是彼奴，一只是朵儿。他们合成一个"李士班"。路美加入"李士班"后，就跟了李士老人，到处流浪献艺。但是李士老人实在是一个好人。他对路美很好，他教路美懂得许多世间做人的大道理。李士老人教训路美说："凡事都应该留意，而且应该顺从。对于自己所应当做的事，应该用全力去做。这就是处世的秘诀。"

因为李士老人是个好人，所以他的狗也是好的。李士老人说得对："世间有句土话，狗是主人的镜子。只要看看所养的狗怎么样，马上就可以明白它的主人是何等样人。盗贼之狗就是盗贼。农人之狗，就是野狗。亲切而温柔的人的狗，也就温柔亲切。"

他又告诉路美："人们说，什么都靠运气，那是不对的。三分运气，要七分努力。"这都是很好的话。

可是李士老人到处演艺，终于冻死在巴黎郊外了。路美因为抱着卡彼睡，所以还有些活气。一个花匠叫做亚根的，把他救活了。他们的另外两条狗儿，老早全给狼吃去了。猴子乔利也死了。于今只剩得路美和卡彼。路美于是就在花匠亚根家住下。亚根也是好人。路美也就把亚根当作父亲。他描写花匠的劳动生活："我从小在村里就看过了农夫们的工作。但是巴黎近郊的花匠们的劳动，实在使我惊服。那勇气，那精力，都不是我们村里的农夫所能追及的。早上，在离太阳未出前三点钟或四点钟时，就爬起来，这长时间的一日中，不休不息，他们拼命地工作。那勤勉实在使人感叹。我从前，也曾用小孩子弱小的腕力，耕过田，不过在没有到这里来以前，我绝不知道那田园，是可以因耕耘和劳动的，在一年中间，变得没有一个时候是无用的。所以，这花匠的生活，又教识了我以种种活用的学问。"这是很好的教育生活。这就是陶知行先生所提倡的"教学做"的教育。

他在亚根家两年，念了许多植物的、历史的、旅行游记的书。亚根的儿子亚历、泽民，女儿叶琴，小女儿丽色，是个哑子，她同路美很好。可是自然的灾难，却降临在这一家！雨雹打破了花园的玻璃，漂亮的花园，顿时零落，一点也不好了！本来亚根是负了债来造花园的，因此亚根破产之后，又受讼累，只得入狱。一家人也就东西离散了。可是路美始终是一个好孩子，他带了竖琴，牵了卡彼，仍旧度他的流浪生涯。

一个很小的孩子，背竖琴，牵小狗，度他自食其艺的流浪生涯，而不愿意为人的奴隶。这是很值得尊重的自立精神。在他的徬徨的途中，遇见了马撒，他从前见过的喀尔手下的苦孩子。两个可怜的小朋友，凑在一块，努力地向前进。他们的袋里是空的，肚子是饿的，然而，看哪：

季节是这样地温暖，四月的太阳，在明净的大空中辉煌。……

道路是干爽的了，没有一点泥泞，青绿的野外，开着野菊花。各处的庭园，发出盛开的花香；微风吹过时，墙上的花瓣，片片吹落我们的帽上。

小鸟欢乐地歌唱着，燕儿追着渺小的昆虫，掠过地面飞了过去。卡彼更是得了解放，在我们的周围乱跳；它向着马车也吠，向着石头也吠，它不知道是心里高兴，还是什么，总是无缘无故地，向着什么都乱吠。

这是他们离开巴黎时的风景的描写。

以后他们的事更复杂了。路美想去看他心爱的哑女孩丽色，再去看叶琴，看亚历，看泽民。他又想回到故乡斜巴陇，去看看养他的女人宝莲。他们那样穷，沿途献艺，然而路美终想买一匹牝牛，去送宝莲，表示他的一点孝心。

马撒虽然在人贩子喀尔的家里吃了很多苦，但自从跟了路美东跑西走，牵了卡彼沿途赚钱，三个半月的生活，太阳和新鲜的空气，使马撒恢复了健康和活泼的本质。马撒遇着事总看好的半面，不看坏的半面，他是一个小乐天家。

他们先顺路去看亚历，本来是看了就走的。可是因为出了不幸,亚历在炭坑中工作,失慎被压在石炭的底下,伤了只臂。他要休息三四个礼拜才可以工作。路美就自告奋勇,成了亚历的替工。这是一种勇敢的少年精神。

这样路美成了炭坑夫,马撒仍牵了卡彼献艺。路美在炭坑里,遇着一个工人,他是有学问的,大家送他一个绰号,叫做"教馆先生"。他告诉路美:"一个人不单是动动手脚就算的,还非得使用头脑不可。"

这可是陶知行式的哲学的反证了。

在炭坑内工作了若干时,不幸的灾难,又降临到他们的身上。炭坑里发生洪水,湮没了二百多人。路美他们受了"教馆先生"的指示,躲在一个高的地方,躲了十四天,他们六个人,终于被掘得救了。

路美和马撒仍旧走上他们的征途。竖琴挂在肩上,背囊挂在背上,"前进吧",他们牵了卡彼前进了。这一对可爱的勇敢少年!

路美究竟是谁的儿子呢?

我应该追述从前,李士老人因为犯法入狱,路美曾遇着"白鸟船"上的美丽甘夫人。她是一个英国的寡妇,有爵位和遗产。她的两个儿子,大的没有了,小的叫做亚沙,多病,为了转地疗养,他们坐着船,到法国来养病。因为这小儿子若养不大,那些爵位和财产,都得转入叔叔的手里。路美在白鸟船上,受着美丽甘夫人的抚养时,他曾想:像亚沙那样地给母亲疼爱——一天接受了十次二十次的亲吻,若自己也可以自由地和母亲接吻,呀,能够这样的人,是多么的幸福啊!我不能接受我亲生母的接吻,也不能向她亲吻。我是带着了悲惨的命运出世的孤儿呀!不过我或者还能够再碰见那念念不忘的母亲一次吧,这是我最高的希望,最大的喜悦呀!然而我不能再唤她作母亲了。我这一生只有孤单地一个人挨过吧!

这真是无家之儿的悲哀!

李士老人出狱了，路美只好仍旧跟着李士老人去，离开美丽甘夫人和亚沙再度流浪生涯。之后，李士老人冻毙道旁，路美为花匠亚根所救，以后一切的事情，我们在前面也说过了。

路美究竟是谁的儿子呢？

路美的家人去找路美，耶路姆想发财，到巴黎去找路美，找不着，就客死巴黎。路美和马撒从宝莲口中得了消息，回到巴黎找耶路姆时，他已经死了。究竟父亲是谁，这一个疑团，很不容易明白。路美和马撒落到英国的坏人漆德兴手里。路美竟以为漆德兴是他的父亲。但那都是美丽甘·亚森（亚沙的叔父）的诡计。后来，漆德兴一家做贼，路美被捕入狱。脱逃之后，再回法国找美丽甘夫人。那时美丽甘夫人已到瑞士的日内瓦湖边，与亚沙在那里住下养病。

听了唱"拿破里之歌"，发现丽色已经会说话，那真是很好的消息呀。而现已经过见美丽甘夫人，把美丽甘·亚森要杀死亚沙的诡计告诉她。哪知道，美丽甘夫人，已经找到宝莲妈妈，才知道路美就是他的失掉的大儿子。"婴孩的襁褓，白外套，花边的鞋子，帽子"都作了证人。路美究竟怎样丢的呢？我们且看美丽甘夫人与美丽甘·亚森的对话：

美丽甘夫人不等他开口，就说："我请了你来，并不为别的，"夫人的声音带抖，然而很镇静地说，"做婴孩时被偷了的我的大儿子，现在才找到，所以我想叫他见见你。"夫人紧握着我的手接着说："这小孩子就是的，可是你也想是早已知道了吧。因为在偷了这小孩子的人的家中，你已经是检查过他的身体的。"

"到底这是什么一回事……"亚森还想装做不知，但是面色已经完全变了。

"那男子做了贼，去偷教堂的东西，现在被关在英国的狱中，他已经把这件事完全自首了。这里有证明此事的证书。他自己说明怎样偷这小孩子，怎么样把他丢在巴黎的伤兵院前，怎么样为了隐藏证据，把襁褓的徽章剪了，一一都说出来了。这里是那襁褓。拾了这小孩子养育了他的慈善的妇人，将这些东西保留了起来的。请你拿来看看，这证明书也请你读一读。"

亚森的诡计暴露，他就是强辩也没有用了。从此，路美成了美丽甘夫人的儿子，亚沙的哥哥。而且，马撒和丽色，也成了他们"一辈子离不开的朋友"。

这是《苦儿流浪记》的小说的大概。

这篇小说是很动人的。我们看了小说中的描写人物，如路美，马撒，李士老人，花匠亚根，莫不活灵活现。而且，无论写景写情，都十分美丽。这是值得我国的少年儿童人手一编的有趣味和有益的书。

"十年后"的团圆，我们不消说了。那都是努力奋斗的结果，是勇往直前的精神的好收获。我们看了丽色成了路美的夫人，而且马撒成了伟大的音乐家，我们也来高唱一声庆祝之歌吧！

愿《苦儿流浪记》成为我们全国少年们儿童们的好朋友！

1933.4.22

绩溪章衣萍

目录

生 长

　　我一直到了九岁，还当那养我的女人是我自己的母亲。每次我哭泣时，那女人就跑到我身旁来，抱着摇我，直等到我泪干时才止。我没有一回不是接受了她的接吻才上床睡觉的。十二月刺骨的冷风，飞着大雪，吹到那冰冻的玻璃窗上的夜里，她曾拥抱了我冰冷的双足，给我取暖，一面还唱歌给我听，那歌儿的调子和语句，到现在还有些牢记在我的耳朵里。

　　当我把家里的牝牛带到田野去放牛时，时常碰着了骤雨；这时候，她就从别的地方跑到我身旁来，让我骑在她的肩上，撩起衣裳，盖住了头，然后把我带回家里去。或者我和别的小孩子噪闹，哭了回来时，她就很温柔地劝慰我，直到我不哭了为止。之后，她就教训我，指正我的错处。

　　她说话时很温柔，眼睛里充满了慈爱的光，她是非常疼惜我的。即使她骂我的时候，还是含满了温柔。这种种地方看来，都使我只当她是我真的母亲。

　　我自从发现了下面的事情之后，才知道她并非我的生母：——

　　我们的乡村，叫做斜巴陇，是法兰西中部一个很穷僻的乡村。这乡村之所以贫穷，并非农人们的懒怠所致，完全是因为地方不良的原故。眼界所及处，都是长遍了羊齿类和灌木的荒地，其间虽还有些丘陵的起伏，然而，在这不十分高的小山上，却时常吹着强烈的风，所以稍高大一点的树木，是不能生长起来的。不过山谷低处，也有不少的粟树与槠树。谷底还有急流的浅涧，向辣尔河流去。细小的耕地与人家，沿着这小河的两旁散处，我就是住在这散处的一家中，听着溪流的歌声，长大了的。

在这故事未开始以前，我在这家里，没有看见过一个男子。可是母亲（我总当她是自己的母亲的那女人）并不是寡妇。她的丈夫是一个石工。这地方的劳动者，都是到巴黎去找工做的，她的丈夫也一样的，在巴黎工作。但是自从我懂得人事以来，他却一次也不曾回到村里来过。这村里，同他在巴黎一起做工的同乡，有时回乡时，他便托他们，带了一点钱回家里来。这时候他们不说别的，照例有几句话："耶路姆身体平安。时时都有工做，你们不必系念。这是他托我带回来的钱，你算算有没有错。"

母亲只要听到这几句话就满足。大家看见了她的丈夫不回来，就以为是他们夫妇不和，那是错的。母亲时常告诉我说，巴黎是最好嫌钱的地方，所以在能够做工时，就在那里做工，等到积下了一点钱，足够安安乐乐地过以后的日子时，他就会回来的。

在十一月的一个黄昏，我正在门口斩树枝烧火，来了一位素不认识的男子，问我这里是不是耶路姆的家。我告诉他这里就是。于是，他就推开了柴门跑进去。我从没有见过这样一个满身是泥的人，泥水一直溅到了帽子上，那双鞋子像从泥田里拔起来的一样，只要一看，便知道他是在泥泞的道路上，走了好几里路来的。

母亲听到人声，跑了出来时，他已经跨进了屋子里来了。他马上说："我是从巴黎来的，有话要对你们说……"

但是，这话语和从前的有点不同。他并没有接着说，那我们时常听惯的"耶路姆身体平安。时时都有工做……"的几句话。母亲合着手掌，声音带抖地说："耶路姆一定有什么事发生了，呀，我的上帝呀！"

　　"唔，用不着那样惊怪，耶路姆不过是受了伤，决不会就死的，你安静点吧。不过，或者要成废人，也未可定，但是，也许不会有这样的事吧。现在，唔，他住在疗养院里，我也是住在那里的，因为病好了，要回家里去，所以耶路姆就托咐我，叫我顺路来说一声。好，太阳已经下山了，我还要赶上三里很坏的路程啦！我要走了。"

　　当那男子想要回去时，母亲因为还想探询得更详细些，所以把他留住了。"在黑夜里要赶上三里这样坏的山路，那是不行的。并且听说山顶还有狼犬出没，惊扰行人。所以还是在这里住一夜，明朝再动身好。"母亲这样说了，把他留下来了，赶快请他吃夜饭。于是，那子就坐近炉边，似乎饿得很地拿起叉子来吃东西，一面把耶路姆负伤的详情告诉我们。

　　据他说，耶路姆正在做工的那地方，忽然那造房子的木架子倒了下来，把耶路姆压住了。可是包工头说：那时候他不应该站在那地方的，所以不答应给他抚恤金。说话的要点不过是这样。那男子还继续着说："耶路姆真没有好运气，要是运气好的话，那他可以领到一生的抚恤金的，但是那贪婪的包工头，一个钱也不情愿出。所以，我劝耶路姆和他打官司。"

　　母亲睁大眼睛说："打官司！打官司是费钱的事，怎么做得到……"

　　"不过，唔，你要想想把官司打胜了，是多么的好呀。"

　　第二天，那男子一早就回去了。母亲担心着想了一夜，想到巴黎去看一看。可是，那么远的旅行，要花费许多钱的旅费，我们穷人，哪里轻易做得到呀！想来想去，想到没有法子时，母亲就跑到村里的教堂，去找牧师商量。牧师劝她不要匆匆忙忙就跑到巴黎去，倒不如待他写封信去问问，等回信来再说。他就替我们写了一封信寄到耶路姆住的医院去。

不上几天，我们就接到耶路姆的回信，说："就是到巴黎来，也没有什么法子，而且现在正在和包工头打官司，所以无论如何，还不如想法子寄点钱来。"

因此，母亲就把到巴黎去的念头打消，辛辛苦苦，找到了一点钱，寄到巴黎去，不久，耶路姆又有信来了，那是因为费用不够，又来催钱的信。母亲只好东拉西扯，总算又寄了一点钱去。但是，第三回来催促时，一切的力量与希望都告尽了。写信去告诉他再不能想法子时，他又再来信，说："把牝牛卖了，凑一些些钱寄来吧！"可是，把牝牛卖去，这在农民，是多么悲惨的一回事呀！曾经在法兰西的乡村里住过的人们，一定立刻就明白的吧。在博物学者看来，牝牛不过是一种反刍动物；到郊外去散步的人们，牝牛只当是点缀风景的东西；在都会的绅士看来，以为牝牛不过是喝咖啡时和制造奶油的好材料吧。然而，在农民呢，世界上面再没有比一头牝牛再宝重的东西了。无论是怎么穷苦，怎么样多子女的农家，只要在牛栏里有一头牝牛，那就是这一家族决不至饿死的保证。白天只要一个不会做什么事情的小孩子，把它带到田野去，它就会自己吃草，一点不费事。可是这样，那一家的晚餐的汤里，就有自家制的奶油，也有牛奶煮的马铃薯，早晨的咖啡里呢，另有无上的味道和滋养。父亲母亲，老人小孩，全靠着这牝牛过日子。

我们也是这样。我和母亲虽然很不容易有肉吃，然而有这路热特（牝牛的名字）在，我们不会有缺少牛奶的日子，我们可以得到十分的滋养。路热特不只是我们二人的生命之泉，它是我们的伴侣，是我们的朋友，不，我们还当它是我们家族的一人呢 我们时常当它是谈话的对手，路热特也会明白我们所说的话。而且，路热特所想讲的话，我们也可以从它那润泽柔和的眼中看出来。真的我们三人是一辈子都不愿离开的家族呀。然而，现在，无论如何，除了与路热特分离之外，再没有使耶路姆满足之道了。

牛贩子来了。他装出很不合意的神情，侧首摇头端详路热特之后，说，这样的瘦牛，真没有办法，买了也做不到生意。不会有好的奶吧，奶油也不会好的，买了它只有自己吃亏，不过，就算帮帮你这老实有名的婶婶的忙，买了它去吧。

刚想把牝牛从牛栏里赶出来时，路热特似乎懂得人们所说的话，死站住了四只脚，发出悲伤的鸣声，死活不愿意出来。牛贩子把鞭递给我，叫我转到它背后，用鞭打它的屁股。母亲不答应他这样做，自己拿起了勒口索，温柔地像哀求一样地说："啊，出来吧，路热特，你出来吧！"

路热特不再抵抗了，爽爽直直走出来，但是当它用那像要诉苦般的潮湿的眼睛看着我们时，我的心里实在难过极了。牛贩子把路热特牵了出去，把勒口索系在运货的马车后，带了去了。我们也走进屋子里，但是路热特那可怜的鸣声，远远可以听得见。

我们再没有牛奶吃了，也没有奶油吃了，早上是一片面包，晚餐也只是马铃薯和盐。卖了路热特之后，没有多少时候，就是"谢肉祭"的节日。去年的此日，母亲也像其他的法国人们一样，做了大圆面饼，和包果实的大饼。当母亲看见我吃得很多很多时，她是多么的高兴呀！

但是，今年此日呢，没有溶混面粉的牛奶，没有煎大饼的奶油，哪里还有"谢肉祭"，一切都完了 这是多么伤心呀！然而到了"谢肉祭"的那天，母亲给了我以意外的盛餐。她到临近的人家里去要了一些牛奶，又到了别的一家去分些奶油。当我午后回到家里一看时，母亲正在把面粉放入蒸笼内，我赶快跑到母亲身旁，叫了起来。

"呀！面粉！"

母亲看见我睁圆了眼睛的面孔，含着微笑说："唔，是面粉啦，路美! 你摸摸看, 这是很细的上等面粉啊! "

我想问问这面粉要拿来做什么, 但是这句话涌到咽喉时, 我拼命地咽住了, 装出不开心的样子。我知道家里一点牛奶一点奶油都没有了, 要使母亲想起了大圆面饼的事, 那在我小孩子的心里, 也觉得太凄惨了。母亲看见我不作声时, 她就说: "路美, 你知道面粉可以做出什么东西? "

"面包。"

"还有呢? "

"还有……唔, 什么呢, 我不晓得。"

"不, 你晓得的。不过你是一个孝顺母亲的好孩子, 所以不告诉我吧。今天不是 '谢肉祭' 吗? 这是要做大圆面饼和果实饼的日子啦! 但是你知道我们家里没有牛奶, 没有奶油, 所以你装着没有想到的样子吧。呀, 你是一个温存的好孩子啊! "

"呵, 妈妈! "

"你真是孝顺而可爱的小孩子呀, 我怎么能够让你在今天的好日子里伤心呢! 你, 打开这蒸笼看看。"

我赶快把笼盖揭开一看, 呀! 碗里盛着牛奶, 一小盘奶油, 围着碗碟旁边, 四五个鸡蛋和一个苹果!

"唔, 把鸡蛋拿出来, 把苹果皮剥了吧。"

我在剥了皮切苹果时, 母亲把鸡蛋打入了面粉中, 一匙一匙地把牛奶添进, 不断地在小碟子里拌搅。最后再把切好的苹果放了进去, 一齐拌好, 放在热灰上。让它这样地放着, 到了黄昏, 晚餐时候, 这顶好吃的果宝饼就熟了。现在我们只有待时间的过去了。呀, 时间真过得太慢呀!

好容易快要到太阳下山的时刻了。

"喂, 路美! 你也学学做大圆面饼吗? 你把炉火生起来吧, 不要弄得出烟啊。"

这还用说呢！我马上折断了小树枝，生起了火来。祭日的蜡烛点得亮亮地。母亲再用牛奶来调混面粉，加入了砂糖。我遵着母亲的吩咐，把锅子放在火炉上，放进了奶油，这奶油，齐齐地溶化了，久没有闻到的美味的香气充满了全屋子。脂肪热跳的声音，在我的耳朵里，变成了华丽的音乐。现在，我就要把面粉放下去，自己来做大圆面饼了，当我想到了这里欢喜得全身兴奋时，我听到了户外的脚步声。

呀！是谁呀？是谁来这里抢夺我的这幸福呀！？

耶路姆

我想这大概是邻居的人来讨火种的吧,一面把母亲掬起给我的面粉倒入锅子里。突然,有用杖或其他的东西敲门的声音,门猛烈地开了。

"谁呀?"母亲也没有回头,只这样说。

是谁走了进来?炉火的光焰,当面照出了一位穿白洋布工人服,手里拿着拐杖的男子。这男子用粗暴的语调开口说:"什么呀,闹祭日的盛餐么!?"

母亲一看见了这男子的面貌,仓忙地站起来:"呀,是你,耶路姆!"

母亲这样说后,牵起我的手,推我到那男子的面前:"路美,这就是你的父亲啦!"

我听说是父亲,就像一般的小孩对自己的父亲一样地,抱住了他,想和他接吻,但是耶路姆却举起手里的拐杖隔住了我,对着母亲说:"这小家伙?唔,你瞒着了我随便乱说……"

"可是,耶路姆,那太……"

"这不是骗了我吗?"

耶路姆斜执着那粗大的拐杖,向我走近了三四步。我也不觉向后倒退。我做错了什么事吗?我只为了想向他接吻,并没想到他会这样的对我不好。

"谢肉祭的庆祝吗,这太摆架子了。"耶路姆回看了四周说,

"肚子饿得要命了,有什么给我吃的东西吗?"

"现在正在做大圆面饼啦。"

"那不用你说,我也知道,但是,我能够吃面饼吗!跑了十里路来,腿子像木头一样的啦。"

"可是,我们一点也没有预备啦,我们并不知道你要回来。"

"那么晚饭也没有得吃吗?"他看见了碟子里的奶油,"唔,这里还有奶油。还有……"

他看看天井,那是常挂着猪油的屋梁的钩子,本早已空悬着了好久了,不过孤孤单单地还有一点点干的大蒜头和洋葱头。

"唔,还有洋葱头。"他用手里的拐杖敲了几敲,打落了四五个葱头,"有了这个东西和奶油,大可以做一碗特制的好汤,喂,走开吧!"

他推开了我,拿起锅子来,把我那还没有弄好的大圆面饼,粗暴地弄倒了。

"喂,你做什么?这样慢手慢脚的,不快点给我做汤!"

我只有畏缩起来,向耶路姆所指示的桌子那边走去。母亲忠实地听从他的命令,着手做汤。我躲在桌子角里畏缩地看着耶路姆的样子。他的年岁与母亲差不多,大概是五十岁左右吧,容貌很可怕而且似乎很刻薄,因为负伤,脖子曲向右边,这更使他的样子难看。

"怎么,奶油只有这一点点吗?"

他这样说着,把小碟子的奶油,都倒入锅子里,一点不存。呀!什么都完了!还说什么奶油,什么大圆面饼呀!

然而,我的心里,已经不再想什么奶油,什么大圆面饼,什么果实大饼了。这些东西,随他去吧,我只有想到,这可怕的男子就是我的父亲吗?我的心里是多么难过呀!

我一直到现在,一点不知道关于耶路姆的事情,不过我蓦然地想,要是他是我的父亲的话,那么他一定是像母亲一样地温柔的。但是眼前的父亲是和我的想像离得太远了,我只有感到不可言喻的恐怖和苦恼。

"你为什么总是发呆呢,你又不是木偶,汤盘子也好摆起来啦!"

被他这样一说,我颤栗地把汤盘子拿了出来。这时汤已经煮好了,母亲把汤装往各人的盘子里。

耶路姆离开他围着的暖炉角,就食桌坐下,开始吃东西,因为我的盘子也拢好了,所以又不能吃。耶路姆时时停止了羹匙,盯着眼看我。我真害怕,心胸跳动,哪里还有食欲。但是,为了又怕又想看的心理,我像小偷儿一样时时偷看耶路姆。当我眼睛的视线才刚碰着他时,我又只有垂下头去。

"他时常这样吃不下的吗?"耶路姆用羹匙指着我,向母亲说。

"不是的,他时常吃得很好的,不过……"

"那么,更糟糕啦。最好,不用吃饭了……"

我连说话的勇气都没有了。母亲也很没趣味,无聊地只有给她的丈夫添汤添菜。

"你,不饿吗?"耶路姆催促我的回答。

"不!"

"不饿?那么到那边睡觉去。一上床就赶快睡觉吧。知道吗?不好好睡觉,我是不答应的。"

母亲不做声地递递眼色叫我睡觉去。我当然也没有反抗的意思。

中流以下的农家,大概厨房就是兼做寝室的。我们也当然是这样。近暖炉的那边,并列着食桌橱子之类,对面的靠壁,是母亲的床铺,凹在壁里垂着红布的,是我的寝台。

我赶快把衣裳脱了,将被窝拖出来,钻了进去。这是可以听从命令来做的,但是能不能睡着是另一个问题了。一点也不想睡,心里充满着悲伤的情绪,就算是有了命令,也是睡不着的。

这样可怕的人能够做我的父亲吗? 他是我的父亲,为什么这样地对待我呢?

将面朝壁,勉强想将这念头赶跑,快点睡着,但是眼睛却更加清晰起来。

这时候,我听见了渐次走近我的寝台来的足音。因为那是笨重难移的足音,所以我知道那不是母亲。温暖的呼气吹近我的髪上,同时,一个像压抑着的声音说:"喂,睡觉了吗?"

我不做声。于是,母亲说:"路美睡觉了啦。他一上床就会睡的。……无论讲什么都不要紧啦。"

耶路姆再走开去,同时母亲的声音说:"耶路姆,我最担心的就是那官司啦,到底怎么样了呢?"

"打败了!"

"怎么呀?"

"官司打败,钱也没有了,人也变成残废了。这就已经够了,谁知回家里来一看,那嚼面包的小家伙还在……你为什么不照我所说的去做呀!"

"但是,我做不下手啦……"

"送到孤儿院去,为什么做不下手呢?"

"可是,耶路姆,自己的奶养大的小孩子,怎样能把他送到那种悲惨的地方去呢。"

"真好笑,他又不是你的儿子。"

"……我也曾有一回想照你的话送去,可是那时候刚巧这小孩子病了，所以……"

"病好了时，为什么不把他带去？"

"那也是因为他没有完全好得透，他那咳声真是使人听见也会心痛的。恰像我们可爱的小孩子死去时一样地……把他送到悲惨的孤儿院去时，那断没有生存的希望了。"

"那么，现在不是一点病都没有吗？"

"现在，他年纪也大了，特意养到了这时候……"

"几岁了啦？"

"算九岁了啦。"

"就算九岁了，也没有不可以送到孤儿院去的理由，那在他或许是很可怜的，但是那有什么要紧。他只是到他应该去的地方去罢了。"

"呀！耶路姆，请你不要那样做吧！"

"什么？不要那样做？笨货！我要那样做的。"

二人沉默了一刻。我偷偷地叹了一口气，我的心胸凝住了。我听见了母亲的叹息。

"耶路姆！你到了巴黎后，完全变了另一个人了！"

"是呀，第一，我已经变了这样的一个废人了。以后你想我们怎么样过日子呢？我们已经是一个钱都没有了。牝牛也卖了去，到什么地方去找一片面包吃呢？哪里还有力量养他人的儿子呢。"

"但是，耶路姆，路美是我最宝贝的儿子啦。"

"什么话？路美是你的儿子？不要随口胡说吧。第一，那家伙也像一个农家的小孩子吗？我在吃饭时细看了他，骨格那样柔弱，瘦巴巴地，手脚都没有一件像样的。"

"路美是这村里最好看，最温柔的小孩啊。"

"好看？好看有什么用处呢？温柔也可以当饭吃吗？看看他的

骨格呢! 那样的肩膀, 草畚什么都挑不起来啦。那是城市的小孩子。同我们没有关系的。"

"但是, 耶路姆, 像路美那样的又正直、气质又好、又聪明的小孩子, 是不可多得的。以后一定对我们多少有好处……"

"笨货! 我们能够等待那样久吗? 我已经不能再做工了。"

"可是, 这小孩子的家人来接他时, 我们又怎样打算?"

"他的家人来接他? 蠢货! 要是会来接他的话, 那不知是来了几百次了。我从前也预算, 有一天可以得到多多的谢礼, 所以把他拾了回来, 现在想起来, 那是我这一辈子的错误。那时他包在漂亮的绸缎里, 所以才是那样想啦……他家里的人们, 恐怕是死光了吧。呀, 真倒霉!"

"呀!……我可不是那样想法, 不久他们的家人一定会来吧……"

"唔! 你们女子总是不容易断念的。"

"但是他家人来了时, 你真的想怎么样?"

"还能怎么样呢。告诉他们, 请到孤儿院去吧。呀, 这话不要再说了。真使人生气。明天我到村衙门去一趟, 你也这样想吧! 我现在到朋友那里去一个钟头就回来。"

打开了门, 耶路姆出去了。

忍气吞声的我, 等着他的足音走远了之后, 爬了起来, 哭唤着母亲。母亲吃了一惊, 跑到我旁边来。

"妈妈! 我不愿意到孤儿院里去!"

"啊! 路美, 我怎么能让你去呀!"母亲突然抱紧了我接吻。我心里壮了几分, 所以眼泪也止住了。母亲温柔地说: "你没有睡着么?"

"这也不能怪我不好。"

"我并不是责骂你，我们的话你都听到了？"

"呀！妈妈不是我的真妈妈啊。父亲也不是我的真父亲啊。"

这话一半表示我极端的失望，一半表示我兴奋的情绪。但是她似乎没有注意到。

"路美！你不要恨我吧。我是想待有机会时，要告诉你的，但是我把你像真正的儿子一般地爱惜，你也总当我是你自己的母亲，所以我不愿意随便将此事使你知道，而引起伤心，所以直到今天，没有告诉你……但是你现在听到了。真可怜啊，你是被人家抛了出来的小孩子，你的母亲也不知是生是死。说起这故事来，那是在八年前，那时候耶路姆也是在巴黎做工。当他去上工的一天早晨，走到了废兵院前的树荫路上，那时候虽然还没有人走动，但是他却听到了小孩子的哭声。那是从一个铁门那边发出来的，所以他跑到那边一看时……天空才发白，那时又是二月寒冷的清早，在铁门边放着了一个小孩子。耶路姆抱起了那小孩，想叫唤人来，看看四围时，一个躲在树荫的男子，突然地跑走了，一定是那个人把小孩子抛了，看见有人拾起，所以就放心跑了。小孩子拼命地哭叫，耶路姆那时真的左右为难，刚巧有他的同伴走过，于是他们一块儿到警察的站岗屋子去，在那里给小孩子取暖，但是无论怎样哄他，那小孩总是哭个不停，大家想那一定是他肚子饿了，就把近邻有奶吃的妇人唤了来，让他吃饱，这才不哭了。之后，就是想查查他有没有什么凭据，就在火炉边把小孩子脱光了，啊，那是生后五六个月的肥团团的、蔷薇色的最好看不过的小孩子！而且包裹着他的毛毡和衣服都是上等的东西，那么大家就想这大概是好人家的小孩，为了什么原故把他抛了，要不然就是哪一个去偷了出来抛了的……这据说是那警察的意见。当然他们找不出什么可以做线索的特征，所以警察种种查问之后，说只有送到孤儿院去，但是耶路姆想：这小孩子很康健，就是养育起来，也不必怎么样费事，而且穿的都是绸缎，那么，总有一天他的亲生父母们会送了谢礼来接他回去的。耶路姆有了这种欲望，所以就说自己要养育他，求得了警察的允许，把小孩领了回来。这样，我就做了你的母亲。"

母亲再接着说下去：——

"刚巧那时候我养了一个与你同岁的儿子，所以奶也有得剩，抱了你回来也不见得有什么费事，然而不久，我自己的小孩死掉了。以后，我更加爱惜你，把你当做自己的小孩，一直养到了今日。可是耶路姆可不答应，他说，过了三年若是再没有人来接时，就把你送入孤儿院去。"

"呀，妈妈！求你不要将我送到孤儿院去！"我紧抱了母亲。

"我哪里愿意把你送去呢！路美是我最爱惜的儿子啊。我一定要想别的法子的……其实耶路姆也不是那样可怕的坏人，实在是穷急无赖，想到了以后三餐不饱时，他就这样地自暴自弃……不要紧的，我们以后三个人都找事做就行了。路美，你也会找点事做，赚几个钱来帮帮忙吧？"

"唔，妈妈，我什么事都可以做，只要不要把我送到孤儿院去。"

"一定不会送去的，好孩子，你乖乖地睡觉吧，不要给耶路姆回来看见，省了他吵闹。"

母亲热烈地在我颊上接了吻，就离开我的寝台。

受了强大的感动，我兴奋了起来，就是想入睡，也无法睡得着，那样亲切那样温柔的母亲并不是我真的母亲啊！那么，我的母亲又是怎样一个人呢？是还要更亲切更温柔的人吗？啊！不，决不会的！这世上再没有比现在这母亲更亲切更温柔的人了。

但是我的父亲呢——我想，可以做父亲的人，一定不会像耶路姆那样刻薄，决不是像那样挥动拐杖，用着冷酷的可怕的眼光来睨视自己儿子的父亲。

耶路姆的意思是无论怎么样，都想将我送入孤儿院，但是母亲到底怎样能阻止他呢！

我记得起的，村里有大家都唤他们是"孤儿院的小孩"的两个小孩子。颈上挂着白铁的有号码的牌子，穿着像乞丐般的脏衣服，村里的人们当他们是行开心的东西，任意欺侮。村里的小孩子们，像赶着野犬乱跳一样地，跟在这两个小孩子背后戏谑。恰似野犬是没有保护者一样，这小孩子也没有一个人来保护他们。

呀！我无论怎样辛苦，决不愿意有同这两个小孩子一样的身世。颈上挂着号码牌子，是多么令人不快。说是孤儿院的小孩走过了，那么一大群的小孩子就紧随在后边，是多么的令人讨厌！

想到这里，我就会全身战栗，牙齿互击得发出声来，难以忍耐，哪里还能够入睡。但是耶路姆恐怕就要回来吧，他又要讲出什么可怕的话语来吧。

幸而睡魔比耶路姆来得早，我模模糊糊地睡着了。

这一晚中我不能够安安静静地睡觉，我始终做着恶梦。不过我想母亲一定会劝服了耶路姆，不再提起把我送到孤儿院去的事了吧。

然而，第二天差不多要到正午时，耶路姆对我说，叫我把帽子戴好和他一块儿出去。

我吃了一惊，望望母亲，母亲用眼示意，叫我乖乖地跟他去，她还偷偷地做着手势，意思就是说叫我安心。

那么，真的不要紧吧。我戴上帽子，跟着耶路姆出去了。他到底要把我带到什么地方去的呢？母亲虽然保证给我安心，但是我总觉得有点可怕。

　　我知道了要到村的衙门与人家繁集的地方去，是很远的，走起来要一个钟头才可以走到。我现在就是被带到那里去的。在这长远的路途中，耶路姆只对我说了一次话。他那歪在右边的脖子一点也不动，慢慢地曳着跛足。他大概是提防着我不是柔顺地跟着他跑，所以时时反看背后，然而他的脖子不能够转动，所以他只好全身转过来。

　　我预备着万一的时候，就跳入沟里逃走，所以总跑得离开耶路姆一些。不过到了接近村落时，耶路姆似乎知道了我的计略，紧紧地握着我的手，拖近了身边跑。我已经不能够逃走了，什么都做不到了。

李　士

给耶路姆拉着手，走进村里时，人们都回头看看我们。大概我的样子，是像被缚了拖着跑的偷东西的狗一样的吧。

当我们走到了一家咖啡店的门前时，站在门口的一个男子，唤住了耶路姆，叫他进去。于是，耶路姆就放开了我的手，但是这回他却拉住了我的耳朵，让我先走进咖啡店里去。我感到似乎遇了救星了。我想，咖啡店不是一个危险的地方，并且我以为进咖啡店，似乎是一件风雅入时的事情。我从前总是想进一次咖啡店去看看的。

圣母院旅馆的咖啡店！那在我的耳朵里，是多么风雅的名字呀！（乡下的咖啡店多数是兼营旅馆的）我时常走过这咖啡店前，看见了满面通红、蹒蹒跚跚从那门口走出来的人们。我也曾听见了唱流行小调的歌声，和喝醉酒的人们的声音振动了那玻璃窗，那些人们到底是在里边做什么呢？红色的窗帘里到底有什么事发生着呢？我每次走过时，总是觉得不可思议，但是今天，我居然走进这咖啡店来看看了。

那叫耶路姆进去的，就是这咖啡店的主人。他们二人对坐在一张圆桌子的两边。我呢，遵依了他的命令到那边的火炉旁去，坐在一张茶榻上，望着屋内四周的样子。和我对面的那一角，坐着一位满口白须的老人，因为他的奇怪的服装是我从不曾看过的，所以不能不引起我的注意。

银色卷卷的长发披在肩上，白发之上戴着饰了绿色和红色羽

18

毛的灰色高帽。身上穿着翻毛的羊皮背心，青天鹅绒的袖子垂在两臂上，这天鹅绒的色彩已经褪色了。着了呢绒裤子的腿上，绕着好几条十字形的红带子。

这老人靠在椅背上，左腕垂在椅后，一只脚曲架在椅子的横端，右手挡在这脚上，托住了面颊。他那悠闲的样子，不似一个活人，就像把村里教会的圣像拿了出来，放在那里一样地。老人的面前，有三匹狗，一点不动的卧在一堆取暖。一匹是鬖毛的白狮子狗，一匹是长毛的黑狮子狗，这两匹都是牡的，其余的一匹是灰色的似很敏捷的小牝狗。那匹白狮子狗戴着一顶警察的旧帽子，帽子的皮带兜住了下颔。

这老人到底是怎样的人呢？我很奇怪地注神看着他时，耶路姆正在和店主人开始用普通的声音谈话。虽然听不十分清楚，但是我知道他们正在谈论我的事。其中，我听到了耶路姆这样说——我想到村的衙门去，请求不用将他送到孤儿院去，留在我的家里养育，叫孤儿院要补给我多少的津贴。

这样，母亲那时做手势叫我安心的理由就明白了。要是这样，那原是没有什么可怕的。我叹了一口气。

老人无意中倾听了二人的谈话，突然指着我对耶路姆说起话来："对不起你，你所说的烦累的东西，就是这小孩子吗？"

"是的……"

"你以为你能够向孤儿院拿到津贴吗？"

"那可不知道，不过这小孩子本来是人家抛了的，我得了许可才领回家里来养育，那么，孤儿院未尝不可以给我一些津贴。"

"照道理讲来，是应该这样的，不过世间的人，不一定都讲道理的。我敢担保，你到衙门去是没有用的。"

"那么，我把他送到孤儿院去，也不见得有不收容的道理吧，老伯伯,你想对不对?"

"可是,最初你自己恳请领下来的,养到了现在了,恐怕不容易吧。"

"孤儿院也不收容时,那就只好当以前给他吃的饭钱都吃亏了,把他赶出去。"

我的心脏像晨钟一样地跳动起来了。老人想了一会,说:"不过,也有好的打算吧,例如将这一笔烦累舍了,还可以打得几文钱的算盘。"

"喂,老伯伯,要是有那样合算的事,那我马上就请你们喝一瓶葡萄酒。"

"那你就快请客吧,算盘已经打好了。"

"真,真的吗?老伯伯。"

"当然是真的。"

老人这样说后,离开椅子,走到耶路姆面前来。当老人站起来时,我发觉了一件奇怪的事情。那就是那羊皮背心自己动荡起来,我想这大概是有小狗藏在他的腋下吧。

老人坐在耶路姆的面前:"你的希望,就是把这小孩子从今以后不用再吃你的饭,或是吃你的饭就使你得到一点津贴,随便哪一样就好了,是吗?"

"唔,是的……"

"那么,我现在就领这孩子去吧。"

"唔,把这小孩子给你?!"

耶路姆突然变了口调,凝视着老人。

"你不是想能够早一天把这烦累舍了的吗?"

"唔,但是,等一等吧。给了你吗?我若是想找一个来领他的人,那要多少都有的。也不是我自夸,这样好的小孩是不容易多得的。唔，你好好地看看。"

"是的，我看着了呢。"

"路美，到这边来。"

他对我说话的语气，突然变温柔了。

我战战兢兢地走到耶路姆和老人的旁边。

"没有什么可怕的。"老人像慰抚我般地说。

"喂，好好地看看。"

"我也说他是一个好孩子。所以我才领他来养；要是鬼怪一般的小孩子，那我早就不必开口了。"

"要是他像矮人国的小鬼或辘轳头的话，那我也不给你了。"

"唔，想叫他去玩把戏给人家看吗？我很抱歉啦，这小孩子正像普通的人一样，一点也不奇怪，他不会做你的钱树子吧。"

"但是。老伯伯，叫他做点事，也可以赚点钱啦。"

"叫他做事，他是太柔弱了。"

"太柔弱？不要说笑话了。个子虽然小了一些，但是也不比大人少若干。看看他这腿子，有这样笔直的腿子的小孩子，也不多见吧？"

耶路姆这样说时，把我的裤子卷起来给他看。

"什么，蚊脚一样的！"

"这手臂怎么样呢？！"

"也同足干差不了多少。平时倒没甚要紧，一旦有事时，就不行啦。根基太薄弱了，没有锻炼过的身体。"

"没有锻炼过？你摸摸看。这样的坚实啦。唔，老伯伯，你试摸摸看。"

老人用干瘦见骨的手摸摸我的腿子，又敲敲看。歪歪脖子，蹙蹙额表示不满意。

我曾经尝过同样的苦痛。那是在我们卖那牝牛路热特时,牛贩子就像现在这老人试验我一样地,摸摸敲敲地在那路热特身上,而且一样地歪歪脖子蹙蹙额,说,这不是一头好的牝牛,就算买了,也再卖不出去,不成生意经。他虽然这样说,然而却把牝牛买了牵着走了。

　　这老人也会用同样的口调,将我买了带走吧。呀! 妈妈! 我的妈妈! 假使妈妈在这里,她一定会救助我呀! 我想把昨夜耶路姆对母亲说的那话——他说我只是一个皮包骨的瘦鬼,手足都不像样子——搬出来,这万一或者会使这老人对我断念时……然而,这绝对没有成功的希望! 只能够博得耶路姆几下巴掌的光顾吧,所以我也不说出来。

　　老人试验了我之后:"老老实实说,也不过是一个普通的小孩子。而且生身又是城市的小孩子,无论如何,做不了农家的事。要不相信,你可叫他驾一头牛耕田看,看他能够维持多久……"

　　"十年总可以的。"

　　"一个月也不容易。"

　　"可是,老伯伯,你再检查一回看看,肩膀,胸部,什么地方都不坏啦。"

　　我夹在耶路姆和老人之间,被推了过来,又被推过去。到了最后,老人就这样说:"那么,就这样吧: 我也不买绝了这小孩子,不过是借了去,我们的契约就是一年十个法郎,好吗?"

　　"一年只有十个佛郎!"

　　"十个佛郎是好价钱了,而且是先付钱的。手里拿着了五个二法郎的银币,还可以把烦累舍了,这真是所谓喜从天降呢。"

　　"但是,老伯伯,我自己养育起来时,预料每月可以从村衙门处领到三个佛郎啦。"

"就算领到了三个佛郎,你也非得给他吃饭不可呀。"

"我还可以叫他做工呢。"

"你要是以为这小孩子可以做工,那早就不必当他是一笔烦累了。你从头至尾,话都是讲得不对的。要是你从孤儿院借了小孩子出来做工,那你就非得纳给孤儿院的租钱不可。"

"总之,一个月没有三个佛郎,我就不把这小家伙放手。"

"那么,你就到村衙门去求情好了。但是假使村衙门不交给你,而让别人领去时,你又怎么样呢?那不是两头都弄不到手了吗?这事只要你和我决定了,那就不必再去乱跑。只要你坐在那里伸一伸手,万事就顺遂了。"

老人拿出了皮夹,取出五个二佛郎的银币,在掌中锵铛锵铛玩弄。

耶路姆似乎忍不住了,看着那银币:"说不定,这小孩子的爷娘,也许要来接他回去的。"

"来接了,也不妨事。"

"我以为,他的爷娘,会有时拿着了很多很多的谢礼,来接他回去的,所以才把他养到现在呢。"

"然而,你不是断定了没有人来接他了,所以才想把他赶出去的吗。不过,就是他的爷娘们来接他时,也一定是到你的地方来的,因为他们并不晓得我的地方……那么,你无论何时,在我这里把这小孩子带回去好了。"

"那也是的,不过你在各地乱跑时,不见得不会碰着他的爷娘。"

"那时候就五成五成的对分。好吧,那么我现在就多给你五个佛郎吧。"

"不要那样小气吧,就给我到二十个佛郎好了。"

"那么，这话不必再说了。第一，这小孩子没有那样多的中用。"

"到底你想要他做什么事呢？用手足可以做得来的事，他都能够做。"

老人像嘲笑他般地看着耶路姆，慢慢喝酒，一面说："唔，做做我的伙伴啦。我是这样的老人了，在长途的旅行之后，若是遇着下雨，一步都不能够出门时，人就寂寞得要命，所以想把这小孩子借了去，在这样的时候，可以谈谈话，也算是一种安慰。"

"唔，那样的事才容易呢。腿子也比你强得多啦。"

"不，那不见得，还是小孩子呢……而且不止是走路，还要他舞动跳走啦。想把他也加入李士班哩。"

"什么？李士班？"

"班长就是我啦。只要说李士老人就有人知道。你不知道吗？哈哈哈哈哈哈哈，你想问这班人在哪里吗？好的，你等等吧。你要看时，我可以全都叫来给你看看。"

"那很有意思，老伯伯，叫他们出来给我们见识见识。"

咖啡店里的人们的眼光，都向着李士老人看。

老人打开了那羊皮背心，取出了那藏在左腋下的奇怪的动物。他的背心之所以时时动荡的，就是这动物的勾当。我最初以为那是小狗，实在是错了。我从没有看见过这样奇怪的动物。若使我曾到小学校去念书，或者能够有图画书看时，那我或者早就知道了，但是在偏僻的乡下，没曾见过世面便长大了的我，看见了这小动物，连想像也想像不出来。我也曾想这或许是不幸的妖怪小孩吧。穿上了缝着金线花边的红衣裳，手足俱全。与人们不同的，就是手足都长着黑毛。面貌也和别的动物不同，和人的形状没有多大差异，潮润光辉的一双眼，接近在一块，虽然有点奇怪，然而连口唇都齐全。我惊呆地看着它时，耶路姆大声说："什么呀！猴子嘛。"这时候，我才知道那就是曾经听人家说过的猴子。

李士老人把这小猴子放在桌上，说：

"现在向诸位朝见的，是李士班的第一名角，艺名叫做乔利先生的就是这猴子，喂，先生，向观赏的诸位见见礼吧。"

乔利先生把拿到唇边去的两手伸开，弯一弯腰，向观众递送接吻。

"第二个是卡彼君，向观览的诸位表示敬礼呀。"

这样地命令那白狮子狗时，那伏在地上不动的、带着警察帽子的白狗，就用后脚站了起来，前脚交叉在胸前向着观众行礼。之后，它转向着它的伴侣那边，伸出了一只放在胸前的脚，向它们招手，这时，那目不转睛地看卡彼的两只狗也用后脚站了起来，恰像交际界的男女牵手一样地，各伸了前脚出去牵住，向前走六步，又退后三步，向观众们致敬。

这些都弄完了之后，李士老人说：

"卡彼是狗儿们的总监督，卡彼这个字是意大利国话的大将军那字的省语。我的狗儿都是很伶俐的，其中尤其是卡彼最是聪明，它能够了解我的命令，并且教给其他的狗，它是这样一个奇怪的尤物。还有这位漂亮的黑毛的年青狮子狗，叫做彼奴君，这是风流才子的意思啦；这英国种的可爱的牝狗是朵儿小姐，是采温柔的这个字义呀。以上合共四人，就是本班的演员，不要说法兰西，我们走遍了全世界，听天从命，安闲地过我们的日子。"

老人这样说后，叫一声卡彼，卡彼就把前脚交叉起在胸前，望着老人。

"卡彼先生，你请到这边来，今天诸位观客都是贵客富官，你得好好地尊重仪节——好吧。"老人指着我，"这个小家伙睁着滚圆圆的眼睛望着你,他说,想知道现在是几点钟。我拜托你,请你告诉他吧。"

那么,卡彼就走近了主人的身旁,掀开了羊皮的外衣,从里边背心的袋子里拿出了一个大银壳表,看了一看,清清楚楚大声吠了两下,然后又细声密吠了三下。时候正是两点三刻。

"卡彼先生,谢谢你。这次是朵儿小姐的跳绳。"

卡彼在主人上衣的口袋里衔出了一根绳子,对黑毛的彼奴做做手势,彼奴走到卡彼的面前,对面站住,衔起了卡彼抛过来的绳子的一端,两匹狗很熟手地回动那绳子,同时,可爱的朵儿小姐用温柔的眼光看望主人纯熟地作跳绳戏,真的有这样奇怪的狗儿们,我只有呆呆地痴看着。

技艺演完之后,老人向耶路姆说:"怎么样啦。我的弟子们都很伶俐吧。但是这伶俐和愚蠢都是有了比较才显得出来的。我所以要把这小孩子列入为这演员中的一员,也就为了这点。"

"老伯伯,我可有一点不放心啦。"

"那就是说,把这小孩子扮一名笨货的演员,那么,使狗们的伶俐处更衬托得格外显明出示。"

"那么,你想把他当笨货看吗! 这欺人太甚了,唔唔。"

"但是,演笨货的角色,没有聪明是不行的,这小孩子似乎还不蠢笨,再教导教导他也会成器吧。那是后来的事,现在正是试验这小孩子是伶俐的或是蠢笨的好机会。若他是伶俐的小孩子,他一定明白:与其每天自朝至晚,在一样的旷野中,赶牧牡牛,倒不如加入了李士班做伴侣,不要说法兰西,我们要到全欧洲中,一边游览一边旅行,这样,便更是安乐有趣味了。若他是蠢笨的小孩子,他就说不愿意做李士的弟子,流涕叫哭吧。李士是不喜欢那样蠢笨的小孩子,不会带他去的,看不到好逛的地方,还要被送到孤儿院去,食不饱，衣不足，一天到晚受人的酷使，呀，那才是可怜的……"

我也不是蠢笨到连李士老人所说的话也不懂的。但是那里有我所跨不过的痛心的关口。

实在的，李士老人的弟子们，是滑稽而有趣味的对手。偕它们去游行献技，那一定是愉快的。但是这样就非得离开母亲的身旁不可。然而我虽不答应了，也恐怕非和母亲生离不可吧! 耶路姆一定会送我入孤儿院去的。我不知怎么样好，眼里满含着了眼泪，这时候，那老人轻轻地用指头弹弹我的颊面说："怎么了，看看你也不会哭出来，大概是明白了我的话语了吧。从明天起就和我一块儿……"

"老伯伯，我拜拜你，请你不要把我带去吧。我愿永远地留在母亲的膝下……"我正带哭声恳求他的时候，卡彼突然猛吠起来，我吃了一惊，望望那边。

一看时，卡彼已经跳上了小猴子乔利先生蹲着的桌上。大家都在注意着我时，狡猾的小猴子悄悄地偷喝了李士老人没有喝完的余酒，刚巧给卡彼看见了，生了气就捉住了那猴子。

李士看见这样子，就用严厉的口调说："喂，乔利，像你这样贪馋的东西，我可不能把你放过。到屋角上去，把面朝着墙壁! 彼奴，你看守着它。只要它动一动，就掌它几个耳光吧。知道了吗? 卡彼先生，你真是好狗，喂，把手伸出来吧。"

小猴子低声地啼叫，畏缩地被彼奴赶到屋角里去。卡彼似乎很得意地跑到主人面前，伸出前脚，老人紧紧地给它握了一握。

"那么，我们继续着谈下去吧，十五佛郎，你可以卖去了吧。我再不能出更高的价钱了。"老人不计及我，接着和耶路姆谈判。

"请你出够二十佛郎啦。我也是二十法郎以下不能放手的。"

两人你一言我一语地争论着，李士老人说；"这孩子恐怕太无聊了吧，让他到院子里去逛逛，我们再来慢慢地商量吧。"他使使眼色，耶路姆就对我说："唔，那样也好，路美。你到院子里去吧。不听到我唤你时，不许进来。"

我听从了他，到院子里去。但是一点也不想逛，我只坐在石头上沉思，我的运命将怎么样了呢？屋子里的人就会把它断定吧。

我为了寒冷与苦恼而发抖，差不多过了一个钟头时，耶路姆自己一个人跑到院子里来，他不是来找我预备交给李士老人的吗？

"路美，回去吧，回家里去吧。"

回家去！那么，我永久可以留在母亲的身旁吗？我很想问问耶路姆，可是我又不敢，为什么呢？因为耶路姆的样子似乎很不高兴。

码上对话
AI成长伙伴
☑ 故事收音机
☑ 收看成长课
☑ 趣味测一测
☑ 读书分享会

慈爱的家

耶路姆默默地前进, 离到家差不多还有十分钟的时候, 他突然停了一停, 同时, 用力拉拉我的耳朵说: "路美! 你今天听到的说话, 回家时若是乱讲, 看我要不要你的命, 晓得吧? "

我只有顺从他的命令。回到家里时, 母亲已经等得不耐烦了。

"耶路姆, 辛苦了吧, 村衙门的方便怎么样呢? "

"我没有到村衙门去呀。"

"唔! 你没有到村衙门去吗? "

"是的, 我在那圣母院咖啡店碰着了几位朋友, 就在那里喝了几杯, 已经是四点钟了……虽然讨厌也没法子, 明天再去跑一次吧。"

听听耶路姆的语调, 他和那老人的商量, 似乎没有得到好结果。我想, 明天大约真的把我带到村衙门去吧。

虽然是受了耶路姆的恐吓, 但是我还是想把详细的情形说给母亲听, 不过耶路姆总是坐守在家里, 没有告诉的机会。不一刻, 天已经暗黑, 我又非得上床睡觉不可了。

我在想着, 明天偷个机会, 一定要对母亲说, 不久就睡着了。第二天睡醒时, 看见母亲已经不在。我寻遍了屋子里, 但是什么地方都没有母亲的影子。耶路姆看见我这样子, 就问说: "你乱跑做什么? "

"我在寻母亲。"

"她有事到村里去了，不到下午不回来的。"

为什么母亲要到村里去呢？母亲不在，使我又担心起来了。母亲昨夜一句也没有提及要到村里去的话。耶路姆也要带我到村里去的，为什么母亲又不同我们一块儿去呢？等到下午母亲回家后，我才同耶路姆去的吗？我心里感到了满胸的恐惧。我觉得危险已经迫到我身边来了。

耶路姆更把满含着意思的眼光时时望望我，我真嫌恶极了，所以跑到屋后的田园去。

那是一个细小的园子，但是在我们呢，那是宝贵的园地，除麦粒以外，我们的食物，大概都是在这里生长的——马铃薯，蚕豆，卷心菜，红萝卜，芜菁等都有。这里当然没有荒废的土地，不过母亲还辟了一小角子的地给我自己自由地使用。在那里我种了一些花草——这些是我每天早晨带牝牛路热特出去的途上，在树林里或路旁采来的——造了一个庭园。这虽然不是一个美丽的庭园，但是种了种种我所喜欢的东西，满足了我的空想，使我快乐。想到了这庭园是由我自由地造成的时候，我快乐极了。"我的庭园"这句话，我一天反反复复说了差不多二十次。

夏天播了的种子，有的不到明年的春天就发芽了。另外一些长得很高大了。这更足以刺激我的好奇心，使我满足。水仙花含了黄色的苞，丁香花长出了紫色的花梗，莲馨草在皱纹的叶子包着的中心伸出了可爱的花蕾。这花要等到什么时候，是怎样地开放的呢？我自己问着自己，一天不知道光顾了多少次"我的庭园"。

然而我的庭园中，还有比这花草使我更留恋的一部分。那就是种了人家给我的、这村里的人们还不晓得的野菜——菊薯的地方。给菊薯的种子的人说，这菊薯比马铃薯好吃得多，而且含有朝鲜蓟、芜菁及其他种种野菜的味道的稀奇的东西。我培植了这菊薯，预备给母亲以意外的食品，吓她一跳的。所以种了这菊薯的事，也不对母亲说，不久菊薯出了芽，母亲问我是什么东西时，我想先骗她这是开花的东西。等到它长大起来，结了实时，我就在母亲不在时，掘了出来，做一味好吃的东西。怎么做呢？这样详细的地方，我还没有想到，不过我想，总之，在母亲回来吃晚饭时，吓她一跳就是了。

所以，我很不耐烦地等待着这菊薯的发芽。我抱着了"应该出来了"的希望，一天不知到那里去看多少次，但是一向都没有一点生色，我以为这恐怕不会萌芽的了。就是现在，我还是伏在地上，鼻尖贴着泥土，凝看着那种了菊薯的地方，突然：

"路美，有事对你说，你进来吧。"

我赶快跑进家里。然而我是多么的吃惊呀！昨日的那老人带了狗来在我们家里呢。

这一刹那间，我什么都明白了。老人是来带我走的！耶路姆也知道，若是母亲在家时，就有点不便，因此他早就把母亲赶到村里去。这样直觉地知道了之后，我现在除了向老人求情之外，没有别的路可走。所以我突然地跪在老人面前："啊，老伯伯！我恳求你，恳求你不要把我带走吧！"我带哭地恳求他。

老人用温柔的语调说："你是好孩子，我这老伯伯决不会使你吃苦的。我决不会打骂小孩子们的，而且我的弟子们都是你有趣的伴侣。你为什么不愿意跟我去呢？"

"我不能离开母亲的身旁呀！……"

那时，耶路姆突然又拉了我的耳朵说："笨小鬼！无论如何你不能再赖在家里了。到孤儿院去，要不然就跟这位老伯伯去。随你喜欢拣一样！"

"我愿意跟着母亲！"

耶路姆像火一般地生气了："什么话！这小鬼！看不起我吧。你不去就把棍子赶你出去！"

"喂，不要那样生气吧。不能因为小孩子思恋他的母亲就要打骂他。软弱的心情就是他的长处。"

"老伯伯，你那样宽容他，反增长了他的放肆了。"

"那么，我就把说定了的钱给你吧。"

老人这样说时，在耶路姆面前数了二十个佛郎递给他，耶路姆收了起来放入口袋里去。

"应该给我的包袱呢？"老人说。

"噢，就是这个。"耶路姆用下颚指示了一个用水色的木棉巾结了四个角的包袱。

老人似乎有点不放心地，拿了包袱打开来一看时，里边放着我的二件旧衬衫和一条麻布裤子。老人似质问般地看着耶路姆说："说定的东西似乎还不够啦。你说把夏冬的衣服都给我，所以我才出多了五个佛郎。"

"天地知道，总共也只有这么多东西。"

耶路姆冷冷淡淡地说。

然而老人也并不生气："唔，问问这小孩子就会知道的，不过我现在没有闲工夫来和你吵闹。我还得赶路程呢。喂，小孩子，噢噢，叫什么名字了啦？"

"叫路美。"

"那么，路美，拿起这包袱。你向前走吧，晓得吗？卡彼，开步走！"老人用像军队的号令一般的口调说。

我伸开两手向老人恳求，又向耶路姆恳求，但是，两人都转向别处，装做不知，我泪下如雨，这时，老人走近我来，拉着我的手走。

呀！我只有给他拉着走了。当跨过了这住惯了的茅屋的门时，我觉得似乎有人擒住了我的头发向后拉一样地难过。蒙眬的泪眼看遍了屋子的周围，然而没有一个可救我的人。可是，我还是提高喉咙大声叫了两声："妈妈! 妈妈!"

但是，没有一个人答应。我呜呜咽咽地给老人牵着走了。

"老伯伯，祝你前途平安!"耶路姆从背后说了一声别离的寒暄，缩进家里去了。

再哭泣挣扎也无用了，我的运命已经决定了。老人温存地对我说："路美，喂，走吧，好孩子。"

老人牵着我的手儿，我紧依他的身旁无可奈何地移步。老人合着我的步调慢慢地走。

越过了山岭，我们到别的村里去。我们攀登了屈曲的山路。在每个转弯处回头一看时，母亲的屋子渐渐地缩小了。我很熟悉这条路，走到了煞尾的湾角最高处，就是可以看见母亲屋子最后的地方。那最高的地方，有好几分钟时间的路程，母亲的屋子就也还可以看到几分钟，从此一切就完了。以后的路程，是我从未到过的地方。很幸福很长远的住惯了的家，一旦离别之后，我连这亲昵的屋子也不能再看见了。

幸而这山岭接连得长。然而后来总归到了最后的转角处了，老人还没有放开我的手。

"老伯伯，让我息一息吧。"

我真诚地恳求。

"想休息，就让你息一息吧。"

他这样说后才放开手。但是这时候我看见老人对卡彼使了使眼色，卡彼就离开前列，恰像看守羊群一般地转到了我的身后。唉，唉，卡彼已经做了我的看守者了。假使我想逃脱时，它一定马上就擒住我吧。

我走到青草丛生的墩上坐下时，卡彼也蹲在我的身旁，我用含泪的眼睛找寻母亲的屋子。任眼望去，隔着田亩与树林处，望见了现在我们从那里走上来的山谷，再一直望过去，直到了最底下的树木之间，就是今天我那住惯的母亲的一座屋子孤单地睡眠在那里，烟囱里吐出了黄色的烟，笔直地吹上了无风的苍空，烟灰刚巧吹到我的这边消灭了。

或许是想像吗？我觉得这烟含着了楮叶的香气，——那是母亲和我放在从山林里拾回来的枯枝柴把上面晒干了的，——我还觉得自己似乎坐在我的小椅上，双脚伸入暖灰之中，靠近了那从烟囱发出来的烟时，常吹到我面上的那样暖热。

虽说是在眼帘下，然而这山是很高的，所以隔得很远；不过那边所有的东西，映在我眼里，虽说是细小，而却明白地可以辨得出来。在庭隅的草杆上，一只母鸡正在找寻食物。其余的鸡都已卖掉，现在只存了这一只母鸡了。这一只也因食料不足，不能长大，还是小小的，不知道的人从此处看来时，恐怕只当是一匹鸠在那里吧。

屋前有一株梨树。那树干弯弯曲曲的，所以我是当它做马骑来游戏的。碧绿的草原中，小溪如画了银线一般地流过了门前。我不能不忆起：为了架设我自己手制的水车玩具，辛辛苦苦从小溪引水起来的那回事。

一切的事物，这样地活现在我眼前：我用惯的那架一轮车，我手制的犁，从前养过兔子的兔笼，还有"我的庭园"！

花开了时有谁来看呢？我种植了的菊薯有谁来吃呢？是那刻薄的耶路姆吗？

这显现在眼前的眷恋的眺望，再走前一步时，就永久从我的眼界消失了。我的眼睛充满了热泪。这时候，啊，看呀！沿着从街道到我们家里的小路上，不是有一顶白头巾在走路吗？这白头巾给树木遮住了，又现出来。那白的颜色，恰像穿插在棕树枝间的翻飞的蝴蝶那样渺小的移动。人生真有眼里看不见的东西，而却在心里明显得不可思议的一瞬间。我马上晓得那就是母亲的头巾。

这时候，我听见了李士的声音："喂，走吧。"

"呀！老伯伯，我求你再等一会好吧。"

我热心地说了。

"唔，你的腿儿还是靠不住啦。这样一点点山路就疲倦了，长远的旅行怎么好？"

然而，我这时候不想回答他什么。我一心只凝望着那女人的白头巾。呀，那是妈妈的头发吧！那是妈妈的裙子吧！她一定是在赶着回家吧。她的脚步是从未见过的快啊。

呀，她推开了柴门走进前庭了，她的影子走进屋子里去。我不觉站上了墩上。卡彼似吃了一惊地跳上来，走到我身旁来，我也不知道。可是，母亲并没有在屋子里逗留了多少时候。她从家中飞跑了出来，两手向空，在绝望的神情中向庭院田陇间各处找寻。

她是在找寻我啊！这样一想时，我难过极了。我身体伸向前面，尽我的喉力叫唤："妈妈！妈妈！"

然而我的声音绝不能够越过了山谷，达到那里的希望，也不能胜过那小溪的流水声，只在岩谷最静的空气中消失了。

老人在唤着我。

"喂，怎么啦，在这样的地方瞎叫！你发狂了吗？"

我仍是不回答，一心凝视着母亲的影子。然而母亲却一点也不知道我在这样的地方，头也不回来一看。她看见了我不在庭前，也不在园子里，她就跑到路上去。她开始在门前跑来跑去。

我更尽力地叫唤。

老人似乎察觉这事情了，他也跑上了墩上来。

"什么，你的母亲在那里？"

我泪如泉涌，一边指给老人看，老人也似乎看见了。"你真是可怜的小孩子呀！"他的喉咙也哽住了。

这充满同情的话给了我勇气。

"老伯伯，我求求你，请你让我回去吧！"

老人不作声，牵着我的手儿走下了墩来。

"已经休息了十分钟了，让我们走吧。卡彼！彼奴！"

卡彼在我的背后，彼奴在面前，走了。

只五六步山路又转弯了，怎样地想望下去，也望不到山下，也望不见我久住了的屋子。前途只有无尽的小山的起伏。

途　中

　　不能因为了他花二十个佛郎买了一个小孩子，就说他是吃小孩子的恶鬼。这老人也不是买了我来吃的。这老人是人贩子中稀奇的善人。

　　越过了山岭，走到倾向南部地方的斜坡时，老人才放了我的手："喂，跟着我慢慢地走下来吧。假使你就想逃走，也有卡彼和彼奴跟着你。你看看它们那尖锐的牙齿好不厉害。"

　　不用他说，我早知道我无论如何不能逃走了，我知道就算给我逃走了，也没有去处，我不做声叹了一口气，老人就说："你还很伤心吧。我也知道你的心情，所以并不叱责你。你想哭时，就尽量地哭一场吧。然而，给我带了去，也未尝于你不好。你想想这一点，还是开心些吧。假使我不带你来时，你结果又是怎么样呢？十成中就有九成是到孤儿院去的。那养育了你的他们，并非你的父母。你叫惯了她是妈妈的那女人，似乎是很疼爱你，你也当她是真的母亲一样的恋慕，不过耶路姆不答应时，她也不能够把你养在家里。你就想想这一点就好了。耶路姆是一个残酷的人，那也是因为贫穷的原故，他想到为了别人的儿子，而不能不饿死自己时，所以就嫌恶你了，你也不应该埋怨他。路美，人生就像鸟住笼里一样地，不能够什么事都从心所欲的。"

　　这话是尝尽了人世一切的辛酸的人的经验之谈。然而我现在的心里，已经充满了比道理还要强加百倍的事实。那就是和那母亲的生别。

我再不能看见那养育我爱抚我、而且比谁都要疼爱我的人的面容了！这念头似乎束紧了我的咽喉一样，想一开口时，泪泉就不能不涌了出来。

我一面想着老人的话，一面前进。真的，老人的话是对的，耶路姆并非我的父亲，也非我的什么人。所以在耶路姆并没有因为我而至挨饿的义务。他为了被眼前的贫苦所迫，而想把我赶出去的呢。我以为从前在他们家里承他们养育，那只有感恩，并不应该来埋怨他们的。

"噢，路美，你细想想我说的话才好，我并非为使你不幸而把你带走的。"老人看见了我不作声，又这样说。

走下了相当险峻的斜坡，我们到了广漠无涯、寂静单调的原野。没有人家，也没有树林。我们只看见开着桃红色小花的小灌木和紫云英等，在微风吹过时的波动。

感到了不可言喻的悲伤的心情，我更加沉默了。老人指着旷野的尽头说："喂，到了这样茫无涯际的旷野来，想逃也逃不了。不如马马虎虎断念了好。"

老人一定以为我还是在想着逃的事吧，我早就把这念头抛弃了，然而他将带我到什么地方去呢？我有点担心。

但是，我想——这高大的、蓄着白发的老人，似乎并不像我想像的那样可怕的人，就算做了我的主人，也决不是一个残酷的主人吧。我们在这寂寞的旷野上走了很久。然而还看不见尽头。我对于旅行，完全抱着了错误的想像，在我幼稚的心中想像的旅行之国，是有稀奇的树木，有图画一般的人家，是很美丽不过的地方。然而这又是多么的相差得远呀！

在这样的旷野中，不曾休息，一意赶路的，这次要算我的第一次。我的主人把那乔利骑在肩上，规则地大踏着大步前进。三匹狗儿也不离主人身侧地运足向前。而且主人时时对狗儿们说安慰的话语。这，他有时用法国话说，有时却用我不晓得的话语。

　　狗们和老人似乎都不觉得疲倦，然而我却脚酸手软了。身体的疲劳再加上心神的疲劳，我不像再能够跟着他们一块儿走了。但是又不好意思说要他们让自己休息一下，我只有拖着变成木棍一样的腿子，辛辛苦苦仅得赶上他们。不一刻，主人也注意到了，说："路美，你穿的是木靴，所以不会走。等到了优雪尔时，买双皮靴给你吧。耐着走到那里吧。"

　　这话语给了我不少的活气。

　　我直到现在，不知是多么想要一双皮靴啊！村中只有村长的儿子和圣母院旅馆的儿子有皮靴。在星期日赴教堂做礼拜时，农人们都咕咕喀喀拖着木靴吵闹得很凶，他们两人的皮靴却踏踏地作响，这在小孩子的心中，是多么的羡慕的啊！

　　"优雪尔？离这里还远吗？"

　　"唔，你说出本心话来了！"老人含笑说，"你想要皮靴吗？那么，我买双靴底打了铁钉的给你吧。还买一件天鹅绒的短裤和上衣给你，帽子也买新的，这样你的眼泪就干了吧。只要壮一壮气，到优雪尔的六里路算不得什么。"

　　靴底打了铁钉的皮靴！这也已经够我喜欢了，还有天鹅绒的短裤和上衣，还有新帽子！呀，要是母亲看见了我那样子，会是多么的欢喜啊！

　　因为可以得到皮靴和天鹅绒裤子的欢喜，我一时快活起来，然而还要赶六里路这事，似乎做不到。假使走不到时，那又怎么样呢？尤其是当我们出门时，没有一片浮云的蔚蓝的天空，现在渐渐地暗下来，而且不久就落起微雨来，似乎不容易停止。

老人因为是穿了羊皮外套，所以不十分潮湿。但是这件衣裳，是不能够容我沾光的，就连乔利也想不到，不过乔利被二三点雨滴打湿颜面时，早就赶快钻进那口袋里去了。狗儿们和我却没有一件遮体的雨具，不久就满身淋漓了。不过狗还可以时时摇摇身体把水滴抖落，不算什么，但是我呢，没有天赋那样的本领，衣服都打湿了渐渐加重，身体也像冰一样的冷，然而还不能不继续赶路呀！

"你时常会伤风吗？"我的主人问。

"不，我从不会伤过风。"

"唔，这样很好。你似乎还强健。可是这样湿透了衣服没有办法，不要出了毛病呀，我们歇下来吧，不赶到优雪尔去吧。唔，那边不是有村子吗，今晚就在那里歇一夜吧。"

不一刻，我们到了那小村里。但是那里一间旅店都没有。那么，我们就到农家去求一夜的借宿，可是没有一家肯给这带了泥泞满身的小孩子和狗儿、像乞食一样的老头子借宿的。

"这里不是旅馆！"

无论那家，都是这样一说，把门关了。大海茫茫，我们没有一点可靠的陆地。不过我的主人还忍耐着一家一家地叩问。但是什么地方都没有愿意容纳我们的人家呢！

到优雪尔还有四里路，不过照这样看起来，恐怕还是非走到那里去不可　天色已经黄昏了，我们的身体也淋淋漓漓而且冰冷了。尤其是我的双足，已像木棍一样地麻木了，然而……

呀呀，假使我是在母亲的身旁的话！

幸而最后的那一家，却很亲切，借给了我们一间堆东西的房子。不过那里不准我们用火，就是灯火也不许点的。我的主人随身拿着的火柴，也被没收了去。

不过能够在房子内睡觉，也就够欢喜了。李士老人是一个用意周到的人，他连食物也带着走。打开背上的军队用的背囊，取出了一条又长又大的面包，把它切成四块。这分法使我有点不明白，然而这时候，我才知道我的主人怎么样使弟子们谨守命令，和怎么样训练弟子们的方法之一。那是这样：

当我们一家走过一家，彷徨求宿的时候，黑狗彼奴跑进一间店里，偷了一个面包来。看到了这回事的我的主人，怒看着它，说："彼奴！今晚，晓得吧？"只这样一句，示意地说。

我把这事忘记了。然而现在主人把面包切成四块时，我就觉得彼奴有点颓丧。

让乔利在中央，我和老人坐在羊齿的干叶子上。三匹狗静静地坐在我们面前，卡彼和朵儿抬着头凝望主人，独彼奴却垂着头，像恐怕要受主人的叱责一样。

主人果然用严格的语调说："小偷到那角上去，不准吃东西，就睡觉！"

彼奴悄然地站了起来，离开队列，去到主人指示的角上，钻进了干叶里。以后虽看不见它的影子，然而哀诉般伤心的微细的啼声却响了许久。

老人把切成四块的面包分给我们，老人自己和乔利共吃。我和母亲在卖了牝牛之后，虽然过了十分穷困的生活，然而我这次所发生的变化，更是使我感觉了多少的苦痛啊！

母亲每天晚餐时做给我的汤，虽然没有奶油，也还是觉得美味的！床铺虽然是硬硬地，然而连面孔都可以钻了进去的我那被褥，是多么的舒适呀！但是，今天晚上呢，没有垫褥，也没有被盖。在枯干草叶之上，和衣就睡的这一晚，还算是侥幸的吗！

身体像棉花一样地疲倦，脚上生了水泡，而且淋湿了的衣服贴紧了身上，我抖索不能自禁了。

“你冷吗？”老人问我说。

“唔，有点冷。”

堆东西的屋子里虽然黑黝黝地，但我听见了老人取出背囊打开的声音：“路美，这是我没有湿到的衬衣和背心。你把潮湿的衣服脱了，穿上这个吧。穿上了再钻入干叶里去，等一会就会暖和起来，睡得着了。”

我听从了他的话，钻进了枯叶里，然而一点也睡不着。想起了悲惨的运命，我只有辗转反侧。从今后每天我都非得过这样的生活不可吗？下雨天也不得歇息，非得走到了爬不动的地步，每晚在这样的柴堆里睡觉不可吗？再没有像母亲一样地疼爱我的人了吗？

心里烦闷、涕泪交流的时候，我忽然感到了温暖的呼气吹着我的面孔。伸伸手一摸时，我触到了卡彼的尨毛，卡彼在枯叶之上爬到我的身旁来了。卡彼的鼻息吹着了我的面孔和头发。

为什么跑到我的身旁来呢？

卡彼靠近了我，睡在干叶子上，温柔地舐舐我的手。我被卡彼这可爱的行为所感动，坐起半截身子来，猛烈地拥抱了它的头。但是，因为抱了它的冰冷的项颈，卡彼的呼吸塞住了，所以就挣扎脱去。我把它放开后，它伸了前脚给我，以后，就静静地不动。

我忘记了一身的疲劳和伤心，我觉得塞住了的咽喉轻松了许多了。我并不孤独，我有朋友了！

第二天早晨，我们一早就出发；雨已经完全歇了，天空是蔚蓝的。吹了一夜的干燥的风，道路也都干了。路旁的草丛中，小鸟欣快地唱着歌儿，连狗儿也快活地乱跳。卡彼时时走到我身旁，用后脚站了起来，向我发出特别的一声吠声。我明白地了解它的意味。

“不要胆小，拿出生气来吧！”这好像就是卡彼的话语。

卡彼是一匹伶俐的狗，很懂得人们的话，而且能使人们明白它的意思。只要尾巴一动,大抵的事都可以使人明白。尤其是我和卡彼之间,言语更是无用的东西,从最初认识的第一天起,我们就能够互相了解了。

不一会,我们到了优雪尔镇 我从前差不多没有踏出我们自己的村外一步,所以想到了这次可以看见村镇时,我的好奇心就受了掀动,然而到了优雪尔一看,我就失望了。

这里只有耸着小塔的旧世纪的旧房子,在对于建筑具有趣味的人们或是适宜吧,然而在我眼里,不觉得有什么兴趣,只觉得是轩连宇并的肮脏房子罢了。

鞋店在什么地方呢? 我的目标只是鞋店,别的东西都映不进我的眼里。尖塔、中古时代风的建筑物、纪念碑等等的东西,都和我完全没有关系的。

不久,老人停在一间靠近市场的、煤烟昏黑的阴暗的旧店前。这家铺面,陈列着:数根旧枪,挂着银肩章和饰着金线的旧军服,洋灯,和几个装着锁面与生锈的钥匙等的笼子。老人带我进了店子里;店里虽然很宽,但是这房子似乎在铺了屋顶以来,从没有日光射进来过的一样,实在暗得可怕。我想像不出在这样阴森的店子里,会有像靴子那样的好东西可买。

然而,打了铁钉的上等的皮靴是在这样黑暗的地方卖的呢! 老人不单买了皮靴给我,还在这店里购了青天鹅绒的上衣和毛织的裤子,连呢帽子也买了给我。这些东西都是我身上从来不曾穿过的,我的主人或者真的是世界中最好的人吧。

初次的表演

青天鹅绒的颜色是褪了的，毛织的裤子是擦得发光了的，帽子呢，给雨水和尘垢弄得辨不出本来的颜色了。终而我觉得这些东西都和我的身份不相衬，实在太漂亮了。

我真想把这些行头穿戴起来看看呢！但是，到了旅馆里，我的主人从背囊里拿出了剪刀，将那特地买来给我的裤子，齐膝盖剪断了。我吃了一惊看看他时，他说："不把这个剪了，你就和别的小孩子没有分别啦。我们现在是在法国，所以要把你装成一个意大利的小孩。等到了意大利时，就非得将你装成一个法国小孩不可啦。"

我更觉得奇怪了，主人继着说："你以为我们是什么人啦？我们是卖技艺的，所以非得穿那惹人注目的服装不可。唔，装得像普普通通的样子，或是穿上了乡下佬的衣服到公园去了，一个鬼也不会聚到我们的周围来的。所以，要想找碗饭吃，就非装得怪样怪相地不可。其实谁又愿意这样装做呢。你晓得吗？"

这样的，在午前时明明是一个法国小孩的我，到了午后，突然就变成了一个意大利的小孩了。

那么，我的裤子是大家都知道地，没有膝下的一节。所以，在小腿子的袜子之上再交叉地绕着了红色的丝带。帽子上也饰了丝带和纸花。别人看见我这样子时，不知怎么想呢？可是我自己却觉得真漂亮。那一定是漂亮的吧，因为我的好友卡彼君恍惚地老看着我之后，似乎真的满足地伸了一只前脚给我了呢。

但是，小猴子乔利却和卡彼不同，它在我的面前，扭扭捏捏地装模做样学着我穿衣戴帽的样子，等到我穿戴齐全之后，又叉着腰身，装出大人的样子望望我，挺起胸冷笑。当然这同人的笑法是不同的，不过乔利的确会笑。我以后同它住了很久，就知道它确实会取笑人。所以我觉得给这东西取笑，就有伤于我的自尊心了。

"唔，这样你的服装也齐全了，就开始做点事吧。明天是这里的市日，你应该登台献献本领啦。"

我问登台献什么本领，主人就给我说明了那就是初次在观众面前做戏给大家看的一回事。

"明天我们聚集起观众来，做做功夫给他们看吧。你也有一定的角色，所以非得柔顺地工作不可。"

我还是不十分明白，惊惶地看着主人。

"在观众面前，做你的把戏啦。我出了大宗款从耶路姆处将你借来，并不只是带你去各地游逛的。我不是那样有钱的人。你不给我做点工夫时，我就得不到三餐。晓得吗？你要和小猴子和狗们在一块儿做戏的。"

"但是，老伯伯，我不知把戏是怎么样做的呢。"

我觉得害怕了说。

"所以，我现在就来教给你。你以为卡彼本来自己就会只用后脚学走路的吗？而且朵儿会随便跳绳的吗？卡彼和朵儿都是经过了长时间辛辛苦苦的训练，才能够成为一位演员呢。你也非得热心用功夫能够同卡彼朵儿们携手共演不可。你晓得吗？那么，马上就来干吧。"

我一直到现在，总以为做工夫就是掘泥土，砍柴，或是打石一类的东西。谁知此外还有这样的工夫呢。老人还继续说："明天的演题，是叫做'乔利先生的仆人'。那戏的大纲就是这样：乔利先生从前用了一个叫卡彼的仆人，很够满足。但是卡彼现在年老了，不便做事，所以乔利先生就说想要一个新的仆人。那么，卡彼就担任了周旋另一个仆人的任务。晓得吧？而且卡彼找到来替代它的那仆人，并非一只狗，而是一位叫做路美的乡下的小孩子。"

"那么，是同我同名的啊！"

"不是同名，你就是演那仆人的角色啦。你是一个乡下佬，跑来了做乔利先生的仆人的。"

我不十分明白："不过，猴子也有仆人吗？"

"那就叫做演戏呀。晓得吗？那么，你就住在乔利的地方，初次充当一个仆人。然而乔利先生看见你的面孔很有点笨样子，所以它想，来了一个笨东西了，并且真的当你是一个笨东西。"

"那么我真太无聊了，那样的……"

"无聊也没有法子。这是做给观众看的呢。你不要想它是猴子，只当是到漂亮人家去谒见一样的做法。主人命你预备食堂的铺张，那时你怎么样呢？这里刚巧有一张桌子。我的戏也正是这样的，你试做做铺张食桌的工夫吧。"

桌子上放了二三只碟子，一个杯子，一把刀，一根叉，一条白布。

这些东西，应该怎样排法呢？

我照着他的话语，走近桌旁，伸出手去，但是不知从什么地方做起，只弯着身子莫知所措，面孔涨得通红；这时候，主人拍着手笑起来说："噢，噢！好，好呀！你那颜色和样子真好。我从前雇的小孩子太骄傲了，自以为自己装扮的笨货是再好没有的了。现在你这不懂世故的样子真好。"

"但是，我实在不知道要怎么样才好呢。"

"对呀，这就是你的好处，明天后天或者难办到吧，不过再等四五天，那你一定娴熟的。第一，先想像起你这不知所措的地方，再表现出那不知怎么做好的样子，你现在的颜色和样子就是了。不懂世故的乡下佬到猴子的地方去做仆人，他比猴子还要懵懂，还要笨拙。所以这出戏的另一个题目就叫做'二人中比较更笨拙的，并非人们所想像的那一个'。比乔利还要愚蠢，这就是你所演的角色。想要演得好时，就像你现在所做的那样好了。你只要用着那心情，热心地表演。那么不久你就可以成了真正的演员了。"

这"乔利先生的仆人"是一出约莫二十分钟演完的杂剧，然而今日的练习却费了三个钟头。那还不只是我一个人的试演，狗儿、猴子都在一块，不必说二次三次，有时竟重演至十次之多。

狗们时常会忘记了自己的扮役，因为要它们记住，就很费时间。我看着那练习，为了我的主人的忍耐性，和那种的柔和态度吃了一惊。在我们村里，家畜稍有不听话时，就打骂随之。他们以为除此之外，没有矫正家畜的坏习惯的方法。然而我的主人呢，在长久的练习之间，狗们无论是做错了，或是不照他所说地做去，他总是没有一回现过怒容，也没有一回骂过我们。

"喂，再做一次。卡彼，你太不留心了。乔利，你怎么样了呢？"他总是这样的？但是它们毕竟是很听从主人的话语的。

演习完了时，我的主人说："怎么样了，路美，你明天能够好好地表演吗？"

"怎么样呢？我可不知道。"

"你不高兴表演吗？"

"也没有不高兴的地方……有趣得很。"

"那么就好了。本来你是伶俐的小孩子，还有那更可贵的谨慎的性质，那么，你再柔顺地学习下去，一定无论什么事，都会成功。就近来说，譬如将狗和乔利比较起来时，乔利比狗更敏捷更伶俐，但是却没有柔顺的性质。记得快也忘得快。还不止此,你吩咐它,也决不会高高兴兴去做。遇着它不高兴的时候,一动也不动。说左它偏向右,说右它偏向左,那也是猴子的天性,没有法子,所以我从没有向猴子发过脾气。猴子和狗不同,它完全没有要尽义务的心情。在这点看起来,猴子就远不及狗好,晓得吗?路美。"

我点点头。

"凡事都应该留意,而且应该顺从。对于自己所应当做的事,就该尽全力去做,这就是处世的秘诀。"

我把"我们村里的人对待禽兽,决没有像他这样"的话告诉李士老人时,我的主人就含笑说:"拿起棍棒对待禽兽,那是不对的。人们要不是温柔地对待它们时,兽类决不会听他的话的。若是动不动就用棍打,那么动物见了人就害怕了。这害怕的心理,尤其是使它学技艺时,更是不好。我个人的经验,觉得我一生了气时,就完全变了另一个人,而不是本来的我了,所以教人就是所以教我。我教了狗们学技艺,而狗们又教了我怎样做人。我使狗们得了智慧,然而狗们却矫正了我的性质,教我温柔。"

我以为主人所说的话真好笑,忍不住笑了起来,主人就说:"你觉得这话好笑吗?那么,你试想想看,假使主人要使狗有好脾气的话,那主人就非得以身作则不可。假使我在教练卡彼时发了脾气,那么卡彼也一定会照样地模仿。我之所以能够自己审慎者,也是卡彼们的福荫啊。世间有句土话,狗是主人的镜子。只要看看所养的狗怎么样,马上就可以明白它的主人是何等样人。盗贼之狗是盗贼。农人之狗就是野狗。亲切而温柔的人的狗也就温柔亲切。你知道吗?"

这样地练习完了之后,我们只有等待着明日的到来,我的伙伴在观众之前献技,已经不知道有几千几百次了,所以它们安闲若无其事，然而我可不行。假使演得不好时，主人将怎么样呢？观众又是怎么样地嘲笑我呢？我担着心入睡，在梦里还看了在给人嘲笑的情景。

第二天了。我们离开了旅馆，要到市上的广场去卖艺了，我的担心一刻一刻地高涨起来。一大堆的人们堂堂皇皇要到那大空地去了，所以李士老人领在前头，昂首挺胸，镍制的横笛吹得很有趣地向前进，一大堆的人兽们脚步整齐，行列正肃，随后跟着，第二个是卡彼，背上骑着悠容的乔利先生。这位先生的服装，是英国的陆军大将的军服，猩绯红的上衣，嵌金线的裤子，头上戴着饰着大鸟毛的拿破仑帽。

稍离开处，是彼奴和朵儿。最后的押军就是我。我们都谨守着主人吩咐了的距离，所以行列的外观，还不致有大不雅观处。

这行列惹起了人人的注意，固然是事实，然而最振动优雪尔街上的人们的好奇心的，还是响遍了全镇的李士老人的奇怪的横笛声，当这音声振动了窗上的玻璃时，家家都仓忙地开了窗子，伸出头来望望街上。小孩子们从家里跑了出来跟在后面。连莫名其妙的乡下人们也和小孩子们在一块慢慢地跟了来。待我们到了大空地时，我们真的成了一个雄壮的行列。

我们在空地的树下占了阵地，将绳子系在四围的树木上，围了一个大圈，这样我们的舞台就成立了。先献小技的，是狗儿们去做了几套，然而我只在担心着自己的扮演，也记不起他们做了些什么。不过朦胧地残留在脑里的，就是李士老人抛了横笛，用"环琰林"奏着活泼的跳舞曲和温柔的曲谱，指挥着它们的演技。

观众在围绳之外，排成了好几列。我为这热闹吃了一惊，看看四周，可是他们的眼睛都望着这边，所以我像看见了眩目的东西一样，把眼睛转向了别处。

第一次的几套小技已经完了,卡彼衔着圆盆子向"看把戏的诸位贵官"募钱。若是有了紧束着钱袋、装做不知道的人时,卡彼就把圆盆子放在围绳内人们伸手不到的地方,自己站立在那人的面前,吠了二三声,用前脚轻轻地扑扑他的口袋。

　　观众们喜欢得大笑起来:"怎么样呀,世上真的有这样伶俐的狗啊!它竟知道了那个人有钱啊!"

　　"喂,站在那里的先生!打开钱包给它几个吧。"

　　"唔,等一等,我就给的。"

　　"小气的东西!"

　　"你最近不就要承继了你伯父的遗产了吗?"

　　这样的舆论,使他自动拿出钱来。

　　不一会,卡彼似很得意地,卸着盛满了钱的圆盆子交给主人。

　　这次毕竟轮到了我和乔利登场了。

　　李士老人用拿着了环球林的手做做手势,向观众们说:"满场的老爷太太们!现在我们排演一出独幕喜剧,让诸位指教指教。剧名叫做'乔利先生的仆人'又名'二人中比较更愚蠢的,并非人们所想像的那一个'。剧情和演员们的技巧,我老人一概不说。只求诸位拉长耳朵,睁圆眼睛,预备着拍掌来看。"

　　虽然说是"有趣的杂剧",而其实是一出无言剧,不讲话只装样子给人家看的。这出戏中的二演员乔利和卡彼,不用说是非这样不能演的,就是第三个演员(这正是我啦)也不能够在观众之前就说上两句话的,所以编做了无言剧,真是想得好　当然若不是我们的主人时时插上一些讲解时,恐怕难以使观众们十分明白的吧。

　　第一场是乔利先生的登场。这时主人的开场白是:

　　"先生本来是英国鼎鼎大名的陆军大将,这次因了印度战争的军功,又蒙皇帝赐下了高官厚禄,这位大将从前用了一个仆人——

不，是只用了一个仆狗。那就太不好看了。大财也发了，官位也高升了，所以体面也非得堂皇起来不可。这次他想用一个真的仆人。大将以为禽兽到现在总是给人做奴隶的，这时期太长了，所以此次非得把人和兽反转颠倒过来不可。"

主人为要使乐器的声音不要太杂，把制音机挂上环琊林。奏出战争歌谱时，乔利将军就意气洋洋地登场，它的样子是很娴熟的。像在等待仆人到来的人一样地慢慢地踱来踱去，从口袋里取出火柴和雪茄，点着火抽烟。时时把烟吹到观众那边去。

因为仆人还不来，有点焦燥，发起脾气来了。眼睛乱转，紧咬着下唇，顿顿足。

以第三次的顿足为号，排定了我跟着卡彼登场了，我因为原来约定了：若是我呆呆地忘记了时，卡彼就会提醒我的，不用担心的。我所以正在踌躇的时候，果然卡彼伸了只手给我，赶快把我带上了舞台。

乔利将军瞅了我一眼，举高两手作失惊的样子，像是说，这就是我今天想雇的仆人吗？真的是意外的好家伙呀！他走近了我身旁，探探我的面貌，又在我的周围绕了几个圈子，像失惊般地耸耸肩膀。

那样子实在好笑，所以观众们都一齐地大笑起来。无论在谁的眼里，都十分明白这猴子是当我是一个真正老牌的笨货的。而且观众也似乎完全当我是一个呆子。

剧中的故事，什么地方都要表示我的笨头笨脑，这实在太难为情了，我无论做一件什么事都非装着蠢样子不可，而乔利的一举一动都显示它的聪明伶俐。

一刻后，将军把我拖到桌前。在这里又有主人的场白：

"大将虽然对这仆人没有法子想了，但是他想，人这个东西，虽说是没有气概的，不过拿点面包给他吃吃时，或者也会聪明一点亦说不定。所以就叫这新仆人吃面包，这又演出什么好把戏来呢？请诸君——"

那么我就坐上了预备齐全的食桌前的椅子。碟子上放着了一块整布。

这餐布是做什么用的呢？我拿了起来看看，但是莫名其妙的样子。

卡彼很担心地使眼色告诉我"那是你用的啦"。

我倾头侧耳想了一刻，才记起般地把布拿到鼻子上，哼的一声揩揩鼻涕。

将军看见我这举动，捧腹大笑。卡彼为我的笨头笨脑吃了一惊，向后倒了下去。在这时我们博得了大喝彩。

糟糕！这不是揩鼻涕的呀！那么是做什么用的呢？再想了一回，这次，就把布块卷了当做领带。

乔利将军又是大笑，卡彼又是跌倒。

将军以为照这样子看来，说不定这仆人是没有头脑的呢，所以突然将我从椅子上拉下来，自己坐了上去，敏捷地吃起面包来。

将军是晓得餐布的使用法的，它用娴熟的态度，把餐布的一角插入军服的钮洞，披在膝上。它样子从容地撕面包，喝葡萄酒。然而最博得观众的叹赏者，是在吃完饭之后，命令我拿了牙签来，巧妙地用牙签剔牙。

这出戏完后，博得了雷一般的拍手。我们的表演，在大成功里告终了。

"猴子表演得多么伶俐呀！仆人表演得多么愚蠢呀！"

在回旅馆的途中，李士老人这样说着称赞我们。我已经成了一个出类拔萃的喜剧角色了。

修　学

　　李士全班(除我在外)的演员都具有高明的演技。不过这演技是没有变化的, 这就是它们的弱点在同一个地方演过二三次时, 就不能再演下去了。所以, 在一个村镇中不能够停留得多少时候, 非得从市过市, 从村过村, 不断地漂流不可。

　　在优雪尔镇住了三日之后, 不能不离开了。那么, 到什么地方去呢? 走出了旅馆后, 我这样发问时, 主人望着我说:"你晓得这方面的地理吗?"

　　"不晓得。"

　　"那么, 你为什么要问呢?"

　　我答不出来。凝视着面前直通到那边山谷去的、雪白的大道。主人再接着说:"我们现在到奥略克, 由那里到波尔多, 由波尔多到比列涅去啦。你觉得怎么样?"

　　"可是, 师父(我已这样对李士老人称呼惯了)曾经去过那些地方了吗?"

　　"这回第一次去的呢。"

　　"然而从前没有去过的地方, 你为什么晓得呢?"我觉得奇怪, 所以这样发问。

　　主人望了我的身上, 似乎要在我的身上找出什么东西一般地望了我说:"你还不晓得念书吧?"

　　"不晓得。"

"书是怎么样的东西，你晓得吗？"

"唔，晓得。在教堂做弥撒祈祷时，大家都打开书来看的。我时常在那里看见了皮面的漂亮的书，书里还有图画呢。"

"是的呀，那么你得知道书上可以记上祈祷的字句吧。"

"唔。"

"书上可以记上祈祷的字句。你在教堂里祈祷时，非得记住了母亲教给你的字句不可。但是，拿看书祈祷的人，就不用记住了，他们不用这样的费心。这就叫做读书。书中还可以记上祈祷以外的种种文字。这次休歇的时候，我把我的书给你看看吧。这书中写着了我们以后要去巡游的各国的地名，连那地方的风俗、习惯、从前的故事、伟人们的名字等都写上了。我只要翻开那书看看时，就可以明白那地方的一切，像我亲身曾去过似的。"

我从前的生活，完全是和野蛮人一样的，所以，对于文明生活的观念，是一些也没有的。老人的这番话语，就像开了我心中的茅塞一般。

然而，我也有一次曾经到学校去过。不过那只是一个月左右的短期。这一个月中，我一次也不曾拿过书本，也没有学到诵书，也没有习字。

在我做小孩子的时候，乡下还有很多没有学校的地方，就是有学校，那些先生好像连什么都不懂，或者是因为他自己的事忙，总不能教给小孩子们一点东西。

我进的学校也是这样。先生能够晓得一点什么吗？不，先生大概是晓得的吧。我不应该来侮辱先生，说他是"不学无术"之徒。然而先生不能教给我和其他的小孩子一点东西，也是事实。

我们的先生除教书以外，还做其他的事。先生本来的职业是木靴店，从早到晚，他都热心地工作。人们只看见他每时每刻挥着刀，把毛榉或胡桃树的木屑撒遍周围，然而对于学生呢，除了寒暄几句好天气啦，天雨啦，冷啦，热啦之外，不曾教过一次诵书或算术等类的东西。一切的学课，他都委给了他的女儿，可是这女儿又是一位缝衣匠，在父亲挥动两柄刀时，女儿正在热心地做针线。结果，这一个月中间，我不曾学到一点东西。

这也不是没有道理的？先生不能不吃饭，而学生的人数呢，连我只有十二人，每月的学费每人是二角，他一个月的总收入，只有二元四角钱，这当然不够他三十天的生活费，所以就非得撒木屑，做针线不可了。

现在无论什么地方，也恐怕寻不出这样的学校来吧。

"师父，读书很难吗？"我心头想着，走了很久，才问一问看。

"读书在头脑鲁钝的人，恐怕不容易吧。尤其是无心向学的人更加困难。你似乎尚不至于鲁钝，不过……"

"那我不知道，不过我不是无心向学的。"

"唔，这样就好。我也可以教教你……算了，前途还远呢。"

主人一面说，一面前进。他似乎不十分愿意教我。那时候我以为读书，只要翻开书本子来，解说一两句，就可以明白一切的了。

那天，我虽耐心地等待着，然而结果他一点也没有教给我。第二天，我们继续着旅行，主人在路旁拾起了一片肮脏的木板。

"喂，这就是你的书本啦。"

我以为主人在说笑话，我望望他，然而主人的颜色是很认真的。

我凝看着木板，那是一只手腕一样的长、二个手掌一样的宽、削得光光的榉板，无论怎么样找，也看不出有字有图画来。

怎么样来读这块白的木板呢？

"唔，你想想看。"主人看着我的样子含笑说。

"师父和我开玩笑的吧。"

"哪里?!拿着不懂事的人来开玩笑,是最不好的事体啦。拿你来开玩笑,那才是我的耻辱呢。喂,路美,那边有树木,我们就在那里息一息吧。你看我怎么样将这木板来教你读书。"

不久,我们到了树荫底下了,那里铺满着柔软的青草,白色的小菊,像人工播种般地开遍各处。乔利的锁链一解开来,让它自由时,马上攀登着树,从这枝跳到那枝,像要摇落胡桃来,那样地抱着树枝摇个不息。狗儿们柔顺,而且疲倦了,所以围绕着我们的四边睡下了。

李士老人从口袋中取出了小刀,把拾来的榉板削成薄薄地。两面都修得光光滑滑地,造成了十三枚方形的小板子。

我目不转睛地看着,热心地运用所有的智慧来推测,然而还不能明白这小木片到底怎么样可做书本,我知道书本是缀合了若干张的纸张,在这纸上又排列着黑字的东西;不过,这木片哪里有纸呢?哪里有黑字呢?

"在这木片的两面,用刀子各雕成一个字母,那么,不就成了二十六个字母了吗?你在那上边就记住了那字母的样子和读法。等到你会将我所说的单语,用字母排成时,那你就算是会念书了。"

不久,我的口袋里都装满了木片了。从第二日起,一有闲空时,我就在木片上用功。然而,想记住和记得住,这是完全两样的事情。很不容易从心所欲地弄得清楚,甚至有时我想还是从头就不学它好。并非是自己偷懒,然而有时反而卡彼比我先记住了,这就伤了我的自尊心不少。

主人想起了卡彼会看钟点,就想叫卡彼和我共学,所以我们就在一块儿受教。我与卡彼是同级生。我当然是不高兴输给我同级生的卡彼啦。卡彼不能说话,所以当然不能够发音。它从草上排着的字中, 待主人念起来时, 就——用脚踢了出来 最初是我比卡彼进步得快。然而它比我有更正确的记忆力, 一旦记住了的字, 它决不会忘记的。

每当我念错时, 主人就说: "要是卡彼就不会错了。"

卡彼就像知道了主人所说的话, 它胜利般地摇动尾巴。

"比兽类还要愚钝——那在做戏时是好的, 但是在实际上, 那就是耻辱了。"

主人接着说。

我想, 我非得拼命地用功不可了。到了后来, 卡彼在拼自己的名字Capi还拼不清楚时, 我已经渐渐地会念书了。

有一次, 主人对我说: "路美, 你现在已经会念书了, 以后只要用心就得了。这次再学学音乐的歌谱, 看看成绩怎么样?"

"会看音乐的歌谱时, 就像师父一样地会唱歌吗?"

我眼睛睁圆地问。大抵是因为我从前在村里时, 所听的歌, 都像破铜锣一般的难听吧, 所以, 每当我听到主人唱的歌时, 总是恍恍惚惚, 把什么都忘记了的。我真的想自己也能唱得那么样时就好了。

"那么, 你也想唱得像我一样的吗?

"我可不能唱得像师父那样好, 不过……" 我用力地说。

"你喜欢我唱的歌吗?"

"我再喜欢没有了, 夜莺也唱得很好, 但是也及不得师父呢, 师父一唱时, 我就不知不觉地落泪, 或是发笑了。"

"唔, 这样吗?"

主人说后, 凝望着我。

我有点踌躇地, 再接着说: "是的……师父唱得悲伤时, 我虽然不懂得其中的字句, 可是我总像到了母亲的膝下一样地, 我似乎眼看见了母亲。"

主人的眼睛里，满含着眼泪不作声，我看见他不开口，以为是自己说错了话，所以担着心。

主人用感动的口气说："路美，我并不是有什么不高兴。不过你现在这番话，却使我记起了我年青时的事情，你不必担心，我教你学唱就是了。你虽是小孩子，你却知道了怜悯之情，不久你就会使人为你伤心了。这时候就要来……"

说到这里，主人咽住了，他似乎感情太兴奋了，所以不再说下去了。他还想说什么呢，我无从猜得出。然而，到了后来，经过了很多日子之后，在一种悲伤的可怕的事情之下，我竟洞察出主人此时的心情了。那就是我今后所要说出来的题目。

从第二天起，主人就教我认乐谱。在木片上，刻了五线谱和1、2、3、4等音符。学认乐谱比认字难得多，我无论如何都记不住时，主人——他对狗儿们虽然很有耐性——也忍不住了，叫了起来："要是狗或猴子的话，那我还当它是畜牲，可以耐得住，对于你，就太难为情了。"

他像做戏时一般地高举两手，又突然地垂了下来，拍拍自己的屁股。

乔利凡遇着它以为可笑的事，就要摹仿着做，主人此时的样子它完全又记住了；以后当我在师父面前记不起功课来时，它就高举两手，拍拍屁股，故意取笑我。

"喂，你看，连乔利都看不起你。"

然而，我却以为乔利实在是看不起主人，在仿学着他。所以，给乔利愚弄了，我也不十分生气。不久，我就通过了第一个难关，以后总算勉强可以将乐谱的音符认得出了。

我们天天都在继续着旅行，不过因为距离的关系，有时走了一天，有时却走半天就息下了。在到一个地方时，立刻要表演，赚钱来维持那天的生活，所以就非不停地训练狗和猴子不可。我要偷点时间，来读书及学音乐，就不很容易了。途中的树下或草上，就是我的教室，一有空时，就把口袋里的木片拿出来用功。我的用功法，完全是和其他的小孩子不同的。

我被骂时虽然觉得很苦，但是，有一天，主人温柔地拍拍我的颊上说："你的性质很好，而且忍耐性也强。你和我同住着，你就会像平常的人一样地读书，还要学成一个有名的会唱歌的人吧。"

真的，我之所以能成为一个平常的人，就是全靠了主人的福荫。而且，同时，这漂泊的生活，给了我康健。当我跟着母亲时，耶路姆说我是"城市的小孩"，李士老人说我的手脚"像蚊子一般"，我是那么样的消瘦而不健全的小孩子，然而自从跟了这主人之后，不避风雨，不嫌寒暑，尝尽了艰难困苦，在露天之下漂来漂去，却使我的手足变了壮健，肺腑强壮，皮肤坚实，不怕寒暑，不畏风雨，也养成了那不畏困难苦病的刚强的精神。若使我的身体与精神，没有受过这一番训练的话，在遇着了我在下面要说的非常的事故时，一定是忍耐不住的吧。

我们自从优雪尔出发后，向法国的南部去巡游 一望见了村落时，我就给狗儿们装扮。这是很容易的，可是叫乔利穿陆军大将服，那就有点费事。它知道了穿起这衣服时，就非得做一套不可，所以装出很多滑稽的样子，不让我给它装扮。那么，我就叫卡彼来和我帮手。卡彼是伶俐聪慧的狗，能够知道制服乔利的好法子，那法子，猴子也只有降服了，柔顺地穿起衣服来。

全班的扮装既已完备，李士老人吹响那随身的笛子。这行列若是引动不到人时，就不表演，若是引动了群众时，那么，就在那里演几出，然后马上离开了那村到别地方去。等到了相当大的市镇时，那才可以从容地逗留三四天。在这逗留的期间中，午前我偕卡彼到街上去游逛。

第一次，住在一个大市镇里，当我出去散步时，主人对我说：

"若你是其他的小孩子的话，这时候正在学校念书，然而你却跟着我四方漂泊，不过这也不比在学校读书坏些。尤其是到了大地方时，你很可张大眼睛好好察看，若是碰见了你所不明白或是不晓得的东西时，你就回来，不必客气地问我好了。我虽然不是什么事都懂得，可是足以使你的好奇心满足的说明，大概总可以做得到。我也不是生出来就是玩把戏的，从前也曾修练过高尚的学业的啦。"

"师父从前学过什么东西呢？"

"唔，这话让别时再说吧。只要你明白这可怜的玩狗戏的主人，本来也是有身份的人呀，这样就好了。反之，你现在虽然做着贱鄙的工作，然而只要把心抱得定，那你也一定有一天会成功的。人们说，什么都是靠运气，那是不对的，三分运气，要七分努力。路美，我告诉你吧，我在闲暇时教给你的功课，好好地用功吧。而且把我时常讲给你听的话语，也好好地记住吧。现在还是不晓得，但是等到你长大了起来时，一定会有一天想起我所说的话语的。你会真心地想起了，我将你从你母亲的怀里夺出来，我这贫穷的把戏师父，是个好人呢。我总相信你跟了我来，并非你的不幸。"

这番言语，永存在我的耳中。同时我热望着能够知道我的主人是何等身份的人物，为什么这样的落魄？

国王的故事

　　我们继续了数个月的漂泊，到了一个叫做缪拉的大村里，住在一间旅馆的小房子中过夜。就在那天，主人告诉了我以下的故事："从前这村里，出了一位法国历史上有名的伟人。或者他曾经在这旅馆做过工也未可知。那人从一个马夫出身，做到了意大利的涅布尔士的国王，在王位六年。他的名字叫做缪拉，这村的名字，就是用他的名字来纪念的。我同那国王很熟，时常和他谈过话……呀，那也成了过去了的梦了！"

　　老人叹了一口气。我也吃了一惊地问："那么，你是在那国王还在做马夫的时候认识他的吗？"

　　"不是，"主人悲伤地笑了一笑说，"缪拉将军做马夫时，是在这村里的，我却是这一次才到这村里来。我认识他是在涅布尔士的王宫里……唉，那是三十年前的事了！"

　　"那样，师父是真的认得国王吧？"

　　我这突然说出来的话似乎很可笑，所以主人大声发笑了。

　　我们坐在马房——这或许是从前那国王在这里当马夫的地方，也未可知——前的板凳上，背着墙背，听师父说话。一株茂盛的大树盖在我们头上，蝉儿很单调地在叫着。对面的屋顶上，已经可以窥见东升的月亮。那是一个清凉舒适的晚上。虽然是九点钟了，而落日的余光还没有消尽。"路美，你想睡觉吗？还想听缪拉国王的历史吗？"

"好的，师父，请你讲国王的历史吧！"

主人的正面浴着月光，告诉我那缪拉将军的很长的历史。我从前也曾听人说，历史是有趣味的，然而什么叫做历史呢，我可不知道。母亲只知道她眼之所及的地方的故事，而且我也没有想到世界上还有什么旁的地方，所以，从母亲那里，也不曾听她讲过历史，因此，主人这次所说的国王的故事，在我想来是很有趣味的！

而且，主人还认得那国王呢！他和国王谈过不知多少次的谈话呢！到底，我们的主人，是何等人物呢？他年轻时，做过什么事情呢？因为什么事，才变成这样可怜的老头子呢？从听了缪拉国王的故事以后，我对于主人的好奇心，更加强了。

我们在各地方流浪之后，不久就到了波尔多港来。在这里，我第一次看见了海，看见了轮船，还看见了漂亮的城市。我知道了种种新奇的东西。因为这是一个大城市，所以我们能够表演到七日之久。可是，自从离开这里，到比列涅的途中，实在是讨厌的地方，使我尝尽了艰难困苦。没有树林，没有田园，甚至连人也看不见，只有广漠的荒地的连续。到了这里时，主人对我说："喂，我们现在到了阗都（这里荒地的名称）了。这片荒地，足足有二十五里远，你的腿儿应该好好地预备一下啊。"

应该预备的，并不只是腿儿。头脑心胸都非得预备不可。为什么呢？因为在这渺无际涯的荒野中漂流时，我的心思就不觉陷入悲哀和绝望的境地了。

虽说是早已准备了，然而，无论怎么样拼命地走，还是觉得总似乎在一个地方，动也没有动一样。前后左右，一望无涯，只有小灌木丛生着，莲馨草和山苔等丰茂的叶子，在微风中起伏，或是波浪一般动荡的羊齿类。老人虽然说过，走到黄昏时，就可走到一个村庄上，然而，到了太阳下山了，还看不见一点村庄的影子。早上我们是大清早就出发的，所以我已经是十二分的疲倦了。太阳在西山下去了，现在再找不到村落时，今夜就连睡的地方也没有了，我们想到此事，脚步更加竭力地加快。不一会，强健的主人也疲劳不堪了，说要在道旁休息一会。

我看见了那边有一座黑黝黝的小山，所以想在主人休息中，到那边去望望，看左近有没有灯火的地方，并叫了卡彼给我做伴。然而，卡彼也疲得不想动了，蹲在主人的身旁，装做听不见。

"路美，你害怕吗？"

给主人这样一说，我就闹着意气，连卡彼也不带，一个人走向小山去。

四周已经完全黑下来了，那天晚上，也没有月，只有空中的星星在闪烁。因为白漫漫的水蒸气布满了大地，所以星光也有几分朦胧。我留心着左右，一步一步前进。映在眼里的东西，似乎都有点奇怪。要看出一株草丛来，也得先在肚里想一想，不然，草丛就会不像草丛的。莲馨草的茎，灌木的弯曲的树枝，以及一切的东西，都像空想的世界里的生物一样。我觉得这荒地似乎完全变成了魔的世界一样了。

主人曾问过我，害怕不害怕？那一定是他知道了这潮湿的荒地中，时常有奇怪的事体发生的吧，我想——若是其他的小孩子的话，他一定会害怕起来，不敢前进吧。我却不是那样没有胆量的。我壮壮胆，放胆向前走。

我以为近在目前的小山，却意外的远。好容易到了山下，想爬上去时，莲馨草及其他的羊齿类茂盛得高过我头上。我不能不在那下边钻过去。结果到了一个稍高的地方，张开碟子一般大的眼睛，向四方回望，可是一点也望不出灯火来。我的视线只有在夜阴中消灭了。我眼里所映的，只有不明了的物形，奇怪的影子，像人鱼一样地伸着手向我的莲馨草，和在跳舞般的草丛这一类的东西。

我竖着耳朵，想听听有没有牛叫或犬吠的声音。是多么寂静的空气呀！我不觉全身发抖了。同时，一种无聊的恐怖，潜入了我的胸里。害怕什么？我不知道；虽然不知道，然而却感到危险似乎已经落在头上一样的了。

我想赶快逃回主人的地方去，畏畏缩缩地看看周围。突然，我看见了在那边莲馨草上，耸出了一个又黑又大的影子，而且动荡了起来，同时我还听见似乎是这黑影碰着小树枝所引起的瑟瑟的树叶声。

我这时候，真的所谓疑心出暗鬼了。我想，想出道理来，以为自己不凝神细看所看见的树木，也一定是看错了。

那是死一般的没有风的晚上。像羊齿那般容易摇动的枝叶尚且一点也不会动摇。要使那枝叶动摇，而且发出声音来，就非得有风不可。不然，就是有人走过吧。

有人走过？

没有这个道理。若是有人的话，那断没有突出草木上那样高的道理。这是我所不知道的动物，或是夜之怪鸟，或是那可怕的长脚蜘蛛的妖精，我判别不出来。总之这一定是妖怪无疑。

想到了这里，我一刻也站不住了。所以拔起脚向主人处狂奔。然而，真奇怪，虽说是下坡了，却不能比爬上来时更快。绊住了莲馨草，又碰着了草林而至跌倒，靴子踏进了荆棘堆里去，处处使我不能不停步。

好容易下了山坡。战兢地回头一看时，那妖怪更接近我了。我跑得几乎喘不过气来，也不敢再回头看。脊上似乎已经给妖怪摸着了，好像毛刺刺地。

像狂人一样地拼命地飞跑，总算跑到了主人休息的地方了，我动也不会动地倒在主人的足旁。

三匹狗儿以为有什么事发生了，大声唤吠起来。

我紧紧地喘着气，用差不多就要断气了的声音说：

"妖怪……妖怪……"我再说不出以下的话来了。

"什么？妖怪？"主人似乎望了望那方面；在狗吠声中，我听见了主人哈哈地大笑。同时他拍拍俯伏着的我的肩膀，说："你比妖怪还要怪蠢呀。壮壮胆，看清楚了妖怪的原形再说吧！"

主人的笑声，给了我以生气。我抬起半身，睁开眼望着主人手指的地方。

使我失魂的妖怪，站在那边，动也不动。

可是恐怖之念尚未完全消失，我的心脏还是跳得厉害。不过我现在不是孤孤单单一个人了，旁边有我的主人，有狗儿们。

我壮一壮胆，看看那妖怪，可是，与我初看见时也没有什么变异。映在我眼里的，依然是一个妖怪。

是兽呢？还是人呢？

说是人吗？他也有那样的身体头颈手足。说是兽吗？它又像全身生毛的野兽；不过，它是用长得可怕的干瘦的后脚站起来的。天色太黑了，不能看得十分清楚，然而他那瘦长的黑影，却浮现在星空中。

我奇怪地看着他时，主人向这妖怪说话了。

"从这里到村里去还远吗？"

妖怪不答，然而发出了鸟啼般的笑声。

那么，这是鸟吗？

主人再问问他，想得到他的回答。主人的样子，似乎是着了魔般的，要不然，他这件事就做得太没常识了。为什么呢？因为即使禽兽可以懂得人类的言语，又哪里能够答应人们的问话呢？！

可是，那妖怪竟开口说话了！他说，这附近没有村庄，只有羊栏，我可以带你们到那里去。

"那么，就烦你带我们去吧。"主人说。

这可就奇怪了。能够像人们一样地说话，那么，他也是人类吧？然而会有那样长脚的人吗？

就他说话的样子看起来，别没有什么好怕的地方，大可以走到近旁去看看，然而，我却没有这样的胆量。我只得就背起了包袱，默默地跟着了主人的背后走。

主人一开步时，就对我说："路美，你现在晓得了你害怕的妖怪的原形吗？"

但是，我还是不明白。我以为这大概是讲故事中的大山人吧，我细声地问问主人："这地方有这样高的怪人吗？"

"是的，这里的人们，乘了木马，就变成了那样的妖怪。"

这地方的住民，在这多砂地和沼地的荒野旅行时，多数是乘着了那样的木造的马赶路的。主人这样地向我说明了。

那天晚上，就在这旷野中的羊栏住一宿，第二天我们始向比列涅出发。在几日的漂流之后，到了比列涅的一个叫做维的地方。这里是闻名的避寒地，当我们到那里的时候，已经是初冬的时节，市镇里渐渐呈着繁华的景象了。

我们在这里过了一个很舒服的冬天。英国的客人很多，都到这里来避寒，对于我们的表演，是再好没有的机会了。戏剧大概是"乔利先生的仆人""大将之死""正义之胜利""下痢药"等类一定的东西；稍为坏一点的观客，在二三次连演之后，就开口骂，"什么呀，只有这几套吗？！"不过小孩子们却是百看不厌地，同样的东西，也来看好几次。那班小孩大概也是英国的小孩子，到后来都和我们熟识了起来。而且，时常拿了糖果等来，分给我及狗儿们。只要不下雨，我们每天都得开演。

　　不久，春天近了，我们的观客，一天一天减少下去，英国的小孩子们，来同我及狗儿们作最后一次的握手后，回到他们的故乡去了。在这里已经做不成生意，那么，我们又开始我们无止境的漂泊了。

码上对话
AI成长伙伴
☑ 故事收音机
☑ 收看成长课
☑ 趣味测一测
☑ 读书分享会

别　离

经过了一个相当长远的漂泊之后，在一天的黄昏，我们到了一个沿着河流的大都市。这里的房子，大多数是用红色的砖和瓦盖成的，道路也是用尖形的石子铺成的。这是一个使旅行者感到困难的、旧式的城市。主人说，这地方叫做都鲁斯，住的很多是法国的旧式家庭和贵族们。我们预算在这里多住一些日子。

进了旅馆的第二日，照例是出去找那适于表演的地点，我们到街上去了。这市中适当的地方很多。往来繁盛的广场和大街路等都很多，其中尤其是靠近植物园的圆形的广场更佳，青草如茵，莜悬木和栗树等造成了美观的阴影，数条大街路都从这里像车轴一般地放开出去。我们就选定了这地方。

第二日开始表演时，果然来了很多观客，我们欢喜得不得了，不过那里派出来的警察却要与我们为难。也不知道他是讨厌狗呢，或是恐怕那些群众多事，要麻烦他的警戒，总之，他竟越法来干涉，要我们走开。

像我们这样身份很低的人，不管他有理无理，还是服从警察命令为佳吧。然而我的主人却不是这样想。

主人虽然不过是玩狗戏的老头子，然而他具有和这身份不相称的自尊心。并且，主人对于权利的观念，是一步也不肯退让的，——这是他曾对我说过的——他在街上表演，早经人领有了照会，并不曾违反什么规则，所以，他对警察的命令，就不能无条件听从。

当主人遇着了什么事，以为犯不着发脾气时，或是愚弄他人时，他总装出高官贵人般的架子来对待他人一样地故意用郑重的言语来说话。

此时，警察命令我们走开时，他就脱了帽子，鞠一鞠躬，大声说："代表警察权的名誉的大老爷! 在鄙人没有走开之前，有一点质问的话要说，明达的大老爷，不知道用什么规则，来禁止我这贫贱的把戏师在公开的地方表演，赚几个钱糊口。恳求大老爷将规则拿出来，给我们后辈见识见识。"

警察似乎是满肚子气，说："不必再多话了，只要静静地服从命令就好。"

"不，我决不是说不服从大老爷的命令。我只是恳求大老爷把规则给我这贱人看一看，那我马上就可以走开的。"

警察口中还是喃喃地说些什么，不过也只好默默地走开了。我的主人把帽子拿在手上，弯着腰身，眼送他走了之后，还暂时继续着那侮辱的态度。大概主人今日的这场交涉，与其说是戏弄了警察而开心，倒不如说是利用了警察来博得观客们的欢心吧。

我们以为警察大抵不会再来了，第二日还是在那地方表演，谁知一开场时，昨日的那警察跳过了我们围在四周的麻绳，踱了过来。但是，这回他不是来叫我们走开。

"喂，喂! 你的狗为什么不嵌口网呢? "

"这真奇怪! "主人还是用那照例的语调说，"你是来叫我把狗儿们嵌起口网吗? "

"是呀，市街取缔规则中规定了的。你，不知道吗? "

我们那时正开演着"下痢药"的那一出，这次是在都鲁斯第一次表演的，所以围绳之外，观客真的像堵一般地围起来，正演在这中段时，来了阻碍，所以观客就噪了起来。

"别捣乱吧！"有这样呼唤的。

"等演完了再说吧！"也有这样叫着的。

谁也不对警察方面表同情。李士老人挥手制止观客，脱了帽子，弯弯腰，郑重得帽子的鸟毛拖在地下了，他这样地三鞠躬之后，说："代表警察权的名誉的大老爷！贤明的大老爷！真的叫这李士班的喜剧戏子们嵌上口网吗？"

"是的，不错，马上就把口网嵌起来！"

主人，他似乎也不理会警察这无理的命令，只是像讲给观众听一样地，用演戏的口吻说："这是什么话？叫这卡彼，彼奴，或是朵儿嵌口网，那未免太没有道理了。你试看看，这卡彼是世界最有名的医生，它是来诊视这不幸的乔利将军的毛病的，若使把医生的鼻头嵌起口网来时，那它又哪里能够命令调制那'其效如神'的药剂呢。要是你命令说，把听诊筒挂到耳朵里去的话，那倒未尝不可。至于说将口网嵌在卡彼先生这名医的鼻头时，那很对不起，这才是亘古未闻的命令………"

观客们狂笑了起来。老人小孩子的笑声都混在一起，笑个不休。主人更加高兴地说："而且，就是这可爱的朵儿小姐，若使在她那玲珑的鼻头嵌起了口网来时，那她哪里还能够用媚人的话语，来劝这顽固的病人服药呢？这与其烦劳贤明的大老爷去费神多事，倒不如直接请看官诸先生批评批评。"

看热闹的贵客们，虽然不老实陈说他们的意见，不过都拍掌大笑了。尤其是那顽皮的乔利，它站在"代表警察权的大老爷"的背后，学着他的样子，又又手腕，握着拳头，又又腰，或是挺挺胸，一举一动，没有不学着做，所以，观客们更加觉得有趣味。不堪主人的愚弄，而又激于观众的嘲笑，警察发了脾气，转过足跟想走了。恰当这时，他发现了那猴子正在学着他，像斗牛者和牛对看着地凝视着他，所以更激起了"大老爷"的脾气。大家都不服气地看了一会。

笑声又起了，但这是最后的一次笑声了。警察像威吓我们一般地高举着拳头说："明天你若再不嵌起口网来，那我就要起诉你们了。"

"那么，明天再会吧。"主人镇定地说。

警察大踏步走开了，主人又一鞠到地，像送大官贵显时一般地，望着警察的影子。那一天是平安无事地演完了。

我以为主人在表演完后，一定会去买口网的，谁知却大不然，回了旅馆后，他也像没有这回事的，也不提起和警察吵闹的事。我有点不放心，问："师父，还是今天先买了口网，让卡彼嵌惯了一些好吧？不要在表演时，把口网弄破了，那就糟糕了………"

"路美，你以为我真的会老老实实嵌起口网来吗？"

"可是……警察气得那个样子……"

"你是乡下的小孩子，所以怕警察。不要紧的，我明天想好法子弄得他不能够去起诉我。我不用那使狗儿们吃亏的方法。我要把这件事来做材料使观众们开心。我要把警察也编进剧里去，使我们的表演中，别开生面，请他也替我们演一套。观众也好，我们也好，大家得到一种意外的开心。明天你先带了乔利到那广场去，弹着竖琴先招揽一些观众就得了。那时候警察一定会来的，等到那当儿，我就带了狗儿们进去。把戏也就在那时候开演了，晓得了吗？"

要我一个人先去准备演那样危险的把戏，这在我一点也不觉得有趣味。不过我知道了主人的性质，也知道了主人的命令是不能反抗的，他一旦说了出来的计划，断不能使他抛了不干的。那么，我只有服从他的命令去干。

第二天，我一人先带了乔利到那广场去，张了绳子，开始奏我的竖琴。马上就有很多的观众聚了来，围绳外已经是热闹起来了。

我在比列涅过了一冬时，就跟主人学会了弹竖琴。歌儿也唱得相当好了，所以弹起了竖琴来时，就算是一个音乐家了。种种歌儿中，我唱那意大利的"拿破里之歌"最为得意，合着竖琴唱起了那歌，总博得大大的喝彩。实在的，我的竖琴已经成为这戏班的一种特色的东西了。

然而我知道今天聚在周围的人们，并非来听我的歌唱的。他们大抵都是昨天的那一班人，而且似乎还招约了一些新来的。都鲁斯这地方的人们，——别的地方也是一样的——谁也都不喜欢警察。所以，他们像约定了般地，来看那天的意大利人怎样地对付警察，怎样地愚弄警察。

我的主人虽只说了"明天再会吧"一句话，然而观众们看看主人的样子和语调，知道了那比警察还要强的主人，一定是会把这警察来做材料，玩一套把戏的。

然而，他们只看见了我独自一个人带了乔利来，大家就有点不放心，其中且有问我那意大利人为什么不来的。我告诉他们，主人随后就来了。高唱起那我得意的"拿破里之歌"。

不到五分钟，果然那警察跑来了。乔利最先看见他，就一只手曲起来，一只手握着拳头叉在腰里，挺着胸膛，装成威严的样子，在围绳内踱来踱去。

观众一齐笑起来了。猴子更是得意。拍掌的声音也响了好几次。我捏着一把汗，以为观众不要发笑就好了。警察似乎是怒不可遏地睨着我和乔利。观众们又觉得这个好笑，互相指语。我拼命地忍着笑。要是在主人还没有来时，就给警察生气，那才糟糕呢。我战战兢兢地，担心着他马上就会发脾气。警察的样子，似乎是再忍不住了。他喝开了站在围绳前的人们，自己在那里踱来踱去，每当走过我的面前时，总是白眼地睨着我，就像是说要你看看厉害吧。我觉得今天不是安稳无事可以开交的。

对于此事完全不知的动物乔利，还是照样地，学着警察的样子开玩笑。警察走到我面前时，它也跟在背后，白眼地睨着我，这样又引起观众的大笑。

我担心警察就要发脾气，害怕得不得了，叱骂乔利，想叫它不要那样做。谁知它正是大得意地学着，不听我的指挥。我要把它捉住时，它又敏快地逃走了。

这时候，那警察大概是肚里发了火，把理性都蒙蔽了吧，他以为我是在唆使猴子，所以满面涨得通红，跳进围绳里来，一步跨到了我的身旁，我吃了一惊，刚想往后退避，一个巴掌已经打在我的颊上了。我眼睛刹时昏花，要倒下去了。恰当这时，有一个人跑了来，将我抱住了。我好容易站定了一看时，那就是我的主人，李士老人。主人站在我和警察中间，握住了警察高举了的拳头。

"你打这小孩子是什么道理呢？你真是卑鄙无耻！不像一个警察的行为！"

警察在挣扎着想拂开给主人捉着的手。主人紧紧地握着不肯放松。

这时候主人的风采，真是堂堂不可犯。雪一般的白发，银一般的胡须，毅然高抬的头，显示着愤怒与威严的那高贵的表情。我是再不会忘记了的。

我以为那警察慑于主人的威风，一定会钻到地下去的。谁知不然，他拼命地拉开了手臂，突然抓住了主人的胸膛，猛烈地一推。主人几乎要跌倒了，幸而又站了起来。主人举起右手向警察的臂上猛击了一下。主人也算是老年人中比较有力的，然而和这筋骨强壮的年青警察对抗起来，就没有胜利的希望了。我担心着看看情形，主人已经再不和他拉扯了，只瞪着了警察说："向我这样年老的老人，你想怎么样呢？"

"你是殴打警官的犯人。即时要逮捕你，送你到警察署去！"

"你打了这小孩子，难道你对吗？"

"不要讲道理了，不要吵闹，跟着我走！"

主人知道了在这里吵闹也是无益，所以，对我说："你把狗和猴子带回旅馆去，等待着我的消息好了。"

没有再说话的余暇，他给那横暴的警察拉着走了。

主人想要使观众们开心的计划，为了小猴子的小聪明出了岔子，弄成了一出悲剧。呀，这是多么可悲的事情呀！

狗儿们还想跟着主人去，然而我把它们带住了。习惯于服从命令的它们，柔驯地走回了我的身旁。那时候，我发觉了狗儿们都嵌着了口网。但是这不是普通用铁造成的，不过是用连有漂亮的毛缨的丝带，在鼻头处扎了一扎就算了的东西。白毛的卡彼用的，是红色的丝带，黑毛的彼奴是用白的，灰色的朵儿是用青的，那是连色彩都配好的戏台上的口网。主人是预备着这样的装束，来玩弄那警察的。

看见了主人被拉去，观客们一下就走散了。其中，也有站着谈论的。

"实在是没道理的警察啦！"

"老人也不好。"

"那警察是不该打小孩子的，小孩子一点也没有做什么。"

"同警察吵闹，就是不合算的。老人也太可怜了。恐怕非尝尝铁窗风味不可吧。"

我担着心，垂头丧气回旅馆去了。

只在最初的时候，我才当李士老人是可怕的人贩子一样的，以后我一日一日地和他亲切了起来，现在我的心底，早已栽植了对于主人的很深的情爱了。我们二人，一直到现在，没有一天分离过，尤其是在寻不着宿所的夜里，辛辛苦苦得到一点草秆时，主人也一定要分一半给我。名叫做父亲的人，也少有像老人这样地爱惜他的儿子的吧。主人耐心地教我读书，写字，唱歌。还不止此。在长远的旅途中，眼之所见，耳之所闻，无不拿来做教给我的材料，就是我没有像到学校去的小孩子一样地学到了种种的科目，然而这活用的学问，的确在他们之上。在下雪的日子，主人把自己身上的东西，分了给我穿。在盛夏的旅行中，他又把我背着的东西，分了给自己背上。在食桌——我们大抵是在树荫或草上用餐的，——主人也常是自己占了坏的地方，把好的让给我吃。虽然有时也要拉我的耳朵，或是赏我一个耳光，使我心里难过；但是，若当这，也是惩戒我下次的教训的话，那么，我简直没有一点儿不平。我哪里能够忘记了主人对我细心的注意，温柔的言语，和种种亲切的地方呢。呀，主人是真心爱着我的，我也是真心爱着主人的啊！

就算是霎时，然而不能不和主人分离的这回事，是多么的伤心啊！

什么时候才能够再看见主人的容貌呢？

观客们说他非入狱不可，真的是这样的吗？牢狱又是多么可怕的地方呢？！哪时才得从牢狱放出来呢？

这期间我将怎么样了呢？我将怎么样地度日呢？

主人的钱袋总是带在身上的，被警察拉着去时，也没有交给我的余暇。我的袋里只有一点点的零用钱而已。这所有的零碎钱，能够支持得住三四匹狗和乔利及我的食用吗？

我在不安和懊恼之中过了二天。在旅馆的后院子里，一步也不踏出去，看守着猴子和狗们过日子。它们也似乎在操心吧，一点也不活泼。到了第三天，主人有信带到了。信里说，我现在警察的拘留所中，礼拜六将以抵抗警察官吏罪与殴打罪的罪名，在轻罪裁判所开审。我因一时的激愤，殴打了警察，这是我的过失处。总之，礼拜六的那天，你到裁判所来旁听好了。一定对于你也有点用处吧。

主人还对于我的行动加以训诫之后，要我替他好好地抚养乔利、卡彼、朵儿、彼奴等。这信是在百忙中偷着空写的吧。我在读着这信时，卡彼钻进了我的两腿之间，嗅着信的气味，又摇着尾巴。这一定此信中有主人的气味吧。自从主人被拘留以来，这是第一次卡彼的颜色呈着活气。

听人家说，轻罪裁判所是午前十点钟开庭的，所以礼拜六的那天，我九点钟就到裁判所去，靠着门旁等他们开门。门一开时，第一个进去的就是我。渐渐地旁听的人多了起来，到后来竟是挤满了。前次的观客，也来了很多人。

我这是第一次入裁判所，法庭的情形，当然不知道，不过总不能不感到一种恐怖。我想着今天的裁判，是关于我的主人的，而非关于我的，然而总觉得自己也有点危险似的。所以我躲在大火炉后边，靠着墙站住，总想避开人们的眼目，缩成一团。

最初被唤了出来的，并不是我的主人。他们是窃盗犯、骚扰犯一类的犯人。

他们虽各自主张了自己的无罪，然而法官的判决，却个个是有罪的。我担心着我的主人也大概要像他们那样判决吧。

没有多少时候，我的主人被拉了出来，夹在两个宪兵中间坐下了。最初的讯问和主人的答辩，我都不能听见。我只是瞪着滚圆的眼睛望着。

主人站了起来，雪白的头发垂在肩上，他像觉得害羞样地低了头。裁判长继续问："那么，你对于行使职权的警官，殴打了几次，是吗？"

"不，裁判长先生，不是数次，我只打了他一次。当我跑到表演的地点时，那警察正在殴打我带来的小孩子，所以，我就忘记了上下……"

"可是，那小孩子并非你的亲儿子吧？"

"是的，可是我爱他就像我的亲生子一样。那小孩子实在是很柔顺，性格也是非常温柔，可是警察却不讲道理，将他殴打，我为了禁止他打，跑到中间去，只是为了小孩子，而采取正当防卫的手段。"

"不过，你殴打警官总是真实的。"

"是的，那就是为了保护小孩子……他太不讲道理了，所以我激昂起来，就一时忘记了上下。"

"然而，你到了这年纪，就不应该忘记了犯法呀。"

"裁判长先生，总之，人类是不能够像想像那样完善的。我现在悔过了。"

我觉得主人的答辩，实在堂皇正当。

裁判长这回向警察讯问了。

警察对于主人的殴打罪陈述以外，还用力地说明主人唆使动物，模仿警察的举动，在公众之前，加以无限的侮辱。

在警察的辩明之间，主人并不十分倾听，他时时眼光射向旁听席方面。我知道主人是在找寻我了，所以，分开了群众，从躲身的地方，走到前排去。

主人看见了我时，那沉在忧愁里的颜色，突然变光亮了。我不觉眼里含着了泪珠。

裁判长再向主人说："你没有什么要讲的话了吗？"

"是，我本身是没有什么可讲的事了。不过关于那小孩子的事，我想求得裁判长的同情。他离开了我时，就没有谋生之道。所以求裁判长为了他的原故,宽恕了我。"

我看看裁判长的样子,似乎可以判主人无罪释放。不过,其他的一个威严的官吏,向裁判长讲了四五分钟的话,然后,裁判长用严肃的口调宣告说:"意大利人李士因犯侮辱及殴打警官一罪,判处轻监禁二个月,罚金四十元。"

二个月间的监禁!

我蒙眬的泪眼,看见了先前的主人走进来的那扇门又开了。主人跟在宪兵背后,走了进去,那扇门马上就关了起来。

呀!二个月间的别离!这期间中我将怎么样呢?我将到什么地方去呢?

被逐了出来

　　胸中充满了悲哀，眼也哭得红肿了，我一颠一跛地走回了旅馆。刚巧在后院子的出口处碰着了旅馆的主人。我想走了过去，到系着了狗儿们的狗栅那边去，但是，旅馆的主人把我叫住了。

　　"喂，小孩子，你的师父怎么样了？"

　　"关进牢里去了。"

　　"几个月？"

　　"二个月。"

　　"罚金呢？"

　　"四十元。"

　　"唔，二个月还要四十个法郎吗？"旅馆主人喃喃地说了二三次。

　　我想这样就走出后院子去了，可是旅馆主人又把我唤住。

　　"你在这期间，怎么样找饭吃呢？"

　　"我不知道。"我伤心地答了。

　　"什么，你不知道？那么，你没有养活你自己和猴子及狗们的积钱吗？"

　　"唔，没有。"

　　"那么，你以为我能够让你们白吃饭吗？"

　　"不，我，并不想依靠什么别人。"

　　实在的，我并没有想到依靠别人。旅馆主人凝视着我说："唔，那很好的。你的师父的账还没有还清。我不能让你再在这里白吃两个月的饭。请你马上滚出去吧!"

我没有想依靠谁人,这是事实,然而,我却想不到马上就要从这里被赶出去。

"我们非得马上出去不可吗? 我们到什么地方去才好呢? "

"那我可不知道。我平素也没有和你的师父有深交,连认识也不认识。我一点也没有养活你的义务。"

我想不出办法来,呆呆地立着。我该怎么说呢? 而且这人所说的话,也不错的。他没有应该养育我这非亲非戚的理由。不过,若是不是白吃的话……

我不作声在痴想时,旅馆主人催促着说:"喂,马上就给我请出去。不要踌躇,赶快把狗和猴子带了走,不过,你师父的背囊就暂时寄在我这里。他一出监狱时,第一步就会来拿的,那时候我再和他算账吧。"

他这话使我想起了一个办法。我以为我发现了可以让我们住在这里等待师父的手段了。

"那么,让我们也一块儿住在这里,等到那时候吧。等师父出来一块儿算还给你好了,……"

"什么话? 不要说太便宜的话吧。你的师父或者会把从前的欠账,和你这几天的账还清。可是,他付了四十元的罚金之后,还能够付你们两个月间的宿费吗?"

"我们吃的东西,不拘什么都好,……"

"你还可以说,不过狗和猴子们都不能让它饿死啊。不,我一刻也不能看顾你了。"

"不过……"我真是日暮穷途了。

"你一个人也可以找生活吗。带着狗们到村里去卖把戏讨饭吃去吧。"

"不过，这样走了去时，等到师父出了狱后，也不知道到什么地方去找我们了。那就不行……"

我以为这两三日中，师父一定有信来，告诉我应该怎么做的。在这信还没有接到之前，无论如何，我想住在这里。

"什么，碰不到师父时就不行？这你大可以不必操心。两个月间，你到那方面去转转，算到了师父可出来时，就回到这里来好了。"

"不过，师父或者会有信来的……"

"有信来了，我自然给你收起来好了。"

"可是，我马上就想看看来信呢……"

"讨厌的东西！我忍不住了。我没有这样功夫，和你拌嘴。你不快点跑，看我会不会赶你出去！只准你五分钟的预备，你快点收拾好，滚出去！"

我知道除了马上出去之外，别无长策，我跑到狗栏里，将缚在那里的三匹狗和乔利的绳子放了，背起了我自己的背囊，把竖琴挂在肩上，让猴子像往常主人做的一样，骑在背囊上，带着三匹狗走出了旅馆的院子。立在出口处看着我的样子的旅馆主人，向我说："有信来时，我把你留起来就是了。"

我急忙中想起了这市镇。狗儿们都没有嵌口网，万一被警察看见了，责骂起来时，我将怎么样对答呢？我实在是担心得不得了。要是有钱买口网时还好，但是我的口袋中，仅仅有二十二枚铜板。若使因为没有口网，而至被警察捉到时，那我们这一戏班的人畜们又怎么样呢？而且若使我也像主人一样地，被捉入监狱时，那么，就没有人来收养这狗和猴子了吧。没有家庭，没有父母的我，现在成了这戏班的班头，成了一个家族的家长了。我感到了重大的责任。

在赶程的途中,狗们总是抬起头来,像诉苦地望着我。我知道它们的心里,并没有言语的必要。它们是腹中饥饿了。

背囊上的乔利也时时拉拉我的耳朵,使我不能不回头去看。它用手摸摸肚皮,表示它肚空的样子。其实我也和它们一样饥火如焚。这是有道理的,因为我们连早餐还没曾吃过呢。

但是,仅仅二十二个铜板,哪里能够做吃齐三餐那样花费的事呢。今天非得想办法,弄得吃一顿就可以过一日的法子。

我因为一心害怕着给那警察碰着,挨骂,所以什么都不暇顾及,只想快些离开这地方。只求快点,不管什么方向。我们又没有要到什么地方去的目的地。横竖什么地方都没有可以不用钱,有饭吃,有房子住的,那么朝东向西还不是一样。

现在快到夏天了,所以没有担心被盖的必要,这要算不幸中之大幸了。在星空之下,树木之荫,或是他人的房子的檐下,我们都可以耐得过去,不过吃东西这件事就为难了!

真的我怎样来糊这一家五口呢?

在二个钟头以内,我们没有停过步,只是拼命地赶路。狗儿们用更可怜的眼神望我,猴子不断地拉我的耳朵,摸肚皮给我看。

总算离开了都鲁斯的城市,我才放下心来,同时,看见了一间面包店。我跳了进去,买一斤半面包。

面包店的女主人,看见我们饥饿的样子,说:“买够两斤吧,一斤半不够吃的。”

就是两斤,也不会够吃的,然而我又哪里能买到两斤呢!一斤要卖十个铜板,那么买了二斤之后,我的财产,就只存二个铜板了。明日的事情,尚不可知,我不能冒险在今天将二十铜板用完。一斤半只要十五个铜板,那么,还有七个。有了七个铜板,明天一天就可以不必饿死,而且可以等待赚到五个铜板或十个的机会。我匆急地这样一想，就对女店主说，一斤半够了，叫她不用多切。女店主将六斤一条的长面包，切了一块出来，放在秤里称定。呀！现在给我们尽量吃时，那六斤的面包也不会多吧。

不过女店主说，多称了一个铜板，要我给她十六个，没有法子，我默默地付了她十六个铜板，紧紧地挟住了那面包跑出店外来。

狗儿们很开心地，在我的周围乱跳乱跑地跟着了来。猴子发出咭咭的低声，拉着了我的头发。

不一刻，我们到了一株路旁的树荫里。

我把竖琴取下来，斜倚在树干上，自己却坐在草上。狗儿们是卡彼在当中，并列蹲在我的面前。猴子因为没有走路，不会疲倦，所以，它站在我的身旁，预备我一切开面包时，就偷起走。

切面包也不能随便。我尽可能的公平地切了五块，更切成薄片，顺次递给它们。乔利的食量很小，当我们肚角也没有填满时，它却已经吃饱了。所以我把它剩下的三片，放入背囊里，预备等一等再给狗儿们吃。可是此外还剩了四片多，我们就当它是食后的点心吃。

这样的会餐之后，并没有像狂食桌余暇的演说之可能，读者诸君，谅也早已知道了。不过，我以为想说给大家听的，就是这时候了，所以我正一正身，对着它们说："卡彼，朵儿，彼奴，乔利，你们是我最可依靠的朋友。然而我现在不能不告诉你们那伤心的报告。师父是已经进了狱里去了。所以，以后的两个月间，我们不能看到师父的面。"

"呜！"卡彼哼了一声。

"那在师父固然是伤心的事，而在我们更为伤心啦。我们托了师父的福荫，才活到了今日。以后我们怎么样去讨饭吃呢？完全没有依靠了。第一，我没有钱！"

卡彼似乎晓得了最后的这句话，它用后脚站了起来，学着在"观众"面前讨钱时的样子。

"好的，好的，卡彼，你说我们可以去表演赚钱吗。那也好的。然而赚不到钱时，又怎么办好呢？我的袋里只有六个铜板了。所以，非得热心地表演不可。我现在是你们的班头了，你们应该什么都要服从我的命令。少吃一点，多做一些。晓得了吗？我们现在是相依为命了。你们非得好好地听我的话不可呀。晓得了吗？"

我不知道我的伙伴可会晓得这一场熟心的演说。不过平素师父也是每当有事时，就当它们是朋友一样地，和它们谈话惯了，所以大抵它们也能够明白。那么，我这场演说，它们也一定会晓得是什么意思。它们知道了主人给警察拉了去，以后就不会回来，这一定是有什么意外的事情发生了。它们也似乎晓得了我的演说，就是对它们说明这件事的。从它们静静地倾听着我的演说，也就可以察得出来。

然而这里的所谓它们，并不连乔利也在内的。因为很少能有一件事情，能够长远留住它的注意力的。这次也是如此，最初的时候，它算最热心地倾听着，但是经过了一二十句话之后，它就坐不住，跳上了树上，一点也不关心似的，自己在嬉戏了。若使这是卡彼如此做，在我的演说中逃了出去，在那里乱跳，那我是忍不住的，不过猴子的性质，本来就是那样的，而且想逛一逛，也不是没有道理的了，所以，我也并没有去和它生气。

暂时休息之后，我们又出发了。约莫走了一个钟头，看见了前面有一个村子。外观似是很贫穷的村子，可是我们现在不是选择地方的时候了。小村里没有多少钱好赚，然而没有讨厌的警察来横加干涉。这样一想时，我就振作了起来，赶快给演员们扮演起来。而且排整了行列，走入那村里去。最可怜的，是这次没有了师父的横笛声，也没有那奇怪地惹人注意的师父的堂皇的风采。只是一个含愁的小孩子在路上走,一点也引不起人们的好奇心。像没有大将的军队走过一样地,人们看了我们一眼,又像没有事般地走了过去。没有一个人会跟着我们来的。呀!这样也能够顺利地表演吗?

码上对话
AI成长伙伴
☑ 故事收音机
☑ 收看成长课
☑ 趣味测一测
☑ 读书分享会

落　魄

在法国，无论怎么样僻小的村里，都有像公园一样的、四周种植了树木的广场。我们走到了这村里的小广场中，在篆悬树的树荫下喷水塔旁找了一个位置，取下了肩上的竖琴，先奏一曲"旋舞曲"。这曲是繁华的，我的指头轻快地在弦上滑走。然而我的心情沉重，好像两肩上负着了重荷一般地，一点也不感得轻快。

我命令了彼奴和朵儿去跳舞。它们马上就和着音乐舞起来。然而，谁也不走近我们的周围来。看看四边时，这方形的小广场，像被遗忘了一般地，没有一个人影。不过在那一方的房子前面，有一些女人把椅子拿到路上来，她们在那里织衣服，或是谈笑。

我继续着弹琴，朵儿和彼奴不断地跳舞。恐怕就有人会来吧。一个，二个，三个……十个，人们会渐渐集拢来吧。但是，我徒然地弹奏，朵儿和卡彼枉然跳舞，人们一个也不注意到我们。

似乎是完全绝望了。不过我还是鼓起勇气来，指头加倍用力，喧哗地弹响了竖琴。这时候，一个似是初学开步的小孩子一颠一跛地从家里走出来，走过了街路，向我们这边来。我一看见这小孩，心里就想，得了！他的母亲也一定跟着要来的，那么，临近的女人们也会来看，我们也就可以讨到几个钱了。

我以为不应该吓跑了这小孩，所以把竖琴弹得慢了一些。

小孩子摇摇摆摆地走近来了。他就要走到我们身边了，这时候，坐在门口做针线的母亲，似乎才觉得了自己的儿子不在身旁，看看四围，后来看见小孩子走近了我们。但是她并不是自己赶来，反把那小孩唤回去。她唤了二三次那小孩的名字，那么，那小孩就柔顺地把向着我们的脚步转向了他母亲那方，走了回去。

一定是这村里的人不喜欢"旋舞曲"吧。所以，我叫朵儿和彼奴停止了跳舞，让我一个人唱起了那"拿破里之歌"来。这回应该有谁来听吧。

唱完了第一节，刚移到第二节去的时候，一个穿了短衣、戴着毛织帽子的男子，大步地跨到我这边来。我以为对了！加倍大声地唱起来。

"喂喂，你在这里做什么？"

我吃了一惊，停止唱歌，望望那男子。

"喂，为什么不答我呢？"

"老伯伯，我在这里唱歌啦。"

"你得了可以在这村里唱歌的照会吗？"

"没有，老伯伯。"

"没有照会？那么，快点给我滚出这村去！要不然，我要告发的。这小鬼！"

"但是，老伯伯，我一点也……"

"什么老伯伯呢？！我是这村的村内看守人啦。这村里不准一切的叫化子的把戏班入境的。"

村内看守人就是村里的警察一样的东西。然而我一点也不知道这男子就是看守人。和这样的人吵起来时，就要吃亏，那已经有了师父的先例了。我一句话语也不敢出声，把竖琴挂在肩上，马上默默地带着狗儿们，萎萎靡靡走了。

五分钟间，我们就离开了对待外客不客气的、防卫严谨的村落了。

狗儿们也似乎知道我碰了钉子了，垂头丧气地跟着我走。

到了村外，我以为那村内监守人老爷也不会赶来的了，所以，我想将此事说给狗儿们知道，用手做做记号，那么，三匹狗儿就围上了我来。

"因为我们没有照会，所以就被赶了出来啦，今天已经没有买面包的余钱了，只好不吃晚饭，而且非得在外边野宿不可。"

狗儿们听了我说不吃晚饭，就像鸣不平一样地哼起来。我从袋里拿了六个铜板出来，给它们看。

"只有这么多钱。把这个今天使完了，明天就没得吃了。你们也非得想想明天的事情不可啊。"

我这样地教训着它们，把六个铜板又放入袋里。

卡彼和朵儿似乎明白了，丧气地垂下头去，只有那不守纪律的馋食的彼奴还在哼着。无论我怎么样叱责，它总是不停，所以我就对卡彼说："卡彼，你叫彼奴也听话吧。"

那么，卡彼就用前脚来打彼奴。两匹狗儿似乎在议论起来了。两方却露牙瞪视着，然而彼奴一点也不改那抵抗的态度。它似乎是硬主张把六个铜板都用了再说。不过卡彼是比较更强壮，更有勇气，它当真发怒了，这样彼奴才缩下了，不作声。

那么，这次就是找宿所了。当然今晚非得在星空之下露宿不可了。季节是暖和的，就在外边睡觉，也不成什么大问题，不过非得注意不可的，就是那狼狗的袭来。这才不知比那警察还要危险得多少倍呢。我万望着能够找到一个安稳的栖所，四边张望地在田路上前进。

但是走来走去，总是寂寞的道路，有的只是牧场和原野。在这里要是有"看更寮"就好了，可是望断天边也望不见那样的东西。一时使天空变成蔷薇色的夕照也消失了，宿所还是找不到。那么，我们只有决心在附近的灌木林中过夜了。灌木之间，散步着大的花岗石。是多么寂寞的、僻静的荒野呢。然而除此处以外，也不见得有更适当的地方。我以为若是找得一个像屏风般的大岩石的石荫时，多少还可以避免夜风和冷气。狗儿们是不怕的，不过我和乔利就比不得它们。尤其是我，因为是负了班头的重任，更不能不想法子避免疾病。就是乔利病了，要我来看顾它，那也是不对的。

我为了要寻一个安稳的地方，所以从岩石与灌木之间走进去，拼命地找寻，刚巧有一块高大的岩石，像伞般地突出来，岩下又像洞窟一样的，而且有很多枯叶子被风吹了来，堆在窟内。于是，我算是寻到了一张自然的睡床了。只是没有面包，未免是美中不足，不过也没有法子。不要想到面包去，只想到睡觉的事去吧。世间有句俗语说："食饱思睡"。一点东西不吃，而想睡着，实在是很苦痛的。

那么，我们就算在洞穴中过夜了。我命令着卡彼，叫它在洞口看守，提防那狼狗。这卡彼是很可怜的，不过除此之外，别无安全的办法了，卡彼柔顺地就了卫兵的劳役。我得安心地睡觉了。

我横倒在枯松叶之上，把乔利纳入上衣之间。彼奴和朵儿滚圆地睡在我的足底处。我因为全班的事情的担心，胜过了疲劳，很不容易睡得着。明天的运命又怎么样呢？我觉得肚子饿得很，而且口干。伸手入袋里数了几次铜板，然而三个两仙的铜板（注：三个两仙——二分——的铜板，所以前后文，都说是六个），决不会变成四个。一，二，三——就没有了。

若使明天得不到一个铜板的收入时，从明后天起怕连表演的力气也没有了吧，那么，结果只有饿死沟壑了。就算不至饿死在野外，每个村的村内看守人是不是一定要赶我们出境，每一个市的警察是不是会要叫狗儿们嵌起口网来呢？

睡不成眠，仰望天空，无数的星辰在寂静的空中辉耀，风死叶静，虫声和鸟音俱绝。就是那在远方田路中经过的车轮声，也听不到。是何等的寂寞呀！无依无靠，孤单地被遗落在这广漠的大世界中，这悲伤的念头，盘踞着了我的心胸。我不觉眼泪盈眶，心如针刺，哭了出来。我眷恋的母亲呀！我亲爱的师父呀！

我俯伏着，颜面埋在两掌中，呜咽哭泣。突然有温暖的呼气吹到了我的发上，抬起头一看时，长大而温暖的舌舐了舐我的面上，那是卡彼。正像那最初开始流浪的那一天，在乡下的小屋子里勉励了我一样的，它今夜听见了哭声，又来安慰我了。

我两腕紧抱着卡彼的头，和它亲吻。卡彼一时呼不出气，发出哼哼的声音，我觉得这似乎是卡彼也在陪我一齐呜咽。

第二天张开眼睛时，已经是日上三竿了。温和而畅快的光线，照到我们的身上来了。昨夜忧愁的心情，也在这明朗的日光中消失了。小鸟在枝上歌唱，我们幽微地听见了远方教堂的早祷钟声。

我们仓忙地收拾了，从这里出发。向着那晨钟传来的方向走去，马上我们就看见村落。我们似乎觉得闻到了刚上锅的面包香。一日只食一餐就睡觉的翌日的饥饿！这是不能够形容的。

我决心了。今日就把这六个铜板用了吧。以后总可以想法子的吧。

我们用自己的鼻很容易就寻到了面包店。但是六个铜板只能买到一斤差一点，每人只分到一片，刚送进口里去时，就已经告罄了。

毕竟是准备赚钱的时候了。像昨日那样的失败也会有的，所以我们先到村上去看看，看定了地点，观察了村人的风态，非得先察明那是敌人还是朋友不可。早上看定了地点，下午才来开场吧，我一心在打算着的时候，突然后边发出了令人魂散的叫声。回头一看时，彼奴给一位肥胖的老太婆赶着，逃到我们这边来 我马上就明白了一切。我正在想心事的当中，彼奴离开了我们，偷入了人家里去偷了一块肉出来。现在它的嘴里还衔着一块肉呢。

老太婆拼命大叫："小偷! 偷肉贼! 不要放那狗走了! 它们的伙件也都捉起来吧。快点! 快点!"

听到最后的两句话时,我突然感到了苛责——最少感到了对于自己的狗的责任,使我不堪,我拼命地跑了。若是那老太婆叫我赔那块肉的代价时,那就糟糕了。不能够赔偿,就是入狱吧。我一入狱,这一班的演员,就只有四散。这样一想,我逃得更快了。卡彼和朵儿也跟着我来。乔利怕被我摇跌了,更加圈紧我的脖子。呀! 我的苦处!

要是只有从后面追来的人的话,那我们还可以希望逃得脱,然而给老太婆大声一唤,从两侧的房子中,也走出了四五个农人来,似乎是要阻住了我们的去路。呀,这样一来,死路一条了! 我正在不知怎样好时,突然发现了一条横巷,那么,我们像疾风卷叶般地逃入那横巷去了。

我尽我的性命力,在那小路上逃跑,幸而他们似乎赶不上来了。不久,我们已经逃出了村外,走上田陇的道上 虽然是拼命逃得了这条性命来,但是已经喘不过气了,我们就停了下来。我们大抵跑了有二十里路吧。回头一望时,村子已经远在后面,连人影也看不见了。我们这才安了心。

卡彼和朵儿总是紧随在我背后,可是彼奴却不想走近我们,远立在那边,它大概在吃着刚偷来的肉吧。我大声唤着它。然而它早已知道到我这边来,一定要受我严重的责罚,所以反向别方面逃去,不见了。

彼奴也不是特别的品行不好,它是不堪饥饿才去行窃的。不过我也不能因为这样,就赦过了它。偷东西的就非得受罚不可。这是李士班严重的规则。若把这规则付之等闲时,恐怕这次朵儿也要学着做了。到最后,卡彼恐怕难免也要堕入这诱惑中吧。

我为了惩诸来者的原故,无论如何,非得在它们面前责罚彼奴不可。那么,就应该先把它带到我面前来。然而这不是容易的事,这时候,我所恃者只有卡彼。

"喂,卡彼!你去把彼奴寻了来吧。"

卡彼为执行我的命令,走去了。不过卡彼的样子,也不像平时受命时那般地热心。它望着我的视线,似乎不十分愿意替我去做捕彼奴的警察,它是想替彼奴辩护,来解释给我听似的。

我当然不能遗下卡彼,自己先走。在卡彼没有带到犯人回来之前,我不能离开此地。然而彼奴似乎不能马上就回来。因为彼奴断没有柔顺地就跟着它回来的。当然我们现在就算在这里多等一会,也不是十分辛苦的事。离开了村子已经有好几里路了,用不着还怕有人追来,而且也没有非得到什么地方去做某种事不可的目的,倒不如宽宽容容休息一会,来筹备再举的机会。我们刚巧来到了一个风景美丽的、适合于休息的地方。我们像狂人一样地跑了来,这里已经是南方的美丽的运河河畔了。从斯都鲁出发以来,我们总是经过了很多尘埃铺地的乡下,到了这里,都是水清林茂,绿草如茵,尤其是我们足边的流水,像瀑布一样地流过了开满花的石岩上,注入运河去。真是所谓风景如画的地方。在这样的地方,以草为褥,横躺着疲劳的身体,来等待狗儿们的归来,也决不是不舒服的了。

但是,等了差不多一个钟头,还不见它们回来。卡彼和彼奴的影子都望不见。我有点担心起来了的时候,卡彼才垂头丧气地独自跑了回来。

"彼奴怎么样了?"

卡彼惶惶恐恐地走到我的面前蹲下了。我细细看它的样子,突然发现它的耳朵负了伤。卡彼和彼奴之间发生了什么一回事,早已不问而知了。彼奴和卡彼相打，咬伤了它的耳朵了。一定是彼奴无论如何不肯回来，所以卡彼只有空跑一回，独自回来。然而，我对于这不能够完成使命、萎靡地回来的卡彼，也没有叱责的勇气。

卡彼已经是空着手回来的了，我们再没有别法，只有等待着彼奴反了心自己回来。我知道了彼奴的性质，它最初虽然不爱听人家的话语，它是后来就会后悔起来甘受责罚的。那么，它恐怕就会回来的吧。我决意忍着性子等它回来。

那么我就将乔利从肩上放下来，用绳子好好地缚在树干。因为我恐怕乔利也说不定会起了模仿彼奴的坏念头。我自己横卧在松树下，卡彼和朵儿就睡在我的足旁。但是，到了什么时候，彼奴总不回来。不久我也模模糊糊地睡着了。

等到我睡醒时，太阳已经到了我的头上了。时间已经过了不少了。不过要知道时间已经过了多少，并没有依靠太阳的必要，我们胃囊的空虚，已经告诉了我们时间的经过了，卡彼和朵儿，用不堪直视的憔悴的样子向我哀诉。乔利做着鬼脸来责备我。

彼奴没有一点像会回来的样子。

我叫叫看，吹吹口笛，但总不见它的影子。它想是饱餐了一顿之后，舒舒服服在丛林里睡觉了吧。

我的环境，实在太不容易了。若是我这样地就离开此地，那么，彼奴就成了迷了路的孩子，再不会碰着了我们了吧。然而，我们又不能在这里死等，因为我们今天连一点吃的东西都没有了。我一刻一刻地感到了食欲的激昂，狗儿们更用绝望的眼光望着我，猴子摸摸肚皮发出了怨声。

游览船"白鸟"

无论怎样等待多久，彼奴总是不回来，所以我命令卡彼再去寻寻看。然而，过了三十分钟后，卡彼还是独自跑回来。它摇着头，好像说，它什么地方都找过了，却找不到彼奴。

呀！这怎么样好呢？

彼奴虽然犯了不可宽赦的罪，连累我们也陷入可怕的境遇，但是我们无论怎样应该找它回来。师父所宝贵的三匹狗儿，我若是不能如数交还给他时，他将怎样想呢？而且我自己，也是很疼爱那任性的彼奴啊。

想了好久，我决计牺牲一餐饭了，一直等到黄昏时再说。胃腑不断地唤着饥饿，而不能不等候着，实在有点痛苦。我想出一个法子，来欺骗着饿虫，不过这不是我一个人的问题，还非得使大家一时都忘记了饥饿不可。

那么，应该怎么样做呢？

突然，我想起了从前听李士老人讲过的故事了。他说，军队在远行之后，觉得疲倦时，可以听听音乐，而忘记了疲劳。我若是奏起活泼畅快的音乐时，大家或者也会忘记了饥饿罢。而且使狗儿和猴子也舞起来，它们在跳着舞的时候，一定能忘记了一切罢。

所以，我就把倚放在树旁的竖琴拿起，背向着运河，将演员们并列在面前，奏起了跳舞曲。我们在荒野中，四边一个人影也没有，使我们觉得很自由。

演员们受了班头的命令，没有法子，不高兴地跳舞起来。从早到现在，只吃过一片面包，也不能怪它们没有兴致跳舞，不过当我按拍子弹起琴来时，它们也自然而然地按拍舞起来。我忘记了饥饿，弹得更起劲，它们也似乎忘记了饥饿，热心地舞个不停。

"万岁！"突然有这样的声昔，从我背后传过来，这是小孩子的喉音。我急回头一看。

河上停了一只白色的美丽的船，船舷处用金字写了"白鸟"二个字。这船正在转驶向我们这边来。

这是一只我从不曾看过的奇怪的船。比普通在运河中行驶的船要短得多，在离水没有多少高的甲板上，盖了一间玻璃门的房子，房子前设了一条用蔓草攀成的蔽日的走廊，而且那缠绕屋顶的藤蔓，像瀑布一样地垂了下来，使看了的人也觉得清凉爽快。走廊处映了二个人的影子。一位三十六七岁的、高贵的、然而却带着有几分忧愁的女人站着，一位和我年纪差不上下的男小孩子，睡在籐的睡椅上。向我们喝彩，大呼"万岁！"，一定是这小孩子吧。

在"讲故事"里所听到的白鸟，是曳了载着王女或勇将的船来的，然而现在停在我眼前的白鸟，也决不是我的敌人。我在惊奇中醒回来时，就举高我的帽子，和他应答。那么，那女人似乎是一位外国人，她用与我们不相同的声音说："没有一个看客，你自己是在玩什么哪？"

"是，我正在训练我的演员们……而且自己也想借此开开心……"我用平时师父教给我的、郑重的语调说。

船上小孩子唤着那女人，细声地说了些什么。女人又离开了小孩子，向着我说："你再玩玩看，好吧？"

这才是我所希望的呢。现在的我们，还有比这更希求的事吗。我静一静乱跳的心胸，半隐藏着我的喜悦，说："是跳舞呢，还是玩出戏看看？"

"噢噢！做戏！"小孩子叫了起来。

但是那女人说，还是跳舞好吧，制止了小孩子。

"但是跳舞，不是很快就完了吗……"

"若是你看得喜欢时，那么，在跳完舞之后，我们再弄点巴黎学来的各种技艺，请你看看吧。"

我乘着高兴，把师父教我的开场白就哗哗啦啦说了一场。

我以为他不叫我们做戏，那才是造化呢。因为彼奴不在，我们的演员就不够了，而且装服色的师父的背囊，丢在旅馆里，没有带得来。

我拿了竖琴，弹起跳舞曲来。卡彼就用前脚抱住了朵儿的腰干，舞了起来。乔利因为没有对手，自己一个人举起了一只脚在独舞。我们忘记了疲劳了。演员们都知道在"高官贵客"面前献技，只要献完了，一定会有一餐饭吃的，所以都不惜卖力，热心地舞蹈。

在这旋舞曲跳得正热闹时，突然，彼奴从小丛林里跳了出来，静静地走入场内，和乔利舞了起来，我不觉心里燃着了感谢之念，几乎流出泪来。

跳舞之外，我们还做了种种的演技。在演技的时候，我注意着演员们的举动，看着那小孩子，他似乎是看我们看得出神了，然而很奇怪，他却一点也不会动。他横躺在睡椅上，时常拍掌喝彩而已。他大概是身体麻痹了，不会动的吧？我觉得他似乎被捆在木板上一样，不能动的了。

那只船被风一吹，渐渐地离我们更近了，现在好似我在船上一样，能够把那孩子更看得清楚了。头发是淡褐色的，面色苍白得连额上的青筋都显出来。面貌全体是温柔的、带病而沉郁的样子。

我们演完了之后，那女人温柔地说道："多劳了，我们要给你们多少钱呢?"

"那是随你赏赐的。你们以为没有意思时,只要给我们一点点就得了。"

"那么,妈妈,多赏他们一点吧。"

小孩子这样说了,又用我不懂的话说了些。

"这小孩子说,想叫你的演员们过来给他看看。"

我答应了他,向卡彼做了手势。卡彼一跳就跳上那只船。

"其他的呢?"

小孩子说。

彼奴和朵儿也继着跳上船去。

"还有那猴子……"

小孩子似乎要把垒数的演员唤上船去。

要使乔利跳上船去,那是极容易的事,不过我却不放心。若是我放开手,让它上船去,正不知道它会玩什么把戏,来惹女人们的讨厌呢。所以紧紧地拉着它不放。

"那猴子很坏吗?"女人问我说。

"不,太太,不是的,不过它不听别人的话呢………说不定会闯出什么祸来。"

"那么,你跟着猴子一块儿上船来好了。"

那女人向船舱的仆人说着,那男子就立刻拿一块木板搭到岸上来 我就把竖琴挂在肩上,抱着乔利走上船去了。

"啊,猴子来了! 猴子来了!"

小孩子喜欢得叫了起来。

我带着猴子走到小孩子的身旁,他很稀奇地抚摸着猴子。这时候,我看清楚他了。真奇怪! 他正像我所想像的一样,他的身体是捆在木板上的。

"你是有主人的吧。你是为了主人出来赚钱的吧。"那女人说。

"可是,我现在只是一个人了。"我含悲地说。

女人似乎不明白我的话,看着我说:"只一个人,不是永久一个人的吧?"

"在这两个月间,我非得一个人赚钱不可啦。"

"两个月?怪可怜的!你这样小小年纪,怎么样能够自己过两个月呢?!"

"但是,我只有这样的做去!"

"是不是这两个月,你离开了主人,自己去赚钱,把赚来的钱都交给你的主人呢?"

"不是,不用交给主人的啦。只要我们能够自己吃得饱就好了。"

"那么,你到现在,都是一个人赚钱吃饭的吗?"

我踌躇了一下,不想答应出来。但是我直到现在,没有看见过这样使我尊敬的女人。这女人说话的样子,非常的亲切,声音也充满了情爱。而且她的温柔的眼光,也给我壮了胆子,所以我想把一切都告诉她。

我以为即使说了出来,也没有什么不好,所以我把都鲁斯的表演,主人为了我遭祸,被拘入狱的经过都说了,一直说到我被旅馆逐了出来,连这两天的没有一个钱收入的苦处,都告诉了她。

当我说话时,那小孩子同狗儿们正玩着,但他似乎也听见了我的诉苦,等我说完了,他对着我说:"那么,你们的肚子,不知饿得怎么样呢?!"

这句话使我们大家都明白了。三匹狗儿都吠起来,乔利像发狂一般地摸着肚子。

"啊! 那么, 妈妈——"小孩子唤着他的母亲。

那女人早猜着小孩子的意思了, 她吩咐着女佣人, 那女佣人正在半开门处伸着头望, 忽然缩了进去, 不一会, 她拿着桌子出来, 摆好食品, 放在我们的面前。

"你们坐下吃饭吧, 虽然没有什么好小菜, 狗儿, 猴子, 都一块儿吃吧。"那女人说。

呀! 世界上还有比这幸福的事吗?!

我取下了竖琴, 放在一旁, 赶快坐在桌边。狗儿们围住了我, 乔利早已坐在我的膝上了。

"你的狗也吃面包吗?"小孩子问。

为了这一块面包, 我们挨了多少苦呢! 我将面包一片一片地分给狗儿们, 它们简直欢喜得发狂了, 把面包硬吞了下去。

"喂, 猴子呢?"小孩子睁圆了眼睛问。

猴子还要照顾吗? 它在我看管狗儿们的时候, 老早偷了一些肉馒头的面皮, 跳到桌子底下去了。而且似乎是吃得太快了, 喉咙哽住了, 眼睛一会变白, 一会变黑。

我也一拿起了肉馒头, 就像猴子一样地往口里塞, 不过没有演出像它那样的丑态。呀! 肉馒头多么好吃呀! 无论多少, 我都塞得进去的啊!

"呀呀! 怪可怜的!"

那女人看了我们的样子, 口里细声地说, 一面给我们倒水喝。小孩子一声不响, 好像看见我们的贪吃, 我们的牛饮鲸吞有点奇怪了, 眼睛滚圆地望着我们。那偷了肉的彼奴, 也是拼命地在那里塞进去的。狗儿, 人和猴子, 都像看见了仇敌一般, 赶快地把东西都塞进嘴去, 那样子一定是不好看的。

小孩子很感动地说: "你们今天要不是碰着我们时, 晚饭在什么地方吃呢？"

"吃晚饭的地方没有啦。"

"那么，明天就有吃饭的地方吗？"

"明天又想在哪个地方赚点钱啦。要是有像今天这样的好运就好了！……"

小孩子不知道想起了什么，抛开了我们，和母亲谈了很久。我一点也听不懂，但是他似乎是向母亲请求着什么事。母亲又似乎是说那事做不到的样子。小孩子突然向着我，说："你不能和我们在一块儿吗？"

我因为他问得太突然了，一时竟答不出来，我只瞪着双眼，呆呆地望着他。

"这小孩子说，你若是能够和我们在一块儿就好了。"

"在……这船上吗？"

"是的，就在这船上。这小孩子是很可怜的病人。医生吩咐把他这样地捆在木板上啦。不过叫他尽睡在家里也太可怜，所以我把他载在船上，让他到各处去看看风景。要是你答应留在船上，和我们在一块儿的话，那么，狗儿们可以玩玩把戏，你可以弹弹竖琴，这样，你们也都有事做，不会感到无聊了，而且我们也可以尽量帮助你……像你这样的年纪，要去兜引观客，实在不是容易的事啊。像昨天今天的钉子，也不知道要碰到多少回啦。"

呀！在这样漂亮的船上！我以为这恐怕是做梦吧。在这样的船上过日子，这是求之不得的啊。然而他们却反来请求我，是多么的幸运啊！

我欢喜得眼中含泪，亲吻了那女人的手。那女人感谢地温柔地摸摸我的额上说："呀，真可怜啊！你挨了不少的劳苦，年纪和我的小孩子差不多的……"

不一会，小孩子要我弹琴。我以为这是我报恩的机会，赶快地拿起琴来，站在船头上，开始演奏。但是，我在弹琴的时候，那女人把银制的小警笛拿到唇边，尖锐地一吹。

我有点奇怪，停止了弹琴，我以为她不爱听。小孩子看见了我不安的样子，就说："喂，妈妈吹警笛，是给马做记号的呢。"

真的，不知什么时候，平静的运河上，出现了二匹马。而且曳着"白鸟"游船在岸上前行。水波击着船舷，发出沙沙的音响，两岸的树木，向后倒退。将要入山的太阳，把柔和的光线，斜映着树木、水面以及船上，使我们感到不可言喻的愉快。

被小孩子一催促，我又弹起琴来。小孩子点着头唤母亲到他的身旁去，双手紧捧着母亲的手，他热心地倾听着。两人都是这样热心地倾听，我真的感到了无上的满足，把师父教给我的各种的歌曲，顺次地弹了又唱，唱了又弹。

码上对话
AI成长伙伴
☑ 故事收音机
☑ 收看成长课
☑ 趣味测一测
☑ 读书分享会

在船上

　　小孩子的母亲叫做美丽甘夫人，她是一位英国寡妇，从前小孩子还有一个哥哥，自从哥哥去世之后，只有他们母子两人了。这小孩子还未出世时，他的父亲就留下了一个爵位和巨大的财产死去了。然而应该承继那爵位和财产的小孩子，却天天生着病，所以母亲非常担忧。若是这小孩子不能成人，那财产和爵位，都只好移到叔父的手里去。这小孩子的病，直到现在，已经好几次给医生宣告无望了。每次都为了母亲热心的看护，才得复生。他不是只有一样病，因为是几种的疾病一时并发了起来，现在连腰干也站不起来了。医生劝他去洗硫黄泉，所以夫人就从英国把他带到法国的比利涅来，在那里暂时洗了温泉，然而也没有十分的见效。不久，医生又劝她把病人的身体捆在木板上，为的要使他身体转直，并说不要让他踏着地上。夫人听了医生的劝告，在波尔多港中，造了这样特别的一只船——"白鸟"。

　　这只船，寝室、厨房、客厅、回廊等等，什么都齐备，没有一点不自由处。依船之进行，而四周的景色时常会变化，所以，只要睁开眼睛，就能够享受这些美景。

　　"白鸟"是从一个月前在波尔多港出发的。溯上了加龙纳河，经过了多少日子，才驶入了这南方的运河来。法国的河流，差不多都是运河，互相贯通的。这"白鸟号"的计划，是从这里的运河驶出到各地的名湖去，再回游二三条沿着地中海的运河，经过了圣纳河，到

达露安港，然后在那里改乘巨大的轮船，回到英国去。这个他们预定
要费半年或一年的岁月。

　　他们指定了给我的房间，是一间四尺宽七尺长的小房间，但是
却很漂亮，什么用具都可以折叠起来的，睡床，桌子，椅子，都可以
即刻挂搭起来的。是多么的便利！多么的稀奇！一切都只有使我瞪目
咋舌。不过吃了一惊的，并不只是双眼，尤其是那天夜里我第一次初
在这船上睡的、脱了衣服跳上床去时的快活！在这样柔软的床上睡
觉，是我有生以来的第一次。几乎使我反跳起来的床褥的弹簧，柔
滑的绸被，我觉得自己似乎变成了讲故事中的王子一样地，欢喜得
一时睡不入眠。不过，不久，也不知道在什么时候，我毕竟快活地入
睡了。

　　第二天早上，大清早爬了起来，心头挂着那演员们不知道怎么
样，赶快跑到甲板上去看它们。似乎在自己家里一样地睡得舒舒服
服的三匹狗儿，一看见了我，都爬起来，愉快似的摇着尾巴，跑到我
身边来和我问候早安，可是乔利呢，张开了半开的眼睛，向我闪了一
闪，也不想站起来，装着不知的样子，像喇叭一般地打起鼾来。要知
道它这怠慢举动的意味，那在我是很容易的。乔利是容易感动的感
情家，一点小事也会使它不高兴。而且一旦发了脾气时，就执拗得
很，难得平气。今朝它是因为我昨夜没有把它带到床上去，让它在
船面上睡了一夜的原故，生了气，故意给我丢脸，假装入睡。

　　我当然不能够将猴子带上我那漂亮的睡床去，然而想把此事
来解释给它听，也是无用的。不过它对我的不平，也有它的道理，所
以我当是对它谢罪般地将猴子拖了起来，慰抚它一会。最初它很不
容易改变怒容，可是猴子这东西，本来是变化无常的，霎时之后，它
似乎是想到了别个想头去了。我在它的颜色上判别出它的意思：以为
若是把它带到岸上去逛逛，那么它就可以宽恕了我。

"白鸟号"在昨夜我们进了寝室之后，就停止进行。今朝还是系留在岸边。仆人正在起了身，在扫除船上。所以我请他将吊桥放了下去，让我带着了全班演员到岸上去了。

狗儿和猴子们乱跳乱跑了一会，时间似乎是经过了不少。当我们再回到船上时，两匹曳船的马，都已驾上了，只待加上一鞭，即刻就可以动身的。我们赶快登了船，它们将系在曳船道的大株白杨树的麻绳解开，仆人把住了船舵，曳船夫跨上了其中一匹的马上，低喝了一声，曳绳的滑车也发出声来，"白鸟号"在明镜一般的水上前进了。

是多么快乐的旅行呀！马儿在曳船道上，振动铃声，静静地前行，人们一点也不感到摇动，在滑溜的水上前进。船头的水声和马儿的铃音相调和，恰似一曲进行歌。沿曳船道并排齐列的高耸的白杨树，像绿色的帐幕。透过了这无风自动的绿叶，斜漏过来的晨曦射到了船上，不断地映成变转的阴影。在白杨树荫浓密的地方，为了光线的关系，水色像恶魔一般的暗黑，然而接近一看时，却是清得可以见底。

我站在船头上，呆呆地看着这风景。突然有人在背后唤着我的名字。那便是亚沙（这是那小孩子的名字）。他还是被捆在木板上，现在正被移到甲板上来的。他的母亲紧跟着了他。

"你比在屋外时，睡得更好吗？"

我走近他身旁，同时并给夫人请了安，回答她我睡得十分舒服。

"狗儿们在什么地方呢？"

我唤了狗儿们和乔利。狗儿欢喜地跑了来，可是猴子却装着不高兴的颜色。因为它以为又是要命它玩把戏了。

美丽甘夫人将亚沙的椅子移到了太阳晒不着的地方，自己也拿了一张椅子坐在他面前，向着我说："把狗儿和猴子带到那边去，我们非得做一点功夫不可哩。"

他们做什么功夫呢？我心里有点不明白，带了狗儿和猴子到甲板的前头去。这时候，夫人翻开了书本看着，试看亚沙能够暗诵得多少。亚沙因为是被捆在木板上，所以身体一点也不动地背诵了起来，不过他背得不十分熟，时常要踌躇，总背不上三句，而且是错得很厉害。

母亲每次都温柔地给他改正了，然而却又严格地无论多少回总要叫他再背诵过。

"亚沙，你今天有点不对了。一些也记不住吗。"

"妈妈！我无论怎么样学，总是记不住的，我不行了！"

"你的头脑并没有病啊。所以我不能因为你称病，就容许了你不用功。我天天不知道为你操了多少心，你也十分明白的吧。然而，你为什么不想多用点功呢？"

"妈妈！我是想用功的，不过总是不行啦。"

亚沙这样说后，流下泪来了。

夫人似乎不能因了他的哭泣，将他宽赦过去。

"无论怎么样说，在你没有记住了之前，不能让你去和路美或狗儿们逛。"

亚沙还是不住地啜泣。夫人失望地望着他，说："那么，我念给你听。你跟着背啦。晓得了吗？"

夫人用温柔的声调静静地念起书来。那是"狼和小羊"的故事。

夫人念一句，亚沙就跟着背一句，一样背了三次之后，夫人将书交给了亚沙，吩咐他自己去学学暗记，她走下船舱里去了。

亚沙念念那书并学着背诵。但是可不能继续得多少时候，马上又想到别的事上去，回头四顾，霎时间，他的视线碰着了我，我做做手势叫他念书，他似乎是感谢我般地微笑一笑，再把视线移到书本上去。可是不到一会，他的眼睛又在望着运河那一边的岸上了，我静静地走到了他的身旁，劝他念书，所以他没精打采地又念起来，不过不到二分钟，一只翡翠鸟衔了一条小鱼，速速地飞过了船上，亚沙的精神又注意到那鸟儿身上，抬起头望着它飞去的那方面。等到他垂下头来时，又碰着了我的视线，他似乎有点不好意思地说："我心里无论怎么样想用功，但是总不行。"

"不过那本书，也不难念吧。"

我已经对他不客气地说了。

"怎么不难呀，很难记得住呢。"

"我以为不难，我在听了你母亲念了之后，现在大概可以背诵得出了啦。"

亚沙睁开着惊眼，不相信似的望着了我。

"你不相信的话，我背给你看好吗？"

"你要是背得出来，那本事就好了。"

"那么让我背背你看。你看着你的书吧。"

我叫亚沙翻开了书，自己背诵了起来。除了三四个地方有点错了之外，全部都背完了。亚沙大吃一惊。

"为什么你那样记得住呢？"

"因为我目不他顾地专心听着你的母亲念了。"

亚沙很觉不好意思样地面孔发红，说："我也注意着听了的呢，但是总记不住啦。怎么样才可以像你那样记得住呢？"

我自己也不知道要怎么样才可以记得住。不过我想了一想，就对他这样地说明了："因为你总是想记住了书中的字句，所以不行啦。你非得把故事的情节也想起来不行。这故事是讲羊的，所以我先想起了羊,想起了那羊是在做什么的。书中不是说,'有一个时候,很多很多的羊群,在一个安全的围栅中。'吗? 既然是在安全的围栅中,就可以安心了,所以羊儿们就随便睡遍了地上,是吗? 这样一想时,我的眼里就似乎真的看见了一群羊在睡觉。连书中的字句也记入了脑中了。"

亚沙像很佩服样地倾听着,隔了不一刻,就说:"唔,那我也看得见。'有一个时候,很多很多的羊群,在一个安全的围栅中。'我看见了白的羊和黑的羊,山羊也有,羊仔也有。连那围栅的木柱也看得见。"

"那么,你就不会忘记了现在的字句吧。"

"唔。"

"那么,牧羊的大概是什么东西呢?"

"狗儿。"

"羊群在安全的围栅中,安心睡觉时,狗儿又怎么样呢?"

"狗儿什么事也不用做啦。"

"是的,狗儿既然不用做事,那么,它们也可以睡觉了吧。所以,书中说:'狗儿们都睡觉了。'"

"呀,是的,这很容易呀!"

"是的吧,很容易的吧。这回再想想其他的事看。带了狗儿在看羊的是什么人?"

"那是牧童啦。"

"羊儿们在安全的地方睡觉时,牧童也没有事做吧。这时候牧童大概是做甚事的呢?"

"他在吹着笛儿。"

"喂,你明白了吧!"

"唔。"

"他在什么地方吹笛儿呢?"

"在大树下啦。"

"他只一个人吗?"

"不, 他和临近牧场里的牧童在一块儿。"

"那么, 你眼里可以看见羊群, 牧场, 狗儿和牧童吧。那你大概就可以记得住这故事的头一节了吧?"

"唔, 或许记得住。"

"你试背背看。"

亚沙心里似乎有点不安, 怯惑地望望我, 决心试背背看了。

"有一个时候, 很多很多的羊群, 在安全的围栅中。狗儿们都睡觉了。牧童在大树下, 偕临近的牧童吹着笛儿。"

我拍了掌, 亚沙自己也拍掌, 欢喜。

"唔, 我可以完全背得出来了!" 亚沙的眼睛面孔都呈着了喜色。

"你以后不想也试试这样做吗?"

"唔, 我要试试看, 我和你在一块儿, 一定可以记得住。妈妈是怎么样地喜欢呢!"

故事的后半节, 也是依着这方法, 意外地容易记得住, 不到十五分钟间, 亚沙已经全部都能够背得出来了。

夫人这时候刚巧又到船面上来了。她大概以为我们是在一块儿逛戏的吧, 所以蹙着眉头, 不过亚沙在母亲还没有开口之先, 说: "妈妈! 我全部都记住了。是路美教给我的。"

夫人吃了一惊, 望着了我。她似乎还要向我问些什么话, 不过亚沙却抢着地背诵起 "狼和小羊" 的故事来了。而且他一字不错地完全背完了。

这霎时间, 我看着了夫人的颜色, 最初她含着笑听着, 到后来,她的眼睛渐渐地含着眼泪了。这时候夫人突然向亚沙处躺了下去，紧抱住了他，接了一个很长的亲吻。所以我不知夫人到底有没有欢喜得哭了出来。

"书中的字句不必记住也可以的。"亚沙得意地说，"书中写着的东西，非得用眼睛来看不可。路美教了给我的，一面暗诵着字句，抬起眼来，我明明白白看见了在吹着笛儿的牧童，连那笛声我都听得见啦。妈妈! 我唱唱那歌儿你听吗?"

亚沙唱起了悲切的英国歌。夫人听了，哭将出来，我看见了母亲的泪珠儿滴在亚沙的额上。然后，夫人走近我身旁，紧紧地握住了我的手，我的心里也给她感动了。

"路美，你真是一个好孩子。我谢谢你呀。"

自从这事发生之后，我在这船上的地位就变得不同了。昨天我以在亚沙的面前玩弄猴犬之师父的资格，到这船上来，而今天却变成了亚沙的学友，和狗儿猴子们分开了。自从那天以后，我每天做了亚沙的读书伴，而且真奇怪的，亚沙似乎很高兴和我在一块儿读书。从前母亲费了很多时间教给他，尚不能记住的东西，现在只要一天或两天，他都完全记在脑里了。亚沙和我的友情，一天一天地浓了起来，我们像自己的兄弟一样的，两人之中没有一点客气。我们完全忘记了身份不相同的问题了。这固然是因为小孩子同伴之间没有什么隔膜的原故，然而一方却因为夫人对待我们二人完全没有分别，她用对待亚沙的态度，同时来对待我，完全当我们是兄弟一样看待的那亲切和温柔，所以就使我们忘记了一切的客气。现在，我回顾到当时船上的生活，那就是我少年时代中最快乐的时期了。

尤其是坐在船上，到各地方去游览的旅行，更是多么的快活呀! 自从火车开通以来，这南方的运河，也给多数的人们忘记了。然如被称为法国的珍奇之一的这运河的沿岸中，还有不少的来采访名地旧迹的游客。那在沿着河流，随地游览的愉快，更是任何情境都难以比拟的。而且，我们在风景殊胜、或兴趣奇多的地方，就多停几天，遇着没有意思的地方，我们又是马上就驶过去，所以我们完全不会感到无聊。

时间到了，我们的饭菜就拿到满盖着绿色藤葛的回廊来，在那里，我们一边看着风景，一边运着筷子。呀，这快乐时，夫人知道了我们所要去的地方的地理和历史，她把这些讲给我们听。在食后呢，又给我们图画或照相片看，时常还对我们讲了有趣的妖怪故事或传记等等。我也在黄昏时或月夜之下，拿了竖琴，走上岸去，站在树荫里，唱歌儿给亚沙和夫人听。亚沙最喜欢在寂静的夜里，听那在看不见的地方奏出来的音乐。每当我唱完一曲时，他总是唤着：再唱！再唱！

这充满了欢乐的生活，在离开了母亲的茅屋，紧随着李士老人之后，每天拖着了疲倦的腿儿赶路的我看来，是多么大的变化啊！母亲的家中，除了盐煮马铃薯之外，别无他物。自从跟了师父以后，也不知多少次只得一片面包，在乡下的小屋中挨过了长夜，现在呢，饭后有新鲜的水果，有冰淇淋，也有糕饼。我再没有满身泥泞去找寻宿处的忧心。现在的境遇，简直是我的天国了。

美丽甘夫人的蔬菜，做得真好吃。没有饥饿的威胁，没有寒暑的忧心，这游览船上的生活，真是快活。然而我还能够领受到更好的更快乐更眷恋的东西。那就是在这船上充满了我全个心胸的感情的满足。

我有好几次，从恋慕的、依以为命的人们那里被迫了出来，孤单地被抛遗在茫茫的大世界中。在那惨别的荒野漂流中，我不意遇着了慈爱的人的救助，于是我真心地恋慕着了那美丽的亲切的夫人，我更对那以我为唯一无二的亲友的那小孩感受了兄弟一般的友爱。而且这感情是天天增加起来。

　　但是，在这欢乐的深处，我总有那深藏的悲哀。这身体健康富有精力的我，在每次看见了那颜色苍白、形容惨淡地睡着的亚沙，怎不能不羡慕他的幸福。那并非是他安乐的生活，亦非这漂亮的船，那是灌注在他身上的母亲的情爱。

　　像亚沙那样地给母亲疼爱———一天接受了十次二十次的亲吻，自己也可以自由地和母亲接吻，呀，能够这样的人，是多么的幸福啊！我不能接受我亲生母的接吻，也不能向她亲吻。我是带着了悲惨的运命出世的孤儿呀！不过我或者能够再碰见那念念不忘的母亲一次吧，这是我最高的希望，最大的喜悦呀！然而我不能再唤她作真母亲了。我这一生只有孤单地一个人挨过吧？

　　夫人和亚沙对我愈亲切，我越想起了这悲惨的运命。没有父母，没有兄弟，没有家庭的像我这样的孤儿，要希望目前以上的生活，那一定是太不知足了。我不能不以现在的幸福自足。那我是知道的，事实上，我也是对现在的境遇感到了无上的幸福了。若使这境遇能够永续下去的话，那么，我没有一点的不足可说了。

　　然而，这幸福的最终日子渐渐走近了。不能不和这梦一般的幸福作别的日子渐渐地迫近了。

别离的悲哀

美丽的"白鸟号"船上的光阴，像箭一样地飞过去，李士老人出狱的日子已经迫到眼前来了。我非得出去迎接我们的师父不可了。

离都鲁斯愈远，我愈为了此事而烦恼。从前坐了船来的路程，现在非得一个人独自回去不可，我想到了这里，不禁异常惆怅了。回去时一定不是坐船游览那般快乐的旅行。再没有那柔软的睡床，没有冰淇淋，没有糕饼了，没有那餐后的团聚了。

但是将这个来比之于与夫人和亚沙相别的悲哀时，又算得什么。我不能不永久和这相亲相爱的人们别离了啊！恰像从前失去了母亲一样的，我不能不永远失去了这两人啊！呀！为什么和爱人们团聚了又要分别，难道是悲痛的运命注定的吗？！

有一天，我为了要把我心中烦闷说出来的原故，试问夫人从这里步行到都鲁斯需要多少日子。而且把我非得在主人出狱的那一天，到监狱前去迎接他不可的事告诉她。

这时候，听见这话语的亚沙，大声地说："不行，不行，路美，你不要去！"

我告诉了他：我是有主人的，自己不能够自由，并且我的师父是出了钱给我的父母，把我押了来的，所以我就有义务，非得跟着师父，在四方流浪不可。

在这里，当我说到了父母的这句话时，我故意说得像自己亲生的父母一般地。我一直到现在，都蒙蔽着说自己是一个弃儿。因为正像我从前说过一样地，在我们村里，弃儿是极端被人鄙视，比野猫野狗都还要不如的，所以我那小孩子的心中，早已养成了一种观念：世间最被人嫌恶的，就是弃儿。师父是早已知道了的，没有法子瞒得过去，但是对于完全不知道的美丽甘夫人和亚沙，我想无论如何，都不愿意告诉他们。我以为要告诉他们说自己是一个弃儿，倒不如死了还好些。所以，我总一点也不露出我的父母并非真正的父母那回事。

除了读书之外，妈妈总听从他的那亚沙叫了起来。

"妈妈！你不要让路美回去吧。"

"我也以为路美若能够和我们在一块儿就好了。你和他是那样地要好，我也喜欢他，不过那也不能因为我们的便利来决定就是了。第一，若是路美不愿意和我们在一块，那就没有话好说了……"

亚沙抢着了母亲的语尾说："不，路美是想和我在一块儿的。喂，路美，你不高兴到都鲁斯去的吧。"

夫人不待我开口，就说："若是路美的主人不答应的话，那路美也难得做主。"

"喂，路美，你不是不愿意和我们住在一块儿的吧。"

李士老人实在是我的好主人。他爱抚我，教育我。然而我和他在一块时的生活与现在的生活——美丽甘夫人对待我那样的亲切和供给，哪里能比较得来。我以为李士是我的恩人，可是我对于美丽甘夫人和亚沙的恋情又是一种特别的。我心里以为为了这短时间的相交的人们，把大恩人——主人忍心丢了，实在是问心有愧，然而一面却不能制止那希望永留在夫人和亚沙们身旁的心情。

我正在不知怎么样回答好的时候，夫人说："路美，你好好地细想后再答复我吧。我所以要把你留住的，是为了想叫你伴着亚沙读书，并不是像从前那样地安逸嬉戏的。你若是和你的师父过那卖艺的生活，那是自由的浪漫生活，所以，你应该好好地思量，哪样好些……"

"不，夫人，这又何必多思量。若是能够长远做亚沙的学友的话，我真不知道多么幸福呢。"

"唔，妈妈，路美不是答应了吗。"像担着心望住了我的样子的亚沙，似很欢喜地大声说了。

"那么，路美就算答应了，可是这回又非得到他的主人的承诺不可。我们是没有再回到都鲁斯去的道理，可是亚沙的身体又不灵便，所以也不能够坐火车去。那么，待我写一对信给你的主人，告诉他这事，并寄旅费给他，请他到这里来。要是事情办得好，他能够答应我们的话，那么这事就好了，不过听你说，你还有父母，所以，我们还非得和他们商量一下不可。"

最初的几句话，像魔神的魔杖指点着我一般地，事情都对我很顺利，到了最后这一句话时，我空想的好梦被击破了，我被踢入了悲惨的事实的深渊了。

和我的父母商量！

一经商量，那就糟糕，我本是一个弃儿的那回事，马上就要被拆穿了吧。那么，美丽甘夫人和亚沙就会不愿意我在他们的身旁了吧。他们二人对我的爱情，也就凋萎了吧。不，他们曾经给我爱情的记忆，也会使二人自己不快吧。亚沙曾经和弃童逛游，一块儿读书，结成了好友！——这将使夫人感到如何的难受呢！

我在绝望之余，茫然像失了魂魄一般地。

夫人似乎觉得奇怪，看着了我的样子，用眼色促我的回答，不过她看见我不作声，所以又以为我是在担心着主人就要到来的那回事，她再不向我问什么了。

好在这些对话是在晚餐之后，距睡觉的时间不远，所以我那烦闷的样子，能够从奇怪地担心地望着我的亚沙的眼里逃脱。我不久就走进了寝室去。

那天晚上，是我到了"白鸟号"以来第一次感到不高兴的夜。那是一个烦燥得可怕的、苦痛的长夜。

要怎么样好呢? 要怎么样说好呢?

我愁闷了一夜里，但是得不到一点解决。结局我决定了什么都不说，能得挨到什么时候就挨到什么时候，一旦拆穿了出来时，也只有那时再来打算。

大概李士老人不会答应将我放开手吧。那么事实就不用曝露出来，我甚至这样想：与其将事实曝露出来的话，我宁愿我的主人不要答应，让我离开更好。主人既然不答应，我当然就非得和夫人亚沙们告别不可。或者再没有碰见他们的机会，也未可知。然而他们二人将永记忆着吧。在我的身上不要使他们遗有一点不愉快的记忆，这将为我一生中回忆最美快的一页吧。

将给李士老人的信寄出去了三天之后，美丽甘夫人就收到他的回信。那信中答应了来会我们，在下礼拜六的午后二点钟，他就到这里来。

那么，到了那一天，夫人在旅馆中开了一间房间，来和我的师父面会。我那天也刚巧到了雪多，所以我得了夫人的允许，带了狗儿和猴子，到火车站去迎接我们的师父。

狗儿们似乎嗅出有什么事发生了，像心里不安般地跟了我走，不过乔利却一点也和平时没有分别。我的担心可不能像狗儿们的一样，我在路上不知道想了多少次：若是可能的话，我将恳求师父那弃儿的那回事，给我守秘密。

但是，我无论如何，却没有说出来的勇气。

我执住了三匹狗儿们的绳子，将乔利抱在身上，站在火车站月台上的一角。我不知道周围发生了什么事，只埋头在沉思中。要不是狗儿们吠了起来的话，我恐怕连火车开到了也不知道吧。

火车一停止时,狗儿们似很灵敏地嗅到了主人的气味一样地,突然向前跑,我呆呆地站着的身体也给它们一拉,向前一闪,同时将系着它们的绳子都放松了。

狗儿们似很快乐地一面叫吠,一面向前跑。差不多是同时,我看见了它们跳近了穿着从前的衣服、在火车上跳下来的师父的身上。最轻快敏捷的卡彼衔住了主人的手腕,彼奴和朵儿缠住了主人的两足。

这回是挨到了我了。师父一看见了我,立刻放开了卡彼,突然抱住了我,向我狂吻不已。

"呀,路美!你没有事吗?真可怜了你呀!"

师父本来对我也不是冷淡的,不过总没有像今天这般地爱抚我。他这举动,使我的眼泪涌出来,心胸里也塞住了。

我瞪望着师父的样子。他在入狱中似乎老了很多了。腰背弯了,额上增了皱痕,嘴唇也成了灰色了。

"路美,我的样子变了很多吧。世界上再没有像监狱那样住得不舒服的地方了。我病了,险些儿惹了一场大病,不过现在好了。"

他说后,马上将话题一变:"可是你在什么地方认识了那写信给我的女人呢?"

我跟着师父走出火车站,一面详细地告诉他:我最初怎么样地碰着了"白鸟号",后来又给美丽甘夫人母子请了上船去,直住到了现在的详情。我若是把一切都说出来时,最后就非得讲到了那令人发愁的问题,所以我尽可能地把故事拉长将船上的生活等详详细细说了一番。我怎么能够不顾廉耻,告诉师父说,我想抛弃了他去和美丽甘夫人母子在一块过日子呢?!

机会很好,在我的故事还没有说完之中,我们已经来到了美丽甘夫人休息的旅馆前了。这途中师父也完全没有提及美丽甘夫人信中所说的事。

"那么，那位叫做美丽甘夫人的，现在等着我是吧。"师父跨过了旅馆的门口时，这样问我。

"是的，她在等着师父。让我陪师父到她的房间去吧。"

"不，不用你陪。那房间的号数呢？你看住了狗和乔利在这里等我好了。"

师父是一说出口、就非得那样做不可的人，我也决没有向师父说句反对话的事，然而，只有今天，我无论如何，想知道师父和美丽甘夫人会见的情形。我执拗地正想叫他让我陪他去时，师父挥一挥手掩住了我的口。而且指着了旅馆入口处的椅子，我没有法子，只好坐了下去。狗儿们也想跟着师父去，然亦给他叱了回来，柔顺地蹲在我的旁边。李士老人没有一回不有命令者的威严的。

为什么师父不将我带去呢？有什么事不能让我在场的吗？我担着心在等待，不一刻，师父出来了。

"路美，你去给夫人辞行吧。"

我几乎不能信任自己的双耳一般地呆望着师父。

"叫你去向夫人辞行呢。我在这里等你。十分钟内，我们非得离开这里不可。"

我的心完全颠倒潦乱了。我连话语都说不出来。

"为什么总是呆呆地坐着不动呢。不快点去向夫人辞行吗？或是你还不晓得我所说的话吗？"

师父的语调，有点粗暴，师父用这样的语调向我说话的，这次是第一次。我像机制玩偶一样地站了起来，心神似乎明白了又似不明白般地朝夫人的房间开步要走，然而再回头向着师父，说："那么，师父要把我………"

"我对夫人说，路美是我宝贵的小孩子，我是路美不能一日离开的老头儿，我们是不能够互相离开的，所以我不能将我的权利让给她。我是这样地拒绝了她的。你去向她告辞吧。"

我曳着了像我的心胸一般沉重的腿儿向夫人的房间走去。我的胸里总缠绕着那弃儿的一回事，所以听了师父说十分钟内离开此地的话，我就以为师父恐怕已经把一切的秘密都说出来了。

好容易跨进了夫人的房间，一看时，亚沙正在哭泣，夫人弯着身子似乎正在安慰他。亚沙一看见了我时，就说："路美，你真的要走了吗，你不要去吧，不要去吧！"

夫人替代了我向他说明我的身体除了听主人的命令之外，没有自由的可能。她更用使我滴泪的慈爱的声音说："路美，我尽我所有能力，向你的主人，求他让我来抚养你，但是他却无论如何，不肯答应。"

"那老头子真是刻薄！"亚沙插嘴说。

"不，他决不是刻薄的。"

夫人答他说。她更转向我，继着说："老人所说的话，也不是没有道理，真的他没有你时，一定是很困难的。而且他似乎真心地疼爱你呢。他或许是很顽固的老人，但是他说话时，似是十分正直而且认真的，他有和他的职业不相称的器度，不像一个玩把戏的人的样子。那老人对我说——我疼爱路美，路美也孝顺我，我让他和我在一块过辛苦的日子，也是为了他自己，若使他在你的抚养下长成的话，那他的肉体方面，或者是快乐的，然而那可说是同做奴隶一样的，虽然你或者不是这样想，不过他的性质，总会自然而然变成那样的。你或许使他得到学问，教导他种种的礼仪，这样他也会得到一些智识，成为一个有智慧的人吧。但是，我很不客气地说，若使他永在你们的身旁的话，是不能够养成了他将来可贵的人格和独立的意志的。路美决不会变成你的儿子，他始终是我的孩子啦。这比在这里做你这可爱的、温柔的、患病的儿子的玩具而生长，不知要好几多倍啊。"

"他又不是路美的父亲!"亚沙生气地大声说。

"他虽不是父亲,也是主人啊。他是从路美的父母处将路美押了来的。所以现在也只好听从主人的话呀。"

"但是,我不愿意放路美走。"

"你虽然不愿意,也没有法子。不过路美也不是永远是那老人的所有,所以我们去和路美的父母商量商量看,或者会有办法,也未可知。我就写封信去也好………"

"不,夫人,那不好!"我大声说。

"为什么不好呢?"夫人莫明其妙地望着我。

"因为那也是不行的………我求你不要那样做吧。"

"但是只有这个办法呀………你也真是奇怪的小孩子。"

"不过,我求你,夫人,那………"

我发出了悲哀的声音说。

"你父母的地方,是斜巴陇吗?是吗?"

我装着没有听见,走近了亚沙身旁,紧抱了他,作诀别的接吻。而且将亚沙那无力的紧抱着我不放的双腕摆脱,跪在夫人的面前,流着泪向她伸出来的手上接吻。

"怪可怜的!"夫人只这样说了一句,在我的额上接了一个吻。

站了起来时,我心里难过极了,赶快走到门口,含着泪说:"亚沙,我一定永远记着你。夫人,我决不会忘记了你的厚恩!"

"路美!路美!………"我没有听完亚沙那从腹底中叫出来般的声音,跑出了室外,立刻把门关了。

我眼睛哭得胀肿地,走近了主人的身边。

"喂,走吧!"

我们默默地走出了旅馆。

再走上漂流之路

　　我又没有法子，只好走上了不避风雨，不畏寒暑，尘埃遍面，泥泞满身，背着竖琴，曳着疲倦了的双足，紧随在师父的背后，到处漂泊的运命之途了。我又非得在马路之中，为了"高官贵客"们的取乐，装痴装呆，或笑或哭不可了！

　　这等境遇的急变，在我决不是高兴的事体。因为人们是很容易习惯于那安乐的生活，和幸福的境遇的啊。我并不想起自己的本身，只忆起那快乐的日子。每当觉得烦愁、辛苦时我总要忆起了那两个月间温柔幸福的日子。

　　在几日几夜接连的长途旅程中，我不知有多少次故意离开师父走慢一步，放纵地想念起亚沙、夫人和"白鸟号"的故事，沉没在依恋的记忆里，想在过去中讨生活。

　　那是何等愉快的日子啊！每当夕阳西下，漂到了乡下肮脏的旅馆，在那里停宿一宵时，我就不能不将那冷木板的睡床来和那"白鸟号"船室中的、柔暖温滑的钢丝床相比较。

　　我再不能和亚沙在一块儿游戏了！我不能再听到夫人的温柔的声音了！然而，我什么时候才能再碰见他们呢？！

　　我感到了从前永未尝过的悲伤的味儿。可是，我现在唯一的幸福，就是师父比从前更加柔和地来爱抚我。说是柔和，或者不十分适切——因为师父的性质，决不是柔和的人——然而事实他却成了柔和的人了。这是师父性质上所显现出来的大变化。而且这在我正是无上的幸福。忆起了亚沙时的烦愁，泪儿不禁夺眶而出时，仅赖了师父的慰抚，辛酸地咽了下去。这时候，我才感到了自己不是孤孤独独的一个人。我的主人实在不仅就是主人，而像父亲一般的。

我一天之中，不知道有多少次想向师父接吻。我充满了心胸的感情，正想向这里找寻出路。可是这也做不到。师父虽然变了柔和的人了，但是也决不是可以随便亲昵的人。

最初我之所以不敢对师父不谦恭，是因为怕他，可是现在呢，是自然而然发生的尊敬之念抑制了我。当我和他一块儿从村里出来的时候，我以为师父不过是普普通通的人，那大概因为那时候我还是一点都不懂事的原故吧。然而在美丽甘夫人膝下的两个月生活之中，恐怕我的心眼也开通了，我留神看看师父时，他那态度、风采和举动，都和普通的人们大不相同，我发现了他的一切十分和那美丽甘夫人相像。我总觉得似乎是美丽甘夫人变成男子时，就是李士老人；李士老人变成女的时，就是美丽甘夫人。美丽甘夫人是"贵妇人"，那么李士老人就是"绅士"。所不同者，就是美丽甘夫人永是一位贵妇人，而我的师父却是对着了相对的人而显出他绅士的态度。我感到了师父的威严，所以师父虽然在温柔地说话，宽待着我时，我也没有投入他怀里去，和他接吻的勇气。

我们照旧是一路表演，一路漂泊。离开了雪多之后，也相当经过了些日子，不过师父一句也不曾提起关于美丽甘夫人或"白鸟号"的故事，我自己也不会说出来。可是，有一天，突然地从师父口中说出来了。而且自此以后，我每天总听到他讲起美丽甘夫人的话。

"你似乎是很恋慕着那夫人，这也是有道理的。她真的是亲切的好妇人。尤其是在你，她更是一位善人。你切不要忘记了她啊！"

而且师父时常地还附着说："呀，那么样做就好了！"

我最初不晓得他这句话是什么意思。不过时时听着他这样说，而且从他的样子和前后的语气，我才下了判断，师父是在想到了：若是那时候答应了美丽甘夫人的要求，让我留在她那里就好了。

"呀，那么样做就好了！"这句话中真是含着了深深的后悔的调子。师父现在才想到若使将我留在亚沙的身边就好了啊。但是，事情已经再来不及了。我们果能再碰到"白鸟号"吗？

事情虽说已经来不及，不过我对于主人的后悔，未尝不感到欢喜。本来我就不明白师父为什么要拒绝了美丽甘夫人的提议。不错的，夫人是把师父不答应的理由说给我听了，然而我总不能够十分相信明白。可是现在师父若真的是后悔了时，那么我以为这次一定会答应夫人的要求的，我的心里不觉涌起了一个大希望来。

为什么我们不会碰见那"白鸟号"呢？

"白鸟号"总归是在法国的运河上行驶，那么就没有不会碰得见的道理。往船上我曾听过说，"白鸟号"现在一定是驶出了运河，正在向龙河逆航上去的。我们现在也是在沿着龙河的各村镇中漂泊，虽不知道谁先谁后，总之一定有一天是会追上来的。我漠然地觉得总有一天会碰着的。

在沿着河边的大路上，我无暇顾及两岸的风景和美丽的山丘，我只注意着水面。我们漂流过了亚鲁，托拉斯空，亚比尼翁，互拉列斯，都龙，维奴，但是这些地方的风俗，古迹，一点也不能惹起我的心情，一到了旅舍时，我就抱着了淡薄的热望，一个人跑到了河边或桥上，去看看是否会望见"白鸟号"的影子。每当在遥远彼方的朦雾之中，看见有船驶进来时，我的胸中就跳起来，等待着，以为那或者就是"白鸟号"。然而，进来的船，都只是别的。

有时我也曾问那停在近处的船夫，但是他们没有一个是看见过"白鸟号"的。

我每次跑出去时，当然没有把此事告诉了师父，不过后来，师父也似乎知道了我是在憧憬着"白鸟号"了。可是，他也没有想把我这心中的萌芽摘去。而且，这虽然是我的想像，我觉得师父现在似乎已经决心将我让给美丽甘夫人了。那么，美丽甘夫人也没有写信给我的母亲的必要，所以我的秘密也不用拆穿出来，事情就在夫人和师父之间解决了吧。那我的运命是很容易地就决定了。

不久，我们到了里昂。在这里逗留了四五个礼拜。在这期间中，我每遇着有空时，就跑到龙河和沙翁河的岸边去。我差不多要比里昂的人还熟悉了这边的地理了。

然而我所寻望的船总不见到。什么地方都没有"白鸟号"的影子。

我们决定了离开里昂，到沙翁河上流的济戎的镇里去。我到旧书店的店前，热心地查看法国的地图。细心查看了之后，我知道了从里昂到那里之间，有一个叫做沙龙的地方，法兰西的"中央运河"就从这里通到了罗亚尔河。"白鸟号"一定是通过了这运河，然后驶入罗亚尔河去。我若是能够在沙龙等待的话……可是不然，我们是到济戎去的，那么，无论如何，没有碰到"白鸟号"的机会。我真的是心灰意丧了。

几天之后，我们到了沙龙。但是，此地也没有"白鸟号"的影子。绝望！暗藏在心里的空想，至此完全被破坏了。

我的失望还不只此。时候已经接近了冬天了，朝夕的寒风，已经觉得刺骨，加之这地方又正入了降雨期。每日在寒雨和泥泞中间跋涉，那痛苦不是寻常的啊。湿气浸骨，头发也沾了污泥，身体疲倦得不能再动，我们辛辛苦苦才走到了肮脏不堪的旅店，或是一间破屋子里。这样的夜里，决没有豪华的心情啊。

我们不久到了济戎，但是为下雨所阻的日子居多，而且寒冬的表演更不十分顺利。我们赶快又离开了此地。多山的这地方，那潮湿的寒气和裂肤的北风，使人以为骨头也冰冻了。不堪寒冷的乔利真丧气得可怜，它那悲伤的样子，比我还要加甚。

若使是在巴黎，那么冬季中也可以表演，所以师父的目的，就是早一日好一日地赶到巴黎去。坐了火车去，只要半日的光景，然而不知为了钱，或是其他的原故，我们不能不步行那八十里路的路程。

我们虽赶着赴巴黎，不过在途中的村镇里，遇着好天的机会，时常还要小演一两套，赚得些微的一点收获，之后，又得开始赶程。

到沙桥间的约莫二十里路之间，总算是顺顺利利走过了，不过在离开了这里之后，雨虽告停，而风却变了朝南吹。当面迎着刺骨的北风前行，这决不是好过的事体。然而经过了几礼拜间的雨水拖磨过了我们，在最初的那一天，以为这比拖泥带水时，还要比较好一点。但是从第二天起，天气转变了，空中布满了黑暗的险恶的层云。这天气是变成了雪天啊。

黄昏，我们到一个村里止宿了。粗笨的晚餐也随随便便吃过之后，师父对我说："喂，今晚马上就睡觉，明天在天未亮时就非得出发不可。不然，大雪积了起来，恐怕就不能动身了。"

师父是想在没有积雪之前，无论如何，要赶到特华去的。特华听说是人口五万以上的繁华的城市，在那里就算下起大雪来，也可探着天气，能够表演四五次吧。这样，我们就预料可以赚一点宿费和旅费了。

我听从了师父的吩咐，马上就上床去了。师父却抱了乔利到厨房的灶前去给它取暖。在路上虽然给它穿上了它所穿得上的衣裳，然而小猴子还是周身发抖。

翌朝，我们爬起来时，天还没有发亮，天空黑暗而低压，没有一颗星辰。我感到了似乎给一个大锅罩套在头上一样的沉重。打开门一看时，北风咆哮地吹了进来，煽动了暖炉的灰，使埋在灰中的、昨夜剩下来的余薪复燃起来。

我们匆忙地整顿着行李，这时候旅店的主人爬了起来，对我的师父说："喂，老伯，这会吹起大雪来啦，要是我的话，无论如何，不能够动身啦。"

"但是，我在赶着路呢。在没有下雪之前，我非得赶到特华不可。"

"不过，八里路的路程，一个钟头恐怕赶不上吧。"

我们不顾店主人的劝阻，出发了。师父为要使乔利不当风，将它抱入上衣的内面。我穿上了师父在前一个市上买了给我的那羊皮衣裳，勉强还可以顶得住寒冷。狗儿们也似高兴地跟着我们。我和师父，为了当面的寒风，各不开口，默默地赶路。

不久天大亮了，可是天空仍是黑暗的。太阳也上升了，然而这仅在黑暗的低空中，引了一条灰白色的带儿模样，不像是白天的样子。四围像黄昏一样的朦朦胧胧，更使我感到忧愁。树木大概都落叶尽了，寒风似乎想把仅留在荆棘丛中的枯叶也吹个干净一般地吹个不止，而且还发出那咆哮的声音，来威胁我们。田野，道路，树林，山丘都像是被遗弃了一样地不见有半个人影，我们只听见了几声夹着风声吹来的小鸟啼声。

狗儿们也似高兴地跟着我们一群白鸟发出杂乱的声音，掠着了长空飞过去。

风向渐渐变了朝西了。黄黑的沉重的层云渐次从西北那边吹了来，似乎快要停在树梢了，不久，白蝴蝶一般的粗雪，片片地飞下来了。它并不堕到地上去，只在上下翻飞。这时候，我们还没有走得多少远。照这样子看来，我们似乎没有在大雪前能够赶到特华的希望。而且我以为雪下得大起来时，风会静了，而寒冷更会加甚的。

我还不知道这地方常有的所谓"大风雪"那东西。但不久我就知道了。而且这个给我的胸中有一个永不会忘记的记忆。

从西北方吹来的层叠的低云，就压到我们的头上来了，突然灰暗地，也没有吃惊的余暇，我们完全被包蔽在那灰暗的云中了。

那不是云而是雪啊！这已经不是蝶儿一般的雪了。这是雨一般的粉雪。我们被包围在那几乎不能呼吸的厚密的粉雪中了。

师父发出了绝望的叫声说："这无论如何，不能赶到特华去了，无论发现了什么样的房子，都非避进去不可。"

我似乎得救了，心里宽了一宽。

然而在这伸手不见掌的厚雪中，哪里能找得着房子呢？

我们现在正是在没有人家、没有一切的山陵和森林之间呢。一刻钟之前，我们还能辨得出道路，可是这可怕的粉雪，在一瞬间将宇宙的一切，都埋在白色的底下了。

狼的夜袭

完全像尘埃一般地，无隙不入的粉雪，从我的袖口、襟头、鞋子潜入了我的身体，当它融化时，那真是难过！师父为了那抱在衣服内的猴子，时时要出来换空气，每次打开了胸前，这乘势吹入怀中的雪，也似乎使他不舒服。不过我们还是不顾前后，和风雪奋斗，向着那无路的地方前进。而且时时停了步，侧转身吸吸空气。

狗儿们也没有力气在前面跑了，只跟在我们的背后。我们现在似乎迷入了深林中。看不见面前，身体濡湿而至冰结，加上身体的疲劳，一点也走不动了。可以给我们避难的地方，也似乎不容易找得到，然而雪是一刻一刻地积厚了。幸而，不久，风稍微小了一些，粉雪也变成了大雪片。同时，我们还可以稍稍看见前面了。

我时常抬起眼来望望主人，他似乎不断地在寻求着什么东西一样，一边看着左方一边前进。在我的眼里所能看得见的，只有像这春天才斩伐了的空地明亮的毗连，和其间的老树梢发出来的嫩枝，受着了积雪的重压，像弓一样地弯下去。然而，师父究竟在寻什么东西呢？

我只注视着前路。心里想快点走出这树林，去找到一家房子。不过，走来走去，这树林总没有尽头处。无论经过了多少时候，没有一点眼前的曙光。雪更是下得厉害了。照这样子看来，恐怕在没有走出树林外时，我们早已被埋在雪下了吧。

突然，我看见了师父抬起手来，指着左边。我顺着他指的地方望去，看见了在空地的那边，在灰黑的背景之前，有一间像全白的小屋一样的东西。

我们向着这像小屋一样的东西急进。果然，那是一间用木头和枯枝搭起来的用柴皮铺了屋顶的小房子。这粗陋的茅屋，在现在的我们，简直就是金殿玉楼了。狗儿们最先跳了进去，在干燥的地上，高兴得不得了，乱吠乱滚。我们的欢喜，也正不让狗儿们，不过不能像它们那样的在地上乱滚，将潮湿的身体弄干。

师父对我说："我看见这边的树木中，有新近斩过的斧头痕迹，所以知道附近一定有樵夫的房子。现在，雪只任它下好了。"

"唔，随它怎么样下，也不怕了！"我也壮了胆，这样叫一声。

我们走到了这茅室的入口——虽然说是入口，但是，没有门户，也没有窗子——为了不要把室内弄湿，所以我们把帽子上和衣服上的雪都拂干净了才进去。这屋内是极其简单的，放了几个石头和木头当作椅子，在屋角有一个用砖瓦围成的火炉，只有这几样东西，然而在我们已经难得的了。可以烧火！这比什么都要使我们感谢。

但想起烧火，却没有柴。雪已经堆积起来了，又不能到屋外去拾树枝，这使我们很为难。幸而墙壁和屋顶都是枯木砌成的，所以我们在不使屋子发生危险的范围之内，抽了一些出来烧火。

我将树枝放入炉内，点着了火柴，枯枝发出了爽快的声音，猛烈地烧起来。最初烧不旺，烟蒙住了这没有烟囱的屋子，不过我也顾不及烟了，眼里流着泪，两手伏在地上，拼命地吹火。狗儿们都围上了炉边来，为着是要把冰冻的身体焙暖，乔利先从主人的衣服里伸出头来，看见外面没有危险时，它就迅速地跳了下来，占着一个最好的地方，把那细小抖动的两手举在火旁烤起来，这时候炉火是烧得很好的了。

师父照例在每次早晨出发时，带了大块的面包和奶油，他把这东西分给了我们。不过他只拿了一半出来分配，所以我们各人只能得到一点。主人看见我有点不满足的样子，他就说："从这里到特华，若是能够有宿息的地方就好了，不过这似乎寻不到。而且我完全不知道这森林的路径。本来这种多森林的地方，即使不下雪，也是容易迷路的。所以没有看准了天气，也不知道到第二个森林的道程，是决不能出发。雪若是再不停，恐怕非在这里笼居一二天不可。所以食物也非得省着吃不可了。知道了吗？"

食量虽不能够满足，然而我们已经胆壮了很多。第一，已经有了避难处，而且能够烤火，这就便我们心壮气勇，此后，我们只要等雪停就好了。难道会有一昼夜二昼夜也不停的吗？

向着北风，走着没有目的的路程，倒不如这样地挨着点饿的好。雪不久就要霁了吧，我这样想着安慰自己。

但是向外面望望，云似乎不容易就霁，而且更加浓密，更加迅速地飞降了。风儿静了，雪是垂直地不断地落下。天空是看不见的。地面因了积雪的反映，比天上还要明亮。

不久，三匹狗儿都在炉边睡着了，我也想试学它们；今早是大清早就起床的，所以身体一温暖了时，就有点睡意了。在这里看那不停的雪，还不如睡一觉，做那"白鸟号"的梦吧。

睡了一觉起来时，雪已经停了。到门口一看，积雪比我的膝头还要高，这就不容易出发了。但是，现在是几点钟了呢？

不过，我又不能够向师父问钟点。因为自从离开了雪多之后，表演不十分顺利，无论如何，没有补偿在都鲁斯罚了的罚金那样的收入，而且在前一个市里，师父还给我买了一件羊皮衣，就在那时候，师父就把从前叫卡彼看钟点的那只大银表卖去了。

看看天空的样子，是不会晓得时候的，除了地面因积雪而闪映之外，四围是模糊的；空中也只是处处呈着淡黄色，太阳在那一边呢，也无从知道。想侧耳试听有什么声音时，天给我的只有沉默，连一声小鸟的啼声也听不到。只有那时时从树上滑下来的积雪，发出沙沙的音响而已。

"路美，你想要走吗？"

师父在屋里问。

"我不知道，万事随着师父的意思。"

"那么，就在这小屋中住下吧。这里有睡觉的地方，还有火。"

不过没有面包就难受了，我独自这样想。

"这雪似乎还没有下得够。若是离开了这里，在路上又碰着下雪，在黑夜中迷了路就糟糕了。"

这样我们就决定在这里过夜了。师父把剩下的面包拿出分了。不过这是有限的。决不能填我们的饥荒。尤其是狗儿们，更加感到不足，吃完了之后，卡彼还站了起来，用脚摸摸师父的布袋。因为食品总是放在那袋里的。然而袋已是空无所有了，卡彼只好不响了，不过那馋的彼奴还不答应，在那里哼哼不休。

雪又不知在什么时候大下起来了。四围的灌木是被埋在积雪下了。今天的日子似乎特别黑得快，四周已经是辨不出东西了。到夜里，雪还在下，从黑暗的天上，棉花一样的大雪片，不断地落到映明的地上。这屋子也像不久要被埋了似的。

"路美，我们轮着守夜吧。你先去睡，等一会叫你起来，我才睡。这样大雪的夜里，当然不怕有盗贼或猛兽，不过要看着火，不要让它熄了。若是睡着时火熄了，恐怕身体就会冻坏的。雪一晴，冷得就更利害了。"师父说。

我卷在焙干了的羊皮衣中，用坦平的石块做枕头，背向着火，舒适地睡觉了。

给师父唤醒来时，夜似乎很深了，雪已经停了，然而炉火烧得十分旺盛。

"喂，这回是我来睡觉了。你看着火，只要时时添柴就好，你看，我连柴都预备好了。"

我一看，师父已经把树枝都堆好了。所以我不必离开火，去屋顶或墙壁里抽柴了。师父对我用心实在周到。然而师父哪里知道，这正是他的失策呢，哪里知道这会惹起不可追救的事呢?!

师父看见我很清醒，开始我的职务之后，他拖着乔利在火炉边躺下了。不久，师父发出了高声而规则的鼻息了。我蹑足走到门口，探探屋外的情形。

雪把地上的一切都埋没了，一望无涯，恰似铺了凸凹的白布一般的。空中四处闪耀的星辰，在苍白的雪光中，像梦一样的隐约。寒气更甚了，外面吹来的风像刀一般地刺入。在肃静的沉默的夜里，我微微听见那积雪冰冻所发的，像龟裂了一样的低细的声音。

我以为这小屋的发现，实在于我们很幸福。若使寻不到这小屋，在森林过夜，我们不知道将怎样呢。

我又轻轻地走到门口，可是狗儿们已经惊醒了。彼奴跟着我到了门口，不过这庄严的雪景，在它的眼里，似乎也没有什么意思，它马上就厌烦了，想跑到屋外去。

我做手势止住了彼奴。它没精打采地缩回来。究竟彼奴为什么要离开火旁到雪中去徘徊呢? 它虽然听从了我的命令，不过它是只顽强的狗，它的念头是不容易抛去的，它的鼻孔还是对着门口。

我望着屋外的光景，心里似乎有点酸溜溜的，就折回到炉边，添上了三四根粗柴，坐在我做过枕头的石上。美丽的火焰，卷升到屋顶，爆裂的声音，惊破了深夜的寂寞。我对着火焰看了很久，呆听着爆裂的声声。身体渐渐暖和了起来，眼睛也渐渐垂下，不知在什么时候，我失去了知觉，我已经沉没在睡眠的深底了。

若是我需要时时起来拿柴的话,那决不会这样糊涂地睡着了吧,然而这是追之无及了。

突然! 我给狗吠声惊醒了,笔直地跳了起来。

屋子里黑暗暗的。无疑我是睡了好久了。火已经熄了——屋里没有那照耀的火焰了。

狗儿不绝地吠唤。那是卡彼的声音。真奇怪,却没有彼奴和朵儿的吠声。

师父也惊醒,爬了起来:"路美,什么呀,什么事呀?"

"什么事呀? 我不知道。"

"你没有睡着了吧? 火不是已经熄了吗?"

卡彼跳到门口去。可是不敢走出去,只向着屋外猛吠。

呀! 什么事发生了呢?! 我真是狼狈极了,一句话也答不出来。

和卡彼的吠声相应的,我听见了苦闷的呻吟的微声。我以为那是朵儿的声音。所以我想跑到屋外去,然而师父却抓住了我的肩膀,将我拖回来。

"先燃着了火!"

我听从师父的吩咐,赶快爬开了炉灰,火还存了一些。我一面添上枯枝,伏在地上,吹着了火。师父拿起了一把烧着的树枝,当作火把,"喂,走吧! 跟着我来。卡彼,你走前头!"

我们刚要走出去时,一声可怕的兽声,似乎连房子也震动了,震裂了黑暗,冲破了寂寞。卡彼一听到这声音,失却了魂胆,躲在我们的脚边,畏缩着不敢向前。

"狼呀! 彼奴和朵儿在哪里?"

我难以回答了。无疑地彼奴在我睡着时,随意跑了出去,朵儿也学了样跟着它去了。

二匹狗不会是给狼拖了去的吗? 在师父问我彼奴和朵儿在哪

里时的语调中，我已经察出了师父对于此事抱着疑惧了。

"路美，你拿着火把！我们去救狗儿去！"

我在村里时，时常听了狼的可怕的故事，以为再没有像狼那样可怕的东西了。然而我一点也不踌躇，在炉里拿起了火把，跟着师父就跑。

我们到屋前的空林中去找，然而没有狗的影子，也没有狼的影子。积雪上印着二匹狗的足印。我们跟着这足印，差不多在屋子的周围绕了一周。忽然，俩狗儿的足印纷乱了起来，雪花被掷散了，在那里我们看见似乎有狗儿乱滚了的痕迹。

师父命卡彼去搜索，同时，大声吹了口笛。

"卡彼，你试找找看！"师父命卡彼去搜索，同时，大声吹了口笛，呼唤俩狗儿。

然而，大地寂然，没有一点回声。也没有惊破这凄壮的森林的缄默的声音。刚才唱着凯歌般地嗥号的狼到什么地方去了呢？

卡彼虽受了主人的命令，但不像平时那样顺从，紧缠着我们的脚跟，绝不敢离开他去。

我们手中的火把和雪光都不能够照得远。师父又吹了口笛。大声地唤了二匹狗的名字。

我们拼命地倾听，师父的唤声只得了一声反响，反响消失了，一切又像死了一般的寂静了。我的心胸真痛得难耐。

"可怜的狗儿们呀！它们给狼衔去了！"师父叹了一口气，"路美，为什么你把狗儿放出去呢？"

我不能回答，只垂了眼睛。

"我去寻了来。"

我想一个人去寻，但师父抓住了我的肩膀："你到什么地方去寻啦？"

"什么地方？……在那方面。"

"这样的深雪，黑暗的林中，哪里能够去找寻？"

雪积得没膝般深。火把的柴枝，也不是永燃不熄的，而且火把也照不遍森林。

"我这样呼唤，还是没有回答，那么，两匹狗是已经……被拖到相当远的地方去了。偶一不慎时，说不定那狼还会惹到我们身上来。我们又没有带武器，所以非得用心不可啦。"

这样的，将这二匹可怜的狗儿——李士班中不可缺少的二位主角，而且是我一天不能离开的二好友——放弃了，是多么残酷呀！我感到了自己的过失和责任的重大，仿佛自己给狼抓去了一样的苦痛。若使我没有睡觉，我决不会让二匹狗儿到屋外去的吧。

师父向着小屋子回转头了，我默默地跟着他。我在路上走一步，总要回头看，想看看有什么东西，或是听听有什么声息没有。

回到屋子里一看时，抛在炉上的枯枝，完全着了火，满屋子照得通亮。这里又有新的恐怖在等着我们了。

那就是我们又不见了乔利，包着它的毛毡还在火旁，不过变成了扁平的，乔利已经不在里边了。

我试试唤它的名字看。

然而没有它的影子。

师父说，他起身时，觉得乔利还在他的身旁。那么，它是在我们到屋外去后，它才不见了的。

我们拿起了盛燃的枯枝，到屋外去寻找。可是，没有乔利的足迹，也没有它的影子。

再回到了屋子里，以为它或者躲在枯枝的角上，所以搜遍了全屋子。在同一的地方找寻了十次，我还骑上师父的肩上，详细地检查屋顶的枯枝。然而，这些都是徒劳。

我们时时停止搜索，唤着乔利的名字，但什么地方都没有它逃出来。师父大发脾气，我也绝望了。我对师父说，恐怕在我们出去时，那狼连乔利也抓了去的吧。师父说："不，狼不会进家里来的，我以为彼奴和朵儿是自己走到屋外去，才给等待着的狼抓了去的。只要守在屋子里，那就没有事的，不过乔利或以为然，在我们出去之后，害怕了起来，一定是不知道躲到什么地方去了。然而在这样寒冷的天时，到屋外去，决不是乔利所耐得住的。恐怕在没有给狼吃了之前，早已冻死了吧。我这样担着心。"

我们想再找找看，所以又着手搜索，到屋外也去望望，可是没有它的影子。我总以为它是给狼吃去了。

"我们只有待天亮之后再找了。"师父用失望了的语调说。

"什么时候才天亮呢？"

"再等两个钟头或三个钟头就亮了吧。"

师父两手按着头脑，坐在火前，一声不响。我也没有向他说语的勇气了。只坐在师父的身旁，动也不动，只时时伸手向炉里添柴。师父时时站起来，到门口望望天空，热心地侧耳倾听，然后又回到本来的位置，静静地垂下了头。

我想师父不要这样默默地不高兴，率性大骂我一场就好了。因为我的过失，不止将两匹狗断送了，连那乔利也死了时，我将何以对师父呢？！而且以后我们何以过活呢。我真是想哭。

在热望着天快亮的我，三个钟头是多么的长远而苦痛呀！我觉得这绝望的长夜，似乎永没有光亮的时候了。

然而星影也渐渐转薄，天空微微发白了。不久天也就大亮了，这时寒气刺骨，从门口吹来的空气，完全冰冻了。

即使能把乔利找出来，在这样的寒冷天气，它还能活到现在吗？

师父在墙上抽了一根粗大的木棍，当为武器，我也抽了一根携在手上。卡彼昨夜虽然畏缩，今早却是神气百倍地望住主人的颜色，只要主人命令一下，它就想飞跑就道。

我们先在屋子的周围找寻乔利。我们想发现乔利的足迹，寻来寻去，总找不到。忽然，那抬着头向着天空闻嗅的卡彼，欢喜地吠了起来，它是报告我们乔利不在地上而在高处的举动。

真的，我们朝天一望时，屋子上面有一枝大树的横枝，给积雪压得弯了，弯得差不多和屋顶相接，从这树枝再望上去，在很高的树枝分叉处，有一团黑而细小的东西。

那就是乔利啊！昨夜给狼的啼声吓住了，在我们出去之后，从屋顶逃了出来，到树上去避难。在那里吓坏了，任我们怎样叫唤，也不答应，静静地蹲在那里。

非常怕冷的乔利，恐怕是在那里冰冻吧。师父静静地唤了几声，然而它像死了一样，动也不动。师父差不多呼唤了四五分钟，它还没有一点像活着的样子。我以为真的乔利是死在那里了。

我告诉师父，我想到树上去看看。师父以为那太危险，阻止了我。然而我向他说我在村里时，是有名会登树的，他才答应了。我攀上那有积雪而不容易攀的大树，攀到那树枝分叉的地方。乔利一点也不动地蹲在那里，然而它的光亮的眼睛却望着我，我才放下了心。

但是，我伸手想去抓它时，乔利突然跳到了别枝上去了。我跟着它攀过去。然而人总不能和猴子比较上下啦。乔利又跳上了第二枝，我却不能像它那样玩把戏。幸而树枝上积了雪，它也不能随意地乱跳，因为它已经很衰弱，在枝上滑了几滑，到了低处的枝上，跳在主人的肩上，立刻钻进主人的衣服里去了。

乔利之死

乔利是已经寻到了, 还要去探探狗儿的生死, 我们顺着雪上的足印去寻。在明亮的太阳光里, 明白显现的两匹狗的足印, 正确地说明了昨夜悲剧的发生。

那足印沿着屋后, 很规则地有六七丈长, 突然消失了, 以后就见到狼的大步足印, 是从森林的那边跳出来似的。在狗和狼的足印互相交错的地方, 积雪散乱, 还有狗儿跌滚的形迹, 红色的血点点染遍了白雪。悲剧是在距我们的屋子六七丈的地方发生了的!

我们没有勇气再找寻狗儿们了。可怜的彼奴和朵儿是被咬破了咽喉, 拖到了森林的那边去了。现在恐怕早已在荆棘丛中给狼吞了。

我们现在要赶快给猴子取暖。我们仓忙地回到屋子, 火炉里还有残火, 师父抱着乔利, 像婴儿一样地给它烤手烤脚, 我也将它的毛毡烤暖了。我们将猴子卷了起来, 让它睡觉。不过, 现在乔利所需要的, 那一张的薄毛毡是不够的, 它所需要的是温暖的睡床, 和热烫的饮料。然而我们哪里有这些东西呢。有了火炉, 我们已经是大幸了。

我们坐在炉旁, 无言地凝视着炉火。

"可怜的彼奴! 可怜的朵儿! 可怜的朋友们! "

我们口里, 所呢喃的, 只有这几句话。这就是我们心中的叫唤啊!

这二匹狗儿, 是和我们共患难共安乐的, 是和我们共运命的伴侣。尤其是我, 在离开了师父的那些日子中, 它们是我难忘的、互相慰藉的挚友。然而,它们竟为了我的过失而丧命! 若使我能够尽我的职务,那就不会让它们出去; 即使让它们到屋子的周围去走,那狼看见了屋子里的火光,也不敢走近来吧。

我以为师父若真的能够大发脾气,痛责我一场就好了。然而师父并不向我作一语。连看也不看我。他只是垂着头,望住了炉火。师父大概是在想,丧失了这两匹狗之后,怎么样能够表演呢,使他绝望了吧。

今天是和昨天完全不同的好天气。雪上反映着的白光,几使人不能开眼。

师父时时伸手到毛毡下去摸乔利,可是不能使它暖和。我俯在毛毡上一听时,可以听见乔利震齿的声音。我们知道在这小屋子里,断不能使它冰冻了的血液复元。

师父站了起来说:"我们非去找到一个村落不可。在这里乔利一定要冻死了。喂,走吧。"

把毛毡再烘得暖些,紧紧地抱着小猴子,放进师父的上衣里,贴抱在怀中。

我们将要离开这小屋子时,师父似和人们告别一般地看看四周,说:"好贵的旅店啊! 它分了我身上一块肉呀!"

主人说时,声音发抖了。

主人在前头走,我跟在他背后。我们开步走了,卡彼还是呆立在屋子门口,向着昨夜被劫去的伴侣的遗迹,默默地在追想;我们去叫它,它才跟着来。

昨天为了下雪,一点也辨不出东西来,可是今天我们马上就发现了,从这林中搬运木材出去的车道,我们沿着路走了十分钟,走到一条大路上。刚巧有一辆运货的马车走过,御者告诉我们再走一个钟头,就可以到村上去。

虽然提起了精神前走，然而积雪差不多埋到了我的腰干，这条路决不是容易走的。

我时时向师父问乔利的情形，他告诉我还是听见它在发抖。不久，看见前面有一个大村子里的人家了，我们勇气百倍向前赶快地走。

从前，我们无论到了什么地方，总没有住过上等旅馆的。我们总是在村口或近旁，找一个便宜的旅店，在那里住宿。然而真奇怪，今天我们一走进村，就看见了二三间粗陋的旅店，可是师父看也不看地尽管向前走。不久我们走到村的中心点，看见了一间挂着金招牌的上等旅馆，师父就不客气地走了进去，我吃了一惊，也跟着跨了进去。

师父一看见店主，就不像往时到便宜旅店时一样了，他用那"绅士"的态度，帽子也不脱，大大方方，叫他开一间有火炉的温暖的房间。

蓄着长发的漂亮的店主，似乎看着我们有点奇怪，但看见师父那种堂堂的样子，又似乎很放心了，立刻叫了一位女茶房来，把我们带到房间里去。

茶房把暖炉的火点着了，师父立刻向着我，焦躁地说："喂，快点跑到床上睡下去！"

我吃了一惊，望望师父。为什么我要睡觉呢？我实在倒是想要一点东西吃啦。

"喂，不快点睡下吗？！"

我只有听从他的命令了。

赶快将上衣脱了，钻到床里去，师父立刻拿起轻松的鹅毛被，一直盖到我的鼻头上。

"好好地温一温吧，越暖和越好啦。"

我想，我是不是患了病呢？乔利是应该暖一暖的。我很快地走了来的，一点也不觉得冷啦。

但是我动也不动地，使劲地温暖着身体。这时候，师父将乔利取了出来，抱到暖炉前，像烧挂炉鸭子一样地将可怜的乔利的身体，反转焙烘。茶房吃惊地望着，不久走了出去。

过一会，师父问我说："怎么样了，暖和了吗？"

够暖的了，我简直像在蒸笼里一样了。

"热得喘气也喘不过来了。"

"唔，刚好。"

师父赶快将乔利抱过来，塞入了我的被窝里，吩咐我紧紧地抱着它。

乔利在俏皮时，不高兴时，就不容易听话的，但今天听着我们的摆布了。我一抱它，就顺从地紧贴着我。

它不再发抖了。可是那细小的身体像着了火一般的热烫。

师父到厨房里去，拿了一杯加了糖的热萄葡酒来。他想把这酒当兴奋剂给乔利喝，可是它紧咬着牙齿，不肯开口。火红的眼睛悲伤地望着了我们，似乎是在说，请你们不要再麻烦我。

在这当儿，乔利时时将一双小手，从被窝里伸出来给我看。到底这是什么意思呢，我很奇怪，问师父，师父告诉我说：

从前当我还没有加入这把戏班时，乔利曾患了肺炎，那时候，兽医从它的腕上放了血出来，给它治好了。所以它现在知道自己又患病了，想叫我们像从前一样地给它放血罢。

我觉得它可爱又可怜，心里难过得很。师父似乎也很难过，为它的病担着心。乔利知道自己在害病，而且连那平日最喜欢的加糖葡萄酒也不肯喝，那它的病一定不轻了。

"路美，你把这酒喝下去睡觉吧！我赶快去请医生来。"师父这样说着，走出去了。

实在说，我也是最爱喝那加了糖的葡萄酒的，而且肚子又饿，所以我一口就把它喝干，盖好了被窝，睡觉了。我立刻觉得身体发热，呼吸也短促起来，觉得很难过。

不一会，师父带了一位架着金丝眼镜的、装着样子的绅士回来。那大概是医生了吧。

师父以为说出病人是一只猴子时，恐怕这样漂亮的医生不肯屈驾，所以也不指定是谁，只说有了病人，就把他拖了来。那走进来的医生，一看见醉酒的我，满面涨红得像怒放的牡丹花一样地睡着的我，就踱过来，将手按按我的额上，说："唔，极度充血了啦。"他侧着头想一想。

我不能不开口了。不开口时，他会在我的手腕上放血吧。

"不是我害病。"

"什么，你不是害病？哈哈，还讲吃语呢，这病就不轻了。"

"不是，不是的。"我仓忙地坐起了半身，指着怀里的乔利，说，"先生，害病的是这小猴子。"

医生倒退了一步，生气地回顾着师父："是猴子！你拖了我来和猴子看病吗？！真是胡闹！"

医生大发脾气，回头就想走。

然而李士老人却很镇静地，先郑重地挽留他，然后用那谆谆善导的语调，说明了事情，详述昨夜因遇大雪，狗儿不幸给狼抓了去，猴子爬上了树得救了一命，可是却得了一场大病的经过；以后，再郑重地说了下去："不错的，病人是一只猴子，可是这是一匹非常伶俐而可贵的猴子，数年来我当它是自己的儿子一般地抚养，而且成了我们班里的名角，所以，我哪里能够让它委之于乡下兽医的手里。大家都知道，世上再没有像兽医那样无知寡情的人的。反之，博士先生都是学识高深的妙手,所以无论到什么小村里去,若要请医生时,就一定要请学识高明、人情深厚的先生。像先生所知道的一样,猴子固然是动物,不过这不待博物学者的说明,我们知道它是最近似人类的东西,猴子的疫病也就和人类的疾病没有什么特别不同的地方。那么,在学术上的立场,也请先生实地试验,猴子的病是怎么样地和人类的相似的。这不也是很有意思的事吗?"

上了意大利人独特的口舌的当,博士从门口又回到睡床前来。

李士老人正在说话的当儿,乔利似乎早已知道,这架金丝眼镜的人,是来医治自己的病的,把小手伸出了十二三回,恳求人给它快点放出血来。

"请你看看,小猴子已知道你是医生先生,伸出手来请你看脉,这是多么可爱而伶俐的猴子呢。"

乔利的手腕使医生下了决心。

"唔,虽然不同,或许也还有意思。"医生开始给小猴子按脉了。

在医生或者还感到趣味,不过在我们呢,实在够伤悲够忧心的了。诊察的结果,说那正是肺炎复发。

医生用小刀切开了乔利的腕上放血。它也不呻吟,默默地忍着痛。因为它以为这样一治,那苦痛的疾病就会好了。

手术定了之后,又用"芥子粒"贴在它胸上,又给它吃药水。当然我也不能上床睡觉了。因为我是受了主人的命令,看护乔利的。

乔利也似乎很满意我的看护,用笑颜来表示它心中的感谢。我觉得它的目光渐渐像起人来了。从前是那样活泼的,急性的,专门和人家作对的,一刻也不能安静的,现在似乎变成了好学生,非常的柔顺驯服了。

我看乔利的样子,似乎愿意有一个人,始终坐在它旁边服伺它。它向卡彼也这样地要求。它这时恰像娇养惯的小孩子一样，我们不在它枕边时就要不高兴，若是有个人走开时，它就要发起脾气来了。

它的病状是照着肺炎病的顺序，逐渐加重，从那天的下午起，咳嗽了。摇动着身体咳出来时似乎很辛苦，因此更加使它疲劳了。

我的口袋里还有一角钱，于是去买一点糖果来给乔利。它每次咳嗽时，我就给它一片。不过伶俐的它，知道了我的办法，所以有时它一想吃糖，就假装着咳嗽。它特别对于糖果感到了食欲。

我知道了它的狡策，不上它的当，它就闪着眼睛来恳求我，我还是装着不知道。它就爬在被盖上，身体屈成两折，一只手按住了肚子，拼命咳嗽，因此，脸孔也涨红了，额上现着青筋，眼泪也滴了出来。到最后，从假装的咳嗽变成真的，似乎就要窒息死了。这样的咳嗽真没有办法。后来它竟病势加重，造成可哀的结果。

我们在这里逗留了两三天，乔利的病状，仍是不很顺利。有一天早上，从来没有对我讲起银钱的师父，吩咐我看住乔利，在吃了早饭回来时，忽然向我说，今早店主人来要账了，除了给账之外，现在只存一块钱，什么事都不能做了，所以他想在今天晚上，出去表演一次。

彼奴，朵儿都不在，乔利害了大病睡在床上，然而我们却要表演！我以为这是断不可能的事。

最后的表演

虽说是不可能的事，但有什么办法呢？无论是怎样的花费，我们非得救活乔利的性命不可。那就非在这村里多住三四天不可，而且医生的诊金、药费、旅馆费、食费、炭火费等，没有二十元是过不去的。

但是，在这寒村里，在这样的天时，演员又不足，想要赚得二十元，究竟玩什么把戏呢。

我在看护着病人的时候，师父匆忙地出去，在市场的小屋中看定了戏台回来了。因为是下雪，所以不能在路上表演。大吹大擂的，说是要演夜戏，戏台的布置，和街上的招贴，一切都是自己赶做的，将最后的一块钱买了蜡烛，将这些蜡烛都切成了两节，这样，每枝都可以做两枝用。我从窗口处望见师父，在旅馆前跑来跑去。到底，想演些什么戏目呢？我想到这事，不能不心痛了。

不一刻，带着红色的兵士帽的村里的广告匠 摇打着了铜鼓，似乎是在宣传今晚的戏出。我从窗口又伸出头一看时，那人已经到了旅馆的门前，敲着铜鼓，在引诱行人，而且放大了喉声，在述说戏目的开场白。

知道了李士老人一流的夸大的人们，大概不会特别吃惊的吧。不过他们的吹法又是如何呢："天下闻名的把戏师"——那把戏师就是卡彼啦——"宿有神童之誉的，稀世的少年音乐家"——这神童就是我啦。

　　但是最奇怪的是门票没有定价钱。说是看了之后才收钱，随意赏赐多少，表演中若有和广告不符的地方，一文也不收呢。

　　我以为，这是多么大胆的办法呢。看客要能够尽量地给我们赏采就好，然而……

　　说卡彼是闻名的把戏师，还可以过得去；但是，我这"神童"……就太靠不住了。

　　听见了响亮的铜鼓声，卡彼欢喜地叫了。乔利也忘记了疾病的痛苦，爬到被盖上。它们俩大概都知道了这铜鼓的声音，是报告我们的表演的吧。

　　乔利用无力的足干，摇摇摆摆想站起来。我正想制止它时，它就摇手摇头向我请求，将它的英国大将军服、嵌金线的红裤子和礼帽拿出来。

　　我向它摇摇头，它又合着掌，跪了下去，向我哀求。平时最不爱穿那些东西的乔利，在这大病中，倒想穿戴起来，参加表演呢。我觉得它真是可爱又可怜，心里难过极了。

　　我无论如何不答应，它生气了，最后竟滴下眼泪来。照这样子看起来，它今晚定不能断念的。我想，我们恐怕非偷偷地出旅馆不可啦。

　　完全不知此事的师父，一回到旅馆里来时，第一先吩咐我将竖琴和必要的戏具准备起来。

　　乔利听了这话时，立刻又热心地哀求了。这回不是向我，是向着师父了。口里虽说不出来，然而在那音声的调子和抑扬，颜面筋肉的运动，身体摇摆的样子等，比口里说出的还要感动人。眼里流出真诚的热泪，缠住了师父的手，无数次地接吻。

　　"唔，你这样地想登台吗？"师父静静地问时，

　　"是的，我恳求你，我是这样地想望的。"口里虽不会说话，可

是乔利的身体中,是这样地作答了。

"但是你是大病人呢!"

"不,我已经不是病人了。"

它凛然地似乎是这样对答了。

不容易流泪的师父,眼里也潮湿了。真的,这样可怜的情景,实在是不可多见的。我们愿意允许乔利的希望,然而,今晚若使它登场演艺,那简直是带它到地狱去一样的。

不久,到了应该到市场去的时候了。我恐怕炉火息了,加上一些粗大的柴。含着泪辛辛苦苦地使乔利再钻进被窝里,然后我们带着卡彼出去。

在途中,师父教给了我的扮役。缺少了三个重要的角色,戏当然不是从前那样的演法了。只有我和卡彼两人,非得尽力地去表演,赚到二十元不可。

最担心的,就是二十元。

到了市场的戏台一看时,一切的准备都齐全了。以后只要点起蜡烛就行了。但是这蜡烛也不能随便点燃;在观客还没有到齐之先点了起来,等表演到半途点完了时,那才是糟糕呢。

我们在后台安顿好了,最后的广告,铜鼓就在村中响起来。那声音或近或远的,送入了我们的耳里。

我化装完了,偕卡彼躲在台柱后,探探观客的多少。铜鼓的声音,越响越近,我还听见了嘈杂的人声。那是村里的小孩子们,约莫二十人左右,随着铜鼓来了。鼓手走进了市场,在进口的地方、二枝蜡烛之间占了位置,又是热闹地大吹大擂起来。

那么,现在只要有观客来就好了,然而这也不能够放心的。从戏台一望,人数也还不算少,不过大抵都是小孩子,而且多是村里的顽童,乘着了不收门票的机会,一半是来开玩笑的。不要说二十元,要从这种观客手里收到二元恐怕也不容易。人数不怕少，只要荷包沉重，爽快的观客多来几位就好了。

蜡烛点起来了，戏台上也热闹起来，但是观客还是寥寥无几。荷包沉重的客人，也不见多，不过一想到有限的蜡烛时，我们不能等着没有把握的来客了。所以师父不顾来客的多少，准备开场了。

第一出场的就是我。和着竖琴，我唱了两曲流行歌。然而观客一点也不喝采。我对于自己的歌，是没有自信的，所以他们不喝彩，也不会伤了我的自尊心，不过只有今晚，这观客的冷淡，却使我大失望。这样看来，观客的荷包，恐怕不容易开口。只为了想医治乔利，我才热心地拼命地歌唱，但得不到观客们的一点反应。望望他们的脸孔，都是若无其事的，一点也不当我是什么神童。

我神气沮丧地下了台，接着是卡彼登场。卡彼比我要幸福得多了。它博得了观众无数的喝采。

我也不能说没有人家喝采就不出场，所以我和卡彼两人交换地登场。托了卡彼的福荫，观客还似乎没有什么不满意。我们在拍掌和顿足之中，演完了预定的戏目。

决定我们运命的时间到了。在师父的伴奏中，我一个人跳着西班牙舞，继续着戏台的热闹，这当儿，卡彼衔了那照例的圆盆子，千遍万遍地，观客席中转来转去。

能够顺顺利利地凑到二十元吗？我担心得很。然而我还是笑着向观客舞个不休。

我辛苦得不堪了，不过卡彼还没有回来，所以我也不能停住了不舞。卡彼从从容容地在观客之间环绕。看见有不赏钱的人，它照例一只脚拍拍那人的口袋，要他拿出钱来。师父也看明白了，立刻停止了音乐，站了起来，向着看客说。

不霎时，卡彼回到戏台上来了，我正想停舞，但是师父却做记号叫我再继着舞。我就一面舞一面走近卡彼,望了一望,圆盆子还没有盛得满,似乎仅仅有六七圆的样子。

师父也看明白了,立刻停止了音乐,站了起来,向着观客,说:"诸位先生! 今夜的戏目,这样就算演完了,不过蜡烛还有得剩,诸位也似乎还不十分感到无聊。现在我们再来一样,唱一曲鄙人从前记住了的歌剧中的一节,烦诸位清听。若是能使诸位悦耳时,我再叫卡彼踵前领教,敬请诸位施舍施舍。尤其是头一次没曾施舍的诸位,请特别先预备,现在我先向诸位声请一句。"

李士是我学歌的师父,不过一直到现在,我没有听过他在表演中自己出来唱过。我似乎有点不放心。师父选了两节谁都知道的有名的歌剧曲——只有我那时候还不晓得——特别唱了其中更闻名的歌词。一节是"乔雪夫"的情歌,一节是"李沙儿,卡儿,都,里昂"中最有名的"噢,李沙儿,我的王! 世界将你遗弃了"。

我在这时候,还没有判断好歹的能力,不过我从来没有像这次这样,第一次在戏台上听了师父的歌唱时那样地感动过。躲在一隅,静聆了他的歌声,我的心胸充满一种不可言喻的情感,不禁眼里流出泪了。

在蒙眬的泪眼中,我看见了在第一列的椅子上,有一位年纪轻的、装饰得很漂亮的女人,她在每一曲完后,总是热心地拍掌,还似乎看不够的样子。我早就留意她。她当然不是乡下的女人,那服装,那容貌,都非其他的观客所可比拟的。

她是高贵的、年轻的、漂亮的、真正的贵妇人,穿着我从不曾见过的漂亮的皮火衣——那大概是獭皮的吧。我小孩子的想头,以为那一定是村里最有钱的人家的太太吧。她的身旁还有一个小孩子,面貌很像她,大概是她的儿子吧。这小孩子也热心地给卡彼喝采。

不过，第一回的情歌完后，卡彼拿着了圆盆子去募款，可是走到那女人的面前时，她一个铜板也没有掷进去，竟使我意外的失望。

等到第二节曲完了时，那女人忽向我招手，我就走到她的身边去。

"我有事想和你的主人谈几句话。"

我吃了一惊。这漂亮的贵妇人要和我的师父说话！这到底是什么一回事？若是要给钱的话，那么，只要掷在卡彼的盆子里就行了。然而又不好问她有什么事，所以我跑到主人那里，去告诉他。

刚巧这时候，卡彼衔了盆子回来了，盆里的钱正和第一曲完了时同样的有限，两次合起来，似乎还不到十元。呀！这样，怎么样能够给乔利医病呢？！

师父听了我的话，不快活地蹙着眉头：

"为什么要看我呢？"

"她说有话要对你讲——"

"我没有什么话好说啦。"

"她没有给卡彼东西……或者是赏我们的钱吧。"

"那么，叫卡彼去就得了。"师父口里喃喃地说了一声，就带着卡彼走出来，我跟他背后。

这时候，一个用人拿了灯笼和围巾来接她了。师父走到那女人的面前，冷淡地点一点头，那女人爱娇地用郑重的话调说："特意请了你来，真对不住。但是，你的唱歌使我感动得很，所以，想直接向你祝贺并谢谢你，知道是很对不住的。"

师父默默地不答。女人又接着说："实在我也是音乐家。恐怕你也明白我是能够听出像你这样的名人的歌唱了吧。"

我的师父是名人。这教练动物的把戏师是唱歌的名人！我吓得

149

莫名其妙。

师父给她这样称赞，却没有半点欢喜的样子。

"像我这样的老头子，哪里当得起名人的称呼！"

"我也并非好奇，来打听你的出身，不过你……"

"不，我没有什么可以使你好奇的。那不过是你，突然听了这平凡的把戏师唱了几声，所以多少有点惊奇就是了……"

"我真的感激了。"

"这话说起来，也太混杂，不过我也不是生就的路旁把戏师。年青的时候，也曾——这是很长远的话了——不，没有什么的，不过是在那唱歌的名人家里帮帮忙。所以就像鹦鹉学舌般地，不三不四，记得了几句，现在随便唱了出来吧了……横竖不过是一个路旁的把戏师罢了。"

那女人暂时望着不讲话，颜色有点迟疑。

"那么，先生，"她用力地说，"以后怕还有看见你的机会吧，我今晚真感谢你极了。再会吧！祝你前途幸福！"

她说后，向着卡彼，掷了一个金币在盆子里。

我以为师父将这贵客送到门口去的，可是事情绝不这样。不久，那女人的影子走远了时，我听见师父用意大利语喃喃地说了些什么。

"师父，那个人给了卡彼一个十元金币！"

我这样嚷起来时，师父生气地抬起手想要打我，又突然缩了回去，像梦中醒过来似的。

"十元金币——呀，是的，我差一点将乔利忘记了。快点去看看它罢。"

我们将东西收拾好，匆忙地跑回旅馆去。

我跳上了楼梯，最先跑进房间去，火还不曾熄　不过没有红焰了。但是，似乎没有乔利的影子，我仓仓忙忙擦着了火柴，点着蜡烛。

它似乎是自己跑起来化装了，穿着陆军上将的军服，躺在被上，连我走进房间也不知道，它正在贫睡。

我想不要惊醒它，悄悄地走近了床边，静静地握起它的手。

那手像冰一样的冰冷。

这时，刚巧师父跨了进来，我急急忙忙地说："师父，乔利冰冷了！"

师父也赶快摸一摸看。

"呀，已经死了！……我以为不会有这种事的。路美，这是从美丽甘夫人的手里强夺了来的报应啦。彼奴和朵儿给狼吃了，今天这时候，乔利也死了。这都是天罚啊！事情恐怕不能这样就完了。"

师父的眼中，充满了热泪。

到巴黎去

我们离开巴黎，还是很远很远的。

满心含着忧愁，离开了村子出发，当面迎着北风，我们又在雪路上跋涉了。

李士老人在前，我跟着他的背后，卡彼跟在我们后面前进。我的心魄，真的完全消失了。排着这样的行列，我们不知道走了几个钟头，也没有说半句话，在刮耳的寒风里，口唇冻得苍白，足底湿透了，鞋重，腹空，我们非走到卧倒时不止的啊！途中相遇的农人们现着莫明其妙的样子，目送我们的行列走过；他们的心里疑心着这高大的老头子，带了这小孩和狗到什么地方去的呢？

默默前进，这在我是再痛苦没有的了。我真想讲话，我好将心情转到别的事上去。所以，我找着话对师父说，可是他只回答我一两句，又静默了，而且他自己是决不会回转头来对我讲半句话的。幸而还有卡彼来安慰我，它时时跑来舐舐我的手，那满含着意思望望我的面孔，好像是这样说："你不是还有卡彼在你身旁吗？你别要忘记了啊。"

这时候我总是摸摸它的头，它也似乎觉得气壮了起来，我和卡彼能够互相理解，互相友爱，所以我依赖着它，它也正依赖着我。狗的心是正和小孩子的心一样地容易感受的啊。

从前，卡彼是它的同类中的首领，沿途总是监督着它的伴侣。这习惯使它时时停步，回头看看它的伴侣，有没有循规蹈矩跟着来。然而不到几秒钟,它想起了朵儿和彼奴都已死,就悄然跑到了我们前头,回看着师父的脸孔,似乎告诉他说它的伴侣没有跟了来,也不是它的罪。一看见了卡彼的那善于表情的眼光时,真使人心胸欲裂啊。

我们的心里正需要着慰藉。但映在眼里的景色,都只有使我们丧气。一望无涯,山野都覆着白雪,田围和牧场都没半点人影,马的长嘶和牡牛的叫声也听不见。只有那寻不着食物的鸟儿,在高枝上悲切地哀啼。走过村子时,人们都紧闭着门户,在炉旁做功夫,所以到处都像死一般地寂静无声。

到夜里,我们寻着人家堆东西的房子或牛栏,就在那里过夜,或是在旷野中的羊栏里做清冷的梦。吃的东西也只有薄薄一片的面包,而且大概是午饭和晚饭兼带的。在羊栏里杂在羊群中睡觉的夜里,算是最幸福的了,只有这个时候,因了羊儿们的温气,我们也能够不觉寒冷便入眠了。

尤其是现在正是牝羊育儿的时节,那看羊的人看见羊乳汁太多时,就允许我到羊的乳头去吸饮。因为也不能说我们就要饿死了,所以师父看见我在拼命地吸乳时,他就向牧人说,这小孩子从小在乡下时,是给羊乳养大了的,所以到现在还不能忘记那味道。实在我是喜欢羊乳的。在喝了羊乳的第二天,我总觉得很有气力的。

不久我们渐渐走近巴黎了。那用不着去看路旁的里程标,只要看看交通渐渐频繁起来就可以知道了。雪也大体融化了,路也变得十分肮脏。

我最奇怪的,就是我们虽然接近巴黎了,然而这方面的乡村的外表,却一点也不见得漂亮。我从小就听见说,巴黎那地方,是世界上最漂亮的都市,像乐园般的一样的。所以我的想像,以为那虽是难以说明,一定是神仙做成的都市一样,非凡的地方。我想像那里有黄金的树木，有黄金的高塔，有排列着大理石的宫殿的街路，还有穿着燕尾服在街上逍遥的居民等等的。

我以为黄金的树木快要看得见了，心里想着这事前进，然而，我还觉到在这里和我们碰到的人们，不像乡村里的人一样，他们完全不注意我们。这恐怕是都会的人们，和乡下人不同，他们忙得没有用功夫再来管别人家的事体吧。不然，就是把戏师父一点也不奇怪，不能惹人注意吧。

想到这里时，我心中不觉忧愁起来。我们到了巴黎，将如何地讨生活呢? 我不知有多少次想问师父，然而又似乎觉得难以说出来。

我们又走出了一个大村子，那刚巧是下坡子。我们在斜坡上停了一停，这时候我看很远很远的那一边的天空，给层叠的黑烟蒙住了。而且在那烟幕之中，还可以看得出点点散落的高房子的屋顶。我以为这一定是一个大城市。

师父停了步，等我走到身边时，他似乎想将积在肚里的话说出来。

"路美，从此和以前一样的生活告别了，再过四个钟头，就是巴黎啦。"

我并不明白，和以前一样的生活告别那句话的意思，不过，我这时的心胸乱跳，叫了起来: "呀! 那么，那边看得见的，就是巴黎吗? "

"不是巴黎是哪里呢。"师父说。刚巧这时候，从层云里漏出一缕的太阳光，映得那金塔闪烁辉煌。

到了巴黎，一定可以看见黄金的树木吧。

师父接着说: "到了巴黎，我们就要各自分开啦。"

我当时觉得眼里发昏，似乎突然变成了黑夜一般。再没有黄金的树木，也没有其他的一切了。

师父看见了我苍白的颜色和发抖的口唇,说:"你似乎很伤心吧。"师父的面色也似乎很悲伤。

"师父和我,各走东西了吗?"我回复了元气,这样问他。

"呀!你是太可怜的小孩子啊!"

师父的声音像从肚里压榨出来的一般,他的眼睛也潮湿了。

我很久不曾从师父的口中听到这满含着同情的话语了。

"呀!师父真的是好人啊!"

这是从我的心中抖出来的音声。

"你才是一个好孩子呢。你或许也会渐渐明白吧:人的一生中,有一个时候特别感到人情之切身的呢。当生活很好的时候,人们是还不十分计及的,可是到了过着不幸的日子时……尤其是风前之烛一般的老人,没有一个可依靠的人在身边时,那就会更加忧愁,难过的啊。我现在正是这种人,现在我是惟你是依的了——你也不必那样吃惊,事情实在是这样的。简单点说,你现在听着我的话就在那里下泪,可是你这泪珠儿就是我无上的慰藉啊。你那温柔的心肝,实在使我欣慰。"

我自然而然地心中塞住了,不知道要怎么说好。

"然而,最可悲伤的,就是人们在可以离开的时候不离开,等到不愿意离开时,又偏偏非离开不可。"

"呀,师父想把我在巴黎丢了吗?"我胆怯地问了一问。

"不,不是丢了你呢。我哪里能将你一个人丢在巴黎呢。怪可怜的。我对你的运命,是负着责任的,不会那样做的,当那美丽甘夫人说要将你领了去,把你好好地养育的时候,我曾经发誓说'我一定将他养成一个成器的人给你看',所以现在若背了誓言,那我不太没有志气了吗?不过,一切的事情都不顺利,你也是知道的,我们无法再将日子过下去了。像现在这个样子,我不能够同你生活下去的了。

所以我说我们要分离，但是，这并不会是长久的。你想，在这样坏的气候的冬天，我们还有三四个钟头，就要到巴黎，可是贵重的演员都死了，现在只存了卡彼一个狗。照这样还能够公演吗？"

站在我背后的卡彼，听到了这最后的一句话，走到我们的面前，用后脚站起来，一只手举到耳朵边，行了一个军队式的见礼，立刻又把手放在胸前，好像说它自己一个人也可以表演的。

但是在这样的时候，卡彼的忠心，也不能够使我们的心壮了。

师父停了一停步，摸摸卡彼，说："你也是好狗儿啊。然而却没有一个看客，会赏识你的忠义的吧。我们虽然流着血泪，热心表演，只要他们不觉得有趣时，他们连望也不望的啊。"

"真是这样的，"我也插着说。

"只有卡彼献技时，顽皮的小孩子们会把梨子或苹果的心来掷它吧。一天忙到晚，也恐怕至多挣得五六角钱吧。和冻风寒雪拼着命，一天也不过赚到五六角钱，哪里够养活这一家三口呢？！"

"不过还有我的竖琴啦。"

"要是再有一个像你这么样的小孩子就好了，不过像我这样的老人和一个小孩子，人们是不理的。固然我或者是再耄耋得龙钟不堪，加之以瞎眼，给你牵着了，在街上求乞的话，那又是另外一回事了。像巴黎那样踆踆忙碌的地方，要不是特别的残废者或是奇怪的是不会惹人注目的，然而，我宁愿饿死也不愿去讨饭的。所以我想到了在这个冬天不至于饿死的方法，就是先将你寄托在别的一个把戏师父那里去。你只要和其他的小孩子们在一块儿弹弹琴，在街上走走，他是可以给饭你吃的。你的竖琴也有用处啦。"

我不留心将竖琴的事说了出来，又谁知道却会造成这事呢。

师父不容我插嘴，马上又说："我呢，教教那在那里卖艺的意大利小孩子们（巴黎的街旁把戏师父大多数是意大利人）的竖琴和维奥林, 赚钱度过这冬季, 而且打算在合适期间中, 训练几匹狗来替代彼朵、奴儿。到了明春, 又和你在一块儿, 过从前一样的生活。这次才是永久不会离开的呢。不挠不屈, 老老实实做功夫, 总有一天会交好运气的。这也不过是一时的痛苦 我们就这样做吧。到春天时, 一定又在一块的。那时候我带你到英国去, 德国也去。这样之间, 你也长大了起来, 得了种种的经验, 晓得世间的事情吧。我也尽可能地教给你活动的学问, 使你能够耐一切的艰难, 成为一个能独立独步的、伟大的人物, 这也是我的幸福啦。尤其是我已经对美丽甘夫人约过了, 我非得那样做不可。你现在可以读写法国文了, 意大利语, 英语, 你也能够懂得。像你这样的年龄, 这样也就算好的了。而且你还养成了最紧要的忍耐和勇敢的气性。现在所必要的, 就是那勇敢了。你暂时耐耐苦吧, 路美, 暂时的离别, 也是为了我们的将来啦!"

固然就现在的境遇来说, 在冬季中, 大家分开了, 等到来春再聚在一块儿, 这是很好的办法。然而非得实行不可的事实, 和想出来的办法, 却不一定是一样的。和师父离开, 去跟把戏师父, 这两个问题, 在我的眼前, 掀起了一大旋涡。

在直到现在的漂泊生活中, 我在村镇里, 屡屡碰见了把戏师父。他们的样子, 都是残酷的, 手里常是拿着木棍子, 将买了来的小孩子们东拉西拉 虽然同是把戏师父, 然而一点也不像我的主人。他们都是残酷的, 暴戾的, 而且大概是酒鬼; 说话也是下流的, 粗暴的; 两只手中有一只是时常预备着殴打小孩子们的。那大概是所谓把戏师的气概吧。

我是非得交给这样的把戏师不可的啊! 即使幸而做那不至十分残酷的人的弟子, 然而我又哪能不伤心呢?!

从自己恋慕的母亲的怀里被夺了出来的我, 现在又是从这父亲一样的师父的手里被套了去! 我总是这样地, 时常要被从自己眷恋的人们那里夺开去了的吗?!没有父亲,没有母亲,也没有家庭,我总是孤孤单单的,像大海的浮萍一样,过这漂流的一生吗?!

我的心里,不知道有多少话要对师父说,然而却说不出来。我只好依师父的吩咐,勇敢地,忍耐着,准备被交到把戏师的手里去。我不能再现出不高兴的面孔,来使师父痛苦。

我默默地跟在师父的背后,无意识地赶路,不久,走到一条大河边,过了一条我从未曾看过的肮脏的桥。我们的鞋子一半埋在墨一般的、漆黑的雪泥中。

走过了桥,到了一条很多窄弄的街上。通过了这条街后,又到了散布着难看的房子的乡下。不过,大路上却不断地有运货的马车走过。以后渐渐屋子多了起来,我们在不知不觉之中,走进了一条无止境的笔直的长道上,这道路的两旁,在眼界所及处,并列着人家,但是没有一家像样的,都是这肮脏难看的房子,绝不能和那里昂、都鲁斯或波尔多的街市相比拟。

道路的两旁,还处处留着残雪。这雪融化了下来,把街上造成了一条泥道。而且那积雪上给人家倒了好些炉灰、烂菜,尘芥等之类的东西,邪恶臭直贯人的鼻子。然而这街上还是像织梭一般的,马车接连地走过,似乎很危险,不过,御者和行人都不在乎似地。

"师父,这是什么地方?"

"这里就是巴黎啦。"

"这就是巴黎!"

我着实吃了一惊。大理石的宫殿在哪里呢?!着燕尾服的行人又在哪里呢?!

我做梦也梦不到,我所憧憬的巴黎竟是这样肮脏的所在。

我非得在这样的巴黎之中,和师父……还有卡彼分开了,过这寂寞的冬天不可啊!这是多么悲惨的意外呢!

逛把戏的师父

　　越前走那街市，越与我所想像的不同。路中污水四处横流，发散着刺鼻的恶臭。混着冰雪的污泥，颜色更加变黑，马车到处飞溅泥水，撒遍了两旁粗陋的商店的玻璃窗上。当我的幼年时代，巴黎的近郊，实在是这样的肮脏的道路的。

　　走了不少时候，我们到了一条不十分难看的大路上，路旁的人家和商店，也渐渐地像样了，不过不久又折了横路里，走一下子，我们就到了一个非常难堪的地方。在狭窄的街中，两旁塞满了高而又黑的老房子，街中心处散流着污水。杂沓的行人，对于这臭气，完全不闻不问，简直像猪一般惯了地在泥宁中行走。而且各处还有小酒铺子，男男女女都站在柜台前骚噪狂饮。

　　李士老人似乎是知道了他所要去的地方，静静地分开了如织的行人，一直前进，所以我也不敢离开他，紧跟着他的背后。

　　"当心着不要走失了啊。"主人时时回头说。这又何必说呢，我早就担心着不要走失，拼命地抓紧了主人的上衣的衣角跟着走了。

　　横过了一幅空地，再走入一条细横巷里，到了里边深处的、像井一般黑暗的地方，我们停了下来。这地方似很少见有太阳光射进来的，阴阴森森的，肮脏的地方；霉一样的恶臭直冲入了鼻子里。就是到现在，我们所走过的地方，也没有一处是这样难耐而可怕的。

　　师父看见了一个手里提着灯笼、到壁上去挂一件褴褛的衣服的男子时，就问他说："喀尔荷李在家吗？"

那么，那男子就说，他也不知道在不在家，你自己上去看看好了，楼梯上最高的，那尽头的房间就是。

"喀尔荷李就是我对你说过的那把戏师父啦。"

这样说时，师父走上了楼梯了，我也跟在背后；那楼梯铺满了污泥，走也走不稳，简直是有阶层的黏土堆一样。

那街道的情形，房屋的构造，现在这楼梯的样子，这些东西更是使我沉郁。毕竟，那叫喀尔荷李的，是何等人物呢？

我们走上了第四层楼，师父并不敲门，只推那正面房子的房门，那扇门一推就开了。那是一间像堆东西的房子一样的、没有一点装饰的、宽大的房子。房里的两旁，排着十二张粗糙的睡床。壁上，天井，本来都是白色的吧，然而为了煤烟和尘埃的原故，都变成漆黑的了；而且那壁上，涂抹了种种肮脏的东西，几乎连本来的色彩都看不出来，各处还穿着洞孔，雕刻了很多的字画。

师父跨了进去，问说："喀尔荷李，在家吗？房子太黑了，看不见东西……我是李士啦。"

虽然不是在夜里，不过第一是因为阴天，而且窗又是开在高处的，所以，只靠那点在墙边的孤零的煤油灯，是不能望见四周的。

"师父不在啦，还要等过两个钟头，才会回来呢。"

从一隅处，有一个幽微的、薄弱的小孩子的声音，这样答了一句，那是一个约莫十一岁的小孩子，蹒蹒跚跚走近了我们。那实在是一个奇怪的小孩子，头大无比，像我们在漫书里看见一样的，非常不相称的小孩子；他的面貌，有苦痛和温和的表情，眼睛和身体，都有绝望和失意的样子。他是不很伶俐的小孩子，不过那狗的眼一样的、大而润泽的、温柔的眼睛，和那爱娇的口，很是惹人爱，不是一见就使人不快的小孩子。

"过了两个钟头，就一定回来的吗？"师父问。

"吃晚饭的时刻，一定会回来的。因为师父总是监督着给我们饭吃的。"

"那么，我二点钟后再来吧，他回来了时，你告诉他，李士老人就要来的好了。"

"知道了。"小孩子答。

我想跟着师父出去，可是他阻止我，他说："不，你留在这里，休息一下子吧。"他这样说后，看见我怀着恐怖，颜色变白时，就再接着说："我一定要回来的，你放心好了。"

我无论如何的疲倦，也想跟着师父的背后去，不过我还是守着了那唯命是听的习惯，柔顺地服从了师父的命令。

小孩子侧耳听着师父下楼梯的沉重的足音，等了一会，足音听不见了，就对着我说，用意大利语："你是刚从乡里出来的吗？"

我因为师父会教给了我意大利语的好处，对于他所说的这一类的话，意思大概能够明白，但是要我自由说出来却很难，所以我用法国话答他说："不是。"那么，那小孩子悲伤地用那大的眼睛望着我，叹口气说："要是你是从乡里出来的，那就好了。"

"乡里？你的乡里是哪里啦？"

"我的乡里是特里奴啦。我以为万一或者你会带一点乡里的消息来……"

"不过，我是法国人啦。"

"唔，这样啊？那就好了。"

"你不喜欢意大利人吗？"

"唔，不是这样的。我是在说你好。若使你是意大利人，那么，你一定是来给喀尔荷李师父做徒弟的，无论是谁，到喀尔荷李这地方来就一定是不幸的。"

我听了这话，使我寒心，我就问说："那么，师父是残酷的人吗?"

小孩子虽然没有直接回答我的问话,但是他那瞪着我的充满恐怖的眼睛,告诉了我。他似乎不高兴谈及师父,背朝向我,走到房门那一端的火灯那边去了。

在那里,燃着了旧木头,灯上放了一只大锅子。

我也因为取暖,走到了灯旁,无意地一看时,那是一只奇怪的锅子,锅盖的当中,插了一根管子,蒸气就从那里喷出来。而且盖的一边,用铰链钉住,另外的一边呢,下了锁,弄得无论怎么样都不能够将盖打开。

问起喀尔荷李的事情,或许不对,然而这锅子的事,总可以问一问吧。

"这锅子为什么上了锁呢?"

"因为使我不能够喝汤啦。"

我不禁笑了出来,于是,那小孩子伤心地说:"你以为我馋吃,所以发笑吧。但是若使你变了我时,你也会像我一样的。我也不是馋吃,不过肚子饿就没有法子。而且闻着从这管子喷出来的香气时,我更加是饿得要命啦。"

"但是,你们的师父不给你们吃饭吗?"

"你要是来了做我的伙伴就会明白啦。也并不是不给饭吃,不过那刑罚太重了。我现在正是受着那刑罚呢。"

"呀?刑罚?刑罚就是不能吃饭吗?"

"唔,你若是想听的话,我就告诉你吧,喀尔荷李是我的伯父,他为了可怜我,把我带了来的。我只有一个母亲,而且是穷得很。去年,喀尔荷李到乡下来买小孩子时,说是给我们少一个人吃饭,所以把我也带了来伙。母亲是不肯放我走开的,不过,六个兄弟中,我算是大儿子,所以没法子。我离家的时候,母亲抱着我哭了,而且我最小的妹子也不让我走——，这个妹子从小是我抱着养大了的。"

他停了一停，眼里的泪珠儿越下越大了起来。

"弟弟们也哭……"

他再不能说下去了。这样悲惨的离别的苦痛，我也是亲身尝过的。当那在山顶上，下望，望见了母亲的白头巾时的时候，我那悲伤的心情，是我到无论何时，都不会忘记或消失了的。

"我的名字叫做马撒。"他说。

这马撒用手掌掩住眼泪，接着说他自己的故事。那是这样的：小孩子一共有十二个，被带了向法国出发了。在长远的旅途中，都是怀着了悲痛的心情啊。一个小孩子在途中生了病，那么，就被丢在慈善病院中不要了，所以，到了巴黎时，只剩十一人。

到了巴黎之后，身体强壮，不会功夫的，就被派作了火炉工或扫除烟囱的工人，进了零工的行头。其他的人，每天被派到街上去卖歌，或是弹居达儿，梦多怜（乐器）或竖琴等。马撒身体也好，而且要拿着乐器到街上弹唱，又嫌样子不大好，所以就被派着带了两匹会玩把戏的小鼠，到人家的门口或热闹的地方，一天要挣到六角钱。

"每天不能挣到六角钱时，那不够的数目，就用皮鞭来抽，那就是这里的规则。不管你侄儿也好，什么也好，总之一点也不假宽。喂，不要偷懒，好好地做功夫吧！"

他是这样被咒骂着出去挣钱的。不过，一天挣六角钱，那决不是容易的事情。但是，为了皮鞭的原故，只有拼命地做功夫。然而，还是很少能够赚得六角钱的数目的。其中有一个刚和他差不多大小的小孩子，也是被派着了玩小鼠，每天要赚八角钱，然而那小孩子却能够不欠一文地挣足了八角钱回来，所以伯父更加对马撒不高兴，残酷地对待他。

"马撒，你为什么那样蠢笨的呢？"

因为给人家这样说，苦痛不过，所以马撒为要看那小孩子的工夫怎么做，有一天偕他一块儿出去看看。那时候的光景，马撒对我这样说了："我马上就明白了为什么那小孩子每天能够挣到八角钱以上，而我却连六角钱的都挣不够的原因了。夫妇并走的人们，或女小孩子给钱时，大概都是说，'这是给那个好看的小孩子的，不是给这难看的小孩子的。'那被说是难看的小孩子的，就是指我。从此以后，我就决不和别的伙伴出去了。被皮鞭抽打，固然是痛苦，但是在街路的日常中，给人家嘲笑自己的丑面孔，那更是使我不高兴的。你断不曾有过这样丢脸的事吧。"

我不做声。那么，马撒又接着说："师父看见我无论怎么样地被敲打，也不会多挣钱，所以就变了办法，他说，'殴打你的身体也没有效力，但是你的胃囊恐怕不是这样吧。'以后，他就照我挣不到的欠额，递减了晚饭中的马铃薯。但是，吃的东西虽然被剥减了，挣不到的，不还是挣不到吗？虽然我站在人家的门口向他们诉说，若是不把钱给我时，我今晚就没有饭吃，但是，谁也不会听了我这话，就把钱给我的啊。"

"那么，要怎么样他们才会给钱呢？他们不是因为给了你，你就会欢喜，所以才给的吗？"

"你还不知道底细，所以才这样说啦。谁也不会因为给了你，你会欢喜，才给钱的呢。不是为了自己的高兴，他们是绝不会给别人钱的。心上说是那小孩子太可怜了，抛了几个铜板的人，已经算是最好的了。所以，我就决不能讨到一个铜板。我已经有了四十天，每天只吃一些剩余马铃薯了。肚里空无所有，身体也瘦了下去，变成直像一条青吊藤一样了！所以，这几天来，每当我出走讨钱时，他们都指着我说，'喂，那里走过了一个风干小孩子呢。'这样一来时，近邻的人们，反而可怜起我来了，他们一遇到有残余的面包或汤时，就叫了我进去，拿给我吃。事情真好了，肚子可以装得饱，回家又用不着挨打，我以为世上再没有比这样更幸福的事了，但是，有一天，我正在水果店的店前啜着残羹时，给师父看见了。

"所以，师父生气得很，说，你有了那样的好法子，所以不做功夫了，是吗？从明日起，不要你出去。这样，他就派我守在屋里看家，并且专做晚饭的汤菜。然而他还恐怕我会偷吃，所以就想出了这锅子。在早上他没有出去之前，先把肉和野菜、汤水等放好，把锁锁起来，然后交给我。

"一到了时候，我就这样地升了火煮起来，但是闻着了这香气，我实在是太难过了。单只闻闻香气没有得吃，所以我就变成这样苍白了。到晚饭时，他还是不给我吃的呢。喂，你看，我的面色很青白吧。这里没有镜子，所以我一回也不会看见过自己的面色，不过我是知道的。"

我虽然是完全不懂世事的小孩子，但是还能够知道不应该将病人的实情，当面告诉他本人的，所以就说："也不见得怎么样青白。"

"唔，你说得这样好听，但是我反而想告诉你，我像死人一样的青白倒好了。我真的想，自己成了一个大病人比现在倒好得多呢——"

我只有吃惊地望着他。

"你或者以为奇怪，也未可定，不过我实在是那样想啊。"他伤心地笑了一笑。

"因为成了一个大病人时，师父就会将我送入慈善医院，或是抛开，让我自己死去。我若是会死了的话，那么，可以不必这样悲惨地活下去；若是进了慈善医院，那更是再好不过的事情了。无论那一样都比现在好。"

我以为像慈善医院那样讨厌的地方，宁死也不愿进去的，但是他却自己希望着能够进去，这实在使我吃惊不少。他更接着说下去：

"我从前，曾经有一回进过慈善医院。那里的医生，时常带着破碎的糖粒来，分给我们吃。因为买破碎的糖，要比较便宜得多，而且，那味道还是一样的好吃。那里看护妇也都亲切，对我们说话，都是很温柔的，'这样地不要动啊，好孩子，把舌头伸出来看看。呀，真的是好小孩子，怪可怜的。'我听见了这话时，时常想哭出来呢。——想哭的时候，我总以为是幸福的。这决不是好笑的事情。母亲和小妹子，对我说话时，都是很温柔的，所以，我听到温柔的话语时，就像回到母亲的身边一样的。

"所以，我想，快点得了病就好了。不过很不容易有病。我真懊恼得没有法子。差不多一个礼拜前，我给师父用柴爿在头上打了一下，吓，你看，这里不是有一个白色的大瘤吗？昨天师父看见了时，说，这是很不好医的疮疤啦。我不知道什么叫疮疤，不过这似乎不像是普通的瘤子。痛得利害，尤其是在晚上，痛得不得了，所以我在床上总是呻吟不止。

"终夜呻吟的绵羊，当然是要被赶出了羊栏吧。师父对于夜里呻吟的伙伴，还要噪得凶，所以在这两三日内，我一定会被他丢到那里的医院去的。所以，你不要客气，老实对我说罢，我的面色真青白得厉害吧？"

他这样说后，走近我面前，和我对看了起来。我也再没有用假话来安慰他的心情了。他那火一般热红的大眼，那凹进去了的苍白的双颊，全没有颜色的口唇，我看见了他那简直像饿鬼一样的样子时，不禁打了一个寒噤，毕竟有点踌躇，不能爽爽直直将心里所想的话说出来。

"我也……想……你……可以进医院的。"

"唔，是吗? 你也到底说出真话来了。"

马撒伤心地笑一笑，马上，似乎才想起了般地:"噢，我不能再慢慢地来了! 师父回来的时候到了! 我非得预备晚饭不可。"

一面说时，马撒一面赶摆桌子来。

我望着了马撒在桌子的周围，跄跄踉踉地拿着了大盘，咕咕作响，排下了二十个盘子，我不禁又吃了一惊，难道这里有二十个小孩子吗? 然而床铺仅有十二个，哪里能睡得下二十个人呢? 那床铺也实在是粗笨的东西，床上只盖了一张马栏里用旧了的红绒毡子。给马盖尚且嫌不能暖和，但是却拿来给小孩子盖，一张这样的东西，怎么能顶得住这样的冷天呢。

"到什么地方去，都是这样的吗? "

我吃惊地问问看。

"到什么地方去? 什么呢? "

"把戏师父的家里啦。"

"我一点也不知道别处的家里，但是若是你要做人家的弟子的话，那就请到别的地方去。因为无论什么地方，一定都比这里好的。"

然而，虽说到别的地方，别的地方又在哪里呢? 我哪里知道。而且，无论如何，我不相信有法子可以转变李士老人的决心。

我悄然地在沉思着时，门开了，一个小孩子跑进来，一只手抱着维奥林，一只手拿了一片似乎在破棚上拔下来的木板。火炉里燃着的，也有和这一样的木板，所以我以为这大概是师父叫他们这样地准备着柴薪回来的。

"那块柴给我好吗? "

马撒这样说着，走近那小孩子。

苦儿流浪记

"不行啦。"

那小孩子把木板藏在背后去了。

"你若是给了我，我可以把你的汤做得好吃一点。"

"我不是为了要吃好汤才拿了来呀。我今天只能挣到五角二分钱，所以就拿了这个来补充那八分钱的不足。我怎么能够给了你呢。"

"那样的木头，能够值得八分钱吗？看看你就要挨师父的一顿痛打吧。你看，真好，喂！"

我总以为马撒不是那样没有同情心的小孩子，所以吃了一惊。然而处在坏的环境中，自己也会渐渐变坏了，这正是当然的事。

小孩子们，总共约莫有十个人左右，陆陆续续地回来了。拿了乐器的小孩子们，将乐器各自挂在自己的床铺上的墙上。带着小鼠子出去的，将那小动物从袋里取了出来，各自关到笼子里去。

最后，我听见了一个粗重的足音。我知道那就是这里的领袖喀尔师父了。他是一个倔强的，血色很盛的矮子。慢慢地走了来。他没有穿上像一般把戏师一样的、意大利人的服装。他只穿了一件普通样子的灰色的大衣。

最先惹到师父的视线的就是我，被他那非常光亮的眼光一看时，我的心也冷了。

"在那里的小孩子，叫什么名字啦？"

马撒用郑重的口气，回答他那是李士带来的小孩子。

"什么？李士到巴黎来了？为什么事来找我呢？"

"我不知道。"

"当然啦。不是问你。我是问那在那里的小孩子啦，喂喂！"

"我的主人就要来，他自己会告诉你这事。"

我避开了直接的说出事由。

"唔，你看来倒是精细的小孩子呢。你，不是意大利人吧。你的样子……"

"不是，我是法国人。"

那师父一进来时，即刻就有两个小孩子，一个走到右边，一个走到左边，似乎是在等着师父快点说完话。到底，这是什么道理呢？我受了好奇心的驱使，望望他们，那一个为了预备给师父接帽子，将它挂在床铺上，又一个为了推椅子去给师父坐的。

那十足像教会里担任唱歌的歌童，服伺牧师一样地郑重殷勤，使我吃了一惊，同时我还看见了其他的小孩子，也一样战战兢兢地拼命在谄媚师父的情形。

师父刚坐下去，就有第三个小孩子，赶快拿了一根装好了的大烟斗，一躬到地，献给了他。同时，第四个小孩子，擦燃了火柴，畏畏缩缩地给他点烟。

师父将烟斗拿近了那燃着的火柴，立刻眉头颤动起来，说："这哪里来的臭硫黄气，这畜生！"

劈头就这样骂了一句，将那根火柴抢过来，掷入火炉里去了。

那么，那小孩子战栗地再擦燃第二根，这次他等到火柴头烧尽了后，再递前去，可是师父又瞪了他一眼，用烟斗将那火柴打落了。

"不用你，笨货！"

这样骂了一声，向着其他的一个小孩子，满面笑容，温柔地说："喂，孩子，你给我点吧。你是好小孩子。"

那小孩擦燃火柴递给他时，喀尔很高兴地将烟斗吸着了那火，向全部的小孩子们看了一周。

"喂，都来，算账啦！我的小宝贝们。大家都排在我面前！马撒，把账簿拿来！快点！"

马撒拿了一本肮脏的账簿来，递给喀尔，他接了过来，一面翻开, 一面望望排着的小孩子们。向那第一次点火的小孩子做做记号, 那小孩子就悄然地向师父面前走上一步。

"你昨天还有两个铜板的欠帐啦! 说定了今天要缴还的, 喂, 挣了多少钱回来?"

小孩子面色吓得苍白, 暂时不能致答, 缩手缩脚地嗫嚅地说: "欠两个铜板……"

"欠两个铜板? 亏你好意思在我面前说得出来! 那么, 把昨天的两个铜板还了之后, 今天又欠两个, 是吧!"

"不是……今天也欠两个铜板……"

"什么?! 那么, 不是欠四个了吗! 这畜生!"

"但是, 这不关我的……"

"什么?! 不关你的事? 纵容了你, 就变成这样放肆! 唔, 这里的规则啦! 把衣服脱光了! 昨天的两个和今天的两个! 知道了吗?! 让我好好地打你一顿, 今晚你也休想吃饭! 喂, 李喀特, 把皮鞭拿来! 你是一个好小孩, 我就把这皮鞭赏给你, 让你行开心吧。"

李喀特将挂在墙上的皮鞭取了下来。那是在一根短柄上缚着了两根皮带, 皮带的末端又打了结子的刑具。

那欠四个铜板的小孩子, 将上衣脱了, 衬衫也褪落到裤带的地方, 半身赤裸裸地, 战战兢兢站在师父的面前。

"等一等!"

师父装着冷酷的笑容, 说: "除你之外, 还有这样的吧。总之这样的就给你们有趣! 而且, 李喀特也不用一一地费事。"

保持着立正的姿势, 站在师父面前的小孩子们, 对于这残酷的娱乐, 都只有苦笑。那么, 师父又大发脾气, 睨望着他们, 说: "都笑了吗! 最笑得多的, 一定是最欠得多的家伙! 是谁呵? 最笑得大声的? 不回答吗?"

大家都望着那拿了木板,最先回来的小孩子。

"唔,你,欠多少啦?……喂,不答我吗?!哼,这畜生!"

"但是,那不关我的事……"

"这东西,你也这样说啦。以后,无论那一个,欠了钱还说不关自已的事的,就多挨一下打。晓得不晓得?……哼,不快点说吗,欠多少?"

"我拿了这木板来补欠——这样好的木板。"

"拿柴来也可以自夸吗?走到面包店去问问,问问柴可不可以换得面包!这畜生,欠多少呢!不快点说吗?!不说,还要多挨打呢!"

"我,挣了五角二分钱!"

"五角二分?喂,这不还差八个铜板吗?亏你有面孔回得来!看你今天得到意外的开心。把衣服脱了,脱了衣服!畜生!"

"不过,师父!我拿了这块柴回来……"

那小孩子带着哭声说。

"柴还你好了,就拿它来代晚饭吃下去好了!"

其他的小孩子们,又忍不住笑了起来。正在这样地算账的当中,又有八九个小孩子回来了。——查了账之后,还有三个是不够额的。于是,师父就装着伤心的声音说:"今天竟有五个不会赚钱的小偷,真没有办法,宽容了你们时,谁还能养活你们?每天晚饭吃的是上等的肉和上等的马铃薯,没有钱那里买得来了。哼,你们都偷懒……哼,你们在街上不会假装哭脸给人家看,倒不如等李喀特在背上打几下好些。哼,挣不到钱回来的东西都脱光了。站好!"

李喀特手里执着鞭站着,五个半裸体的小孩子,忸忸怩怩地背向着他,并排着。

"李喀特!"

师父用温柔的声音说:"我不高兴当面看着他们挨打,我转向旁边,听听打的声音好了,你好好地教训他们一场吧。喂,李喀特,这是你的任务,并用不着客气的啊。"

这样说后,师父把椅子转向着火炉的那边去了,我幸而给师父忘记了,站在房隅,看这残酷的、恶鬼所不能做出手的刑罚的实行。这时候,我为了愤怒和恐惧,不禁全体麻木。呀!这恶魔一般的男子,不是就要做我的师父吗?我每天若是不能挣到六角钱或七角钱时,正是要这样地将背向着皮鞭去讨苦吃吗?!我知道刚才马撒真心内吐出来的那句话——不如死了好的那句话,是有道理的了。

啪!啪!听到了这猛烈地打在背上的皮鞭声时,我的眼里不禁流下泪来了。其实,我以为那师父将我忘记了的想像,是不对的,他似乎正斜睨着眼睛,时时望着了我呢。他忽然指着了我说:"你们看!这里有一个特别的好孩子。他不像你们这班小偷一样,他看见了伴侣的刑罚,和我的不幸时,绝不会笑出来。若使这小孩子也做了你们的伙伴的话,那就是你们的好模范,你们好好地看!"

我听见他这样说时,似冷水浇背一样地,不觉全身战栗起来。

啪!啪!啪!第二次的皮鞭打下去时,那小孩子已经不会说话,只发出呻吟的声音;到了第三次皮鞭时,他早已忍不住了,唤出爆裂一般的叫声了。这叫声使我的心胸有如刀割一样地难过。呀,这是多么残酷的行为啊!

这时候,那师父抬了抬手,做做记号,所以李喀特就停止了鞭打。

我以为他是吩咐李喀特将那小孩子放免了的,谁知不是这样。师父静静地向着那牺牲者说:"喂,你再那样鬼叫,我可不答应啊!听见了你们的哭声时,我就像要生病似的!皮鞭将你们的背上的皮打开时,你们的哭声就要将我的心胸叫裂了。再叫出来时,就照那鬼叫的声音多打几下,你们好好地记住,不要再使我难过。好吧,晓得了吗? 喂, 李喀特, 再来一次!"

李喀特简直不客气地挥起皮鞭, 又凶猛地向那个不幸的小孩子背上鞭下去。

"妈妈! 妈妈!"

孩子发出爆裂般的叫声, 直跳了起来。

幸而我再不用看到更残酷的事情就完了。那是因为刚巧这时候, 房门开了, 我的主人李士老人走了进来的原故。

这里的事情, 我的师父一目就了然了。他一跳跳到李喀特身上, 将那挥起的皮鞭抢过来, 走近了那师父的面前, 站住, 袖着手, 面上呈着不可容赦的颜色, 看着那师父。因为此事是突如其来的, 所以那师父失色不知所措, 一刻后, 才恢复了, 装着泰然的样子说: "呀, 李士? 你把鞭抢了干什么? 这小孩子太顽皮了, 不打真没有法子!"

"你太卑鄙了!"

我的主人叫了起来。

"我也是这样说啦。实在太卑鄙了!"

"你又何必假痴装呆呢!"

我的主人镇静地说了, 再峻严地: "我不是说这小孩子, 我是对着你说的, 你是多么卑鄙啊! 将没有自卫力的小孩子, 脱得净光, 打得血都要进出来, 这是多么残忍的事情!"

"喂! 李士!"

那师父突然变了口调说: "这里不是可以容你插嘴的地方! 你这老而不死的老贼!"

"你不要摆这样的臭架子! 说话也要想一想才好。"

"说什么? 你这说话真太奇怪了!"

"我说, 要是我跑去告诉警察, 你就得吃亏。"

"哼,警察么?"

那师父站了起来,凶凶地看着了我的主人。

"你这老家伙,想把警察来吓我吗?你这样的家伙!"

"不错!"我的主人威严地答。

然而,那师父却镇静了,嘲笑人家般地说:"李士,你真的要同我闹吗?不过,你有你的说法,我也有我的说法。大家说了出来时,是谁吃亏,你也该明白吧。就是闹到警察去,我也不会说你什么;因为说了也不会使你受罚,不过,我却要给你在外面宣传。等我将你的真姓名说出来时,看是谁丢脸?这用不着我说吧。你想一想才好啦。喂,李士,你要是知耻的话,还是快点给我滚开吧!"

我的主人不做声,也不动手了。但是,到底主人的羞耻是什么事呢?我为了这意外的话语,吃了一惊,呆呆地站着时,忽然我觉得主人牵住了我的手了。

"让我们一块儿走吧!"

主人说后,向门口处走去。

那师父一面笑着,在背后唤说:"喂,再坐一坐吧。有事,好好地讲,你有什么事找我,讲好了。"

这似乎不是怀着恶意说的。

"我再没有事找你了!"

我的主人答了一句,头也不回地紧牵着我的手,走下楼梯了。

我叹了一口气,真像是遇了救星一样。我好容易从那残酷的人的手里逃了出来。

在路上,我真想抱住主人的脸接个吻!

薄命人

我们走到街上，街上的行人很多，所以我们两人都没有说话，只匆匆地前走。不一会，我们走到了一条没有行人的横路上，主人坐在路旁的石头上去，好几次用手按按额前，这就是他遇到了没有法子想时的习惯。

"他虽然还肯低头，我却决然走了出来，现在真糟糕了。袋子里是一个铜板都没有了，肚子又饿，在巴黎的街上乱跑，也没有法子。路美，你肚子很饿吧？"

"是的，我只吃了早上师父给了我的一片面包。"

"怪可怜的！事情都弄糟了……呀唷，现在只有挨着饿睡着吧，可是，哪里才有床铺呢？"

"师父，你本来打算都住在他家里的吗？"

"是的，我想这个冬天中，将你寄托在那里的。这样，他或者可以给我二三十块钱，这样，我也可以挨得过去。不过，他对待小孩子太坏了，我也忍不住了。所以看不过去，不顾前后跳了出来。你也不愿意住在那样的地方吧？"

"当然的啊！能够逃出来，我真不知道是怎样快乐。"

"是呀？我似乎还有少年时的血气，所以把好运气弄糟了，现在又非得漂流不可。真是，以后我们到什么地方去呢？"

主人似乎是实在没有办法想了。

不知不觉地，天已经黑下来了。白天虽然不十分冷，可是现在已经冷起来，刻骨的寒风，从北边吹了来。今晚的辛苦，可想而知了。主人还是坐在石头上不动。我也蹲了下去，等主人想办法。过了一会，主人才沉重地站了起来。

"到哪里去？"

"到郊外人家持里那边去看看吧。那里有跑马厅的围墙，而且，应该还有空的小房子吧。在那里睡睡吧。我记得从前也曾在那里睡了两三次。路美，你很疲倦了吧。"

"我并不十分疲倦，刚才在那个人家里休息了一会。"

"可是我一点也没有息过，两腿已经像木棍子一样的了。左近又没有休息的地方。我们还是赶快到那里去吧。大家走吧！"

"大家走吧！"这是当朵儿和彼奴还在世的时候，每当主人高兴时，在上路之前说的，鼓励我们的一定的一句话！而且我们也似乎得了主人的这句话，就增加了勇气。然而，今夜呢！是何等的悲惨啊！主人说话时的声音，颜面，都没有一点好气色。

最可恨的，今晚的天气又是这样的黑暗！街上的煤气灯，虽然一点一点孤寂地闪耀着，可是啸号的寒风，使得灯光也不能照到地上。路上呢，流水都变成了冰，三合土的道路，像盖上了玻璃一般的，滑溜溜的真不好走。没有法子，我和主人只有牵着手前进。卡彼也跟在背后，它一看见有垃圾堆时，就把鼻子钻进去，找寻食物。不过都给冰雪盖住了，所以结局还是找不到一点东西，它悄然地垂着两耳，又赶了上来。它的样子，真使我比看见什么都伤心。

从大路走进了横街，从横街又走上了大路。我们总是反反复复走着同样的街路。街上行人已经绝迹了，即使偶尔碰见一两个人时，他们都吃惊地回头一看我们。恐怕是我们奇怪的服装，惊动了人家吧。或许是疲倦哀伤的样子，惹起了人家的同情吧？当面走过的警察，也好像要站住，看看我们的背影。

主人和我,一声也不响,只有默默地向前跑。主人虽然弯下了腰急走,不过身体还是冰冻了一样寒冷。然而他牵着我的那只手,却渐渐热起来。现在已经热得烫手了。同时,我觉得他的身体似乎在发抖。

再走不一会,主人似乎忍不住了,停了步靠在我的肩上喘气,呼吸很短促,高大的身体,像起了痉挛一样地发抖,抖到我的身上,就像通了电气一样。

怎么好?我真担心。停一会他马上又拔步走了,所以我也不做声,跟着跑。以后,走了几步,他就要靠在我的肩上息一会。每次我感到了主人呼吸的辛苦和发抖。我忍不住决断地发问了:"师父,你有什么地方不好过吗?"

"唔,不很好过……我太疲倦了。年纪也老了。走了多少的长途,唉,又遇着了这样冷的天气,我觉得全身的血液都冰冻了似的?我真想坐在火炉前,吃点暖和的东西……唉,不要多说了……大家快走吧!"

我从来没有听过师父说过这样没志气的话语的。我真像就要哭出来地,心里难过。然而,我们还只有前进。倒在这里时,那只有饿死而已。所以,又是默默地前进,我们似乎已经离开了巴黎市了。我们走过了两旁都有短堞的地方,又经过了全无人家的地方。夜已经深了,当然没有半个人影。就是警察也碰不到了。那里又没有街灯,处处从人家窗上映出来的灯光,和蓝黑的空中闪耀的二三颗星,就是照引我们的东西。

到了郊外,风更加强,将衣服吹得紧贴着冰冻了的身体,幸而是从背后吹来的。我的袖子上裂了一处,风从那里吹到了指头,左手完全冻得没有感觉了。

道路是黑暗的,所以走过了什么样的街路,我完全不晓得,不过主人对这地方,似乎很熟悉,不会走错,步步前进。我安心地,只想快点能够到达那跑马厅就好。突然,主人停了步说:"喂,路美,你看见前面有黑暗的树林吗?"

"树林?看不见什么树林。"

"没有看不见的道理。黑魆魆的东西就是了。"

我睁开滚圆的眼睛看。但是,什么地方都没有像树林样的影子我们现在,似乎是站在一块旷野的地方,四周一望,一切都包在黑夜里,没有一件映眼的东西。没有树木,没有人家,当然也没有树林。一切都是空虚,只有号啸的北风,吹靡着枯草。师父叹了一口气说:"要是我有你那样的孩子眼就好了……我却是一点也看不清楚。你好好地望望那边看,一定可以望见树林吧。"

他用右手,指着了前面。我想看个明白,可是一点也看不见什么。不过,又不好老老实实说出来,所以我不做声,那么,主人也默默地又向前跑了。

我们闭着口,又走了数分钟,主人又停了步问:"树林还看不见吗?"

我也停了步,东张西望。无论怎么张望,还是看不见什么东西。那么,我就有点心慌了。

"什么东西都看不见!"

我的答声,非常暧昧,而且发抖了。

"你是太害怕了,所以眼睛也不敢看清楚吧。"

"不是的,师父。无论怎么细看,都没有树林呢!"

"大路也没有吗?"

"没有!"

"真的吗?那么,恐怕是走错路了!"

他的声音,连一点力气都没有了。我不知道我们现在是在何处,也不知道向哪一方走好。所以也不能致答。

"再向前走五分钟看吧。还再看不见树林时,那就是走错路了,非得走回头不可。"

我也以为一定是走错了路,似乎一点力气也没有,吓得不能动了。主人拉一拉我的手。

"喂,怎么样了?"

"走不动啦。"我伤心地答。

"怎么说?你走不动了,那我怎么办才好呢?你想我还能够背起你走吗?!我也早就没有气力了,不过要是卧倒在这里的话,那就只好冻死。所以我们只能拼命地向前走。喂,到跑马厅去呀,走吧?"

我也只好和主人手牵着手,向前走。

"喂,路上有车子走过了的痕迹吗?"

给他这样一说,我爬伏下去,鼻头差不多贴到泥土,细看了,但是一点也没有痕迹。

"一点也没有那样的东西。"

"那么,路完全走错了。走回头吧!"

没有法子,我们只有向走了来的原路走回去。那样,当初从背后吹来的北风,现在变成了当面的了,咽喉被吹得塞住了,气也喘不过来。而且,我觉得自己的身上似燃着了般地发烧。

我们刚才走来时,也是一步一跛的了,现在更遇着了这迎面的狂风,我们实在无法走得动。我们完全没有半点气力了。

"喂,最要紧的,是给我寻出车痕来。寻出来了时,就跟着跑好了。那跑马厅的路,是从十字路口,沿着树丛向左边走的。只要看着左边走好了。"

我们向着原来的道路,和北风奋斗着,走了差不多十五分钟。夜已经像地狱一般地安静了。只有呼呼的风声，和我们踏在冰冻的地上的鞋声，惊破了这可怕的静夜。主人似乎每步都费了精力，从前给主人拖着走的我，现在倒反非得牵引他不可了。可是这样拼命的我，也似乎不能再走多十分钟。只好依着主人的吩咐，注意着道路的左边，一步一步地细心地前进。突然，我看见了一线微细的红光，像星光一般地在黑暗的那边闪耀。

"师父，我看见了火光！"

我觉得身内增加了精力，指着那方角给主人看。

"什么地方？"

"那里。"

在不远的地方，火光闪耀着，然而主人似乎无论如何，一点都看不见。他年纪虽然大了，平常时他的眼力，倒也不比我坏，在夜里他也可以看见很远的东西。可是今夜却连那火光也看不见，主人的心里，一定是怎么样的不对了。想到了这里，我更是落魄丧胆。

"就算看见了，那样的火光，又有什么用处。大概是贫穷的工人的厨房里的烧火，或是病人床头的灯火吧。现在就算跑了去，也是没有用的。在僻静的乡下，要是去求借宿，那还可以做得到，但是在巴黎的近郊，那就不行了。你也不要再希望人家了，还是前进吧！"

再走四五分钟后，我们果然到了十字路口。望一望时，在一转角上，有一堆暗黑的树丛。我放开了主人的手，赶快跑去一看时，那真的是小树丛，在那里转向左边的路上，还有很多的车痕。

"师父，这里对了。有树丛，也有很多的车痕。"

"噢，是吗？"

主人高兴地叫了：

"快点拉着我的手走吧。这样，我们就有得救了。从这里不用五分钟，就一定可以走到跑马厅。你好好望一望，那边有树林吧。"

真的,前面可以看到一堆黑魆魆的东西。

"是的,的确有一片树林。"

我答了一声,又再前进。真奇怪,这样一来时,我们都有力气起来了。我觉得身体和两足都轻快了。然而主人刚才所说的约莫五分钟,无论怎么走,也达不到跑马厅。那么,主人似乎有点疑心了。

"我想我们已经走了五分钟以上吧,怎么样了?"

他停了步说。

"我也是那么样想,我们已经走了五分钟以上了。"

"还有车子的痕迹吗?"

"还有,一直地连着去。"

"是吗?跑马厅的入口,是在左边的。天色太黑了,一定是走过了吧。无论怎么样,总不用走到五分钟以上的。"

我不做声,停了步。主人又说下去:"你早就留心着车痕就好了。"

"不过,车子的痕迹从头就是直连着,没有转向左边去的。"

"是吗?总之,得走回头不可。"

那么,我们又开始逆行,这次我们走到左边去了。

"到底,树林是在哪一边呢?"

"就在左手边。"

"这里也有车痕吗?"

我细心地寻寻看。

"一点也没有车痕。"

"唔。"

主人侧着头想。

"我的眼睛恐怕是瞎了吧,什么树林都看不见。"

他用手擦眼睛,

苦儿流浪记

"总之，向着树林直走就行了。那树林就是跑马厅所有的。路美，你牵着我走吧。"

再走二三步时，前面似乎有围墙一样的东西。

"师父，再走上前，就碰着围墙。"

"围墙? 不是吧，是石堆呢。"

"不，的确是墙，不会错的。"

那也不用去摸过才知道的，因为那才只离开我们有一二丈的远。然而我们还是走前去看。不过主人还不能够看得到，我牵了他的手，让他摸摸看。

"路美，真的，这不是围墙啦，这是石墙。用石头叠好之后，再用灰泥糊成的，不过，这一定是跑马厅的墙。总之这方面，应该有入口的。那入口的地方，一定非有很多车痕不可。你好好地看一看。"

我听从了他的话，弯着身寻到墙的那一端去，但是不见有入口，也不见有车子的痕迹。那么，我再走回来，将此事告诉了主人，更向反对的方向去寻了一会，然而也是一样。无论走到什么地方，只有围墙的连续。像入口之类的东西，随你怎么样寻，也寻不着。注意地察看了地面，然而没有道路，也没有车痕那一类的东西。

"师父，一切都给雪盖住了，什么也看不到。"

既然这样，我们将如何是好呢? 我突然害怕了起来。无疑地，我的主人是走错路了。要不然，就一定是记错了吧。跑马厅不在这里，我以为那一定是在别的地方。

主人不知对我所说的话怎么想，他似乎一个人在那里发呆地沉思。停了一会，他自己摸着墙壁，一直摸到那边的尽头处去。看见了我们总在这样做，心里不高兴的卡彼猛烈地吠了起来。

我也顾不及它，怀着不满意的心情，跟着主人走到了围墙的尽头去。

182

"我再去寻寻看吗?"

"不,不用去了。全部都是围墙围起来了的。"

"全部?"

"唔,这里的入口也封了。无论怎样,恐怕都走不进去。"

"那么,怎样办好呢?"

"怎么样办?那我也不知道。只有这样地在这里等死!"

"师父!"

我吃了一惊,紧缠着他。

"噢,不是的。我无论怎么样,都不要紧,不过你是不应该死的。你的身体,是为着将来,应该保重呢。生命比什么都要宝贵啦。走吧。你还可以走吧?"

"是的,师父呢?"

"我吗?我走到不会走时,像老马一样地倒在路旁死了就算了。"

我真想紧抱着主人,大哭一场。然而我拼命忍住了,声音发抖地问一声:"但是,师父,我们到什么地方去呢?"

"还有什么地方好去呢,恐怕只好回到巴黎去吧。"

"呀!到巴黎去?"

心力俱尽的我们,还能够回到巴黎去吗?

"到巴黎去,求求警察,他大概可以带到署里,照料我们吧。我早就知道了,不过不愿意那样做,所以跑到了这里来。然而我再不能让你就这样地冻死。若是在途中倒了下去,那就没有法子。路美,走吧。我的好孩子呀!勇敢地前进吧!"

慈爱的主人,总想把我救活,然而,我呢,一心只为主人设想。自己的事,倒不曾记及。各自怀着不可言喻的哀惨的心情,我们二人,守着沉默,向走了来的原路上走回头,我们已经不晓得时间的早晚了。虽然没有时间的观念，不过我们走来走去，走了那么久了。此时想当是十二点或一点钟了吧。仰望天空，还是蓝黑，只有稀少的星，孤寂地闪烁。

风呢，不但没有停，还更加吹得厉害。将混着白雪的尘埃卷起，迎面吹来。路旁散处的人家，早已关得紧紧地，一点灯光也不透出。我想：若使在这等家中，睡得很暖和的人们，知道了我们的苦处时，他一定会亲切地开门让我们进去的吧。不过这样的话，我也难开口向主人说，我只有缄着口，曳着铅一般沉重的腿子，直走到了倒下为止。

这样快步飞跑时，自然身上也会热起来，不过我的主人可不行。他似乎再也走不动了，呼吸的辛苦，好像是跑了几十里路回来了的一样。

"怎么样啦，不舒服吗？"

我试问一问时，他把手拿到唇上，似乎不会说话了般地，只做做手势。呀！怎么样好呢？！

不久，我们渐渐走近巴黎了。两侧耸着肮脏的高墙，处处点着寂静的街灯。那时候，主人似乎已经完全失去了精力，突然靠在我肩上，停了脚步。我说："试叫叫门看，好吗？师父。"

主人一喘一息地："没有用啦，这里的人，大概都是种花，或种菜的，这时候不会爬起来。还是到巴黎去吧！"

勉强地开始前进，可是主人无论如何，不能再走了，刚走了五六步，又停了下来。

"路美，我真抱歉……我真走不动了。找个什么地方息一息吧。"

刚巧那里有一围栅，门是开着的。栅内有比栅更高的稻草堆，被风吹得四散飞扬，路上，栅下，都吹得遍地。

"走进那门内去息一息吧。"

"但是，师父，你不是说现在息下来时，寒气就会冻入身里，再不能走动的吗？"

我很担心，这样说后，望着了主人。

然而，主人并不回答，倚在门旁，口和眼睛同时命令我将稻草堆起来。我赶快拾了些草，堆起。主人不等我弄好，马上就倒了下去。他的牙齿发抖，身体也像树叶一样地战栗。

"再拿些稻草来。……这能够顶住了风，很好。"

当真的，这样的东西，虽不足以御寒，但总可以顶得住风吧。我这样一想，就尽量去拾了些干草来，都堆在主人的身上。我自己也铺了些，坐下。

"你紧贴着我坐好了。你也将卡彼抱紧，多少总可以暖和一些吧。"

主人从来是很有经验的人，所以十分明白：在这样的时候，倒在当风的地方，是不对的。但是还不能不这样做的，那一定是因为精枯力竭的所致吧。这半个月以来，主人受着饥寒的交迫，性命完全是借精力维持着来了的，所以，今夜的这一夜，恐怕是末日了吧。这寒气和饥饿，即使平素健康的主人，也因年龄的关系，无论如何，不能熬得住的吧。

主人的身体，一半靠在门上。我又靠在他身上，像给他抱住了一般。我时时还在拾稻草，分盖在主人和自己的身上。忽然，我感到了主人弯下了身体，在我的额上接吻。这实在只是主人对我第二次的接吻，而且——呀！——这同时又是最后的接吻啊！

以后，短时间，我不知道自己和主人，是生还是死。原来，在普通的冷天时，人身会发抖起来，不会睡得着的，不过，一到了这样极度寒冷时，全身就麻木了，反为变成了无感觉状态，自然地入睡了。

我靠在主人的身上，让他接了吻之后，不一刻就感到了睡气的袭来。我想，现在要是这样就睡着时，恐怕会冻死吧，所以拼命地想将眼睛张开，但是，无论怎么样努力，它总要合拢起来。那么，我就用力在自己的腕部捻了一下，可是手腕也全变成无感觉的了，一点也没有效力，只不过还感到了接触，所以我尚能够明白自己还没有死去。

最初我还微微地听到了主人短急的喘息。而且混着听到卡彼的安静的鼻息。风发出可怕的啸声，在头上吹过；扬起了草堆的杂草，像树叶般地落在我们身上。除了这狂风之外，没有一点其他的声息，也看不见一点生动的东西。死一般的寂寞正完全地将我们围闭起来了。

我昏沉沉地，感到了这寂寞钻进了我心胸的深处，使我生了一种漠然的恐怖和忧虑之念，结局，我眼里含着泪珠，想到了我会不会就这样地死去？！

突然，我的目前，明白地呈现了斜巴陇的风景。眷恋的母亲的影子，久住了的房子，华丽的那花园——不知不觉之间，我又站在那花园里了。太阳温和而辉亮，黄水仙开着黄金一般的花儿，小鸟也喜快地在丛林中歌唱。母亲正将在小溪中洗的衣服，挂在篱笆上。——突然，我又在"白鸟号"船上了。亚沙还是照旧被捆在木板上，美丽甘夫人在他的身边，看顾着他。而且，风声吹入了我的耳朵，细声说："呀！这样寒冷的天时，路美不知道在什么地方，怎么样过日子呢？"那声音，我听得十分清楚。

不久，我的心里，渐渐糊涂了，什么都看不见。舒适的睡魔，将我带到遥远的梦之国里去了，我一切的知觉都失去了。

哑女孩子

我突然醒了。这时候，我发觉了自己睡在床上。而且，这房间里还烧着火炉，我的两颊，也被烘得通红了。

这里是什么地方呢？这是我从未到过的房间。而且，我举目一望时，房间里还有很多从来不认识的人。第一看见的，是一位身穿鼠色的旧衣服，脚上穿一双变黄了的木屐的男子。还有三四个小孩子。——其中一个愕然望着我的六七岁的女孩子，最使我注意。那女孩子的目光，与旁人不同，给人一个非常灵敏的印象。

当我意识渐渐清楚时，我勉强坐了起来，这样，人们就跑到了我身边。

"师父……李士先生呢？"

我开口就这样寻问。

"他问他的爸爸吧，一定的。"

年纪大一点的女孩子，这样说，看看其他的小孩子们。

"爸爸？不，不是啊……我们——他是我的师父啦。"

"奇怪？他不是你的爸爸吗？"

那女孩子似乎不甚相信地说。

"怎么样了呢，我的师父？还有，卡彼——狗呢？"

若使李士是我的父亲的话，他们一定要避开，不能马上将事实告诉我吧。但是他们知道了那只是我的师父时，那么，像小孩子们的爸爸的那男子，就把实实在在的情形告诉我。

事情是这样的：那时候我们倚着失了知觉的栅门，就是巴黎郊外的一家种花草的人家的前门。那朝的三点钟左右，这花匠正驾着马车，想到市上去的当儿，在散乱的稻草中，发现了我们倒在那里。那时，他吃了一惊，走到我们的近旁，大声呼唤我们。但是我们两人，都不会答应，连动也不动。只有卡彼，守住了我们，像防敌般地露出牙齿来狂吠。花匠也无暇顾及犬吠，想把我们摇醒，可是，结局不行。那么，他就有点奇怪，跑回家里，叫了人们起来，拿着灯笼，走出来一看时，李士老人早已断了气，冻得冰一般地冷了。我也完全失了感觉，不过因为抱着狗的福荫，心里还有点温气，剩下一息的残喘。这样，我马上就被抱到了屋子里来。花匠又唤醒了一个小孩子，把他的床让给我睡。这样我一睡就睡了六个多钟头，已经停止的血液，渐渐流通，呼吸也复元了；现在刚才醒起来。

我的身体似乎还是麻木不仁，心里也不十分明白，不过这故事，我却听得十分清楚，我得救了。然而，呀！亲爱的我的师父，不，也可说是我的爸爸李士老人，却已经一去不复返了啊！

讲这故事给我听的那男子——即是那花匠，就是救活了我的恩人。在他讲着这故事的中间，那最小的女孩子，总是望着我。她那满含同情的眼光，最是使我感动。但是，她好像是不会说话的。时时动动身子，似乎想发出一种声音来，可是一点也不清楚。尤其是，当我听到了老人之死，充满了不可言喻的悲哀时，那女孩子似乎了解了我的莫大的绝望和悲哀，走到了父亲的身旁，用手指做出种种的记号，向着我落泪。花匠抚摸着她的背上说："噢，丽色。那小孩子实在可怜，不过我是不能说谎的，横竖警察也要告诉他的，那倒不如我说了的好些。"

花匠又唤起了他的长男，去报告岗警，又将我移到了他的床上；不久警察来了，将李士老人的尸骸运了去，等等事情，全详细地告诉了我。

"那么,卡彼又怎么样了呢?"

我等到花匠将这段故事讲完时,这样问他。

"卡彼?噢,那只狗吗。唔,怎么样了呢?"

"那狗跟着死尸一块儿走了。"

一个小孩子说。

"你看见了吗?"

"唔,我看见了。它垂头丧气,很悲伤地跟着死尸走了,时时想跳近那死尸,给人家打开了,又伤心地啼着跟了去。"

呀,卡彼!可怜的卡彼!你从前在彼奴的葬式的喜剧中,装着哭脸叹气,引起了小孩子们抱腹大笑,但是,现在呢……跟着了死去的主人之后,你又不知要跟到什么地方去了!

花匠和小孩子们都出去了,剩下我一个人在房间里。我不知要怎么样好,也不知道将要到什么地方去才是。总之,我知道我不能就这样地永留在这里,所以我曳着无力的身体,下了床来。

不知是谁,将我的竖琴倚在床边。我觉得有点眼晕,脚也有点蹒蹒跚跚,不过还能够将琴拿起来,挂上了肩上。然而,头突然痛了起来,身体热得似乎要发火。头晕也厉害了,想把脚移一步时,眼睛发晕,马上似乎就要倒下去,好容易才站定了,坐到椅上去。不久,比较好了一些,我又再站起来看看。因为我虽然没有可去的地方,可是,我总不能不到别的地方去。

那么,我就想给他们告别,所以跑到了他们的房间去,在那里,火炉中烧了火,他们一家正在围着桌子,吃饭。那饭菜的香气,使我想起了自己,除了昨天早上,吃了一片面包之外,一点东西也不曾进肚子。我突然觉得全身紧张的气力,一时失尽了,跄跄踉踉,差一点要倒下去了。

"你不是还不舒服吗？"

花匠吃惊地站了起来，用充满同情的声调向我说。我也觉得自己实在不舒服，静静地站着，轻轻地点了点头，而且求他让我再在这火炉旁多休息一会。然而，我现在所最希望的，并非炉火，实在只是那食物。从汤盆子吹起来的热气，碗叉的声音，和咀嚼的音响——这种种情形，更是使我的气力衰弱。

呀！我若是能够说，请你给一碗饭我吃吃才好吧！

然而，李士老人，决没曾教我做乞丐。而且我也没有那样下流的秉性。我若是决心去做乞丐，倒不如这样饿死了的好。

我静静地忍着了这苦痛。那刚巧坐在我面前的、叫做丽色的、不会说话的女孩子，总是看着我，不动刀叉！突然，她站了起来，拿着一碗自己不会吃过的饭，送到我的面前，放在我的膝上。

我已经没有说话的力气了，用手装做姿势，告诉她，我虽然深谢她的厚意，但是请她不要这样做。这样，那女孩子的爸爸，立刻对我说："她特意送给了你吃，你就爽快地吃了吧，用不着客气的。不够时再添好了。"

不用他说，我的肚子实在就要伸出手来了，所以，我马上就爽快地接了过来，一口气吃了下去。等我将筷子放下时，总看着了我的丽色，似十分满足地唤了一声，跑过来将饭碗接了去。她把碗递给了她的爸爸，爸爸又盛了一大碗的饭和菜交给她，她满面含着笑容，再拿了送到我这边来。我完全给她那温存的心情感动了，忘记了一切的饥饿，也不会同她接饭碗，却只呆呆地望着她。

不过，结局，我还是不客气将饭碗接过来，挥动筷子，瞬息之间，吃得干干净净。突然，那班含笑看着我的小孩子们，一齐笑了出来。父亲也似乎很愉快地笑说："真不错，哈哈哈哈！"

我觉得面孔热烘烘地，连耳根都涨得通红了。真的怪难为情。

然而，他们也不是单为了嘲笑我贪馋的大吃，所以，我只好说出来，将昨夜没有吃到东西的事情告诉了他们。

"是吗？不过午饭是吃过了的吧？"

"没有，午饭也没有吃。只是早上吃了一片面包。"

"唔，你的主人呢？"

"他比我还要吃得少。"

花匠听我这样说时，叹了一口气。

"唔……这样的吗？那么，那老人也不是全为寒冷冻死了的啊。真可怜！"

总之，我得了两大碗饭吃下去，已经完全复元了。那样，我就站起，想和这班亲切的人们告辞。

"那么，你现在要到什么地方去呢？"

花匠这样地问。

"我现在，就想出去……"

"去？去什么地方？"

"什么地方……我也不晓得。不过，或者到巴黎……"

"巴黎有你的同伴吗？"

"没有。"

"那么，你想去找同乡的人们，求他看顾你吗？"

"不是，我并没有那样的人，可以依靠。"

"唔……那么，你有住的地方吗？"

"没有，没有可住的地方。我们不过是昨天才到巴黎来的。"

"也没有住的地方！那么，你现在走了出去，想怎么样呢？"

"怎么样——我想弹弹琴，或者唱唱歌，找点饭吃就算了。"

"你到什么地方去那样做？"

"到巴黎去。"

"笑话! 那样的事情, 不行不行。我也不是说你什么, 不过我以为你还是马上就回乡下去好。因为那里还有你的父母……你不是说那死了的老人, 不是你的爸爸吗?"

"是, 我早就没有父亲了。"

"唔, 没有父亲吗? 母亲总有吧。"

"不, 母亲也没有。父母全没有了呢! "

"可是, 你总有叔伯兄弟吧?"

"没有, 什么都没有。"

"什么人都没有? ——那到底是不是真的呀!"

"真的。"

"究竟, 你是在什么地方来的呢?"

"我……"

我踌躇了一下, 决断地说: "我在照料我的乳母那里, 被师父买了来的……"

"我这样说后, 换换口气:

老伯, 多谢你们的亲切……很想能够报答大恩, 不过我现在是空无一物……若是你们高兴时, 等我礼拜日再来玩吧, 我弹弹琴, 陪大家跳舞取乐吧。"

我向他们一一致礼之后, 向门口走去。

突然, 丽色跑了来, 执住我的手, 指指那竖琴。我马上明白了她的笑容, 和希望我做什么的意思。

"你想听我弹琴吗?"

她点点头, 而且似愉快地拍着手掌。

"唔, 丽色想要听, 你就弹一弹给她听吧。"

她的父亲帮着她说。

那么, 我就在肩上取下琴来。实际上, 我没有这样高兴的心情,来弹乐器，陪他们跳舞，不过，无论如何，我又不能使这可爱的、亲切的少女失望。所以，我就奏起那我所熟悉的、合着眼也可以奏出来的旋舞曲。然而，手里虽在弹着热闹的歌曲，我心里所想的，却是我的主人的悲惨的末日的事。若使他还生存着，和我在一块儿，来安慰这可爱的少女时，那是多么快乐的事啊。我一面弹着琴，心中在流泪了。

最初她只是呆呆地望着，不一会，她竟用脚尖拍着拍子了。到后来，她那可爱的眼睛，渐渐热起来，完全醉心在音乐中了。她在不知不觉之中，站了起来，独自一个人，在食堂中，跳起旋舞来了。那当然不是正确的步伐，不过她的面容，正像开了的花一样的鲜明，身体的运动，也极其优美；她那可爱的地方，实在是难以言喻。

两个男孩子，和那最大的姐姐，也没有想到一块儿跳，只是静静地坐着，看那小妹妹的狂舞。尤其是那坐在火炉旁的老花匠，目不转睛地，凝看着丽色的跳舞，似乎高兴得不得了，时时拍掌赞叹，一曲完了之后，我就停了手。她幽娴地走近了我，似乎对我表示敬意地含笑望了望我，而且用指头弹弹我的竖琴，似乎尚有所求地看着我。那目光就是说，"再弹一次"了吧。

为了她的高兴，我将弹一天也所不厌的吧。但是她的父亲，恐怕她这样地在室中乱转，会使她疲劳，所以就制止说："一次够了！"

不过，我这次不弹跳舞曲，而是唱起了从李士老人口里学了来的、那意大利的歌——我最得意的"拿破里之歌"。这是我最得意的歌曲，每当唱起来时，没有不使人感动的。那调子是非常优柔的，而且悲哀的旋律，又非直刺入人心深处不可的，最杰出的艺术作品。我唱起来时，她就走到了竖琴之前站住，眼睛看守着我，口唇也跟着了我在振动。她的心中，也正在反复歌着我的所歌啊。歌的调子渐渐地悲哀起来，她渐渐往后退，直到我唱完最后的一节时，她忍不住了，倒在父亲的膝下，呜呜咽咽哭了起来。

"好了，够了。"

她的父亲一面说着，一面抚摩她的头顶。

"你真蠢啦，一个人跳了起来，又一个人哭了。哈哈哈！"

兄弟中的一个人，像嘲笑她般地说。

"可是她没有你那样蠢啦，她还晓得了音乐，真是不错啊！"

姐姐这样地给她辩解，抱起了她接吻。

我再把竖琴的皮带，挂在肩上，将要出去时，她的父亲将我唤住了。

"到哪里去？"

"不知道，不过我总归走出去就是了。"

"唔，那么，你无论如何，非得继续着从前的生活不可吗？"

"但是，除此之外，也没有办法。"

"那样的生活，你也应该过够了吧。"

"可是，我又没有家。"

"昨夜的那回事，就算你是小孩子也够受罪了……以后谁又能保证你没有同样的事情发生呢？唔？"

"是的，我也未尝不想到，不过也没有法子啦。其实我也盼望着回到家里来时，能有床睡觉，有火烘暖的境遇啦……要是能够那样时，是多么的幸福啊……可是……"

"那么，你也想要有睡床，和暖和的火吗？那样想你就不能不做工。你知道吗？若是你那样想的话……那么……你该住在我的家里，帮帮我们做点事才好。你做工，你就可以和我们过一样的生活……你想好不好？"

我虽然听到他这样说，也还不敢当真。

"老伯伯，你说让我留在你的家里吗？"

"我并不是说将我的家伙分给你，也不是说让你在这里逛逛吃吃。要是你愿意住在这家里的话，你就应该一大清早，同大家一块儿爬起来。一天到晚，非掘泥搬土不可。那样三餐都不会缺的。你也没有像昨夜那样地露宿在草堆中的必要，也不用担心会饿死在道旁沟壑之中。到夜里回家来时，总有可吃的饭菜给你吃，有暖和的床给你睡。我们一天到晚，都在做工的人，虽说是粗饭便茶，也决不觉得难吃。而且……若是你能够做一个正当的人的话——是的，你似乎有点不像普通的小孩子，我觉得你实在有点可取的地方——我或者可当你是自己的家人看待，也未尝不可。"

丽色眨着眼泪未干的眼睛，似非常满足地看我。我听了花匠说可以当作家人看待的那句话，更加惊奇，不知要怎样回答好，只是呆呆地立着。

忽然间，丽色离开了父亲的膝边，走近了我，马上执了我的手，把我拉到挂在壁上的、一幅粗笨的彩色画前去。那是一幅铜板印的画，上面绘着耶稣的徒弟约翰的肖像，身上穿着了羊皮衣服的少年。她做做手势，叫她的父亲和兄弟们也仰看这画。而且，同时指指我，摸摸我的羊皮衣，又指指我的头发——这头发刚巧像画里的约翰一个样子，在前面分开了，卷卷曲曲垂在肩上——

我想她是在想使他们明白，那约翰正同我相像。我简直是乐得不得了，同时，她那真情，也使我不能不为所感动。

"真的，像得很。"

她的父亲点着头说。她看见父亲这样子，又含笑拍起掌来。

她的父亲更对着我说："怎么样呢？你还不能决意做我们家庭中的一人吗？我又不是说要当你像奴才一般地使唤。"

做这家庭中的一人！

家庭！家庭！住在这里，我也会成了家族中的一人！我直到现在，不知道是多么地憧憬着那所谓家族的东西！而且，从前有好几次，待那好梦将要实现时，又给人打消了。母亲之后，继之以美丽甘夫人，又是李士老人——他们都顺次地被夺了去呀！

　　我不加考虑，匆忙地就想离开这里，其实呢，我深知道那漂流的境遇，是会使人不寒而栗的。从前，和师父两个人，尚且不能糊口，以后呢，我只有一个人了，还哪里能找到一碗饭吃呢。呀，这两三年来，师父实在就是我的父亲啊！现在在这目前，亲眼看见了那比父亲还加倍爱护我的人的死时情景，我的心里，不觉深印了一种不可言说的、对于生活的恐怖的印象。而且，这数年来中，是我的良友、是我的伙伴、在艰难辛苦的漂泊之间是我们唯一的安慰的忠犬卡彼，尚且不能不失去，这在我，实在是莫大的打击啊！

　　所以，若使没有这亲切的花匠时，我在今日或明日之间，恐怕一定也要追着师父的背后，陷入同样的运命无疑。然而，我现在又不是孤单的一个人了。无论什么事，在以为是最后的那一瞬间，却有一道的光明出现，将我引导上新生活的大道。这是多么幸福的遭遇啊！

　　最使我感激的，并非像花匠所说的，饥寒的担心。那实在是，看见了这样和睦过日子的家庭之后，再承他说了一句，将我也当是这家庭中的一人看待的话。这比什么都要使我心跳起来。

　　这些男小孩子，都要变成我的兄弟！

　　这可爱的少女，就变成我的小妹妹！

　　我这小孩子的心中，老早以前，就梦想着一定会有一天重遇到我的父母两亲的，但是我从未曾梦想到会有兄弟姐妹。我当然十分能够明白，这些小孩和我，并非血统上的真兄弟姐妹。然而，最少会有不让于兄弟姊妹般的、亲密的友爱关系吧。要实行此事，第一须我有爱护这些小孩子们的真情。这又是我所做得到的。只要我能够爱他们,那么,他们也一定会爱我的。这决不是什么难为的事。因为这四个小孩子之中,似乎没有一个是刻薄的。

所以我赶快将竖琴取下来,她的父亲似乎很高兴地笑着说:"噢,那就是你的回答吗?好的。把那琴挂在墙上去吧。我也不是要干涉到你的自由。你暂时在这里住着,等到你觉得没趣时,你就出去好了。但是,你也不要忘记了那莺和燕的故事啊。那就是说,等到时节到来时,再去自立门户吧。好吧,知道了吗?"

我只有用眼泪来报答。

总之,这样地,我就成了这一家中的人了。

这花匠的名字,叫做亚根,一家共有五个人,长男叫做亚历,弟弟是泽民,大女孩儿是叶琴,最小的是丽色。

丽色本不是生出来时是哑的。她在四岁的时候,患了一场大病之后,舌根不知道怎么样变了,以后就说不出话来。医生说这将来会自然复好的,不过现在还没有到那时期。口里虽然不会说话,可是她是非常伶俐的,头脑似乎还要比人发达加一倍。在这样穷困的家庭中,不幸而嘴是哑巴,那无论在家庭方面,或小孩子自身,都是很悲惨的事体。大抵都是要受人虐待的,但是她却因为了温柔而且伶俐的原故吧,很能得到父亲加倍的爱护,姐姐也当她是宝贝一般,两个男孩子,也对于这小妹妹,特别地亲热。

从前,贵族的家庭中,最大的孩子,是比其他的兄弟姐妹,更有特别的权利,所以责任也倍重的;不过现在,在劳动者的家庭中,最初出世的孩子,也时常要负多大的责任。在丽色才两岁时,他们的母亲去世了。以后,这家的长女,虽然不过是比长男大了二岁,可是她早将这一家之母的责任和劳苦,负在一身上了。她也不曾到学校去,只在家里管理厨房,以及裁缝、洗涤等等的事情,以外,还非得负全责照料这小妹妹的周围不可呢。所以，这四五年来，以年轻的身体，却兼了母亲和佣人的任务了。

她虽然说是二八的年华，可是一点也不事修饰，黎明就爬了起来，给将要赴市做买卖的父亲烧汤水，夜里也是她最后上床，一日中间，没有一分钟的休息，终日劳动。连掬水浇花也非自己动手不可，所以她的面容，就呈现了三十岁以上的人的苦劳和忧郁。然而，她似乎对于什么都了解了，待人接物，都显示出她温存慈善的表情，所以，看见过她的人，谁也不能不觉得她的可爱。

我把竖琴挂在墙上的钉上，约莫过了五分钟后，就随他们的请，将昨夜的遇险，再详详细细、全部告诉他们；在这时候，向着庭园的门上，似乎有什么在挣抓的声音。而且可以听到悲伤的细声哭泣的犬叫声。

"呀，卡彼！"

我不觉叫了起来。站起了身子。

突然，丽色向我使使眼色，自己跑到了门口去，将门打开了。可怜的卡彼它一看见了我，一跳就跳到我的身上来。我紧抱着它，它细声地发出了欢喜的啼声，舐遍我的面孔。我还感到它全身在发抖得很厉害。

"这狗怎么办呢?"

父亲马上明白了我忧虑的颜色。

"它也可以同你一块儿住在这里。"

这句话，卡彼也明白了。它离开了我，用后脚立了起来，前脚放在胸前，表示它感激的意思。小孩子们一见，都笑了出来。小妹妹尤其是欢喜得不得了。我想叫卡彼再做点把戏给他们看看，但是不知何故，它总一点也不服从我的命令。跳上了我的膝上，和我接吻，又跳下来，衔住了我的袖口，似乎想拖我到门外去。

"唔，它想拉你到你的师父那里去啦。"

"唔，一定是这样的。"

据父亲说，昨夜，警察将李士老人的尸骸运去的时候，说还有种种的事情要问我，所以对他说，等我醒过来了时，警察还要再到这家里来过。照道理，我当然自己不用跑了去的，不过，我等不得早一刻就知道主人的正确的消息。越是等待警察，警察越是来迟。主人虽是死去了的，可是能够像我一样地在火炉旁烧暖了时，说不定也会活过来。他也决不是一定没有得救，再给我看一面的。想到了这里，我再不能这样地坐得住了。

父亲察出了我这样子，就说："那么，不要等警察来，你就先跑去吧。好的，我带你去吧。"

花匠的家

　　给父亲带着，我到了警察署那里去。想能够在那里再会见我的主人的，哪知道完全只是空想，李士老人，到警察署时，也曾唤医生看过，但是已经绝望了，所以交了给区分所，决定了明天埋葬。

　　警察还问我关于李士老人的和我自己的履历。关于我自己的，我告诉了他们，我早丧了父母，李士老人用了钱，从乳母处买了来的话。这当然没有一点可以使他们生疑的地方。

　　"那么，你以后想要怎么样呢？"

　　警察问我，这时候，父亲在旁插嘴说："这小孩子吗？要是你们许可的话，我想领他回去，照料一切。"

　　"唔，这很好。那么，没有什么事了，你带了他去吧。"

　　以后，警察就开始查问我，关于李士老人的事。这在我却有些小小困难。因为我对于主人的履历，完全不知道，不过是晓得他是一个意大利人，还有和我在一块儿以后的一些琐碎事，以外，关于这老人的生涯，我一点也不知道。

　　但是，若使我可以率直说出来的话，那么，老人还似乎有一点什么秘密。他从前似乎有意要等机会告诉我，不过到底是什么，我还是不知道。只有似乎与这事有关的一两节事，记在我心里的，那就是在我们最后表演的那一次，一位漂亮的太太，听了主人的歌后，很为惊奇，唤我的主人做"先生"，还给了我们十元的金币。以后又是一回，当那把戏师父说话胁迫时，主人的不安的态度。然而，以我这样受过厚恩的身份，若是把他生前的秘密，在他死后宣布出来，实在太对主人不住。所以，我以为最好是什么都瞒了起来，不要开口。

然而，像我这样的小孩子，想对那熟练的警察，骗过一切，实在是徒劳。他不等我将话没说出来，就用种种法子，将我引诱出来。实在的，我上了他们的当了。

警察们胜利了，将我所知道的事情，不留丝毫，都哄了出来了。

"你知道那喀尔的家吧？"

"不知道，我这次是初到巴黎的，所以什么都不知道。"

"唔，街名也不知道吗？"

我记得当我停在那街角时，在油青色的铁板上，似乎看见了有用白粉写成的'支那街'的几个字。人们真奇怪地，有时会留有这样的记忆的。

警察拿出地图来，查一查索引，说："唔，不错。支那街。离意大利广场不远。好的好的。"

他点一点头，向近旁的警察说："那么，你带了这小孩子，马上到支那街去一趟。到那边去，这小孩子大概可以认得出那家吧。那么，李士的身世，就可以查得出来吧。"

那么，警察，亚根和我三个人，就一块儿到支那街去。

到那条街上时，我真地认出了这地方，那狭窄的、肮脏的横巷，也一下子就找到了。我们马上跑上了四层楼上，走进了那房间，一看时，我所期待的那马撒，连影子都不见了。我以为他大概是进了医院的吧。幸而喀尔在家，他一看见警察的影子时，颜色变得苍白，我以为他一定是曾经做过了什么坏事的。

"你就是喀尔吗？"

"是——的。"

"你晓得那叫做李士的把戏师父吧。"

"噢,李士怎么样了?"

"那李士,昨夜冻死了,我来查查他的身世。"

听见是这事时,他才回复了安心的颜色,说:"噢,是的吗?李士死了吗?那真可怜啊!"

"你,很详细地知道那老头子的身世吧?"

"是的,我知道得很详细。大概在巴黎,除我之外,恐怕没有人知道吧。"

"那么,你不要藏瞒,都说出来吧。"

"你想知道的话,我都告诉了你吧。不过也不是什么复杂的身世。那老人的名字,实在是假名。他的本名,是叫做卡罗,说起来,或许法国现在也有许多人记得这个名字。不过那卡罗,就是李士的前身啦。"

"唔,卡罗?"

"是的。三四十年前,在意大利,这名字是很有声名的。三岁孩童,也差不多没有不知道他的。那时候,不要说是意大利,就是全欧洲,也可以说没有人可以同他并肩的,他是一位最有名的唱歌剧的。在拿破里,时常陪伴了缪拉国王,威尼士,罗马,佛罗冷士,这些地方,自不用说,就是巴黎,伦敦,也去了二三回,博得了名声的。"

"那他为什么又沦落,变成把戏师父呢?"

"是的,因为他后来,生了一个多月的病,完全把声音都病坏了。又因为他是一个脾气非常高傲的人,所以不高兴一旦失了名声,决然和舞台断绝了关系,不知道到什么地方去了。以后,三五年间,还能够维持生活,不久,积财都花尽了,所以非得想法子糊口,那么,他就变了姓名,去谋种种的事业,但是却都失败了,结局,就沦落到我们中间来。可是,他的自尊心,实在是不平常的。他一定以为:若使给人家知道了他是卡罗的后身时,宁愿死了的好……但是,偶然之间，给我知道了他的秘密，所以，以后他对我……就不敢……"

就是这个！这就是长远塞在我胸中的疑问了！呀，李士老人，那就是有名的卡罗啊！我到这时候，才明白我的主人的、悲惨的运命的秘密。

呀！多么悲惨的卡罗！我所念念不忘的李士老人啊！

李士老人的葬式，决定在第二天举行，本来，花匠亚根，说定要带我去参加的，不过，从那天的下午起，我身上发烧发得厉害，所以连动也不会动地，只睡在床上。若使我早已离开了这亲切的花匠的家庭，在路上发起这病时，真不知道要弄成什么样子呢。

恰像乔利在树上凉坏了时，惹起的病一样，我也因为那天夜里受了寒的原因，患了和它一样的病，肺发了炎。我为了这病，更切身感到了这花匠一家的亲切。尤其是，长女叶琴对我的看护，使我感激到不能用言语来答谢。

以一花匠的身家，本来就算家里有了病人，大概不会请医生来诊察吧，至多也不过是把病状告诉了邻近的药店，购得一点药水喝喝就算了。但是，他们却给我请了医生来。可是，那医生给我精细地诊察后，说我这样的重病，不能容易就在这家中医得好，最好还是劝他们把我送了慈善医院去。

当然，把我送到慈善医院去，是再容易不过的事，比之让我留在这忙碌的家中，还要来照料病人，不知道是多么乐得做的。所以，我以为那花匠也一定马上会这样做的。可是，他却不愿意听从医生的劝告。

"这小孩子不是倒在慈善医院的门口的。他倒在了我的门前，所以，我要照料他的一切，那是当然的。"

这就是他的辩白。那么，我就留在他们家里，让他们来照顾了。

长女叶琴本来就是这一家的管家了，现在还不能不兼做我的看护妇。然而她并不嫌费事，也不马虎地将我丢下。她具有看护妇的十分的资格，真当我是自家兄弟以上的，温存地看护我。而且，当她因事不能不离开我时，那小妹妹丽色一定替代了姐姐，坐在我的枕边陪我。

我为了发热，所以时常坠入了梦幻之间。我看见了丽色的大的眼睛，担忧地看着我时，我不能当她只是普通的小孩子；我相信她是护卫我的天使，从天上降到我的枕边来的，而且我完全像向着天使说话一样地将我的希望，我的祷告，都向她述说了。所以，等到了我的病轻了一些，不再说吃语时之后，我还是怀着种种的疑问，时时凝望着了她。为什么她的顶上没有天使的灵光呢？为什么她的腋下没有长出一对白色的翅膀呢？为什么她会同我们在一块儿游戏呢？突然，我又想起了这不过只是花匠亚根的女孩儿罢了。

我的病渐渐地好了，但是还不能十分复元。结局在病床中过了一个冬天。当村中的旷野，渐渐穿上绿色的衣裳的时候，才算离开了床。

这时候，也正是花匠的事务渐次忙碌的季节。亚历和泽民兄弟二人，也帮着父亲，在花园里工作。只有丽色还不会做事，所以，每当天清气爽的时候，就时常和我带了卡彼到河边去散步。这年的春天，季节真好，天天都是晴明和畅的，所以，我们差不多每天都出去散步。这就成了我所不能忘记的，眷恋的记忆啊。

原来，这村附近，是巴黎的人们完全没有知道的地方，一般的人们，都以为是小工厂林立的，在巴黎的市外之中，也要算是最肮脏的地方。然而事实，这里却是风景绝佳的地方。在峡谷般的低地间，小溪潺潺，溪之两旁，有繁茂的柳树和白杨树，有毗连的青山，山上各处，又散处了漂亮的房子和花园等。而且在那像铺了翠玉的毛毡一般的草地中,恰播种了星星一般地,开着各种的鲜花。柳树和白杨树上,还不时地飞来种种小鸟,唱着优美的歌儿。所以,造成了一个实在愉快的别有天地的世界,人们决不以为这是在巴黎的郊外的。

不久,我的病也显然有起色了。而且,多少也能够帮助他们做一点事了。我想早点能够报答他们的厚恩,早就在期待有这样的日子的。

现在正是紫罗兰出现在巴黎的花市上的季节。我们家里所种的,也全是那紫罗兰花。白的,红的,紫的,各种紫罗兰花分植在花园中,实在是美不可言。而且花园中,充满了不可多得的香气。

我的身体,还不十分强壮,所以亚根派了稍为轻点的事给我做。那就是为了防御薄霜的原故,在黄昏时关起苗房的玻璃窗子,每朝又把它打开的工作。还有在中午时为避免太阳光的直射,将稻草盖起花苗的工作,也是我的任务。这不是什么难做的事情,然而却是很费时间的。因为每天要做两次开闭那几百扇玻璃窗子,而且将全花园盖起来,这回事,非有非常的忍耐心,是不能做得到的。

这时候,丽色也能够帮点忙了。她跟在引水浇花的引水机器旁——这是利用马的旋转来引水的——担任着遇着那马不听话时,就用手里的皮鞭挥一挥,来督促它的任务。兄弟二人中的一个,将引起来的水桶拿了,倒入水槽内,其他的一个呢,在花园中帮父亲的忙。这样,全家的人们,各有工作,没有一个是闲游的。

我从小在村里就看过了农夫们的工作。但是巴黎近郊的花匠们的劳动,实在使我惊服。那勇气,那精力,都不是我们村里的农夫所能追及的。早上,在离太阳未出前,三点钟或四点钟时,就起身了,这长时间的一日中,不休不息,他们拼命地工作。那勤勉实在只有使人感叹。我从前,也曾用小孩子弱小的腕力,耕过田,不过在没有到这里来以前,我绝不知道那田园,是可以因耕耘和劳动,在一年间,没有一个时候是无用的。所以,这花匠的生活,又教识了我以种种活用的学问。

我也不是长远只做开窗关窗的工作的。力气渐渐回复了时,我就掘掘花床,学学播种,种种花苗。等到看见那播种的东西,一天一天长成时,我感到了没人知道的夸耀,和不可言喻的满足;所以,一点也不觉得劳动是辛苦的。

不久,我完全习惯这忙碌的工作了。从前和主人所过的生活,和现在的比起来,是多么的不同啊!从每天在没有涯际的街上乱跑,不受人拘束,自由自在地过日子的生活,一变变成这样地,在围墙内的小世界中,一天劳作到晚,一日三餐,没有缺,然而劳动却是相当激烈的。

背上流着臭汗,手里拿着喷水壶,赤足在小路上走来走去,而且有时不能不弯腰下去,有时又伸直起来,所以,一到太阳下山时,身体就像棉花一样地疲倦得不堪。然而,望望周围时,大家也正是一样的这般劳作不休。我们的父亲的喷水壶,比我们手里的还要重,那衬衫也比我们的更加浸在汗里。所以,同样在劳力这回事,在工作上,是最好的安慰,而且使人紧张起来。我并且能够在这里,求得了我以为将永远失去了的东西,使我感到无上的幸福。那不是别的,就是家庭的生活。

我已经不是为世所弃的、孤寂的孤儿了!这里我有了自己的住家,有安眠的床铺,桌上也有了我的座位。在食后,虽不过只是一霎时,然而,我们也有一家,围谈的快乐。我能够有比这样更幸福的日子吗?

礼拜日的下午,我们都聚在葡萄棚下,做种种的游戏,我一定是将那在墙上挂了一个礼拜的竖琴取下来弹唱。那么,我的四个兄弟姐妹就牵着手,跳起舞来。跳得疲倦了时,就要求我喝个歌儿给他们听。那一曲"拿破里之歌"，我唱了千百回也不觉厌。而且当我唱到了最后的一节时，小妹妹的眼里，总是满含了泪的。我为要使她快活起来，就在"拿破里之歌"之后，弹起有趣的曲子，叫卡彼玩把戏，在卡彼，礼拜天也尽足使它忆起昔日的街头生活。

我这样地，成了这和睦的家庭中之一人，差不多过了两年。这期间中，我有很多次，给父亲带着，到巴黎的市上去卖花。我们到过了圣涅河边的大花市，马得兰大寺院，水城等的花市，有时又到巴黎的各花店去卖。而且，有时遇着纪念日或什么节的时候，我也曾同家庭的人们到巴黎去逛过。我们逛过了范特翁，鲁布尔，拿破仑的坟墓，和圣母院寺等等的地方，也曾在卢森堡公园，或持尔利公园去散步。还走了热闹的大马路，和世界首屈一指的仙赛利热等街。游了布隆尼森林，逛了万生的森林。在这些游历中，我知道了贵贱贫富的生活状态，模模糊糊也算知道了一点大都会的轮廓。当我和李士老人到巴黎时，以为再没有比巴黎更肮脏的地方了，到现在我才知道了这观念已成了过去。然而我也知道了巴黎并不是全用大理石和黄金所造成的都会。

这两年间，我不只学得了上述的眼看的学问。因为我的头脑中，还装入了很多的书籍呢，原来，这家的主人，年青时，是在巴黎的植物园里做过事的。所以，不只从植物学者处，学到了种种的智识，他自己还念了不少关于植物学的书籍。而且他本来是好读书的人，所以一找到钱时，就买了书。自从娶妻生子之后，因为日日的生活所迫，不能再从事读书，也不能买书了。然而，从前买存了的书籍，还是很多地排在书架上。所以，当秋末冬初，工作渐渐地轻松了的时候，我就在那书架上涉猎，埋头在书堆中。其中的大多数，是关于植物的，但也有历史和旅行记之类的书。两个男小孩子，似乎完全没有继承到父亲的趣味，虽然有时也像我一样地，抽了一两本书来念，但至多也不过是看了三四页，就把书丢下，瞌睡起来了。然而我却不然，一定要等到就寝的时间，才心里觉得很可惜地，不得不将书合起来。我想到了自己之所以这样想念书，也完全是得了李士老人教训的原故，有时不觉滴下泪来了。

父亲看到我这样爱看书，就想到了他自己，在年轻的时候，省下午饭的钱，用来买书的事，时时在巴黎回来时，买了一些使我觉得有趣的书给我。我一接到手就读，也没有照顺序，不过那时候读过的书中，有益的地方，我现在还能记得住。

丽色是不晓得读书的。不过她看见我那样地热心爱读时，她也觉得读书一定是很有趣味的吧，曾有一次，叫我念给她听。那么，我就将父亲买来的，拣其中容易明白的，念了给她听。伶俐的她，居然能够明白，所以听得非常热心，以后，我大抵就同她在一块儿念书。她对于不能够明白的书，也留心听着，努力想达到能够理解它。

她的热心感动了我，我就教她学写字。这不是一件容易的事，尤其是我这样的人，来做她的先生，那就更是没有法子。不过我们师生两人的心情，却很能够相合，所以，我的教授，也能够顺利地进行。

父亲看到我们这样，非常高兴，说她一定会有报答我的恩情的一日。

我又教她学弹竖琴。这小孩子是很聪明的，所以不久就弹得好了，不过她那感到自己不会歌唱时的难过的神情，会使看见的人觉得可怜。她眼里含着泪，表示她的歌和谱都记住了，要是能够说出来的话，她一定能够唱的，不过，呀，这是多么的恨事，她没有法子能唱。

父亲当我是自己的儿子一样地爱护，小孩子们又像自家兄弟一样地待我；但是这样幸福的生活，并不能长久。因为我的运命，是不许我永远在幸福中过日子的！每当我感到最满足的瞬间，也就是被踢落新的不幸的深渊的刹那。

最近，我时常要沉思起来，就对自己说："路美，你似乎是太过幸福了。不久，一定会有什么变故的，你早点觉悟了好吧！"

我当然不能够预言，不幸是怎么样发生的。然而，我确实是感到了，那种不幸，已经渐渐迫近我了。

这念头，时常使我心里烦闷。不过一方又以为这不幸，似乎一定是为我而起的，所以，我总是谨慎行动，为了这家庭，我不惜粉骨碎身，尽全力来帮助。

但是，这不幸的原因，并不因我而起。这是我预测的不确，可是，要来的不幸，终于来到了。

暴风雨

我早已说过，父亲的花匠，种了紫罗兰花的事了。巴黎近郊的花匠们，都很会培养这紫罗兰。那证据就是，一到了四五月时，巴黎就有这种非常漂亮的花卖。不过这紫罗兰的培养，却有一种秘诀。因为花若是单层的花时，那就谁也不爱，所以非得拣多层的种子不可。而在同样的种子中，生出来的，差不多一半是单瓣的，一半是重瓣的。所以，就非得选出重瓣的来培植不可，要不然，等到这花开时，全年间的劳力，就有一半是徒劳的。

那么，在这花的嫩芽时，就把它分辨出单瓣和重瓣来，这就是最要紧的事情。那大概是因叶的特征，和枝干的形状而区别的，不过也不是有明白的不同处，只可因一时的感觉而决定，所以，这不是无论哪个花匠，都可以晓得这秘诀的。这真是所谓传家宝的东西，只流传于少数的花匠的家族间，至于其他的花匠，只好拜托知道这秘传的同业者，代选花苗，然后从事培养。

这父亲又是有名的、善于分辨这花种的名人，所以，一到了播种紫罗兰花的季节时，各方各处都来请他，差不多没有一刻安静在家中的。因此，紫罗兰花的时节，就是家族中最无趣的日子，尤其是使那大女儿最劳苦的时日。父亲给朋友请了去后，每家一定要被劝喝了一瓶葡萄酒，这样转了二三家，等到半夜回来时，一定要绯红一样的，而且讲话不清不楚，足步也踉踉跄跄，变成了与平素绝不相同的样子。

　　无论父亲是怎么样迟回来，大女儿总是要等到他回来才就睡。有时我还没有睡着——或是给这些声音吵醒来时——常常听见了父亲和大女儿间的、这样的对话："喂，叶琴！你睡觉了吧。为什么到这时候，还不睡觉呢？"

　　"我恐怕爸爸回来时，还有什么事要做……"

　　"哈哈，你倒亲切啊……女侦探！每夜看守着我，也大不容易呀！"

　　平素当然不是这样胡闹的父亲，一醉了酒时，就完全变了另一个人了。

　　"我要睡了觉时，爸爸就连一个人也叫不到，那不很费事吗？"

　　"什么？你以为我醉了吗？！哼，我不是醉酒鬼呀。你看，我笔直地走给你看看。怎么样呢？不错吧。一点也不东倒西歪啦。这样，笔直走去，就是小孩子们的床！一二，一二，噢！"

　　摇摇摆摆，还嘈了一会，以后又静了一霎时。

　　"丽色怎么样了？"

　　"早就睡着了。你太吵闹时，会把她吵醒的。"

　　"吵闹？谁吵闹呀？我不过堂堂皇皇地走给你看看。想说我的坏话，哼，也不行啦。不过，喂，丽色怎么样了呢？她看见了我今晚又没有回来吃饭的时候。"

　　"丽色只是呆呆地，望着爸爸的座位啦。"

　　"噢，她尽看着了我的座位，是吗？"

　　"是的。"

　　"好几次吗？"

　　"是的。她看了好几次。"

　　"好几次？以后又怎么样？"

"以后, 丽色的眼中, 好像在说: '爸爸要回来就好了! '"

"噢, 是的吗! 那么, 丽色做做手势, 问我今晚为什么不回来, 你又告诉她说, 爸爸给人家请了去, 是的, 一定请去了。"

"不, 丽色什么也没有问。我也没有说。因为丽色早已明白, 爸爸是什么地方去的了。"

"唔, 丽色知道的吗? 丽色知道我……"

父亲讲到这里时, 突然踌躇了: "她已经睡得很好了吗? "

"不, 她在等着爸爸, 刚在一刻钟前睡了的。我……"

"唔, 你……? "

"我以为爸爸好得没有在丽色还不会睡觉时就回来。"

父亲暂时不开口, 静静地想了一会。

"叶琴, 真对不住! 你真的是一个好孩子! 我明天也一定要给人家请去, 不过我一定要回来吃晚饭的。这样地叫你久等, 又要使丽色担心, 我实在对不住你们了。"

然而父亲的约言, 不一定是靠得住的。被请了去, 手里一拿起酒杯儿, 那就完了, 他决不会在晚饭前回来的。所以, 在家里时, 丽色是万能的, 但是一到外边时, 她就给父亲忘记了。

不过父亲还是呢呢喃喃地, 这样地替自己辩解: "最初的一杯, 那不过是应酬。被人家请了去, 他特地送了杯酒过来, 我又不能不接住。那么, 又来个第二杯: ……一杯喝了之后, 第二杯也不好推辞了。

那么, 又是第三杯了。喉头是干了的, 就当它是茶水一样的……这样一来酒气就冲到了脑里, 爽爽快快, 把讨债的, 和一切的忧虑, 都忘记了。周围也热闹起来, 我的灵魂, 离开了身体, 在空中仿佛是漂流了。我再忍不住, 就四杯五杯地喝了起来……哈哈哈, 我完全醉倒了。喂, 叶琴, 这真的是没有法子啦。哈哈哈哈, 这就是我所以迟得回来啦。真对不起啰。哈哈哈哈哈！"

当然，像这样地酩酊大醉，到半夜才回家的事，并不是时时有的。不久，这拣花苗的季节也就过去，父亲已经是什么地方都不去了。本来，他是正直而且勤勉的，不是随便到酒馆等地方去的人，所以这只能算是一时的醉鬼，他马上又回复到了平静的状态了。

到了紫罗兰花将要过去的时节，这回又非得着手种其他的花不可了。一时一刻，也不能让土地空出来，这就是种花人的惯例。而且，花匠的本领，就是因为了要卖得好价钱，所以种花须应时而出，拿到了市场去。例如一年中主要的节日，像圣保罗，圣玛利亚，圣路易的这些日子，就是花匠们最重要的时日。把这些圣徒的名字，取作了自己的名字的多数男女们，在这些圣节日中，他们的两亲和朋友们，都要送花给他，尤其是上说的圣徒，更是被人们袭用的多。所以一逢到这些节日时，受人庆祝的男女，更是不可胜数。因此，这节日的前一天，巴黎的全市，差不多是埋在花丛中；不只是花店和花市，热闹得很，就是街头街尾，也开设了临时的卖花店子。各处的空地，人行路上，也还有很多的卖花连盆的，或卖剪了下来的花木。那热闹真不让耶稣圣诞节时。

花匠，在紫罗兰花季节过后，为了要在七八月间的圣徒节日，其中尤其是八月的圣玛丽亚、圣路易的日子，赶赴市上去，他们拼命地，在花床和温室中，专种植了雏菊，石楠花等类的东西。

但是，定日而卖这一回事，是很要有工夫的。若是花开得太早时，那又是在节日之前，没有人买。然而，开得迟了时，又赶不上，所以还是得不到钱。那就是说，要不早不迟，非得刚刚在那天盛开不可，早一点也不好，只是苞蕾也没有玩赏，那程度实在是不容易的。尤其是像日光和时间这事情，是不可以人力强为的。要能够推定一切，好好地调节，那苦心是非凡的。然而，我家的父亲，对于这点，无论比谁本领都要高强,他没有一回让花儿开得太早,也没有一回开得太迟的。他实在是有非凡的本领,能够使花在刚可以卖出去的那一天盛开。

在我讲这故事的八月五日那天,我们的花园,十二分地成熟了,园里的雏菊,刚要开放,可爱的花蕾,一粒粒长了出来,温室中,玻璃窗下的石楠花,在透过玻璃窗的、柔和的太阳光下成长,也发育得很。石楠花在三角形的尖顶,一直到下面,没有一点空隙,都结了苞蕾,极目一望,那美景实在是再漂亮不过的了。

就是我,一看了那些花时,也高兴得不得了,何况父亲,他更是满足之色,溢于言表;时时搓着手,含笑向着小孩子们:"今年可以过得舒服一点吧。"

把这些花全部卖后,就可以剩下一点钱,所以,他就高兴起来。

把花木培养得这样好,那是我们礼拜日也不休息,每日流着臭汗得来的结果,所以,在现在,已经不用再费事的时候了。我们就算是从前劳作的报酬,在初五的那礼拜日,一家都到别人家里去游逛。

招待我们的,是邻村的同样的花匠的家里。连卡彼也去。那么,我们在三点钟时,就把工作弄完,匆匆忙忙收拾了起来,把门户关起,父亲还拿了一个大锁,将那夜我倒在那里的旁门,也上锁了。到四点钟,我们都很高兴地起程了。

我携着了丽色的手,在田路上跑。卡彼也喜得吠起来,在我们的周围,乱跳乱跑,跟着了来,在卡彼,要它静坐在屋子里,无聊地过日子——因为我不能只是陪着它逛啦——它不如在道路上过生活,更好得多。今天长远地跑了出来,似乎是使它想起了两年前的生活,所以十分高兴地乱跑乱跳啦。

　　我们都穿上了最漂亮的衣服，那实在是好看。碰头的行人，也差不多总要看看我们。我不会留心到自己，不过那带了麦杆帽子、穿了水色的衣裳的丽色，是多么的可爱啊！就算寻遍了世界，也没有她这时候漂亮的吧。那灵活的、大的、善于表情的眼睛，雕刻般的鼻子，那肩膀，那手足——简单点说，她那纤细的身体，似乎是表现着今日的一切快乐。

　　招待的情形，可以不必在这里赘述了吧。我们有搬到庭前来的桌子上，吃了很好的饭，也不知道时间的经过，很快乐地过了一些时。吃完之后，不知道是谁，注意到了在落日的近旁处，凶狠地吹起了一块大的黑云。一看见那东西，我也立刻感到了可怕，心里不觉想：暴风雨要来了啊！

　　突然，父亲站了起来："不得了啦！小孩子们，快点赶回家去吧！"

　　"要回去了吗？"

　　小孩子们的口里，发出了失望的声音。

　　丽色也用手做势还不高兴马上就回去。时常听从父亲的她，今天也可不同了。

　　"大风雨就要到了，一下子就会把玻璃门打碎了！喂，快点告辞回家吧！不能再慢慢地去了。"

　　我们都知道，那玻璃门和窗子，就是花匠的性命。一旦给暴风雨敲打了时，这一家就只有沦落了。

　　小孩子们也匆匆忙忙站起来。父亲忙碌地看了看我们："老大和老二，陪我跑回去。路美和叶琴带着丽色，在后面跟着来。"

　　这样一说，父亲连忙向主人夫妇道谢，带了两个孩子出去了。我们也一块儿走了，可是无论心里多么急，丽色总是跑不快，我和叶琴二人，勉励着她，整着步伐前进。比之来时，我们是不会笑了，也不会开口，匆忙地，垂头丧气只顾跑路。

霎时间，苍空变黑了，骤雨似乎马上就要到，强风吹起了砂尘，在半空中纷纷乱舞。被卷在这砂尘中时，我们就非得背着风，将两手掩住了眼睛不可。而且，要吸一吸气时，满口就都是泥沙。

从远处响起的雷声，渐渐迫近了。电光也不断地闪烁。

叶琴和我，携了丽色的两手，拖着走，可是也不能够如意地走得快。我们能够在骤雨前，赶到家里吗？父亲和两个男孩子，能够顺顺利利赶到家去吗？

雷声越来越近了，黑云层叠，四围像夜里一样暗黑。突然，夹着雷声间，我听见了一阵奇怪的声音，那恰像一大队的骑兵，赶了起来时的马蹄声一样。

一转瞬间，劈劈啪啪，雹在路上奔腾了起来。最初的一刹那间，扑在我们面上的，不过是些小粒子，可是马上，都变了大粒的了，而且像雪崩一样地下了起来，所以，我们赶快跑到一家路旁的门下去避难。

雹像瀑布一样地降落，那厉害处，是从不会看见过，也是所想像不到的。不一瞬间，道路就像冬天下了雪一般地，全变白了。

那差不多和鸽蛋大的雹粒，落下来的声音，自不用赘言。其中，尤其是各处的毁破玻璃的声音，更是激响。在屋顶滑下来的雹，同时将那在它的威力下，被破坏了的瓦和崩落的墙壁、石版的破片等，打落了来，所以，道路也给这些破片堆塞起来了。

"呀，玻璃窗子！"

叶琴感到绝望，高举两手，向空叫了。

同时，这也是我心里的绝叫。

"不过，父亲恐怕回到家里了吧？"

"就算回到了，也没有用席将玻璃盖起来的余暇，那么，一定完全破了无疑的。"

"不过听说，雹是有的地方下，也有不下的地方。"

"但是，这里离家并不远啊！一定下了的。要是，那正像这里一样下了时，那么，父亲真的只有破家了……这次不能将花卖去，赚得钱时，那才糟糕呢！……"

我也时时听见说，玻璃每百张需五大百法郎；而我们家中，嵌了五六百张，若使全部破了时，只这一宗，就要受二三千法郎的损失。再加上培植了的花的损害，这笔账就不好算了。那么，这家的沦落，就可不言而知了。

我想向叶琴询问种种的事情，可是她已经没有告诉我的力气，正像看着了自己的家给火烧了一样地，呈着了绝望的样子，呆看着天落下来的雹。我看见了她这情形，所以也没有和她说话的勇气了。

这可怕的雹，下得并不久。不过是五六分钟之间；像刚下时一样地，突然又停止了。黑云向巴黎的那方飞去，我们赶快从门下跑出来。道路中，坚硬的雹粒，恰像海边的小石滩一样地，妨害着我们的步行。那积雹差不多要将我们的足跟埋住了。

穿着了麻布短鞋的丽色，不能在这积雹上走，所以，只好由我背了回家；出来时那样踊跃的她，现在却完全丧气了，她的眼中，还不住流着热泪。

辛辛苦苦，到了家门前，看见那大门，还洞开着，所以，我们笔直走到了花园去。

呀！这是何种的情景呀！映在眼里的东西，没有一件不破碎净尽的！窗户，花，都成粉碎了。而且，那玻璃的破片和雹粒混在一块，堆成了杂乱不堪的小堆。早上还是那样好看的、漂亮的花园，除了不堪入目的零落之外，再不留下一点东西了。

父亲在什么地方呢？

我们三个人，各处寻找，都寻不见，所以，就跑到温室里去。在这破碎得连一块整块的玻璃都没有的、宽大的中间，将挫折了的石楠当作椅子，父亲颓丧地坐着。两脚之旁，长男和次男，也垂头丧气坐在那里。

父亲听见了我们踏着破碎玻璃上的足音，抬起头来，一看见我们时，叹了一声："呀，可怜的小孩子们！"

他紧紧地抱着了跑近他的丽色，不能开口，哭了起来。

呀！降临在这一家的，不测的灾难！现在，只映在我眼里的花园的情景，已经足以使我心碎，加以想到了这损害的结果，将如何是好时，我更不禁不寒而栗了。

我不久就从亚历和叶琴处，听到了以下的故事。这父亲买了这花园，自建了一家时，是在十年以前的事。这也是一半从借债来的。而且，最初经营花匠的四五千法郎的资本，也是订了十五年内还清的契约，从债主处借来的。而且还订了很苛刻的合同，说是若有一年不能照纳时，那就要将土地和房屋都没收了去。所以，从前总是如数照纳的，不过这次就做不到了。即使再经营种花，也有所不能，因之，父亲的绝望，是不用说的了。

父亲将怎么样来渡过这难关呢？

小孩子们不敢高声说话，在不可言喻的忧虑中，过了四五日，刚在我们应该将平日用心培着的花，卖出去的那天的明日——这就是应该支付今年的债额的日子——我们看见了一个穿黑衣服的绅士，跑进了家里来，样子颇有点傲慢，拿出了一张贴了印花纸的纸，在空白处填了几个字，交给父亲，他就回去了。

那就是送公文的传达吏。

从那天后，他每天都来家里，不久就将我们的名字，也都记住了。

"你好吧，亚历君，泽民君，叶琴小姐，都好呀！"

　　他一一向我们说了一句，像给朋友的东西一般地，含笑将那贴了印花纸的纸递给我们。

　　"再见吧，小孩子们！"向我们寒暄了一声，又回去了。

　　那时候，父亲差不多没有在家的日子。

　　他每天都到巴黎去。从前，时常要对我们说话的人，以后，再不会开口了。所以我们也不知道他到巴黎去做什么，不过听说，他到法庭去了，正在奔走忙碌啦。

离　散

　　"法庭"这两个字,多么使我寒心啊!李士老人,也会有一回到过法庭,我知道,在法庭上,决不会有什么好的事情发生的。

　　不过,这次的审判的结果,非要暂时等待不可,不久,秋天过去,渐入冬天了。当然父亲没有修理温室,和新换玻璃窗的本钱了。在原有的花园中,只种了一些青菜,和普普通通的花草。这虽不能够赚到多少钱,总之,我们还可以藉以糊口,而且我们也不患没有事做。

　　然而,有一天的下午,父亲比平时更是垂头丧气跑了回来,马上向着小孩子们说:"喂,我的小孩子,你们听吧!事情结果不行了!"

　　我想离开这房间出去。因为,我以为父亲,将要开口,述说这一家中的大事件;而且,在"我的小孩子"这句话中,似乎没有连我在内,所以我想避开了,让他们说去。可是,父亲招招手将我唤住了。

　　"路美,你不也是这家里的人吗?你不也是我的小孩子了吗。我现在要对你们说的话,你或者尚不能十分明白,不过你也是吃过苦了的小孩子,所以,我以为你也会领略一二吧……可是,我的小孩子们,我不能再和你们在一块了……"

　　听见了这话时,从小孩子们的口中,一齐发出了惊惧和悲哀的唤声。丽色跑近了父亲,眼里流着泪,和他接吻。

　　"噢,丽色,我绝不是愿意,将你这样的好孩子丢去的,你也为我设想吧。"

父亲紧紧地抱着丽色，再说：“我在法庭上，被宣告了将借债清还，可是我哪里有这宗钱呢！所以，除了将这房子和一切用具，没收了后，我还非得去坐三年牢监不可啊！”

我们都放声大哭起来了。

“呀，你们会很伤心吧！不过，那是法则，没有法子。听律师说，在从前的时候，若是不能够将借债清还的话，那么，债主就有大家来割分那人的肉的权利，幸而现在，再没那样残酷的事了。我只要在牢监里，坐三个年头，就可以完事，不过最使我担忧的，就是你们的将来。这时期，你们将怎么样呢？我想到此事时，就不觉胸如刀割。”

我不知道其他的小孩子们，如何作想，可是在我一身呢，再没有这样可怕的事情了。

“但是，关于这事，我早已就想过了。不要紧的，我想法子，就算我坐了牢监，也不必让你们在路上彷徨的。”

我这才放了心。

“路美，你给我写封信，到都鲁斯，我的姊姊的地方。告诉她此事，叫她快点来，那么，她一定会马上飞了来的。我的姊姊是很能干，而且洞识世情的，所以，和她商量商量，她一定会想出安顿你们的办法。”

我从来不曾写过信，这是很难为的任务。

等那位姑母来后，才来商量，安顿我们的办法，那实在是不可靠的话。但是，除此之外，又没有法子。不懂世事的、幼稚的我们，实在，也就壮起胆来。

不过，那位姑母，并没有像我们想像那般地，快赶了来。专门拘捕借债不还的人的、商事课的警察，却比她先来了。

那刚巧是我和父亲两人，到一家人家去的途上，我们忽然给三四个商事课的警察围住了。父亲并不想逃走，也没有抵抗，不过颜色变了苍白，向他们恳请，让自己再回家去一次，向小孩子们接一个诀别的亲吻。

警察中的一个，似同情地说："你也不必那么样胆小。负债人的牢监，决不是怎么样可怕的。他们大概都是正直的居多，所以待遇也特别的宽大。"

他们准许父亲回家去一遭了。我到花园里去找长男和次男，和他们再走进房子时，父亲紧抱着了天真烂漫的丽色，她呜呜咽咽地啼哭着。

警察的一人，细声向父亲关照了一声，父亲点点头说："好，我就走。"

父亲口里这样说，站了起来，将丽色放下，丽色还是不忍分离，紧抱着了父亲。

父亲依次，和叶琴，亚历，泽民，丽色们接了吻。

我满眼含泪，几乎看不见东西，站在一角。突然，父亲向着我说："喂，路美，为什么你不来和我亲吻呢？你不也是我的小孩子吗！"

我跑了上去，向父亲接了一个热烈的亲吻。

也不管我的为难，警察要将父亲带走了。

"你们好好地在这里等。晓得了吧。不久，姑母一定要来的。"

父亲这样说后，把丽色送到了大女儿的手上，他给警察们仓仓忙忙带着走了。

我想跟着父亲的背后出去，但是，叶琴用眼色阻止了我。

等到父亲的影子不见了时，我们都放声大哭了起来，没有一个人会说一句话。

我们早就知道了，父亲要被警察捉去的，不过大家都以为姑母会早点来，会想出什么办法。

但是卡林姑母，结局是来不及了。父亲丢下了小孩子们，被拉了去了。

从前在兄弟姊妹之中，我们所倚为靠山的，就是叶琴大姊。自从父亲那样以后，她时常安慰着我们，勉励着我们，和生活奋斗；可是，到了今日此时，她也力气丧尽，像我们一样地没有办法，不能再来安慰我们，勉励我们了。只是时时骗骗丽色，那就是她最大的努力了。这样，我们的运命，就像把舵的人已经跌下了海里的破船一样，现在再没有把舵的，也没有指导我们的灯塔，或可以寄居的港口，只在汪汪的大洋中，任凭风浪的冲击，到处漂流，除了向着绝望的暗黑处驶去之外，再没有其他的路径了。

那位姑母，在父亲被拉了去后一个钟头，才从乡下赶了到来。这位姑母，是胸有成算，很能干的人。她在巴黎十年间，曾在五家人的家里，做过奶妈，所以，虽说没有受过教育，然而颇晓得世事。度日的艰难，她也完全知道了。

这位姑母到了家来，指导我们，使我们服从她的命令，这实在是十分可以安心的了。我们又有了第二的靠山。不过，这位原来就没有多大财产的乡下女人，突然担起了这样重大的担子，就算她是多么能干，也一定会感到困难的。最长的是十八岁的一位姑娘，最小的是只有八岁的哑巴小姐，兄弟姊妹，就有四个人，更加上了我，这五口嗷嗷，姑母将如何地处置呢？她真能够在贫困中间，负上这五个小孩子的重担吗？

姑母从前当过奶妈的一家中，有一位是公证人，所以她就跑去和他商量。而且，又到牢监里去和父亲说过。结果，在她到了巴黎的第八日那天，我们的运命，就决定了。以前，这位姑母，一句也不向我们说明她的计划，等到她将办妥的事情告诉我们时，那已经是决定了最后的处置了。

小孩子们，都还不到能够自立的年纪，所以，就决定了，由伯父叔母们，各领一个去养育。那是这样分配的：

丽色给这都鲁斯的姑母带回去。

长男到在涡鲁斯做矿工的伯父那里去。

次男到在圣甘单，和父亲一样经营花园的伯父的家里。

叶琴嫁到了大西洋岸的越斯南那地方去的，姑母的家里。

总之，这样就算配定了。然而，尽在等着分派的我，却轮不到吩咐。姑母这样说完后，就再不开口了，我以为她一定将我忘记了，所以，走前了几步，说："那么，我呢？"

"你吗？不过你又不是这家里的什么人啦……不是吗？"

"呀？不过，我什么事都可以做的。"

"但是，像刚才说过一样，你不是这家里的人啦，有什么法子呢。"

"不过，你试问问叶琴或亚历，看我是不是真能够做事。"

"那，你或者会做啦。不过，你又不能不吃饭啊。你又不是家里的人，我不能管顾这许多呢。"

"路美是家里的人啊。直到现在，他都是的。"

大家同声给我帮忙了。

丽色更是跑到姑母的面前，合着手掌，含着眼泪，为我恳求。

那么，那姑母又说："丽色，你也叫我将这小孩子也带去是吧？那在你，是有道理要这样恳求的，但是世间的事情，并不能那样如意的啊。你只有断念吧。只有你，因为是我的外甥女，所以，即使我们家里的人，看见我把你带回去，要多说话，或是在吃饭时做出难看的样子，可是只要我说一声：'不过她是我家里的一人啊'，那么就完了，不是吗？若使是别人家的小孩子时，我又怎么好说话呢！这不只是我一个人这样说。就是越斯南的姑母家里，或是甘草的伯父，也是一样的。无论怎么样穷困，对于自己家里的人们，不能不照料，可是，在这样难过活的年头，要减少自己的饭米，来照料到别人，那就做不到啊。你不要以为是我刻薄，还是断念了好。"

我知道多说也无用处了。姑母所说的话，实在是真的。我不是"家里的人"啊！我没有侵入了这家族中，作何种要求的权利。要是向他们要求，强加入了，那是像乞丐一样的下流了。

而且，这位姑母，是一旦说出话来后，是不会再收回去的。她告诉我们，明天无论如何，非得分开不可了。她将我们送到床上去。

我们回到房间里，大家将我围住了。丽色啼哭着缠住了我。他们不管一家离散的，不可言喻的悲哀，心里全不顾及自己，只是为我设想。我想到了他们是这样的时候，虽然是姑母说过了我不是"家里的人"，但是我却不能不感到自己也是这兄弟姊妹中的一人。这给我以胆力，同时，我胸中想起了一个念头："大家听住吧。姑母说我不是'家里的人'，可是大家都当我是家里的人吧？"

"是的，是的！我们永远当你是自家人！"

他们异口同音地说。

"谢谢你们！我也是这样想。那么，我以后就要给你们证据看，我们都是兄弟啊！"

"可是，你想到哪里去呢？"

次男的泽民问我说。

叶琴想了一想说："我前几天，听说巴黎有一家人家，要一个佣人。那么，我明天就去问问看好吧。"

"不，那用不及。我不愿意去做童仆。而且，到巴黎去做仆人时，我就看不见大家了。所以我想将藏了起来的羊毛衣服拿出来，再将挂在墙上的竖琴背上，又开始过我二年前的生活。这样，我从越斯南走到涡鲁斯，从涡鲁斯走到甘单，从甘单又走到都鲁斯，这样我不就可以看见你们了吗？那么，我就像同大家在一块儿一样了。我还不会将歌儿和旋舞曲忘记了，年纪也长大了，以后，一个人总也可以勉强过得日子吧。"

我这念头，大家都很赞成。我在悲伤之中，因此感到了不少的幸福。我们谈了很多，关于此事的，关于别后的，以及从前的种种事情。从此游行的路径，也因丽色的希望。决定先从叶琴的那地方，越斯南出发，到亚历的涡鲁斯，再从那里走到泽民的甘单，最后才到丽色的地方，都鲁斯去。这是因为，丽色想一次就知道了大家的消息的妙法子。

说话之间，夜已深了，姑母虽然把我们都赶上了床，可是，谁都张着眼睛，没有一个睡得入眠的。其中尤其是我，更不能成眠。

第二天，大家决定在早上的八点钟出发的，姑母叫定了一部大马车。先驶到了克利斯的牢狱，让小孩子们看看父亲，然后到火车站去。在这里各携带了自己的东西，东分西散地离别。

在出发的一个钟头前，叶琴把我唤到花园里去。

"路美，这回要分开，我想送你一点东西，可是什么都没有……只有这个东西，给你留起来，做一个纪念吧。这盒子里，装着了针线和剪刀。这本是我的干妈妈给我的，我想你在路上，一定有用它的日子，那时候，你就当是我一样吧……想起了我们的事情，就用它好了。"

当叶琴和我说话的时候，亚历在我们的近旁走来走去。等到叶琴走进家中去收拾东西，留下我一个人在感激她的亲切时，亚历就走近了我来。

"路美，我积了两个二法郎的银币，我想把一个给你，你肯收起来吗？你肯收起来的话，那我不知道要多么高兴……"

我们五个人中间，只有他一个，有金钱的观念，我们时常都在笑说他爱财的，一个铜板，两个铜板，积了起来，就换成一角二角的银币，拿着它在手里叮叮当当，向太阳照照看，自己在开心。

经过了长远的时间，才积成了这两个二法郎的银币，然而他现在却说要把一个给了我，他这真意，实在感动了我。我想不应该就受了他的，可是他硬不肯答应。强将那光亮的银币塞在我手里。我不能不为他那么对我的真情感动了。

泽民也不会将我忘记了。他将从前父亲买给他的、宝贵得不得了的刀子，给我做纪念。然而，因为俗语说，把刀子给人时，那就会把友情割断了，所以，他向我要求了一个铜板，当作交换。

时刻马上就到了。数着了还有十五分，还有五分之间，我们的别离，刻刻迫近了。

然而，丽色能够将我忘记了吗？

当我听见了马车停在门前的声响时，丽色才在姑母的房间跑了出来，向我使使眼色，到花园里去了。

"丽色！"

我听见了姑母的唤声。然而她却不答应，赶快跑到花园里去。

在种花或种菜的园里，本来是不许有野花草的存在的，幸而花园的一角中，还有一株不曾给掘起了的玫瑰花。她把我带到了这株玫瑰花的近旁，折下一枝刚开的、一枝有两粒蕾的小枝，自己拿了一粒，送了一粒给我。

呀！口里讲出来的言语，比之眼里所说的言语，是多么无力的东西啊！我们所用的言语，比之于不会言语的眼睛的闪烁，是多么冷淡的啊！

"丽色！丽色！"

姑母频频地催唤着。

各人的行旅，也都装上马车了。

我取起竖琴，唤了卡彼。看见了我的乐器，和那看惯了的羊毛衣服，那不怕漂流生活的卡彼，欢喜得跳上了我的身上来。无疑地，卡彼知道了，我又要开始从前的生活了，在卡彼，那在大路上自由地跳跑的生活，不知要比静坐在家中的，好多少倍。

我们在最后的诀别中，交换了无限的亲吻。但是，姑母紧催着了我们，将长男次男和长女的三人，扶上了马车，又命我将丽色抱进车里，让她坐在姑母的膝上。

我听从了吩咐，将丽色抱进车子里，放在姑母的膝上，可是，一切完后，我还是呆呆地站着，忘记了下车。姑母将我推出了车外，自己将车门关拢了，命令御者说："喂，走吧！"

我蒙眬的泪眼中，看见了丽色从车窗里，伸出头来，用那可爱的手，向我做亲吻的手势。不一瞬间，马车一转角，就看不见了，暂时只剩下惜别的灰尘。

我只是呆呆地，抱着竖琴，让卡彼站在足旁，机械一般地望着马车的驶去。忽然间，一个被托了看家的男子，拿着锁匙要来锁门了。他看见了我时，就说："喂，小孩子，你在这里，站到什么时候呢？"

"我现在就要走了。"

我清醒了过来，这样回答他。

"到哪里去啦？"

"随着脚步，一直走去吧。"

那男子听见我这话，似可怜我地，望着了我，说："要是你高兴，那么，到我家里来，怎么样呢？目前虽然不会有工钱给你……"

我敬谢他的亲切，可是立刻辞退了他的提议。

"这样呀。那么，随便你好了。身体要留心啊。"

那男子也走了。

家门锁了起来，马车已去得远了。

我将竖琴的皮带，穿过了肩膀，唤了一声卡彼："喂，走吧！卡彼！"

住了两年的房子，毕竟使我留恋。太阳高高地，天空是蔚蓝的，气候也暖和。这和我同李士老人，走到这门前，倒了下去的当时，大不相同了。现在又非和这留恋的家，作永远的诀别不可，那又有谁想得到呢?！

我想起了，这两年间，可以说不过是我街头生活的中间休息。

不过这休息中间，也给了我不少的力量。

比这力量，更使我感到满足的，那就是这时期中，他们一家人给了我的，那人类的真情。

我的心和他们的心结合起来了，我不是这大世界中的孤独者了。

我现在对于我的生活，已经有了目的。我的生活的目的，就是有益地，为爱我的人，和我所爱的人们而劳动的这回事。

努力展开在我面前的新生活！

努力前进吧！

前 进

前进！

可是向哪一方前进呢？

前后左右，只要我高兴，随便向哪一方前进。我虽是一个小孩子，现在是做了主人了。我可以随着自己的意志，自由地行动……但是，这又算得可以自夸的一回事吗？

爱逛的小孩子，常是羡望着能够有自由的一天；但这是因为即使有了挫折，背后总有照顾着他的保护人，所以才能够放心。我呢？一旦跌倒，就是坠入深渊里，也没有谁会来救援我的啊！受他人的指使，终日忙碌，这比之于自由行动，反使我不知道要快乐多少倍呢。

然而，我现在成了自己做主人了。无可奈何地，非得自由行动不可。在这新生活的开头，我将怎么样着手做起呢？我想：姑母虽然把我逐了出来，不让我跟着到狱里去，可是，在这两年间，像亲生父亲一样的看顾我的亚根，我在这时候，跑去和他见见面，给他一个最后的亲吻，又何尝是违背道理的一回事？

无论如何，我第一就得跑去看看亚根。我虽然没曾到过什么负债者的狱里去过，不过，最近总时常听到了一些关于监狱的话，知道了那地方是在克里斯。用心去找一找，当然可以找得到。姑母和小孩子们，既然可以看到了父亲；那么，我也未尝不可以。我也是亚根的孩子哩。亚根的爱我，也正像其他的孩子们一样，没有丝毫分别的。

不过，我不能让卡彼自由地在巴黎乱跑；要是惹得警察骂起来时，我又将怎么样对答呢？种种的经验，使我觉得了最可怕的，就是警察。我哪里能够忘记了都鲁斯的那蠢事呢！没有办法，我只好将卡彼缚了；这就伤了它的自尊心不少。像卡彼那样有教育的、品性高贵的狗；将它拘束了，实在是太侮辱了它了。

我牵了卡彼，总算走到了克里斯的牢狱了。世间尽有悲惨的地方，使人一见，即为之酸鼻者。可是，我以为总没有像牢狱的门那样的，阴森惨淡的地方。牢狱的大门，实在比墓坟的门还要阴惨啊！墓坟只有冰冷的石头，然而此地呢，却活生生地埋了无数的囚人！

我踌躇了一会，不敢踏进去。我想避开人目，一半也觉得似乎一踏进这可怕门内时，就没有再见天日的希望。

我早就想像到了要从狱中出来，不是一件容易的事；现在我又知道踏进狱门，也不是轻易的了。不过，我现在又万不能后退，所以，只好决心走了进去，无论碰到什么人，我就告诉他我的目的，请他许我会面。

我马上就被带到会客室里。那里并没有我所想像的东西：如铁窗木栅等之类。等不到一会，亚根走了出来，但是，也没有带锁链，或其他的刑具，这也和我的想像不同。

亚根看见了我，似乎很高兴。

"噢，路美吗？来得正好。我今早才怪怨卡特林，怨她为什么不将你带来呢。"

今天一天，我心里总是闷不过，现在亚根的这句话，却把我的闷气都吹散了。

"爸爸！（我早就这样地叫惯了他了）我今早不知多么地想同他们一块儿来，可是……卡特林姑母说，这不关我的事，而且……"

"啊，真可怜呀……不过，路美，世间的事，并不能够如人意的，你也不必怨她。她的丈夫，辛辛苦苦，才在特罗西充一个看守河闸的工人，工钱仅可以糊口，当然不能容你再到他们家里去吃饭……不过，我刚才听小孩子们说，你又要过从前的那种生活；你该不会忘记了倒在我家门口、奄奄待毙那时的情景吧。"

"不，爸爸，我不会忘记的。"

"那时候，你还有你的师父照料你呢。现在，也不能不说还有那样的事情发生。现在你虽说是长大了两岁，可是还是小孩子哪。你怎么能够独自一个人，过那种街边的生活呢?！"

"可是，我还有卡彼陪着呢。"

卡彼一听到人家说到自己的名字时，照例是吠着走到面前来，表示它："我无论何时，都可帮忙"的意思。

"是的，卡彼是一匹好狗，不过狗总是狗啦。你想怎么样过日子?"

"我自己唱唱歌，叫卡彼演技。"

"卡彼一只狗就能够演技吗?"

"我想教它一点技艺……喂，卡彼，你能够演出我教你的东西吧?"

卡彼将前脚按住胸前，表示它的承诺。

"但是，路美，并不是我多嘴，我以为你还是找一个地方去做工好。你已经是一个完全的工人了，只要你有心，不怕找不到位置的。这不比街边生活好得多吗? 总之，街边生活，就是贪懒的人做的事。"

"不过，我不是一个贪懒的人，爸爸也早已知道了的。我没有一次，想对自己偷懒的。若是我能够和大家在家里的话，我总是很高兴做工，不过，要到别人的家里，去充当奴仆，那我就不干了。"

我在这最后的几句话，特别地用力说了，所以亚根不做声，只瞪目看着我。

"路美，你时常说你的师父气格高傲，但是，我看你也正像他一样……不到人家里去当用人，也是一个道理。现在你是离开了我，完全地自由了，那么，我也不是强要你去做人家的用人，不过，是为了你的将来着想。"

亚根的话，使我有点踌躇。孤单地一个人过街边的生活，那危险处，我也很知道的。讨不到一个铜板；或是从这村里被赶到别的村去；或是狗儿又给狼吃了；或是迷失在跑马厅的墙外，而且要和饥寒苦斗，受尽疲劳和困难的挫折，不要说明日的事了，就是今天的食宿也全无把握。这从前的种种经验，使我相信亚根的忠告，也断不是没有道理的。

然而，除了干这种生活之外，为谋得一日的三餐，就只有去做奴仆。可是，无论如何，我绝不愿意做人的奴仆。就是给人们说我是一个俏皮的小孩子，我也不管。我会经拜了李士老人做我的主人，虽然说是被金钱买了来的，不过这主人也就是我的恩人。我早就决心了：除这李士老人之外，我再不要有第二个主人。

而且，假使我变更了初志，去当人家的奴仆时，那么，我就违背了和叶琴他们的约，非得使他们失望不可了。即使稍大的兄弟们能够用写信来传达消息，但是丽色还不能执笔作书。卡特林姑母，又不能替她代笔。我怎么能够违弃了我们的先约呢。

我用决心的面色对亚根说："爸爸，你也想听些关于他们的消息吧？我还要到巴黎来的……"

"这事我也听小孩子们说过了，不过我不能因为自己的便利，使你们多跋涉。做人应该先替他人设想，不能只顾自己。"

"当然的，爸爸。谢谢你，爸爸现在就教给了我应该怎样做。假使我因为怕街边生活的跋涉，不干；那就是太自私，不愿爸爸和大家——以及丽色的事了。"

亚根不做声，看着我，突然眼里掉下泪珠来，紧紧地抱着我。

"路美，听见了你这段话，我不能不和你亲吻。啊，你真是好孩子呀！"

我们两人并坐在会客室里，冰冷的椅上，我靠在亚根的怀里，全身充满了感激之情；这瞬间，我忘记了自己是在监狱之中了。

忽然，亚根推开了我，站了起来。

"我再不多说了。"他的声音微抖，屈一屈膝祈祷："我的上帝呀，愿你保佑这小孩子！"

在一短时间，很深沉的静默之后，亚根突然将手探入背心的袋里，拿出了一个系着细皮带的大表。

"路美，我把这表给你，做个纪念，你受起来吧。这是不值钱的东西。值钱的东西，早就卖去了。时时还要开动那针，不然就会停了的。不过，总还可以用。因为此外，我一点东西没有了，所以只好把这个给你。"

亚根把表递给了我。我以为不应该接受他这样贵重的纪念物，想还给他。可是他说：

"不要紧的，路美，住在这里，就不要知道时刻的好。有了一个表，反时时要留心着时间，那只有增加苦痛。路美，以后恐怕再看不到你了，你自己保重点好了！"

亚根抱着了我，作最后的亲吻。

他还牵着了我，把我送到门口。我的心里，混乱极了，感情也兴奋起来，不知道怎样地走出狱门。现在留在我记忆中的，只是我出了狱门后，呆呆地痴立在街路的当中。

我惘然站在狱门前，不知道要向左走好，还是向右走好。要不是偶然将手插入袋里时，碰见了一个滑而又硬的东西的话，恐怕我要呆立在这里，一直到入夜吧。

呀！我的表！

像摸着了魔术的手杖一般地，这只表使我忘记了一切的悲哀、忧虑和苦痛。我有了一只表呢！而且就在这口袋里，只要拿出来一

前
进

看，就可知道时刻了！我连忙取出来，骄傲地看了看时刻。现在正要近十二点钟。本来，在我，不管现在是十点钟，或十二点钟，就是午后的两点钟，都无所不可的，可是，知道现在是十二点钟这回事，极端使我满足。为什么呢？我也不知道，不过我的情绪是这样的罢了。

我知道现在是十二点钟了。怎么知道呢？因为我的表告诉了我，这是多神气的事。实在是不平常的一回事。表这东西，是靠得住的朋友；我觉得我有一位可以谘商的朋友了。

"现在什么时候了，表先生？"

"路美先生，现在十二点钟了。"

"十二点钟了吗？是做祈祷的时刻了。我该记起那些亲切对待我的人们。"

"是的。"

"你真好，使我记起了。要不是你时，我几乎就要忘记了。"

只要有这表和卡彼，那么，以后我就不愁没有谈话的对手。

"我的表！"就连这发音，也实在是好听。从前，我多么想得到一只表呢？！但是我不能不自省，自己决不是能够带表的身份。可是现在呢，你们试将耳朵靠近我的口袋听听看，"唧唧，唧唧，"多么好听的声音。据亚根说，它时时要停了不走，可是这样也不错。我可以频频取出来，严重地监视着它。只要留意一点，就不会误事的。

我独自太高兴了，忘记了卡彼也正在陪着我雀跃。卡彼衔了我的裤边，细声吠唤，想引起我的注意。因为我总是不留意到它，所以后来，它就大声吠起来，用力拉一拉我的裤子。这我才从梦幻中醒了过来："喂，卡彼，怎么样啦？"

卡彼望了望我。看见了我尚不能明白，它就用后脚站了起来，敲敲我的装着时表的袋子给我看。

卡彼想像李士老人在日的当时一样，给"老爷贵客诸位"报告时刻。取出了表，凝看了片刻，它摇着尾吠了十二声。卡彼一点也不会忘记。只要这一点，就一定可以表演，挣到几个钱，这是多么的幸福啊！

因为我们这时正是站在监狱的门前，所以来往的人，都觉得奇异，望了望我们，并且还故意停了步看。我以为若在这里马上就排演起来，一定可以赚到几文钱，不过还是照例怕那警察，多来麻烦，只好将这念头打消。向监狱投了最后的一瞥，离开了此地。

我们这种的讨饭生活，第一必要的，就是一张法国的地图。我想先买一张来看看，然后决定去向。我知道地图是在圣涅河边的旧书摊里可以买得到，所以我又折了回来，穿过持也儿里公园，从博物馆旁走出了圣涅河岸。

我在河岸的旧书摊找了几家，可是得不到一张合意的地图。我的意思，是要一张布装的、坚牢的、叠得好的上等货，可是价钱又不能多过五个法郎的，所以这就不容易。不过结局，总算给我找到了一张带黄色的、褪色的地图。书贩只要三个法郎，就卖了给我。

地图一到手，我就可大胆离开巴黎。我恨不得早一刻能够离开这大都会。

那么，我就把地图披开来一看，最便当的有两条路好走。一条是到风庭白鲁的路，一条是到奥鲁连的路。我也没有什么特别的理由，随便选定了向风庭白鲁的街路去。

渐渐走到了郊外的时候，我无意中想起了支那街的事、喀尔和马撒等的事、下了锁的锅子的事，和那可怕的鞭笞的一切旧事；一步一步地，走到了圣梅达尔寺前，忽然看见了一个小孩子，靠在寺前的墙上打盹，手里还抱着一枝维奥林。我觉得他有点像马撒。那巨大的头颅，可爱的润湿的眼睛，薄薄的唇，温柔的惨伤的表情，和那滑稽的面貌，十足像煞马撒，不过最奇怪的，是我们要说是他时，他却一点也不会长大。

马　撒

　　我更走近几步，看看他究竟是不是就是他。不错的，那不是马撒是谁。马撒也看出了我，苍白的脸上浮着微笑。

　　"噢，是你吧。在我还没有进医院的前一天，和一位蓄着白须的老人到喀尔的家里来的。那天我的头真痛得厉害哩。"

　　"你现在还是在喀尔的家里吗？"

　　马撒看看四周，才低声告诉我说："喀尔已经入狱了。因为毒打了一个小孩子，将那小孩子打死了。"

　　我听说喀尔入狱，心里感到了不少的满足。这时候，我才明白：我总以为是可怕的残酷的监狱，也不是完全无用的东西。

　　"那么，其余的很多小孩子呢？"

　　"我不知道，因为我早就不在他家里了。我从医院出来后，他知道了我的头不能再受打击，一加敲打，又非得将我送入医院不可。所以不能让我们住在家里，订了两年的约，把我卖给了马戏班。在马戏班里，他们使我演钻大抱的把戏，谁知最近我的头长大了一些，而且更加坏了，一动它就会发响，不能够再在大抱孔中钻爬。所以，昨天早上刚被赶了出来。没法子，我跑到喀尔的家里去，一看时，门都扁了起来，邻近的人们，告诉了我现在说给你听的那些话。我没有别的地方，可以投靠，所以只在这边徘徊。昨天到现在，我一点东西都没得吃，肚子真饿得要命。"

　　我不是一位富翁。然而给与马撒一饱的食费，我总办得到。我想起了当自己从都鲁斯走出来了后，各处碰了钉子，挨饿度日的当时，若是有人能给我一片面包，我将如何的感恩戴德。现在马撒饿到了这步田地，我哪能不体恤他。

"你在这里等一等吧。"

我跑到了街角的面包店里，买了一个大面包回来，递给了他，马撒一接到手，就啃了一大口，像饿鬼一般地，不一刻，将一个面包都吃光了。

"你以后想怎么样办呢？"

"我不知道要怎么样好"

"不过你不找点事做，不就不能找到饭吃吗？"

"我在没有碰见你之前，想把这维奥林拿去卖了它。实在我早就想拿去卖了，可是总舍不得它……我每当心里难过时，就到僻静的地方去，把它弹一弹，一下子，我就会忘记了一切悲伤的事情，眼里看见了一种不可言喻的美的东西。"

"那么你就在街边，弹弹维奥林，挣几个钱，不就好吗？"

"我也会这样做了，不过谁也不肯赏钱，所以也没有办法。"

我也有过痛苦的经验，所以对他这段话，不能不格外同情。

"那么，你呢？你现在做些什么度日？"马撒反问我说。

"我？我现在做了一班的班长了。"

"噢，那么，你让我加进你们的班里，好不好？"

"不过，我们的一班，也只有卡彼一个了。"

"不要紧的。我们二人就成一班，岂不好吗？好朋友，我求你，请你不要丢了我吧。你若是不肯提拔我时，我只有饿死在路旁了！"

这句话或者不能感动他人，也未可定。不过在我呢。它却刺中了我的心窝。我是知道了饿死路旁是什么一回事的。

马撒接着说："我也一定可以帮你的忙的。我会弹维奥林，会做把戏，会跳绳，会穿铁轮，还会唱歌。而且我无论什么事，都愿意做，就算做你的用人也好，求你收了我。只要你给我吃饭，什么钱都不要。随便你要打要骂，我都甘心……不过请你不要打我的头……给喀尔打得太厉害了，头颅实在不行，摸它一摸，也会头痛。"

我听他这话时，心里难过，几乎要哭了出来。我怎么能够遗弃了这可怜的小孩子呢？！然而我又没有把握，此后能够再背上这个担子吗？！我正在没法子的时候，他对我说："我们两个人合起来，就不愁饿死。我们在一块儿，一定可以挣得到钱的。"

我记起了从前李士老人的话了：他常说，只要有两个像我一样的小孩子就好了。不错的，有了两个人，就便利得多了。

"好的，我带了你走吧。"

马撒牵住我的手，高兴得掉泪了。我也不禁眼眶热了起来。

在一刻钟中，我们已经离开了巴黎。

季节是这样温暖，四月的太阳，在明净的天空中辉煌。比之于我第一次和李士老人初到这里时，是多么的变化呀！

道路是干爽的了，没有一点泥泞。青绿的野外，开着野菊花，各处的庭园，发出盛开的花香；微风吹过时，墙上的花瓣，片片吹落我们的帽上。

小鸟欢乐地歌唱着，燕儿追着渺小的昆虫，掠过地面飞了过去。卡彼更是得了解放，在我们的周围乱跳；它向着马车也吠，向着石头也吠，它不知道是心里高兴，还是什么，总是无缘无故地，向着什么都乱吠。

马撒默默地移动脚步。他正在想着各种的事情吧。我为了不愿意惊动他的清思，不敢向他开口。实在我也是一面想着心事，一面前进。

我们没有一定的目的，提起步就走，可是现在应该先到什么地方去呢？

我约定了最后就走到丽色的地方去。可是其余的三个人呢，我们没有决定先访那一个。我可以自由地行动。我们是从巴黎的南方走出来的，当然不能先到北边的圣甘单，去看泽民。那么，我们就选定了先到叶琴的地方，或是先到亚历那里。本来我之所以取道南方，一半是因为想借这机会，到斜巴陇，去看看四五年不会见面的宝莲（我从前称她母亲的那女人）。

我很久不会提起宝莲的事了，但这决不是我忘了她。我会写信，然而只字也没有给她，这也不是我的忘恩。实在，我不知道有过多少次想写信给她，不过每次我又不能不想到耶路姆。若是他已经又到巴黎去了，就不用说；不然，若使我的信一旦入了他的手，借此来寻着了我，他或者又会把我带回去，再卖到别的地方去，也说不定。我因怀着了这种恐惧心，所以到现在还是不敢和她通消息。

我想重会宝莲的心情，自从得了马撒之后，更加强烈。单身到斜巴陇去，未免困难；现在有了马撒，我可以使他先去探探样子。若是耶路姆已经不在家时，我马上就可以去会她；若是他在家时，我又可以唤宝莲出来，到外边相会。我想出了种种办法之后，就拿出地图来，查看路线。

我们刚巧走到了旷野地方，暂事休息；我在背囊中取出那地图，铺在草地上查看。我知道从这里到斜巴陇，有一百多里路，沿途经过七八个大都市。我在这些都市中，演技赚钱，大概可以无事达到目的地。

我把自己的计划，告诉了马撒，再将地图收入囊中；忽然，我想把我的东西，拿出来向马撒夸示一下，把囊里的东西，都搬了出来，列在草地上。

我有三件全新的衬衣，三双袜子，五条手巾，还有一双穿旧了的鞋子。

马撒睁圆着眼睛，老望着这些东西。

"你有什么行李?" 我问马撒。

"我除了这维奥林之外,没有什么。"

"噢,那么,我们算是伙伴了,我把这东西分一半给你吧。我给你两件衬衣,两双袜子和三条手巾。但是你得和我轮流背这背囊。好吧。"

马撒还想推辞,可是我早已袭用了命令者的习惯,不容他多开口了。

我把叶琴送我的裁缝盒子打开给他看。丽色给我做纪念的蔷薇花蕾也还是慎重地保留着,马撒想我将那小盒子给他看,但是我严厉地命令他,叫他不要动我这个东西,仍旧收藏了起来。

我嫌现在身上的裤子太长,不便做事。演把戏的裤子,应该是短的,袜子上也非得用丝花边饰了不可。

想做些什么事,我都是自由的;没有半点儿阻碍,就可以实行。我取出叶琴送我的剪刀,来剪裤子。

"我在剪裤子的当儿,你试弹弹维奥林,看你弹得多好?"

"我试弹弹看吧。"

我移动我的剪刀时,马撒就奏起乐器来。最初我还是一边剪我的裤子——那是亚根给我的三件一套的衣服——一边听,到后来,我竟忘记了动剪刀,给他的演技迷醉了。马撒的奏法,并不在李士老人之下。

"到底,你是在什么地方学来的?"

"我并没有跟谁学过。不过也可以说谁都是我的先生。我是听了来的。"

"可是,看歌谱是谁教你的?"

"我并不会看歌谱。不过听了来,就学着弹吧了。"

"是的吗,你真不错。但是不会看歌谱,也有不便处。让我抽空时教你吧。"

"你什么都晓得吗?"

马撒听我教他看地图时,早就佩服我的博识了。

"我当然什么都晓得哪!我是一班的首领呢。"

我还想显显本事给他看,所以拿起竖琴来弹,还唱了一个歌儿给他听。

我唱了自己最得意的那首"拿破里之歌",马撒真心地侧耳倾听,赞不绝口。马撒是一位奇童,我也是不平凡,偶然我们这两位天才碰在一块了。

然而只是我们二人互相称赞,也不值一文钱的。我们非得找到今晚的夜饭和睡床不可。

裤子也缝好了,装在背囊里,让马撒先背了起来。我们拟定了在最初走到的地方,就开始"路美班"的第一次登台。

"你教我学唱歌不好吗?等我也学会了,两个人合起来唱。我还可以弹维奥林来伴奏。那么,你的歌也更加要显得好了。"

真的,一切似乎很顺利。观众可以不必滑脚,愿意把荷包打开来吧。

一路谈着。那天的下午,我们走到了一个颇大的村里。我们正在找适当的舞台,无意中到了一家农家的门前,看看那庭前时,那里有很多穿着漂亮的衣裳的男女们,都把花束挂在胸前。我们马上想,这一定是乡下的结婚式吧。

我以为,这些人要是有音乐奏起来时,他们一定会跳舞,我大胆地带着了马撒和卡彼,跑进了庭里,我脱了帽子,学着李士老人那般的,夸大地向他们致敬礼,然后向靠近我身边的一个人说话,请他让我们奏音乐助兴。

这青年的面孔红得像红砖一般,身上穿着了硬领的衣服,看来似乎很温柔的。他并不答我的话,可是把身体转了一转——因为他那硬而又高的领子, 和细小的紧身的衣服的原故吧, 他转变方向时, 只好全身移动——将两个手指塞进口里, 吹了一声尖锐的声音。这把卡彼吓了一跳。他看见了人们朝着他时, 就开口说话。

"大家怎么想呢? 这小孩子说要我们让他奏乐助兴。"

男女都异口同音地, 唤着音乐。

噪杂的声音, 叫着"快让出跳舞的地方来"。庭的当中处, 他们早已选定了位置, 在那里徘徊的鸡群, 吓了一跳, 都跑开去了。

"喂, 你会弹对舞曲吧?"我有点不放心, 偷偷地用意大利语向马撒。

"会的。"马撒答说。

我也学会了的, 所以这才放心。

从堆东西的屋子里拉出来的车子, 做了暂时的音乐台, 我们两个人爬了上去。

我们从前并不会合唱, 不过歌曲并不是十分困难的, 还能够合得着调子。

"你们哪个还会吹喇叭吗?"

那面色艳红的青年走近来问说。

"我吹是会吹的, 可是不会带了来。"马撒说。

"那么, 我去借了来。维奥林的声音太小了, 不够气力。"

青年飞快跑了去 我不放心, 又用意大利语问马撒说:

"喂, 马撒, 你真的还会吹喇叭吗?"

"不管他喇叭也好, 笛子也好, 我都会吹。"

无疑地, 马撒是路美班中的好角色了。

喇叭吹起来时, 跳舞更跳得热闹了。对舞, 波尔加舞, 旋舞等种种舞法, 差不多都舞过了。尤其是对舞, 更不知舞了多少次。

这样那样地, 一直舞到了午夜十二点钟。我们几乎没有一息的机会。我虽然不觉得怎么，马撒却因为身体还没有恢复，而且头脑也很衰弱的原故，未免太过劳了。我有点不放心，时时看看他的颜色，他的脸色实在不大好，眼睛也疲倦了，不过他并不叫苦，只是拼命地吹着。幸而注意到他的，并不只我一人。最初是新娘留意到了，她向大家说："诸位，那比较年小的小孩子，似乎太疲倦了，我们大家凑点钱给他吧。"

"让这狗儿去向诸位领受吧。"我这样说后，把帽子抛给了卡彼，它卸着了在他们中间巡回。这卡彼的敬礼，很博得他们的欢心，都掷给了多少钱。本来都是赴结婚式的祝宴来的，并且跳了这长的时间，谁又不好意思装做不知道。大家给了许多个银币。新郎在最后还给了二块钱。

呀，这是多么可喜的开场啊！不只得了多额的收入，在舞完后，我们还得了一顿晚餐。在小屋子里，他们还给我们预备了睡床呢。

第二天早上，我们答谢了他们的厚礼，出发了。算算昨夜的收入，共有十一块多钱。

"这样多的收入，完全是你的功劳呢。要是只我一个人，又哪里奏得起音乐来。"

我们既然一会儿就得了十一块钱，心里就似乎是发了一场大财一样的了。到了第二个村里时，还买了很多的东西。最初，先买了一枝一块半钱的旧喇叭，又买了一些细足的红花边，最后是一个半新的军队用的背囊，以后，我们就不用两个人轮流杂乱地背行李了。

买了很多东西，花了不少钱，然而，在离开这村时，我的袋里还有十二块钱。因为这正是阳春的时节，人们的心胸也很畅快，所以我们能够容易赚钱。

我想出了很多的戏目，不用再重复演着同样的技艺。马撒和我，也能够声气相通，所以，我们马上就变成了亲兄弟一样了。

"我从不会看见像你这样不殴打部下的班长。"马撒有一次笑着对我说。

"那么，你很满足吗？"

"满足吗？这话是怎么样说呢？我从没有这样幸福的日子！就是在故乡的家里时，我也只是羡慕要进慈善医院去啊。"

钱越赚得多，我的希望也大起来。我想碰到宝莲时，能够送她一样东西，使她大吃一惊的。

我不但要使宝莲吃惊重礼就算，最好还要使她的残年也可以得到依托的东西——譬如买了一匹替代从前的鲁热特的母牛去送她。

假使我牵了一匹母牛去送她时，她将怎么样的欢喜呢。到斜巴陇时，我一定要买一匹母牛，叫马撒牵到宝莲的院子里去。那时候，当然耶路姆不在家才好。马撒当向惊看着他的宝莲说："老婶母，我把你的牛带来了。""什么话，我的牛？呀，你这小孩子莫不是……""不会错的，是你的牛啊。你该是斜巴陇的宝莲婶母吧。""是的！我就是斜巴陇的宝莲，可是……""噢，那就不错了，王子（这当然又是讲故事里的王子一样的）命我牵这匹牛到你这里来的。""什么？王子！"当宝莲正惊惶失措的时候，我就跳出来，抱着她和她亲吻，以后，我们三人又做了些圆大饼和果子饼来同吃，让我出出从前受耶路姆掀锅的气。

呀！这是多么美幻的梦想！为要使这美梦变成事宝，我非得真的买一头母牛不可。究竟一头母牛需多少钱呢？我全不知道价钱，不过总之一定是很大的价钱，是十多块可以买得到的吧。

我所要的母牛，不应太大，也不要太瘦；因为太大了，吃的东西，也要跟着要多，使宝莲养不起，这样不是使她为了我的礼物，更觉得麻烦吗。

总之我先有知道牛价的必要。

石炭坑

　　我们寄住的旅店中,时常有马贩牛贩们来往,要想知道家畜的价钱,也很便利。

　　有一天,我抓住了一位同宿的牛贩子,对他说明了我的希望,谁知这人却当我是呆子,笑着向旅店的主人说:

　　"喂,老板,你听见了这小孩说些什么吗?他要一头不很大的、又不要瘦的母牛啦……这话怎么讲呢。你想买一头牛来教它做把戏吗?"

　　店里的人们,都笑了,可是我并不怕他们笑话。

　　"不会做把戏也好,只要它有很好的牛奶,又不用吃很多东西的就好了……"

　　他们还是嘲笑不止,后来看见了我太认真了,那人也就认真地告诉我。

　　据他说,要一头驯服的、有最好的牛奶的、而又不用多吃东西的母牛,最少非得出六十块钱乃至八十块钱不可。他还说,若是我马上能够交六十块钱给他的话,他可以将他现存带了来的、最好的牛卖一头给我。

　　我上了床后,还是想着他所说的话。我荷包里的现钱,和买牛的价钱,差得太远了。

　　我能够挣到六十块钱的这宗大款吗?这当然不是容易的事。不过,若使我每天能够按期储蓄三角钱或四角钱的话,那么,一定会有一天可以达到六十圆的总额的。那不过是时间的问题吧了。一个月半个月，当然难以做到，只要有心积起来，我这目的自然是可以达到的。

我想了一夜，结局决定了暂不赴斜巴陇，先取道到涡鲁斯去访亚历。趁着机会，又到叶琴那里，等过了几个月后，买成了母牛，然后再到斜巴陇去找宝莲去。

第二天早上，我把这计划对马撒说了，他也赞成。

"那么，我们先到涡鲁斯去。石炭坑那地方，一定是很有趣的。"

我们略为变了方向。到涡鲁斯的那条路，是长远不过的。就算是笔直走去，也有好几百里。像我们这样地，弯来曲去，逢地表演地走起来，一定又非加上几百里路不可了。

季节很好，表演也极顺利，过了三个月，当我们到了涡鲁斯时，荷包里已经积下了五十块钱。

六十元就可以买到一头上等的母牛，我现在只要再赚多十圆就得了。

从涡鲁斯到斜巴陇，十块廿块，当然可以赚得到。马撒也正和我一样满足，我真不能不感谢他，能够做了我的伙伴。只是我和卡彼，一定挣不到这样多钱的。

我们现在走到的涡鲁斯这地方，在百余年前时，是荒山里的一个穷村，自从发现了炭坑之后，才一变而为南部有名的工业地，现在已经形成了一个拥有一万二千人口的市镇了。

在表面上看来，这村是呈着荒凉的景象的。没有一片耕地，地盘是灰色或是白色的，没有矮树，没有丛林，映在眼里的，只有稀疏的几株橄榄树，栗树或是桑树。像野菜一类的东西，更不用说是寻不到的。

虽然说有二条河流，不过在这样山石遍地的地方，一遇下雨，马上就有洪水的忧患。

就说到市上，也是很无规则的、高低不齐的街市。大路上的轨道，一天到晚，都运行着石炭车，漆黑的尘埃，铺满了全条街上。每当下雨时，石炭泥就变成了泥沼；一经晒干，遇风吹过时，又在空中舞扬起来。窗子屋顶，乃至树叶上，没有一样不是染着漆黑的污泥的，镇上没有一块纪念碑，没有修饰广场的铜像或石像，这样的地方，当然没有所谓公园一类的东西了。人家的房屋呢，四方四角，像箱子一样地并列着罢了。

　　我们在午后的二点钟左右，走到了涡鲁斯附近。天空是蔚蓝的，太阳光辉着，是再好没有的天气了。渐渐前进时，太阳光也随着变灰黑，青空都因石炭的烟粉蒙住了。

　　我不会问清楚，亚历的伯父住在什么地方，不过听说他是在第二号炭坑做坑夫的。我想，若是我能够到那里去问一问时，也未尝不可以问得出来。我沿途询问着，渐渐向第二号坑前进。

　　第二号坑，在川流左岸的山麓。渐走渐近炭坑，到了铺满石炭滓的路上，我们碰着了一位似是走失了路的女人。她的服装零乱，头发蓬松，手里还牵着一个小孩子。她一看见我们时，就停了步，向我们说话：

　　"你知道什么地方有凉快一点的道路吗？告诉给我好吧。"

　　我莫明其妙地望着她。

　　"那是满生着、大树的绿阴的路；路旁还要有美丽的小河，清水在白石上缓流着，树上还要有很多的小鸟在啼唱的地方啊！"

　　她这样说后，很高兴地吹着口笛。我不知所答，呆望着她，她似乎还不曾留意到我的怪样子。

　　"那么，你是说那凉快的道路，离这里很远的吗？你只告诉我，从右边去呢？还是从左边去？这样就好了。我无论怎么样寻找，总是寻不着。"

　　我不做声。她举起一只手，一只手抚摸小孩子的头上，很流畅地对我说话。

　　"我因为要知道我的丈夫在哪里，所以才问你呢。你晓得我的丈夫吗？你不认得？他是这小孩子的父亲哩。他在坑内险被烧死，幸而搬到了那凉快的地方，才得救活。以后，他总是不离开那凉快的地方半步。受了火伤的人，最后当然是住在那样的地方才好。不过那地方，只有我的丈夫知道，而我却不认得，所以我很辛苦，我每天这样地找寻，寻了六个月，还看不到他。他爱我，我也爱他，而且还有这小孩子……六个月大家不能见面，这是多么长远的期间呢！"

　　她呜咽啜泣说着，一时又变了样子，向着乌烟蔽天的炭坑那边，举起拳头说："那残酷的地狱！可恨的炭坑！你把我的父亲还我吧，把我的哥哥还我，把我爱慕的丈夫还我，把我的一切还我吧！"

　　她咒骂着炭坑，等到稍静了一些时，又向着我说："你不是这地方的居民吧。看见你那羊皮衣服和帽子，就知道你是从远处来的。你到墓地里去看看，数数看：一，二，三，四，……都是新墓……六，七，八……"

　　她突然抱起了那小孩子。

　　"你想把这小孩子带去，可不行啦，有我在这里呢……呀，这水多么好看！多么冷！那条路在什么地方呢。你要不知道的话，那简直就和那班狐群狗党没有分别，你为什么又不放我走？我的丈夫在等着我哩。"

　　她这样痴语着，便一转身把背朝着我，口里吹着口笛，大踏步走开去了。

　　我看见有人从坑里走了出来，就上前去问亚历的伯父的地方。幸而那个人晓得了他，马上就告诉了我。亚克的家，是处在离炭坑不远的，一条向着河岸的险峻的斜坡的中途的一家茅屋。

　　这家的门口，站着了一位四十岁左右的女人，她正在和邻家的女人闲谈；我走上去，问她这里是不是亚克的家。她告诉我这里就是，不过亚克非到六点钟不能回家。

"你找他有什么事吗？"她问我说。

"我是想来看看亚历的。"

那女人将我从头至足看了一会，又看看卡彼说："你是路美吧？亚历天天在等着你哩。"他还指着马撒问："这小孩子是谁？"

"他是我的同伴。"

这女人就是亚历的伯母。我以为她会请我们进家里去休息的。我们在灼热的阳光下，走了很多的路，这时候，两足已经像木头一样的了。然而，她并不这样做。只告诉我们，亚历也在坑内做工，非到六点钟不回来的。

她既不招待我们进去，我当然不愿意哀求她，所以，向她寒暄了几句，又拖着疲倦的双足，向街上走去。最初，我们先向面包店走去，买了一些面包果腹。因为我们还没有吃午饭，肚里正饿得慌哪。

亚克的妻子这样不客气的待遇，使我不能不难过。因为我看见马撒的脸上，呈现了不快的样子。而且，要是早就知道这样的一回事时，我又何必辛辛苦苦地跑了三个月冤枉路呢？！

马撒似乎对我的朋友本身，也感到了不快。我向他说丽色是怎么可爱的话时，他也不像从前那样的高兴了。结局归根，总怪那女人不应该那么样地冷待我们。我没有再到那家门去的勇气。所以，我们就决定等到了六点钟时，直接走到炭坑口去寻亚历说话。

六点钟响了，再过二三分钟时，坑夫们三三五五的，走了出来。他们的脸上，都像扫除烟囱的工人一样的漆黑。衣服帽子，无一不盖满炭煤，我们几乎没法子认出哪一个是哪一个。

要不是亚历跑了来，抱住了我时，我一定认不出他，让他走过去的了。从前的亚历的面影，到哪里去了？白皙的面貌，一变而为漆黑的亚非利加土人了。

亚历放开了我，向着身边的一个和亚根十分相像的、四十五六岁的男子说："伯父，这就是路美啦。"

那男子的面貌很诚实，我马上就知道他是亚克伯父了。

"我们正在等着你呢。"他很慈善地说。

"从巴黎到这里来，路途不近呢。"

"而且你的腿子又还是这么样短。"亚克笑说。

卡彼又会见了亲熟的旧友，很高兴地吠了他，又跳到他身上去，它用种种的方法，来使亚历明白自己的满足。

我把马撒的事，告诉了亚克。原原委委，将他怎么样吹得一口好喇叭，怎么样是一个好孩子的话，都说给他们听了。

"噢，这匹狗就是卡彼吗？据亚历说，它比喜剧俳优或学校里的先生还要聪明，是吗？刚巧明天就是礼拜日。你们今天好好地休息，明天就叫卡彼演几套把戏给我们看看。"

这伯父完全不像那伯母，他一点也不和我隔膜，真不愧是亚根的哥哥。

"亚历，你去和路美谈谈别后的心思吧，我随后，和马撒讲讲闲话。"

我和亚历两人间，就是谈一个礼拜，也恐怕谈不完全。亚历想知道我怎么样地走到这里来，我又想知道他别后的生活如何？我们只忙着发问，并没有想到回答的事。

我们慢慢地走着谈心，从背后走来的工人们，都赶过了我们前头去了。举目一看，全条街路都是工人的行列，恰像漆黑的街旁房屋一样的色彩。

我们渐渐走近了亚克的屋子。

"小孩子们，没有什么好菜给你们吃，不过我要请你们吃一碗好汤。"

我忽这样设想。我以为他这样的待遇，使我可以向马撒收回前次被辱的面子。就那次的样子看起来，我以为他也会不让我们进他的家里去，非得我们自己去住旅馆不可呢。

走进了家里，亚克对他的妻说："这就是路美和他的同伴。"

"我早就看见他们了。"

"噢，那更好了。快点做个汤请他们吃吧。"

老实说，我们不知道是多么想尝点汤水。自从离开巴黎以后，总是在路上随便嚼几口面包，或是在铺门前吃几个肉馒头，从来就不会喝过一碗汤。很稀罕地有时到了稍好的旅店时，我们也不是不会叫做一餐可口的晚餐，不过自从有了那王子的母牛那场梦幻以后，我们就极端地俭约，更不敢有那样的花费了。马撒也是一个很好的小孩子，同我一样地悬念着买牛的事，绝不会听见他对于食物有什么不满的话。

然而吃汤的好梦，又落了一场空。

"亚克，今晚不行啦，一点做汤的材料都没有呢。"

"噢，那么，没有法子，明天晚上做好了。"

到后来，我才知道了这回事，就是这坑工们的村里，开着了食料市场，所以他们的妻，都不用自己动手给丈夫做汤水。当男子们在坑内做工的当儿，她们就是约伴谈天，或是跑到咖啡店里去消磨时间。并不是说，这村里的女人，个个如此，可是亚克的妻，却是这一类的人们当中一个怪物。她没有好好做过一碗汤，每天总是买了一些现成的香肠之类，冷冰冰的就塞给她的丈夫吃。亚克也不去骂她，随随便便吃了就算数了。

我们今天也只有香肠吃。

吃了晚餐，亚克又向我说话。

"路美，你同亚历两个人睡。"

他又向着马撒："你同我一块儿到蒸面包房子来。我把稻草给你做一铺顶好的床。"

那夜我和亚历睡在一床上，一夜不曾合眼，总在谈天。

亚历的工作，是将亚克掘起来的石炭，盛到搬运车内，从轨道上推到井口，再从那里用钢索吊上地面去。亚历还告诉我坑内的情形。这话引起了我的好奇心。坑内时常要有种种的不测的横祸发生，就是六个礼拜前吧，因为瓦斯爆发的原故，烧死了十二个人，其中的一个工人的妻，因此发了狂，整日里在路上徘徊。到这时，我才明白今天在路上碰着的那女人的原来。

我想看看坑中是怎么样的，就同亚历约定了第二天到坑内去，不过到了第二天，我们把这事对亚克说了时，他摇着头说："这可不行，规则不许可的。不是在里边工作的人，不许进去。不过，路美，你不想到坑内去找点工做吗？和亚历在一块，也不愁没有伴侣。我以为这样还不错……这比在街边讨生活，似乎安乐得多。在坑内好的是不怕有虎狼。而且我还可想法子把马撒也弄进去。"

我来涡鲁斯的目的，并不是为了要在炭坑里找工作。我还有其他更重要的任务，不能久留在这里。我谢了亚克伯父的盛意，也不去看炭坑，决定在二三日后，就离开这里，到别的地方去。

但是，到了我就要离去涡鲁斯的前一天，亚历在工作场中，失慎被压在石炭的底下，伤了只臂。据医生说，并非十分重大的伤，当然不会变成废人，不过，总非得休息两三个礼拜，来从事医疗不可。

最感到倒霉的，就是亚克。他非得找到一个可以替代亚历，来帮他推车子不可。这村里的小孩子，早就给他们雇光了，他实在没有把握，能够找到一个。总之，他在街上去找寻了半天，结果还是找不到一个，所以，他失望几乎达到了极点。没有一个小孩子来帮手，他也非得停工不可。一不做工，又不能得到糊口之资，他的落胆失意，简直令人不堪直视。

我不忍坐看着他的困难，自己离开了此地而去。

"伯父，谁都能够替代亚历，去帮助你吗？"

"只是在轨道上，推动车子就行。谁都做得到的。"

"车子很重吧？"

"不，一点也不重。亚历也不费气力就可以推动了。"

"亚历能够推得动，那我也可以推得动吧。"

"当然的。你也会推……不过，你问它做什么？"

"我想替代亚历，来帮你的忙。"

亚克欢喜得跳了起来。

"什么？你能帮我的忙！路美，你真好。那么，你明天就同我去，把手续办好，就让你给我帮手呀，这样我就好了！"

我在坑内做工的时候，马撒却带了卡彼，到街上去献技赚钱去。他的抱负真不小，常对我说："要买母牛不够的金额，让我去赚了来吧。"

三个月半的生活，马撒的身体，康健了很多。在喀尔的家里，守在下了锁的锅子旁的马撒，不知到哪里去了；靠在圣梅达尔寺前的马撒的面影，也不知道到哪里去了。马撒已经不是从前的马撒了，太阳和新鲜的空气，使马撒回复了健康和活泼的本质。

马撒无论遇着什么事，总是看定了好的半面，不看坏的那半面。他是和我完全相反的乐天家。这一点恐怕就是意大利的国民性吧。

马撒具有意大利人的特性，对于事物冷冷淡淡，容易亲近，惯习困难，不嫌劳苦，然而也不肯十分努力。我们两人性格的相异，似乎成了使我们更亲密的原因。若使没有马撒，我这长远的旅途，没有一个人来安慰，正不知是如何的寂寞呢。

教馆先生

第二天，亚克把亚历的工人衣服给我穿上了。早晨，我教给马撒种种的训示，叫他好好地偕卡彼出去，不要有不谨慎的地方，应该万事留意。然后，我跟着了亚克伯父出门去了。

到了炭坑的入口，亚克把火油灯点着了火，交给我。我拿着了跟在他的背后。最初是一条穿过岩石的隧道。走了约莫十分钟，下了一个不十分斜的斜坡，才达到最初的石阶梯。

走到了这里，亚克对我说："喂，当心些! 以下是石阶梯和梯子混起来的。你可不要滑了下去啊! "

我一看时，面前展开了一个深不见底的、漆黑的洞穴。火光隐约: 近的地方，火把还大些，远一点的地方，只像针孔一样小。那都是比我们先进去的工人们的灯火。他们的语声，幽微地可以听见，沉重而冷湿的空气从底下吹了上来，带着了恶浊和挥发油混合了般的臭气。

惶惶恐恐走下了石阶，接着就是木梯子。以后又是一层石阶，又是梯子，连连接接，走尽了一百五十尺，才到了第一工场。四壁都是石屑，天井低压，仅可以伸直腰步行。地上有好几条的轨道，道路还有流水。

"这样的水流，有很多。他们把这些水用唧筒抽了上去，流到河里。若是一旦那抽水的机器停止了时，那么，这坑内就要浸起水来了。现在我们所处的地方，正当着河底。"亚克这样地给我说明。

他看见我吃惊的样子，又再对我说："你不要怕，隔了一百五十尺的地下，河里的水，是不会落下来的。"

　　"可是万一漏了洞时……"

　　"是的，河底下差不多有十条隧道，说不定……哈哈，这里不怕会有河水漏的，最怕的还是那瓦斯的爆发和地崩。"

　　我们的工场，比这里还要深一百二十尺。走下了好几道石阶和木梯之后，才达到。一到了工作的地方时，亚克就教给我作工的技术。这也没有什么大不了得，须他教训的地方。推推车子，谁都会干的，不过是要一些的技巧和熟练。要不然就是事倍功半。

　　幸而我的身体，是从困苦中锻炼出来的，坑内的劳动，也不见得怎么样苦。过了两三天，亚克觉得十分满足，说我可以成为一个顶好的坑夫。

　　然而我无论如何，总过不惯坑夫的生活。在坑内从事劳动的人。非得是喜欢沉静，不怕寂寞不可。在这里，半天或整日都不能够说一句话，全没有所谓慰藉或娱乐。像我这样的人，整日在太阳光下歌唱的漂泊者，哪里能忍得这等的生活。除了手上的煤油灯，没有一线光亮；除了打雷般的车轮声，流水声，水滴声和掘凿石炭的声音，沉重地冲破了沉寂之外，没有一点其他的声响。坑内的生活，是这样的阴郁的。

　　坑夫各有一定的位置，不能乱跑。在亚克伯父的左近处，也有一位同我一样的、推车子的男子。我们做推车子工人的，大都是小孩子，只有他，却是蓄着白胡子的老人。说是蓄着了白胡子，诸君也不要误会，他的胡子只有礼拜天才是白色的，礼拜一就变灰色，到了礼拜六的那天白胡子一变就变为黑胡子了。礼拜日他把胡子一洗，那么，才又变成白的。他是一位六十岁的老头儿了。从前，他是炭坑内的一个木匠，有一天遇着坑内崩了，他奋勇从乱石中救出了三位同事，因此他也失去了三个指头，以后就再不能做木匠了。不过，那时候，公司里每年给他一些赏金，借此维持着素朴的生活。谁知最近，那公司破产了，他的赏金也拿不到，所以不能不到这里来给人家推车子。

这老头儿有一个绰号，叫做"教馆先生"，人们除了这样呼唤他之外，他没有第二个姓名。因为这老头儿很奇怪，肚里很有些见识，什么都懂得，所以大家这样称呼他，这"教馆先生"的一语中，当然还含有嘲笑他的意思。

在吃午餐的当儿，我偶然和他谈了几句话，这老头儿就很疼爱我；我也因为喜欢听他的话，同他很要好得来。

普通，在坑内的人们，是不说话的，这回我们两人竟大谈起天来，所以我和他就得了"大牛皮"和"小牛皮"的绰号。

我在坑内过了几天之后，发生了种种的疑问，亚克却不能够满足地答复我。譬如我问亚克说："伯父，石炭是怎么样生出来的？为什么生在这里？"

"为什么？石炭是生在土中的。一掘就可以掘出来，所以我们就来掘它啦。"

亚克伯父的回答，一点也不得要领。我更想起了李士老人，他无论什么，都能够回答得我满心满意的。没有法子，我跑去问"教馆先生"。

"石炭吗？石炭是和普通的炭一样的。木炭是将树木伐下来，放在灶里烧成的。石炭呢，这可用不着人力，它是由自然的伟力，将几万年前生在那里的大森林烧成的。"

我惊疑地望着了他，他又对我说："在这里，没有多少时间，来和你闲谈，你若是想知道的话，最好是明天礼拜日到我家里来。我在这三十年来，蒐集了种种的石炭块和岩块，只要是有心目的小孩子,那么,他听了我的说明,一定可以明白。坑夫们都讥笑我,说我是'教馆先生'。我看你似乎还看得起我。一个人不单是能够动动手足就算的,还非得使用头脑不可。人不应当是吃完就睡,睡完就吃的。我像你那样年轻的时候,什么都想知道到底。自从在这炭坑内作工以后,也总是向着技师们问长问短,牢记在心里。得到一文钱入手时,就拿去买书看。所以我现在才会比同伴们懂得一点东西。当然我现在没有念书的余暇,也没有买书的余钱,可是我的眼睛,还是开着的。不单是两个窟洞,并且还可以看得懂事物的,你的眼睛,也似乎还能够懂得事物。明天你来吧。我们来谈谈好吗。"

第二天,我告诉亚克,说我要到"教馆先生"的家里去。亚克笑着说:"哈哈,'教馆先生'也得到了谈天的对手了。你去吧,也不是没有用处的。不过我要告诉你,就算你在他那里,学到一点东西,也不要太自夸啊……那老头子要是没有这点毛病,也实在是一个好人物……"

"教馆先生"的住家,并不同其他的坑夫在一处。也借住在一间建筑在半山上的、孤寂的茅屋里。房间是像堆东西的地方一样的,床脚都长出了木菌来;地方是再潮湿没有的了,不过时常在多湿气的坑中,每日被水滴淋惯了的身体,这倒不算得什么。

"教馆先生"之所以选定这地方,因为在这山腰里,有很多的洞穴和自然的缺陷,便于采取种种的石块或化石等类的东西。

我寻到了他家里。他今天又变了雪白胡子的老人,很高兴地迎了我进去。

"你来了吗? 我正把酒蒸栗子做好了。我要开导你的耳目,同时还要开导你的胃腑呢。"

酒蒸栗子就是把煎好的栗子,再用白葡萄酒蒸熟的。这是这地方有名的特产。

"吃了酒蒸栗子后，我给你说明，再将我的陈列室，也给你看看。"

他神气十足的。像很好的博物馆一样，自眩着自己的陈列室，怪不得他的同伴们，要那样地愚弄他。

实实在在，他那陈列室，正像他的寝室一样的可怜，壁上钉着粗笨的架子，一些肮脏的石炭片和石片排列在这架上，这样就是他的陈列室了！不过他的努力，实在是不小，三十年间，从各地拾来的化石类，标本，很足以使地质学者和博物学者们羡慕。"教馆先生"的自夸，也不是无理的。

吃了栗子，他就给我讲释："你想知道石炭是怎么样生出来的吗？我的陈列品，就能够说明。我们的这世界，并非老早就像现在这样的。几万年几亿年之前，地球上只有那些像热带地方的羊齿植物，这植物繁荣过了几十年之后，又长出其他的一种。这时代，世界上还没有动物咧。这种植物，交互生了若干代，那枯干了的枝叶，渐渐腐败了，埋在地下，就变成了我们现在每天搬运不尽的石炭的层岩。试看看我集起来的化石，和呈现种种的叶形的石炭块，就可以知道那时代，有了怎么样的植物。你好好地细看一下吧。学生们时常把植物的叶子取来挟起，大自然也正是这样地埋了起来的。"

他给我看了种种的标本，同时更对我说明了："然而要变成一石炭层，须多少的植物呢？依学者们的计算，那数量是值得惊异的。把一方繁茂的森林伐下，造成同面积的石炭层时，仅可以积厚六厘六毫。我们所掘的石炭层，大抵就有六十尺乃至一百尺厚。百年的老森林，伐了下来，刚可以积成六厘多的石炭层，那么，要积到六十尺的厚层时，要多少的树木呢？你算得出来吗？那里非得长过一万次的百年的老树不可啦。这样算起来，最快也非得要一百万年。这不令人可怕吗？！不过石炭的生成，是不是就在那些生长植物的原地方？各学者中间，也正有种种的议论，我当然更不敢断定了。有人说，丛生的植物，因了天地的变异，都流到海里去了，成排成筏地流来流去，散沉在各处，就变成了石炭层了。"

他还说了很多关于石炭的故事。我以为他真是有学识的先生。在他家里逛到深夜，才回家去，并得了不少关于石炭的知识。

第二天，我们在坑内碰着面时，亚克伯父对"教馆先生"说："喂，先生，这小孩明白了你的道理了吗？"

"这小孩真不错。他将来一定会有出息的。"

"是吗？我可得了一个帮手，真不错啦。"亚克说着笑了。

我们马上就动手工作，当我第五次将车子推到坑井口去的时候，我听见了坑井上有一种可怕的——猛烈的地鸣一样的音响。我自从在坑内做工以来，从不曾听过这样可怕的声音，似乎是什么地方崩坏了的。同时，各方面都起了反响。到底不知道是什么一回事。我惊惶失措，匆匆之间，只想向梯子那边走。

但是，我从前因为胆子小，时常要受人家的讥笑，丢了几次脸；所以，我想这次不要太慌张，惹人笑话；定着心细看一看。是瓦斯爆发了吗？或许是，这不过是搬运车子颠了下来也说不定。总之，当不是十分重大的事情吧。我正在这样设想的时候，突然，成群的鼠，像一中队的骑兵，在重围里冲出来般地，用全速力在我的足边走过。

这瞬间，我听见了地上和回廊的壁中，似有流水的声音。我们所在的地方，是干了的，不应该有湿气，我把煤油灯放在地上，往前一照时，果然是浸了水，水势并且凶得很。那是从坑井方面流了来的，回廊上也早已浸着水了。最初的那可怕的音响，当是因坑井上突然落下水来时所致。水势凶狠极了，不一瞬时，坑内已全浸透了。

这正是一大不幸事。

大洪水

我把车子丢在轨道上，跑到亚克伯父的地方。

"伯父，不得了呀! 坑内长了大水了!"

"哈哈，又要乱噪了!"

"是真的啊! 河底崩漏了! ……快跑吧!"

"不要总爱胡说啦。"

"不是骗你的。不得了呀! 不得了呀!"

我太认真了，亚克也把十字锹放下来，侧耳倾听。我最初听见的那音响，更加厉害起来。坑内早已浸了水，这是无可疑义的了。

"唔，糟糕了，浸水啦，浸水啦!"他大声叫起来，匆忙地将足边的煤油灯拿起。坑夫遇着危急时，最先留意到的，就是这盏煤油灯。他拿起灯，滑了下来，口里嚷着说："快跑，快跑!"

"教馆先生"也听见了奇怪的声音，从工作处下来。亚克唤着他说："先生，坑内似乎浸了水哪!"

"河底崩漏啊!"我叫了起来。

"不要乱噪!"

"不管什么，总之先到梯子那边去。""教馆先生"平静地说。

回廊上的浸水，已经达到了膝盖，不容易跑。我们拼命地跳，沿路向那立在架子上做工的人唤着。

"大水来了，快跑吧! 快跑吧!"

幸而我们工作的地点，离梯子并不很远，所以才能够赶得及。

要不然,恐怕一定要误了性命吧。"教馆先生"最先跑到梯子边,可是他停了步说:"你先上去吧。我年纪也大了,胆子都比你壮些。"

现在不是讲谦让的时候了。亚克伯父最先攀上,我居第二,"教馆先生"押后。跟着我们后面,似乎还有十余人爬上来。这一百五十尺的高度,有的从梯子,有的从石阶爬了上来的,其困难当可想见了。

我们的速力,实在快得可怕?不一刻,将要攀登了最后的一层梯子时,瀑布一般的流水,突然冒着头冲了下来。我们的引路的煤油灯,几乎都给水打熄了。我们的身体,也险些儿被水冲堕了。

"紧紧抓着爬上去!"亚克唤着。

我拼着命抓住了梯子的横木,突破了猛冲下来的水流上攀。跟在我们背后的坑夫们,似乎都给水冲下去了。我们若是处在更低十级时,恐怕也要遭了同一的运命吧。

我们好容易才攀到了第一号工场,然而这并不是就算得救了。我们非得再登一百八十尺,不能达到人世。

第一号工场的回廊,也早已浸了水。我们的煤油灯,都已失明,坑内黑得连方向都辨不出来。

"没有救了!""教馆先生"还是用沉静的语调说,"路美,让我们来作最后的祈祷吧!"

我也以为只有待死了,这时候,回廊的那头,呈现了七八盏煤油灯,零乱地向这边走来。

水已经达到了大人的膝上了。而且水势正像急流一般凶狠,粗大的木材,像鸟毛一样的旋涡般流着。

向我们走来的坑夫们,都是想渡过了这回廊,到梯子口去的,可是这样的急流,谁又能够稳渡过去呢?!种种的东西,各处横流着,站着也有点感觉危险哩。我们幸而避入了一处水势稍缓的地方,得以无事。

"没有救了!"坑夫们的口里,发出了绝望的叫声。

比谁都要沉着的"教馆先生"这时候开口说:"到梯口去,是没有得救的了。但是走得到旧坑时,或者尚有希望。"

所谓旧坑,就是从前的发坑。谁也没有去过的,当然也就不认得怎样去好。众人之中,只有"教馆先生"因为时常冒着险搜集岩石,所以只有他才晓得路径。

"把煤油灯给我,我带你们去。"

在平时,"教馆先生"开口说话,他们就要嘲笑他,不理;可是这时候呢,最强有力的人,也失却了他的力量了。在五六分钟前,谁也不当他是什么,现在听见他说这话时,七个人一齐地,像约好了一样地递了煤油灯过去,口里说着,"喂,先生!"这"先生"二字中,再也没有半点嘲笑的语气。

"教馆先生"接着了一盏灯,同时一只手牵了我的手,在前头拔步就走。

我不知道我们在回廊上走多少时候,忽然"教馆先生"停了步,喊起来说:"没有法子可以走到旧坑去了!水势是这样的急。"

浸水由膝上达到腰围,由腰围又达到我的胸口了。我差不多再提不起步来。

"那么,先生,怎么样好呢?"大家的声音有点发抖。

"我们只有先逃到最近的袋里去。"

"以后呢?"

"到袋里去,不就是绝路了吗?"

我们所称为"袋"的,是将旷脉波状隆起的地方,掘了上去的;比普通的工场要高一些,可是再走不上去,恰像口袋一样,没有出路,所以就叫做"袋"。我们逃进了"袋"里,也不知道有没有希望。

只要水淹到"袋"这里来时,一切就完了。但是,还有什么法子呢? 路只有两条可走,一条是跑上"袋",一条是不顾一切向回廊突进。

"教馆先生"向"袋"里走去,大家跟在他背后。坑夫们有三个留在回廊里,我们以后可就永远再没有看见他们了。

一会之后,走到了袋口,我们爬了那斜坡。我们刚才是拼命地寻出路,所以不觉得,现在逐渐安定了时,才听见了坑内可怕的音响。各处地崩的声音,旋逆的水音,木造物的破裂声,被压榨了的空气的爆发声,种种千奇百怪的声音,并在一处,振耳欲聋;这时的恐怖,并非笔墨所能形容的。

"呀,呜呼哀哉了!"

"坑内全灭了!"

"没有救了!"

"上帝呀,快来救我们吧!"

各人的口中,发出了这种种绝望的叹声。

"教馆先生"总是静听着人们的话,忽然向大家说:

"这样地攀在岩上,没有半点站足的地方,马上恐怕就要疲倦了,跌落水底去。我们何不努力掘出一个立足的地方来?"

这是真实的忠告,不过谁也没有带锹。

"把煤油灯的铁钩来掘吧!""教馆先生"接着说。

没有法子,我们用坚牢的煤油灯铁钩子,各自发掘着站足的地方。这工作实在很不容易。地盘的倾斜度,是那样的峻险,地质又是岩石,滑溜溜的,一点也不能不留神。偶一不慎,跌下去时,就恐怕没有生还的希望。我们因为性命的关系,拼命地掘洞立足,数分钟后,总算有地方立足了。这样地,我们才舒服一些,没有滑下去的危险。

我们总共有七个人,"教馆先生",亚克伯父和我之外,还有三个坑夫! 杰克,吉士,亚吉——一个推车工妈吉,他的年纪,比我只多二三岁。其余的诸人呢，都在回廊上走失了。

坑内的音响，有加无已。

像是大炮声，雷声，家屋倒塌的声音，合拢起来，也没有这样可怕。这正像全世界毁灭了时的凶狠。

谁也不知道这大水是怎么样涨起来的。

"恐怕是坑外边涨了大洪水吧。"

"或许是大地震。"

"不是旧坑内喷出水来了的吗？"

"炭坑内的妖怪作弄了起来的吧。"

"一定是河底崩漏了！"我抢着说，因为我想一定是这样的无疑。

"教馆先生"耸一耸肩，露着想说话的样子，停一刻，启口说："总之，浸水是无疑的了。然而谁有本事，能知道这大水是怎么来的呢。"

"不是河底穿了洞吗？"

"别要胡说！"

"我以为一定是地震。"

"这事我也不知道。"

"不知道就不要开口好哪。"

"不过我知道这一定是涨大水无疑，所以也用不着着急。而且这水是从头上灌下来的。"

"先生，谁还不知道涨大水呢？并且谁也都知道是从头上灌下来的啦。水从来就不会往头上流的。"

"你也只不过是知道这么一回事，那还不是同我们是一样的吗？神气什么呢？！"

"教馆先生"不再开口了。四周的声响，噪嚷得厉害，所以各人谈话的声音,也得放大喉咙。不过话声总是有点不同,比寻常要沉重些。

过了一会,"教馆先生"对着我说:"路美,你也讲几句话吧。"

"老伯伯,你叫我讲什么呢?"

"什么都好。你随口乱讲就得了。"

"随口乱讲,这不好笑吗……我也没有什么话好讲,那么,谁也不知道这大水是怎样涨起来的吧。"

"好,好,""教馆先生"点点头,"这次要慢慢地讲。"

我发了几点疑问,"教馆先生"也不作答,只是说着:"唔,好,好。"

"喂,先生有点不对啦。"杰克说。

"先生,你发痴了吗?"

"真的有点不对。怎么样了?喂,先生,醒醒精神吧!"

三个坑夫这样唤着。

"我并没有发痴。""教馆先生"冷静地说,"你们在噪闹时,我正在研究学问啦。"

"什么,研究?你又来了!你研究了什么了?"

"就是说,即使全法国的水,都倾到这坑内来,我们现在的地方,也不会浸水。所以我们不怕会溺死啦。"

"有,有这样的事吗?"

"先生,你有什么道理,可以那么样说?"

"你们试看看这煤油灯。"

"煤油灯?煤油灯不是好好地燃着吗。"

"一点也不奇怪吗?"

"唔,有点不同。燃得起劲,火焰也比平时短些。"

"那么,先生,你是说瓦斯爆发了的吗?"

"不,用不着愁。浸水决不会再高起一尺来的。"

"喂，先生，别要说得那么莫明其妙地，令人摸不着头脑吧。"

"我并不是说得神秘。我们现在恰像在充满了空气的排气钟一样的。空气把水压住了，所以就再涨不起来。若使这空气能够散出去的话，那么，这地方也一定早已浸到顶了。"

他虽然这样说，但谁也不相信他的话，窃窃私议。

"先生，别要胡扯吧。大石头也冲得动，大树也连头带根都拔得起来，世界上再没有比水更厉害的了。"

"那是在水可以横行直闯的地方，才会那样。可是这里就不行。你试将玻璃杯覆在水上，看水能不能够升到杯底。总不会吧。那就是因为杯里空气的抵抗。这地方也恰像杯子一样。逃到这里来的空气，留在这'袋'里，和水对抗着呢。"

"我明白了，我完全明白了。喂，大家听我说好吧。你们不应该轻侮他是'教馆先生'。他知道我们所不知道的东西哩。"

"那么，先生，我们可以得救了吗？"妈吉开口这样问。

"我并没有说我们就可以得救。不过不愁遭水淹死，这倒是真的。这里像一口'袋'一样的，空气逃不出去，所以我们得救了。但是空气逃不出，我们也就逃不出。"

"先生，这水什么时候可以退呢？"

"这我怎么会知道呢。我不知道这水是怎么样涨起来的，所以也不知道它什么时候退。"

"这不是大水吗？"

"当然是大水啦。我是说，这大水是从何处涨出来的呢。是大风雨了吗？是水源地破坏了吗？或者是大地震的结果吗？那非得是出了这坑中，不能知道，在这里是没法推想得到的。"

"或许地上也浸了水吧，女人们怎么样了呢？"吉士忧郁地说。

"教馆先生"也说,地上说不定也浸了水。

大家感到了恐怖,因而都默不作声。

刚才是那么样可怕的水声,完全停止了。这寂静更是使人害怕。人们只是时时听见了打大炮一般的轰音,震撼了天地。

"坑内似乎全变了大海了。""教馆先生"喃喃地说,"再不留有可以浸水的地方了。"

"啊,我的小特呀!"杰克似梦醒了般地,发出绝望的唤声。

小特是杰克的儿子,他是在更深的地底下——第三工场里做工的。听见了"教馆先生"刚才说的话,他似乎突然想起了自己儿子的运命了。

"啊!我的小特呀,小特!"杰克接连唤着。

"不要那么样的失望。""教馆先生"安慰他说,"小特也像我们一样的,找着了'袋',避了进去了吧。上帝一定不会使我们三百人的同伴,都淹死了的。"

今天早上,最少有三百人走进了这第二号坑内的。其中有多少人逃得出去?

有多少人能得像我们一样的,找着避难之所?抑或我们的伙伴,都葬身水里了呢?呀!这只有天知道吧!

现在支配着我们胸中的,已经不是对于他人的同情和怜爱。我们没有这样的余裕。

"先生!"亚吉唤着他说,"你说我们应该怎么样好呢?"

"怎么样好。只有在这里等等看吧。""教馆先生"说。

"再没有别的法子了吗?"

"没有别的法子吧。要不然,你想用煤油灯的钩子,可以掘穿一个一百八十尺的洞孔吗?"

"但是,这样,我们不会饿死了吗?现在我们最怕的,就是没有饭吃。"吉士插嘴说。

"恐怕也会饿死吧。但是,可怕的事情,并不只是饿死。"

"喂,先生,不要大言惑众吧。究竟,还有什么事那样的可怕的呢?"

"肚里饿还可以挨得过去。我曾经看过了这炭坑的老记录,在四五十年前,也是因为坑内浸了水,淹死很多人。那时候,像我们这样觅到避难所的人们,一点东西不进口,挨了二十四天,卒至得了救。所以五天十天不吃,也不愁就会饿死。"

"那么,是什么才可怕呢?"

"你不觉得脑里沉重?耳里发响?呼吸困难吗?"

"是的,我觉得头痛。"

"我老早就觉得胸里发闷的。"

"我快要发狂了!"

"我的喉咙那里,像要破了!耳朵里也响得厉害。"

"就是那个,可怕的就是它!在这样'袋'里的空气中,我们能够活得多久,因为我不是学者,所以也无从知道。不过若是全坑内都浸满了水的话,那么,这水至少要高过我们头上一百二三十尺。你们也知道从百尺高落下来的水力,可以喷出百尺高去吧。所以,这'袋'内的空气,就受着了那样可怕的压力。人们在这样被压榨了的空气中,能够活得多久,那只有等过了这回的经验之后,才能够明白。我说可怕的,就是此事。"

我并不十分明白什么叫做被压榨了的空气。"教馆先生"的话却使我的恐怖心加厉。其余的坑夫也似乎受着了同我一样的影响。他们真正像我一样的没有知识。这无知,又只有增加大家的恐怖。

"危险还不止此。受着我现在所说的可怕的压力,说不定到了最后,这地方还会破裂哩。"

"喂! 破裂?!"大家叫了起来。

"假使头上的地盘不很坚固时, 那么就会穿个大洞。"

"那么, 我们就可以逃生了。"妈吉大声地说。

"傻子, 胡说!"

"天井很坚固, 而且有一百八十尺那么样厚, 不怕会破裂, 不过我也不敢担保。"

各人的口中, 发出了祈祷的声音。我们之中, 不感到绝望的, 只有"教馆先生"一个人。

"大家都这样落胆, 即使得救, 也恐怕来不及。倒不如大家想一个法子, 不要跌下水里去。"

"我们不是早就掘好了立足的地方了吗?"

"我们能够永远这样站着不动吗?"

"你的意思, 以为我们要在这里过好几天吗?"

"我可不知道要在这里过多少日子。"

"不久就有人来救我们吧。"

"或许有人来救我们吧, 但是不知道要多少日子才能来到这里呢? 不是在外边的人, 连猜也猜不到的。在这期间中, 滑下一个人去, 就是死一个人。"

"那么, 我们大家捆在一起好了。"

"有绳子吗?"

"大家拉着手好了。"

"教馆先生"沉静地说:

"我以为最要紧还是在这里掘成几个阶级。只是两级就得, 上级可以坐四个人, 下级可以坐三个人。"

"但是, 先生, 我们用什么来掘呢? 又没有十字锹那样便利的工具。"

"稍软的地方，用煤油灯的铁钩子掘，坚硬的地方，就用身边的刀子掘好了。大家都有刀子吧。"

"不行，不行，用铁钩子和刀子，哪里能够掘石壁呢？"

"不管它二天或三天，只要拼命地掘就得了。"亚克说。

"假使哪个倦睡了，不留心跌下去，一命呜呼啦！""教馆先生"起劲说。

"教馆先生"素以大胆和决断的特色，支配了我们。他的威力，现在更是一刻一刻地增大了。这时候，谁都感到了只有依靠着他。若使我们能够救得这条性命，那也是他的福荫。

所以，大家都听从了他的命令，着手掘阶梯了。

"那么，找一个松软的地方掘好了。""教馆先生"说。

"大家听我讲句话好吧。我想和诸位商量一件事。"亚克伯父向着大家说，"无论做什么事，不能不有一个头脑，我们就推先生做头脑——请他做我们的指挥者好吧。"

"什么，推'教馆先生'做头脑？我们不是一样推车子的吗？"妈吉很不服气似的说。

妈吉是一位笨脑的青年。

"傻子，别要胡说！谁也不是说因为他是推车子的，就推他做头脑。我们是挑一个最有本领的人做头脑哪。"

"吉士哥，你不是一直到昨天，还没有这样说过吗？"

"是的，我直到昨天，还是像你那样的是一个傻子啦。"吉士这样说后，又转向"教馆先生"说："先生，就请你做我们的头脑好吧。我有这样的力气，什么事都听你的话去做。"

"我也什么事都愿意做。"

"请你就做我们的指挥者吧。"

"教馆先生"还是沉静地说："要是承蒙诸位不弃，那我也未尝不可以做。我们不知道要在这里住多少天，而且说不定会有什么事情要发生。恰像破船的乘客们，紧抱着海上浮木头等救星一样的。在扶着木头时，还有空气和阳光，可是在这里呢，简直是活地狱。

所以我们非得协力相助不可。大家若不是绝对地听从我的话时，我就不愿意负这大任。"

"我们一定听你的话的。"大家异口同音地说。

"你们若以为我的话有道理时，会听从我也说不定，但是若有不惬意时，恐怕就不一定会首肯吧。"

"无论你说什么，我们都一定能够听从的。"

"大家都知道你说的话，很有道理的。"

"凑齐了全涡鲁斯的坑夫，也没有像那样清楚的头脑。"

我不知道人们的境遇，能够在一瞬间，完全变换了他的意见和感情，假如是厉害的境遇。我更为在生死的关头上，有头脑和没头脑的人们，竟这样地分明区别出来的一事，吃了一惊。

"那么，你们能够在上帝之前发誓吗？""教馆先生"更促着他们。

"我们对上帝发誓！"大家一齐说。那么，"教馆先生"就做了指挥者，大家就部署动手了。我们的口袋中，各有一把锋利的坚牢的小刀子。

"挑力气最大的三人来掘！""教馆先生"下命令说，"力弱的路美，妈吉，杰克和我四个人搬泥土。"

"不，用不着你动手。"硕大的亚吉制止了"教馆先生"说，"你是技师啦。技师只要监工和指挥就得了。偶一不慎，让你跌下水去了，大家就都没有希望哪。"

大家的意见，都同亚吉一致。"教馆先生"应该远离开危险地域, 格外保重。"教馆先生"实在是我们的救星——我们的引导者。

掘阶梯这事, 只要有工具, 那是再容易不过的, 可是只有刀子, 就不免有点费事。而且站在险峻的、容易滑下去的斜坡上, 没有立足得稳的地方来工作, 那困难更是不用说了。

我们不休不息地, 拼命掘了三个多钟头, 结果是意外地成功, 总算把阶梯做成了。

"停工了!"持着煤油灯任指挥的"教馆先生"说,"目前只要坐坐就行了, 以后有工夫时, 再扩大吧。最要紧还是要惜力, 以后我们还非得劳动不可哩。"

大家息了手,"教馆先生"和亚克伯父, 妈吉和我四个人坐在上级, 杰克, 吉士, 亚吉三个人坐在下级。

"煤油灯也要省些点。只留一支, 其余的都熄了它吧。"

我们本来是点着四盏灯的。

我们只留一盏, 刚想把其余的三盏吹熄时,"教馆先生"制止了说:"等一等。只留一盏, 若是被风吹熄了就糟糕了。这里当然不会有风吹到, 不过总得当心一点好。你们哪一个身上有洋火吗?"

照规则, 坑内是禁止带洋火进去的。

规则虽然禁止了, 然而坑夫们大抵口袋内都有一盒洋火。现在给"教馆先生"一问, 他们知道了此刻不必受罚了, 四个人同声地说:"我有。"

"我也有。""教馆先生"自己说,"可是打湿了。"

他们四个人的洋火, 也是一样。因为大家都是藏在裤袋里的, 所以在刚才浸在水里时, 全部浸湿了。

不容易理解事物的妈吉, 说话也比人家来得慢, 他这时候才开口说:"我也有一盒洋火。"

"你的也打湿了吧?"

"不知道怎么样，我把它放在帽子里的。"

"怎么样了，把帽子拿过来我看。"

妈吉的头颅，本来是大得很的，头上还戴着一顶毛的大帽子。

"教馆先生"说了后，他还不愿意交出来，只拿出了一盒洋火，递给了他。因为放在头上，所以没有弄湿。

"那么，煤油灯吹熄了吧。""教馆先生"命令说。

现在只存了一盏灯，阴森森照着我们的阶梯上。

是多么的寂静！没有半点声息。足边的水，也静悄悄没有些微音响。就连一点微动也不动。这一定是像"教馆先生"所说的一般，全坑内都淹在水里了。

这沉重的寂静，死一般的肃穆，比当初浸水时的音响，更加使我们战栗。

在工作的当儿，还可以混过去；像这样的不动在这里休息时，那不可言喻的恐怖心，猛烈地迫近了来，使我们难堪。"教馆先生"也忍不住了，垂着头沉思。谁也没有开口的力气。

突然间，温熟的点滴，滴在我的手背，妈吉正在掉泪了。

同时，下级的坑夫们，也约好了似的在叹气。

"呀！少特！我的少特呀！"

杰克频频呼唤着自己的儿子的名字。

空气是这样的沉重，呼吸更加困难。我的胸中似乎塞住了，耳朵里锵锵作响。

"教馆先生"忽然向大家开口了。这是因为他感到了没法子，抑是为了抵抗那重压的感情吧。

"我们查查看，有没有吃的东西？"

"先生，我们还是非在这里挨过些日子不可吧？"亚克又问他说。

"我可不知道，不过我们总得那么样想，早预备好。谁带有面包吗？"

谁也不做声。

"我的袋子里有一个馒头。"我说。

"在哪个袋子里？"

"在裤袋里。"

"那么，恐怕早已变成水汁了吧。你拿出来看看。"

摸摸袋里，取出来一看，果然变成浆糊了。我大失所望，想把它丢了。"教馆先生"制住了我的手说："不要丢了。你现在丢了，一下子就要后悔不及了。"

他说后并向着大家开口说："谁也没有带着面包吗？"

还是没人答应。

"这就糟糕了。"

"先生，你肚子饿吗？"亚吉问。

"我不饿。谁有面包，给点路美和妈吉吃吧。"

吉士不服地说："那不行，我们大家一样都是肚子饿啦。"

"这么样说，好得这里没有面包。你发誓说过愿意听从我的指挥，可是碰着不合你的意思时，你就反对。"

"先生，请你不要生气。我决不使吉士再说话。"

"谁都像你这样做的话，那么这里只要有一块面包，不就要打起来了吗。你要知道，为什么有面包就得给妈吉和路美吃呢？这明明是法律上规定的。"

"法律上规定了说，给妈吉和路美面包吃吗？"

"是的。法律上虽然没有指定妈吉和路美名字，可是却规定了凡是遇着天灾祸变时，最先就得救恤六十岁以上的老人和未成年的小孩子。"

"那么，你不是已经过了六十岁了吗？"

"我可不要紧，而且平素就不大吃东西的。"

妈吉想了一会，才开口说："要是我有面包，那么，我就可以自己吃吗？"

"是的，不过要分些给路美。"

"要不给他又怎么样呢？"

"不给他，我就要连你的也没收了。你不是也发过誓了的吗？"

妈吉又想了一会，突然脱了头上的帽子，从帽子里拿了一块面包出来，递给"教馆先生"。

"我有一块面包。"

"你这帽子真像变戏法的帽子。"

"里边还有别的东西啦。"

"有没有？你把帽子拿来我看。"这是"教馆先生"的命令。

妈吉不想将帽子交出来，可是其他的人们将它强抢了过来，交给"教馆先生"。

"教馆先生"将帽子持近了煤油灯，查看帽里还有什么东西。我们现在的这等境遇，本来是无所谓愉快的，得了这帽子的福荫，我们暂时得以大笑一阵。

帽子中有烟斗，毽子，一片香肠，桃核雕成的笛子，羊骨雕刻的玩具，三粒胡桃，一个洋葱头。真是奇妙的东西。

"今夜分给你和路美一些面包和香肠吧。"

"我，"妈吉的声音带着悲伤的调子，"早就肚饿了，饿得要命。"

"忍耐着吧，不知道什么时候才得出去呢。"

"谁也没有带表吗？我的表停了，不知到底是什么时候了。"

"我的也弄湿了，停了。"

绝　望

　　我们之中，只有两个人有表，而现在又都停了，全然不晓得时候的早晚。现在究竟是几点钟了呢？一个说是十二点左右，一个又猜是午后的六点钟左右了。若使是十二点钟，我们进坑内的时间，只有五个多钟头，这似乎应该不对吧。我觉得我们最少当在坑内过了十个钟头以上了。

　　暂时议论着了时候的迟早之后，又各自沉默下去了。每个人都像在想着心事。

　　水的恐怖，黑暗的恐怖，死的恐怖，一齐压住了我的心胸。我再看不见丽色了吧。我再看不见叶琴，亚历，泽民，马撒们一班人了……再碰不到美丽甘夫人和亚沙，再看不见宝莲了。还说什么王子的母牛呢！

　　"你们听见什么声息吗？"

　　"没有，你听见了吗？"

　　"不，就因为听不见才问你啦。我以为没有人会来救我们了。涡鲁斯村一定全灭了。"

　　"我也是这么样说。要不然，就是他们以为我们都死了，不会动手来营救。"

　　"是的，一定是看着我们死了算数的。"

　　这时候，"教馆先生"插口说："喂，你们为什么要那么样乱猜呢？什么都不知道，只管怨他人，这是不应该的，你们也应该知道坑夫都有互相扶助的精神吧。坑夫的性质,假使有一个人被泥土生埋了时,他无论牺牲十条二十条性命,都非得把那个人救起来不可的。这用不着我说,你们也是早已知道了的。"

"唔,这倒是真的。"

"那么,他们就不会看着我们死了算数。"

"一点声息都听不到,所以担心哪。"

"你要知道这里是一百七八十尺的地下哩。你以为在这里还可以听见外面的声音吗?……不过我们不知道此次的原因,这就糟糕。总之,我以为这不是因为地震,使村内全灭了的。要是地震,我们也总得知道。现在最要紧的,还是要知道那三个坑井怎么样,恐怕也坏了吧。入口的回廊,恐怕也不能无事。要谋救我们,总得先准备好些时间,我虽不敢说我们一定会被救出去,不过我敢担保,上面的人们,一定是在准备怎么样营救的方法。"

"教馆先生"说得起劲,大家也有点相信,自然安心了一会,透了一口气。

"若是他们以为我们都死去了,那也还会来营救吗?"

"一定来的。吉士,你要是不放心,就敲敲壁上,给上面的人们知道。你知道土地最会传达音响,即使在一百八十尺的上面,只要他们留心到,那也可以听得见的。"

吉士用他的大皮靴,拼命敲着石壁,亚吉和其他的人们也都帮着他敲。

"就算上面的人们听见了,他们将怎么样营救呢?"亚克伯父问。

"不是从地上掘了下来,就是吸干坑内的积水。"

"什么话?从地上掘到这里来?!"

"这么多的水怎么吸得干!"

"教馆先生"沉着地对这人们说明。

"我们在一百八十尺。地下,算他们一天掘二丈连二三尺,那么,就得七八天的工夫。"

"先生,一天哪里能掘得到二丈二三尺哪?"

"在平日当然是不行啰。不过他们一定是拼命地加工的。"

"我们能够在这里多活八天吗?先生。"

"我们忍不住啦,在这里要住八天!"

"教馆先生"虽曾说过有一次坑夫们埋在地下二十四日,还得生还的故事,但那只是记录,而我们现在却是实际问题。而且过了八日后,到底有没有人来营救,还是问题。

不知道过了多少时候,突然听见了妈吉的唤声。

"喂,有声响呢。"

妈吉差不多是动物一样的。他具有动物一般的敏锐的官能。

"什么?听见什么了吗?"

"水里听是有声音呢。"

"你不是把石头弄下去了吗?"

"不,不是石头的声音。那声音很沉重。"

我们屏声息气,侧耳倾听了一会。

在地面上,我也算是听觉灵敏的了,可是在穴内呢,我决比不上坑夫们。我无论怎么样听不到,"教馆先生"点点头说:"水里有声音。"

"是什么的声音呢?"

"不晓得。"

"不是水退的声音吗?"

"不是,声音并不连续,只是断断续续的。"妈吉说。

"这是水动的声音,很有规则,一定是用搬运车汲水无疑。我们一定可以得救了。""教馆先生"叫了起来。

"那么，我们可以得救了吧！"

大家似乎被通了电气一样地站了起来。心里都壮大些了。

然而从希望的梦中渐渐清醒，回到现实的世界来时，我们知道这不是可以安心的事。

"先生，这水三天内可以汲得干吗？"

"不很容易吧。我以为这坑内的积水，总在二十万乃至三十万立方米之间，我们这地方，是第一工场，用不着等到水全干了，不过算它三个坑井中各有二架搬运车子来汲水，那么，也不是四五天就可以达到这里来的。"最初那样高兴的"教馆先生"也垂头丧气了。

总之，知道上面已经在营救我们，也就使我们放心了不少。不过使人难堪的，就是我们坐的地方太狭小了，以致全身的骨头都坐得痛起来。而且，早就没有一个不感到脑里痛得厉害的。

我们中间，最不觉得什么的，要算是妈吉，他只是唤着肚子饿。

没法子，"教馆先生"也只有取出刚才从帽子里寻出来的面包，分给了妈吉和我两人各一块。

"我还不够。"

"现在都吃下去，等下子就再没得吃啦。"

其余的人们都馋瞧着，但是已经发了誓，所以也只好不作声。

"不能得到吃的东西，喝口水总可以吧。我早就口渴得要命了。"亚吉望着"教馆先生"说。

"随你的便吧了，要喝水你只管喝好了。"

"都给我喝干了吧！"

吉士正想跑到水边时，忽然"教馆先生"制止了他说："等一等，你不要滑下去。叫身材灵敏的路美去汲吧。"

"用什么汲？"

"拿我的鞋子去吧。"妈吉把鞋子递给了我。

我拿着鞋子，将要溜下去时，"教馆先生"又把我唤住了说："等一等，我拉着你的手。"他走下一步，身子弯向着我，突然不知道他是滑了足下，或是泥土崩了，不措手间，翻个筋斗跌到水里去了。我手里拿着照路的煤油灯，也同时跌入水内，以致"袋"内一时全变暗黑了，坑夫们的口中，各发出了恐怖的唤声。

看见"教馆先生"跌入水里，我就像新芬兰犬的天性一样，背靠着崖石，跟着他滑到水里去。我在乡下时，本来也晓得游泳，更兼后来跟了李士老人过日子时，每遇到机会，就到河里去游水，所以对于下水，并不觉到可怕。

不过在黑暗中，不知道要怎么样好。我正在不知如何措手的瞬间，"教馆先生"一抓抓住了我的肩膀，同时将我拖到水里去了。我用足踢着水浮了起来，他还是抓了我不放："喂，谁叫我一声吧。我认不出方向哩。"我大声唤说。

"路美，你在哪里？"亚克伯父唤着我的名字问。

我紧紧抓住了"教馆先生"，向发声处游去，一面唤着："快把灯点着！"

不一刻，煤油灯点燃了。

亚克伯父和妈吉走到水边，伸着手牵我们。吉士在上面用灯照着。

我们毕竟被拖上来了。"教馆先生"喝了很多的水，不过气力还很充足。他向着我说："路美，你让我向你接吻吧。你是我活命的恩人。"

"你才是我们大家的恩人呢。"

"我最吃亏，把鞋子丢了，水还喝不到。"妈吉喃喃地说。

"我去给你找来吧。"

"不要再找鞋子了。用不着去寻它。""教馆先生"制止了我。

"谁把鞋子拿来，让我去汲水。"

只有"教馆先生"才把水喝够。

"把这个拿去汲吧。让我们为先生的无事干一杯。"

拿了吉士的鞋子，我比第一次更小心地爬到水边，汲了水上来。

"教馆先生"和我皆得无事，但是全身恰像落水狗一样湿透了。最初我们还没有留心到，渐渐身体冷了起来。我们才想到。

"哪一个把上衣借给路美穿吧。""教馆先生"说了，谁也不答应。

"我真冷得没有办法。"妈吉先预防人家要他的衣服了。

谁也没有回答，"教馆先生"看看环坐的人们："我要不是这样透湿了，我可以把我的借他，但是现在没有法子。那么，就让我指出一个人来吧。亚吉，把你的上衣借给路美。"

我们身上没有一个不弄湿了的，有的是湿到了腰围，有的到了腹上。唯有亚吉因为身子长大，所以水只能浸到屁股上；他的上衣却是干的。

穿上了他的上衣，我马上就觉得温和起来。身体一温和，睡梦也就袭了来；我刚坐着打盹时，"教馆先生"两手紧抱了我的头，像慈母般地说："你要睡就睡好了。我抱住了你，不要怕的。"

我安安静静入睡了。

霎时后，我醒转来，车子汲水的声音，还是规则地响着。

坐的地方太狭窄了，很不舒服，我们着手把它再掘大些；此次我们已经有了地盘，所以却没有前次那样的困难。不久，我们掘得一个人可以横睡那么样的宽了，这样我们的身体舒服了很多。

　　自从我和妈吉分吃了最后一片面包到现在，也经过了不少的时间了。我们都是关在这活地狱里，谁也不能说出时间的长短。各人的想像差得很厉害，有的说只经过了两日，有的却说至少有六天了。这是非等到我们生还之后不能解决的疑问。

　　时间虽然没有法子推定，总之在被困二天或六天之后，杰克忽然从假睡中醒来，开口就说："我刚才做了一个梦。梦见圣母玛利亚立在我的床头说，你要是能成个诚心的信徒，那么，我一定可以救你出去。

　　"哼，什么叫圣母玛利亚呢！那样的东西也会显灵吗？！"奉卡尔米尼教的吉士马上就嘲笑了杰克。

　　你一句我一句他们两个人就相骂了起来，在狭小的阶梯里站着。到了这时候，"教馆先生"也不能置之不理，插了进去说话。

　　"要打架到外边去打吧！"

　　二人没有法子，只好再坐下去，嘴里还在咕噜咕噜的。

　　"吉士，你决不会再见天日的，当心点吧。你这没有信心的家伙！"

　　"你才是出不了这地狱呢！"

　　"我一定要出去给你看。"

　　"你出不了的啊！"

　　二人的论争暂归静默了，不一刻，杰克又像自言自语般地说："我一定可以出去的，所以不能够马上就出去的，都是因为这里有不诚心的家伙在的缘故。"他这话是对着吉士说的无疑了。

　　"哼，不错的，都是因为这里有恶毒的家伙啦。"吉士又顶了他一句。

　　"是的，我们中间一定有谁做过坏事，所以引起了上帝的发怒。"亚克伯父插嘴说。

"我在神前也是光明正大的。我从没有做过亏心事哩。你们有谁做过不可告人的事吧。"

"我还不是一样的清白。"吉士拍着胸膛说，"喝了几杯酒后，和人打一二次架的事，虽然不能说没有，可是在路上也不曾拾过人家的遗物。"

我突然声见背后有人啜泣的声音。回头一看时，亚吉跪在地上抽咽。他早就到上级来，坐在我和妈吉之间。

"做坏事的并不是吉士也不是杰克，"亚吉唤着，"做了坏事的就是我。我现在受着神明的责罚。我真后悔不及。现在对你们忏悔，乞你们听着吧。"

"什么，你干了坏事。赶快忏悔吧。"

"假使我有一天会从这里出去，我想马上就去自首；要是出不去的话，就只好拜托你们了。去年六月里，亚三为了偷人家的时钟，被捕了关进牢里去的事，你们都知道吧。那不是亚三偷了的，实在是我干的勾当。赃品还在我的垫褥下。"

"你这贼骨头，为什么不早说呢……把他抛进水里去吧。"

吉士和杰克同时唤了起来。若使哑吉此时在下级时，恐怕一定会被他们推落水里去吧。

"教馆先生"掩蔽着亚吉说："不要乱来！给他以充分的忏悔的时日，那就是神明的恩意。"

"呀，我真不该，我后悔不及了。"亚吉像三岁小孩一般颓丧地哽咽着。

"让他多喝几口水吧。"

"他要真的后悔，就让他跳进水里去给我们看看。"

吉士和杰克大有就要到上级来的威势。

"你们闹得太凶了。""教馆先生"这样说时，把手伸给亚吉说，

"亚吉,你牵紧我这只手吧。"

"先生,别要理他吧。这样的东西死了才好……就是为了他,连我们也出不去了。"

"不行,我要保护他。你们若非得把他推下水去,那么,就连我也一块儿推下去好了。"

这样,他们两人才算不闹了。

"先生,不推他下去也好,叫他滚到他那角头好了。谁也不同他开口,谁也不要去踩他。"

"唔,这样也好,都是他自作自受的,没有法子。""教馆先生"把亚吉推到一个角里去。

我们三个人也坐近了别的一边,总离得他越远越好。以后数小时间,亚吉蹲在一角里,动也不动,只时时叹着气,细声自说:"我错了,我真不该。"

或许他发了热吧,他那巨大的身躯,像树叶子一般地颤抖着,牙齿也索索作响。过了一会;才听见他低声地诉说:"我的喉咙干得着火了,请你们哪一位给点水我喝。"

鞋子里的水都已喝干了。我觉得他真可怜,想爬起来去给他汲水,可是吉士制止了我,亚克伯父也抓住了我的手不放我走。

"我们不是说过,谁也不去理他的吗。"

亚吉还在哼着唤喉咙着了火,但是看见总没有人去打理他,他就自己爬到水边去。

"喂,当心土崩了。"

"随他去吧。""教馆先生"说。

亚吉看见了我刚才是用背靠在地面滑下去的,他也那么样地学着做。但是他不知道我的身体轻快,哪里像他那样笨重的身躯;他把背紧靠着崖面,刚想滑下去时,石炭崖登时崩松了,眼看着他的身体嘭当一声，就滑下黑黝黝的水里去了。我们只听见了一声呼唤，马上那漆黑的水面又复合拢来，再看不见亚吉的影子了。

看见他跌下水里，我不觉想跑去救他，可是亚克伯父和"教馆先生"两边抓牢了我。

"祭送他去了。我们遇了救了。"不知道是吉士呢还是杰克这样说了。

我眼看着这可怕的光景，全身发抖，无力地又坐下去。

"横竖也不是一个好东西。"亚克伯父像大悟了般地说。

"教馆先生"不做声，隔了一会，才低声说："总算少了一个人呼吸氧气。"

我不十分明白他这话的意思，接着就问他，他似乎后悔了般地说："我不应该说这话哪。"

"为什么？"

"人是有面包和空气才活得着的。面包我们现在连一片都没有了，空气也不十分充足。在这样沉重的空气中，我们不知道还能多活得几天。亚吉所要吸的空气现在已经省下来了，所以我那么样说。虽说已经说出了口，就没有办法，然而这样不近人情的话，一定使我终身悔之不及呢。"

世上看有不可思议的事，眼前看见亚吉的丧身，谁都感到了恐怖的印象，可是迷信的坑夫们，反为得了新的希望一般的。他们更加胆壮了起来，奋勇击着"袋"的石壁。

这期间，使人一刻也难当的就是胃腑的欲望。到后来，竟爬到水边去，拾那浮在水面的烂木头等类的东西，来暂时压住饿火。

我们中间，最感到饥饿的妈吉，竟用刀子将鞋子切开了，嚼了起来。

到了这样的状态时，我的心里又起了一种不可形容的新恐怖。

我从前曾听过李士老人讲了很多的冒险故事,其中有一段,是说有一次汽船遭了难,船夫们都漂流到了无人岛里,因为觅不到吃的东西,结局是把同行中的一个小孩子杀了来充饥的。我听到了杰克他们不断地在唤着饥饿时,就想到我或者难免也要遭着和那小孩子同一的运命。亚克伯父和"教馆先生"是尽力保护我的,但是"教馆先生"的命令,是不是永远具有绝大威力的呢。具有野兽一样天性的坑夫们,到了生死关头时,还怕他不会做出何种可怕的事情吗?尤其是看见妈吉闪着眼睛,露牙突齿在吃皮鞋的那样子,更使我不能够安心。

当然在头脑冷静的时候,觉得这等恐怖,是杞人的忧天一样的。不过过着了像我们这样的境遇时,自己也管不住自己;支配着自己的一切的,早已不是理性,或冷静的判断。

最使我感到恐惧的,是因为没有灯火的一事。有限的几盏煤油灯,灯油渐渐地减少,现在只存了二盏,不是因为必要时节,是不肯燃的。

在这样的黑暗世界里,不单是使人寒心,即偶一不慎、把身体乱动一动、也会有掉到地狱里去的危险,真是使人一刻也不能放心。

自从亚吉丧命后,上级和下级都只有六个人,身体躺得舒服了好多了。我是在亚克伯父和"教馆先生"的当中的。有一个时候,我正在蒙蒙眬眬,不清不楚的当儿,听见"教馆先生"似乎在做梦般地喃喃地在说话。我马上醒起来,侧耳听了一会。

"噢,真多的白云。云这东西真好看哩。噢,吹风了?风也舒服啦。""教馆先生"无条理地乱说。

我以为他是在做梦,伸手摇摇他的身体。可是他还是只顾说下去。

"什么,只放六个鸡蛋吗?这样一点点小小的蛋黄蛋白是不行啦。打它十一个吧。"

"伯伯!"我摇醒了亚克伯父,"'教馆先生'在说梦话呢。"

"唔,在说梦话呀。"

"不,他并没有睡着。"下级的那一个人说了。

"在讲笑话哩。"

"不,我说他尽在睡着啦。"

"喂,先生!"亚克唤了他一声,他又接着说:"喂,亚克,到我的家里来吃夜饭吧。不过我告诉你,外边的风很大呢……"

"教馆先生发狂了。"亚克不放心地说。

"他死了啦。"这是杰克的声音,"现在是他的灵魂在说话呢。唔,吹风了。好南风呀!"

"地狱里会有南风吗?所以我告诉你不要到地狱去啦。"这是吉士的声音。

吉士和杰克的声音都不是平常那样的。大家都说起梦话来,这不都是发了狂了吗?发了狂,说不定就会打架,会相残杀。种种不可言喻的不安,捉住了我的心魂。

"教馆先生",吉士和杰克三人像说梦话一样,还说了不少的全没联络的话语。

突然,我的脑里,想起了点灯的事。我的一盏煤油灯和洋火都放在"教馆先生"的身旁。我摸摸索索地将灯拿了起来。

当洋火的光亮突然照着了"袋"内的一刹那间,各人都像从梦中惊醒似的,面面相觑,询问是什么事。

"你们都患了热病乱说话了。"亚克伯父说。可是他们都似乎不能够相信。

"谁呀?"

"还有谁呢，就是先生和吉士、杰克三人啦。又说是吹风，又说是浮云，又说地狱是这模样那模样，糊里糊涂说了一大堆。我以为你们一定是发狂了，担心得很呢。"

"或许也要发狂吧。"杰克叹说，把两手叉了起来。

"教馆先生"望着煤油灯，似乎归咎不应该点它，所以我连忙地说："我看见你们都语无伦次地乱讲，所以把灯点着了，现在把它熄了吧。"

"路美，你等一会吧。"杰克制止了我说，"我想我再没有生存的希望了，在没有断气之前，想写下几句遗书。"

"那么我也要写。"

"我也要……"

"那么，先生，请你给我写吧。"

杰克的袋子里有了纸张和一小节铅笔。

"我想这样写——'我们亚克，吉士，教馆先生，妈吉，路美，杰克等六人，在这袋里等死'。"

"我——杰克向我的妻儿们接吻。关于妻儿们的后事谨托给耶稣、圣母和炭坑公司。"

"亚克，你呢？"

"亚克将所有的家产给侄儿亚历做纪念。"

"我——吉士愿上帝代我孤儿寡妇的父亲和丈夫，救护他们。"

"先生，你呢？"

"我没有可托遗言的人。"他伤心地说，"没有一个人会为了我掉泪的。"

"妈吉，你呢？"

"我放在篮子里的栗子恐怕就要坏了，叫他们无论哪一个将它取出来……"

"喂，这张纸不是给你涂那些不三不四的胡说的。"

"不是胡说八道。实在是有很多的栗子放在那里。"

"你有母亲吧。你不给他接吻吗?"

"母亲跟她的情夫跑了。"

"不要睬他算了。那么，路美，你呢?"

"路美将他的卡彼和竖琴给马撤。向亚历接吻。并拜托亚历，请他到都鲁斯丽色那里，替我给丽色接吻。并将我的背囊内的一朵干蔷薇花还给她。"

"教馆先生"照说的一一写上了。

"喂，各人来签个名字吧。"

"我不认得字，只写一个十字吧。"吉士说。

"这样遗言也写成了，我就算死了也可以。大家再不要和我说话，让我静静地断气吧。我现在要和大家诀别了。"

杰克说了后，走上了上级来，顺次和我们三人接吻，然后爬了下去，和吉士、妈吉两人接吻。又离开了他们，把石炭屑堆起来当枕头，横倒下去，像死了一样，睡着不动。

写遗书和杰克决死的态度，使大家更觉到绝望。煤油灯吹熄了，一切又回复了黑暗的世界。我们还有十三支洋火。没有一个人开得口，死一般的沉默，又钻了"袋"中，突然，下级的妈吉唤了起来。

"喂，我听见了十字锹的声音!"

若使最初听见搬运车的声音的，不是他，想谁也不当他的话是真的吧。一听见他这次的唤声时，大家的胸里都跳得厉害起来了。

"什么，你听见十字锹的声音?"

连杰克也爬了起来，伏在壁上，想听一听那声音。

"大家放心吧，我们得救了!"亚克伯父说。

"唔,的确听见了。我们也敲敲看。"因了"教馆先生"这一句话,我们拼命地一齐敲击着石壁。

我们听见一样速度的回答从壁上传了来。

"呀,我们遇救了?"

大家高兴得相抱了起来。

营　救

　　在这里我想说一说这大水的起因。我们下坑的那天早上，天空阴郁，空气溽热，像是马上就要刮风下雨的。穿过涡鲁斯的提旁河上流，似乎是昨夜下了大雨，今天早上，水势就突增了起来　等到我们下坑后一个钟头，满空布满了密云，下起从所未见的大雨来了。

　　这地方本是没有树木只有岩石的山谷，所以一遇天气变动，就要发水。今天早已发水了的当儿，又加上这场可惊的大雨，山涧里的雨水，一时都流到了河里，突破了坚固的防堤，流到了这第二号炭坑的低地来了，一时还来不及防御，早已把全坑内浸满了。

　　地上的人们虽没有措手的余暇，然而也并非坐视不救。公司的技师指挥着工人们防御流下来的水，一面又着手营救坑内的坑夫们。在第一工场工作的五十多人总算逃出了坑外，拾得一条性命。

　　其余的二百五十人的营救方法，恰像"教馆先生"所想像一样的，只有汲出坑内的浸水，和直接掘洞下来的二个办法。

　　他们马上就着手实行这两个办法。用搬运车或唧筒在三个坑井中汲水，而掘洞的方面，则依技师的意见，在他们相信不会浸水的旧坑那边开工，这也是同时举行了。两方的工作不分昼夜，继续赶工。

　　掘洞的工作，在半途中，碰着地盘很硬的地方，阻止了工事的进行。在第九日的那天，他们都为营救坑夫的事，是绝望的了，不愿意再做这无益的劳力。好容易技师才劝转了他们，使他们继续工作。

再过一天，就有一个做工的坑夫听见了一点幽微的敲击大地的声音。他连忙把十字锹丢开，靠近岩层倾听，还怕是听错了，又叫了其他的一个同伴，说明了自己的疑心，两个人静静地听了一会。

果真是听见了一点低微的声音。

这消息一传到地上，技师和其他的人们，只要下得来的都下来了。技师也将耳朵贴岩面一听，可是因为太兴奋了，一点也听不到。

其他的坑夫也听不到，所以大家疑心他们二人是心神不定的幻觉。

然而听到声音的两个坑夫，都是十分老练的坑夫，技师不信他们会有听错了的，将其他的人们赶了上去，只留下自己和他们两人，命他们将锹头用那照例的拍子发出通信的记号，然后三个人伏在岩壁上，低声下气等坑内的回音。

不一会，他们听见了同拍子的幽微的回音了。再重复试了两三次，都能够得到同样的回音。

现在再无置疑的余地了。坑内一定还有生存的坑夫的。

这消息像炸药的导火线一般地，传遍了全村，村里的人们争先恐后都拥到了这第二号炭坑来。这混杂的情形，差不多比浸水的消息刚传出去的那天还要厉害。尤其是那班牺牲者的妻子兄弟双亲们，都是心跳胆栗地聚到这里来。

"救活了多少人呢？你们家里的人一定平安的。我们家里的人也一定无事吧。"群体都抱着了这种希望，互相问讯。

然而要满足群体的好奇心，还要多待好几日。

从极微的音响推测起来，那距离明白地是很遥远的，而且要确定那方向尚且不容易。总之先鉴定了方向，再向着那里掘下去。坑夫也是从第一号炭坑中挑选了一些最熟练大力的人们来。

在坑井小汲水的搬运车那方面，也得了希望，尽全力汲出，而且坑内的水也减了很多，所以他们又着手发掘那崩坏了的入口的回廊。

住在"袋"内的我们，也知道了积水渐渐减少了。不过这是受了空气的抵抗的水，要不是他处水量减得很多，在这里是不觉得的。

我们听见了信号的声音，就欢喜得像已经遇救了一样的，但是从听到信号声音的那时直到现在，已经有两三天了，还不能够出去，所以我们又是望眼欲穿了，而且呼吸也更加困难，使人难堪。

在连说话的力气也没有、沉静地发闷的时候，忽然听见了低微的似乎在壁上挣扎行走的连续的声音，和小石子落在水里的音响。

为要明白这奇怪的音响到底是什么，我们把煤油灯点燃了，谁知那却是一群在"袋"的下面乱跑的鼠儿。这些鼠群，想是同我们一样地，逃到了充满空气的"袋"，躲到现在水退了时，就离开了避难所，出来找寻食物了。鼠儿既然能够跑到这里来，回廊上的浸水当然不会是浸到天井上的了。

这一群鼠，在我们的囚狱里，就等于拉亚船的鸠鸟一样，是来告诉我们大洪水已经退了的使者。

"路美，把老鼠捉几匹来，让我们吃吃吧。"妈吉对我说。

要捉老鼠就非得比它来得更敏捷不可。一刹那间，鼠群都逃得无影无踪了。

我慢慢地走到水边，看看浸水退了多少。水似乎确是退了很多了，水面和回廊的天井之间，生出不小的间隙了。突然我想起了一件事，连忙再爬上我们坐卧的地方来，对"教馆先生"说："先生，老鼠已经跑出来了，那么一定是可以到回廊那边去的。我想游到梯子那边，朝上叫叫他们看。或者他们马上就会从那里下来营救我们，那比掘下来的不更快得多吗？"

"不，我不能让你做那么危险的事。"

"先生, 我在水里, 能够像鳗鱼一样游得好哪。"

"也许空气腐败了, 有伤身体呢。"

"老鼠也可以跑来跑去了, 不要紧的吧。"

"路美, 那么你就去好了。"吉士插嘴说, "你若肯去时, 回来我把我的表给你。"

"亚克, 你以为怎么样?""教馆先生"在征求亚克伯父的意见。

"你以为可以去就去吧?"

"教馆先生"想了一想, 抓住我的手说: "路美, 你真是一个勇敢的小孩子。你既然那么样想去, 那就试一试好了。我以为这是没有用处的, 不过我们以为不可能的事, 往往却偏会得到成功。你和我们接个吻后再去吧。"

我和"教馆先生"及亚克伯父接个吻后, 就走到水边。

"你们大家轮流唤着我的名字吧, 要不然, 恐怕我辨不出方向。"

我这样说后, 跳进水里去了。

回廊的天井下真的有空隙让我游得过去吗? 我能够达到目的, 将大家救得出去吗? 或是回廊的那边, 正在等着我的是那可怕的"死"吗?

我慢慢地游着前进。回头一望时, 煤油灯恰像灯塔一样, 惨淡地映着漆黑的水面。

"怎么样了? 不要紧吧。"这是"教馆先生"的声音。

"噢, 不要紧的。"我回答了他。

我当心着不要碰穿了头颅, 小心前进; 回廊上的空处, 渐渐宽大, 不久我就不用再担心了。不过要走到梯子旁的那节路, 不容易辨出方向来, 而且又有很多横路, 要是走错了时, 那就糟糕了。只靠摸着回廊的天井和壁上，那是不十分真确的，幸而尚有其他的一条路线，那就是铺在地上的轨道。循着这轨道前进，就一定可以达到梯子的地方。

所以我就不能不时时用脚沉下去探着那轨道前进。背后听着伙伴们的唤声，依着了这轨道，我慢慢地又向前进。

不一会，伙伴的唤声渐远渐微，我知道自己已经游到很远的地方来了。搬运车的声音，也比较的响亮得多。我马上就可看见天日了吧。伙伴们也可因我而得救吧。我这样想着时，游得更加起劲了。

然而我注意一看时，不知道从什么时候起，地面的轨道再寻不见了。我潜下水底去，用手乱摸，也摸不见轨道。

我走错路了。我不知道走到什么地方来了。

我非得重回旧道不可。可是怎么样走呢？

一切是黑暗的，不辨左右，莫分东西，静耳细听，也听不见伙伴们的声音。这是我走到了听不见的地方来呢，还是他们一时休息了？

我进退维谷，呆停在水当中。我以为自己或者就这样地死了吗？不禁心里起了一阵辛酸。忽然我又听见了伙伴们幽微的唤声了。

这样我才又认出了方向，摸摸索索转回头来，约莫走了十余米多，我又伸足下去一探，居然又探着了轨道。这真奇怪，我疑心着再回头探一探看时，原来轨道在这里中断了，竟使我失了方向。

我知道轨道是被那凶狠的水势冲断，流失不知去向了。已经失了路线，我再没有法子到梯子那边去了。心里虽然遗憾得很，也只好转回头了。

在归途中，我知道再没有危险。依着伙伴们的声音，尽力向前。我觉得很奇怪，伙伴们的声音中，似含有一种新的希望一样的。

不久我游进"袋"里，向他们招呼了一声时，就听见"教馆先生"很高兴地说："快点来吧！快点来吧！"

"我无论怎么样总找不出路线。"我说。

"不，找不出也不要紧，掘洞已经掘得很深了，差不多可以谈话了。我们听见了说话的声音哩！"

我爬上"袋"里的斜坡，一面侧耳细听着。

当真的，锹头的声音，近在咫尺，坑夫们的话声，也像飞蝇的翼声一般，隐约可闻。

我立刻精神了许多，同时感到了身体冰一般地冻冷。但是我又没有一件干暖的衣服，只有钻到堆在一旁的石炭屑里，一直埋到脖子上，亚克伯父和"教馆先生"两人又伏在上面。因为石炭屑这东西，无论何时，都保持着一定的温度的。

"教馆先生"告诉我说，虽然找不到梯子，然而掘洞掘到了这里来，我们便可被救得出去，再用不着担心了。

不久，我的身体温和了一些，便觉得极度的疲劳，像梦像醒一般地入睡了。

不知道经过了多少时候，等到我睡醒时，地上坑夫们的音响，已经不像飞蝇一样，差不多就可对面谈话了。

再等一刻，我们听见了一声一声的问话。

"你们有几个人？"

我们中间，亚克伯父的声音算最响亮，他就代我们答应外边的问话：

"六个人！"

暂时不见回音。无疑地他们本以为我们一定还有许多人的吧。

"喂，快些救我们出去呵！我们快要断气了。"亚克伯父大声唤着。

"你们的名字叫什么？"

"杰克,'教馆先生',吉士,妈吉,路美,亚克。"亚克顺次报了上去。

这些名字报上去时,外边的人们都屏息声气地听着。这一定是一个感动的刹那吧。

当初,这发掘成功的消息传到村里去时,那被生埋了的二百五十人的妻儿父母、兄弟朋友都在一二个钟头前赶到了,现在听见了生存的只有六个人,他们此时的失望,当非我们意想得到的,然而他们还在期待着这六人中间,有各人自己最后的希望者,谁知正在忍着打听名字的一刹那间,这六个人的名字又发表了出来了!

呀! 这二百五十人的母亲妻子中,能够从希望之梦得到实现者,只不过有三个人! 那就是亚克、吉士和杰克的妻子。新的希望和眼泪又布满了全个涡鲁斯村了。

想知道若干人遇救的心情,在我们"袋"内的人们,也正是一样。亚克伯父大声问说:"几个人有希望呢?"

可是没有回答。

"少特怎么样了? 请你问问他们。"这是杰克的希望; 亚克伯父替他再问了一声, 同样的还是没有应声。

"恐怕他们听不到吧。"

"不,他们故意不答吧。"

"问一问已经过了多少天了?"

这一次得到回答了:"十四天了!"

呀,我们已经困守"袋"里十四天了呵!

"就把你们救出来了,你们不要慌吧。并且若是要工事做得快,请你们不要再多说话。"

这是多么难等的啊! 每一听见锹头的声音,就疑是掘穿的最后一击。然而马上又听见第二下了。以为这次应该是的吧,然而结果,锹音总是无限制地响着。

"你们肚子饿吧?"

"唔, 饿得话也讲不出来了。"

"怎么样呢, 能够再忍一忍吗? 要是忍不住, 就通条管子, 倒一点汤进去。可是这样就得花费时间呢。"

我们商量了, 大家决定再忍半个钟头或一个钟头也不打紧。

"我们忍着好了, 请你们快点掘吧。"

搬运车方面也似乎是赶着工事, 水量已经减得多了。"教馆先生" 断言说, 回廊上也一定可以站得住了。

"把水退了的事告诉他们吧。"

亚克伯父又报告了上去。

"知道了。或者那边要比掘洞更快, 你们就可从回廊走出来。总之, 再忍耐一刻吧。"

锹头的声音, 比刚才更细小了。那是恐怕掘得太快时, 我们会有同泥块一齐被埋到水里的危险, 所以不敢造次。不用说洞穴是横掘了来的。

"教馆先生" 并嘱咐我们说, 现在虽然没有空气爆发的现象, 不过恐怕穿透了时, 这压榨了的空气, 会像大炮弹一样地突然逃出去, 引起了大风, 所以我们应该当心, 伏在地上, 才可免这危险。

岩片受了锹头的反响, 一片片地从 "袋" 的顶上落到了水里。

真奇怪的, 脱险的瞬间越近, 我们的气力越衰弱了起来。尤其是我, 更觉到不可抵挡的疲倦, 缩在石炭屑底下, 连半身坐起来的力气也没有, 而且全身发抖, 但这并非是感到了寒冷的原故。

过了一会, 更大的石炭块频频辗落我们的座榻上。这次才真的是把洞穴打通了呢。我们因煤油灯的光亮, 感到了眩晕。

一瞬间我们又被蒙在黑白不辨的黑暗中。这是因为洞穴一穿透时, 那可怕的气流, 像龙卷风一样地连泥带沙都吹到半空里。一刹那间把煤油灯也都吹熄了。

大风的音响一时也就停了。我突然听见回廊那边, 水声杂然纷扰。这到底是什么事呢? 定睛一看时, 才看见了一片光明, 几个人分开水路, 向我们这边跑来了。

"不要忙! 不要忙! "

他们的口里这样唤着。"袋"的顶上也有阳光射进来, 从头上下来的坑夫们已经执着了上级的人们的手了。从迎廊中跑来的人们, 那技师最先爬上"袋"里, 一抱抱住了我, 连开口的余裕也没有了。

呀, 我得庆重生了, 心里一松, 全像失神者一样地昏昏迷迷了。

可是我并非完全失了知觉, 他们用毛毡将我包好, 抬到坑外去了。这些事我都能够明白。

我闭着眼睛, 让他们摆布, 忽然感到了刺目的眩辉, 不觉睁眼一看时, 那是太阳光, 我现在正被抬到地上来了啊。

这瞬间中, 有一件白色的东西跳到我的身上, 那就是卡彼。它爬在抱着我的技师的腕上, 舐遍了我的面孔。同时我的两手也给人抓住了, 那就是马撒和亚历, 他们向我的手上狂吻。

我望一望四周, 那无数的群众, 让开了一条路, 并列在两旁。他们绝不作声, 静静地只望着我们。他们早已听了人家的吩咐, 恐怕叫唤起来, 会刺激了我们的感情, 所以不敢开口, 然而他们的表情中, 正不知说了多少话呢。

群众的前列, 有一位穿白色的僧衣和手里拿着光辉夺目的全银器皿的, 那就是这涡鲁斯教堂的牧师, 穿了正装来给我们祈祷的。

我们一出来时, 牧师就跪在尘埃中开始诵经。

我们被抬到了设在办事处里的床上。

过了两天, 我就能够爬起来, 伴着马撒和亚历, 带了卡彼在村里散步了。村里的人们，看见了我走过，都停了步望望我。

　　其中更有走近我，满含着泪和我握手的；也有蹙着眉头，不忍正视走过的。这些人大抵是穿着丧服的人，他们的父亲或是少壮的儿子们都变了死骸，丧身水神的怀里。生存的家族们正不知是多么的忧愁，而何处来的孤儿，无牵无挂的我却幸而遇救，这又怎么样地更使他们难过呢。

　　还有请我到他们家里去吃饭，或进咖啡店里去喝茶的：

　　"喂，告诉我你被生埋时的故事听听呢。"

　　我们虽受着各方的欢迎，大家都拒绝了。为了一餐饭或一杯酒就随便和他们谈天，这是再苦没有的事了。

蒙特的音乐家

与其和这些人们诉说自己的经过，倒不如和亚历、马撒们谈谈这十余天中情形更为有趣呢。亚历对我说："我以为你是替我而死了，心里不知道是多么的难过。"

可是马撒说的，却和亚历不同。

"我决不会以为你是死了的。不过很担心着你会不会活着，在等到外面的发掘成功，而人们下去救你的那么费时的时候。我相信你决不会被淹死了的，只要营救得快，一定会找得着你。当亚历感到了失望而啼哭时，我也只告诉他说：

'路美不会死的，至多是危险就是了。'我碰见了他人，也总是询问：

'一个人不吃东西能够活得几天？坑内的积水要什么时候才干？洞穴要什么时候才掘得通？'可是谁也不能回答我，使我安心，那么我是多么心急啊！所以，在最后那一天，技师询问了你们的名字时，在妈吉的名字后接着听见了路美这两个字的瞬间，我就泪如泉涌地倒在地下了。那时候有一个人踏在我的背上走过，我也不觉得，心里高兴得怎么似的，什么都忘记了。"

马撒能够相信我不会死的这话，使我对他感到了满足和夸耀。

生还的六人之间结成了不可分离的友情。共患难同希望的这回事，使我们的心合成了一个。

尤其是亚克伯父和"教馆先生"更是对我发生了深刻的感情。除这二人之外，还有那营救了我们，最先抱住了我的那技师，也特别疼爱我，他对待我的感情，就像救活了濒死的儿子的父亲一样。有一次还到过他家里去吃夜饭，并将幽囚在"袋"内十四日间的故事，讲给了他家里的姑娘听。

涡鲁斯的人们，谁都想留住我。

亚克伯父说："我想把你养成一个有才干的坑夫，你以后就在这里同我们在一块好了。"

技师说："你也不一定要去做坑夫，我在办公处用你吧。像你这样的小孩子，一定渐渐会有出息的。我教给你必要的学问吧。"

亚克伯父自己对于再过坑夫的生活，不单没有半点犹豫，他把他要我也去做一名坑夫，再进坑里去的这回事，也看做极其自然。然而我却没有他那样的勇敢，也不想再去做推车子的小工。炭坑是很宽大的奇怪的地方。我第一次进去看了一回，十分觉得满足。可是一回也就把我看够了。无论怎么样好奇的人，也不愿意再去尝试一次了。

我的性质不是可以在炭坑内营生的。头上要是看不见天空，我就不想活；只要是天空，下雪也罢，总比石炭天井强得多。我或者不应这样说吧，我照实告诉了亚克伯父和"教馆先生"时，亚克以为意外，吃了一惊，"教馆先生"又为我对于旷山生活没有兴趣而叹息。

碰着了妈吉，将此话告诉他时，他又骂我是没胆量的笨东西。

对于技师呢，我不能将对亚克伯父们讲过的话来对他说。因为他是想叫我到办公处去，而非使我到坑内去作工的。那么，我只好放大着胆，向他表明了自己的意思。技师也感到了失望说："这就没有法子，你喜欢冒险和自由的生活，我没有再留你的权利，只好由你喜欢的去做好了。"

等到这话有了着落时，已经过了好几天了。当大家欢迎我留在涡鲁斯的时节，马撒总是垂头丧气地沉思着，就问他为甚原故，他也只回答没有事。然而等到了我告诉他说我隔三日后就要离开涡鲁斯时，他竟抱住了我的脖子，自己招出真实的事情来。

"那么，你不会抛弃了我吗?"他叫起来了。

听到此话时，我马上赏了他一个巴掌。那是为了他疑辱我的刑罚，我一时忽略了这友爱的话语，反而自己流出了眼泪的原故。

实在马撒之所以这样欢喜，是完全出之于深刻的友情，绝没有一点厉害问题混入的。他要找得面包，也再用不着我了；即使没有我这伙伴，他也能够十分地独立了。

凭良心说，马撒比我还有更多的才能。他和我不同，无论什么乐器，大抵他都会玩弄。而且善歌善舞善说笑话。我并不是学李士老人的口吻，实实在在，他善于使赏脸的老爷贵客们伸入荷包去。他那含笑的面貌，温柔的女孩子一般的眼睛，雪白的牙齿和那可爱的态度，在不知不觉之中就诱动了看众们，使他们解开荷包。对于马撒，人们不是为了无可奈何，而是为了高兴给他才给的。这就是马撒动人的地方。他能够独自过活的证据，就是当我在炭坑内推车子的时候，他每天带了卡彼出去，在这人口稀少的没钱可赚的邻近地方献技，也居然积下了差不多八块钱。这就够证明了。

这八块钱再加上从前的五十圆，我们就有了五十八圆了，假使买一匹牛需六十圆，那么，我们只要再赚多二圆就得了。

虽然不愿意在炭坑内做工，可是一旦要离开此地时，总有点难过。和亚历，亚克伯父，"教馆先生"非得分别不可了，然而终要和我所爱的人或爱我的人诀别，这就是我的注定了的运命啊。

前进吧! 竖琴挂在肩上，背囊背在背上，带了欢喜得乱跳的卡彼，我们又在苍空之下，平坦的大道中前进了。

我们走出了涡鲁斯村后，不能不感到凯旋般的满足。踏着大地前进，地上是干爽的，不像坑内的泥土，发出了愉快的声音。呀，晴快的阳光！阴阴的绿树！

出发的前天，我们费了很多时间来商量此后的行程。结果定了不要从这里就到斜巴陇去，因为这时正是洗温泉浴的季节，所以我们不惜兜一个大圈子，先到克雷门，然后到罗瓦也、蒙特尔、布尔部尔等各温泉地方去。这提案者还是马撒。他在涡鲁斯表演中，遇见一位玩熊戏的人，听那人说要赚钱是最好到有温泉的地方去，所以他就主张要到温泉地方。马撒还想多赚些钱，因为依他的意见，六十圆还是不够，若不再添一些，恐怕买不到好的母牛。所以他说，我们应该多赚几块钱，买一头最好的母牛，这样宝莲一定会更喜欢，宝莲越喜欢，不是我们也越幸福吗。

我们离开了涡鲁斯，就向克雷门前进。

从巴黎到涡鲁斯的三个月间，我教给了马撒念书和看乐谱；这回到克雷门的途中，也当于余暇时，使他继续温习才好。

不知道，是因为先生不好呢，还是为了学生不好呢？总之，功课一点也不能前进。马撒对于空想的东西马上就会记住，然而一说认真认字时，他一点也记不住。

我忍不下去，击着书本向他发气："我从没有看见你这样蠢头蠢脑的。"

可是马撒并不生气，却用他那柔顺的大眼望着我含笑说："我的头脑实在是蠢钝，只好敲敲它，让它多长几个瘤起来就好了。喀尔却很聪明地发现了此事哩。"

被他这样一说时，我不好意思再发气，笑了一笑，又再继续我们的温习。

但是这只是限于读书的话，若是说到音乐方面时，那就完全不同了。在这方面只有使先生受窘。他连发出了种种做先生的我所不能解答的疑问，使我不知要怎么样好，先生的威严也损失了不少。

试举一例来看，譬如说乐谱为什么只限写于同一原音谱上？为什么提高时就用"婴"字记号，降低时就用"变"字记号？为什么同一曲中最初的一节和最后的一节的时间是不规则的呢？为什么调合提琴的调子时，只用一个音而不用其他的呢？

关于最后的这个质问，我就将因为我不曾学过提琴，所以也没有研究过的心得来搪塞。但是其他的质问呢，都是关于音乐的原理的，连这点也不能解答，这在我做先生的威严，就完全失掉了。

不过我总不承认自己不晓得，也学了亚克伯父的解答一样，"一掘就有，所以就有啦！"一类的回答，胡混过去。

"因为是大家都这样做法的，这是音乐的规则呢。"

马撒这人，不是愿意违反规则的小孩子，他决不会露出什么不平的表情，只是张开了大口，闪着眼睛，望着了我。然而他这样子，也不是使我心中好过的东西。

有一天，马撒整日里总是沉思着，我勾引他也不肯开口。这在平素爱说话，活泼爱笑的马撒，忽然变成这样，是奇怪得很的。

经我寻根问叶地逼着，他才开口说："你实在是一位好先生，因为谁也不像你这样地肯亲切教我的…不过……"

"不过怎么样了？"

"我以为你或者也有不晓得的东西。大学问家也有不晓得的东西呢。不是吗？你总是说，'因为是这样的，所以就这样。'不过我以为这是你也没有学过的原故吧。所以，要是你肯的话，我想买一本音乐的书——只要旧的便宜的就好了——和你一块儿念念看。"

"唔，这样很好。"

"你也这样想吗，我真欢喜。你的学问不是从书里学来的，所以

苦儿流浪记

306

我想书本中一定还有你未曾学过的东西。"

"无论怎样好的书，也不及好的先生。"

我故意这样说了一句，谁知马撒更利用了我的话。

"你要是这样想，那我还有要说的话。实实在在，我想有一次——只要一次到真实的先生那里去，问问种种的质疑……"

"那么，你在你自己一个人赚钱的时候去了就好了。"

"到真实的先生那里去，非有很多很多的钱不行哪。我又不能乱用你的钱……"

他说出了真实的先生这几个字，很伤了我的自尊心，同时，这最后的一句话，又感动了我不少。

"你这人太好了，我的钱不就是你的吗。你比我还赚得多呢。随便你要到先生那里去学多久都好。那么，就这样吧，你要想去，我们就两个人都去。去学学我也不知道的学问。"结局我也说了实话。

我们所寻求的真实的先生，并不是乡下的伴舞的乐手。我们要找到一位真的艺术家——大音乐家，不是住在穷僻的小村里，一定要在大都会中真的有名的先生。我赶快将地图拿出来一查，在到温泉地方的途中，有一个唤做蒙特的地方。我不知道那到底是不是一个重要的大都会，总之，地图上的这地名却写了两个大字，这一定是一个大音乐家们所住的地方吧。我不能不信任我的地图。

那么，我们就决定了到那地方去，找到了一位大音乐家，多花点本钱去求学。我们又开始赶路了。

刚巧到蒙特的途中，我们走过罗适尔县的荒山和僻地的原野中，这里只有疏散的贫村，我们的收入也尚且是很寡少的，照这样子看来，蒙特那地方，也不会是什么样的大都会。我们一路感到悲观一路前进，不久就到了蒙特。这时已经是夜里，而且我们又是疲倦不过，所以赶快找到了一家旅馆，先跑进去息足。

在马撒的眼里，这蒙特的地方，不像是一个有音乐的好先生的重要的都会，所以他非常担心。当我们到食堂去时，就问店里的女主人，此地有没有好的教音乐的先生。那女主人就很奇怪地看着我们说："你们真的什么都不懂吗？你们不是听见了甘特先生的名声才来的吗？"

"我们是从远方来的。"我说。

"那么，是很（她特别地用力说）远的地方来的吗？"

"从意大利来的。"马撒说。

女主人才算明白了。假使我们是说从里昂或马赛来的，她一定不会对我们这样不认识甘特先生的无知的小孩子讲话的。

"大约很不错呢。"我用意大利语对马撒说。

马撒的眼睛闪着希望之光了。无疑地甘特先生一定会解答他的质疑吧。他决不会说"因为是这样所以就是这样"的一类的笼统话吧。

不过我心里还有一点疑惧。这样有名的大先生，能够答应来指导我们这样的无名小卒吗？

"甘特先生忙得很吧？"我问女店主说。

"他恐怕是很忙的吧。他没有不忙的道理呢。"

"我们明天早上去找他，他肯会我们吗？"

"那他一定肯见的吧。只要是带着钱去的人。"

这样我们才放下了心，上床睡觉了。在床上我们还商量了很多明天要质问的问题。

到了第二天，我们注意地整了装——虽然也不是换什么新衣服，总算把身上的灰尘刷干净了。马撒拿了提琴，我背上了竖琴，一起出去了。

卡彼也想照例跟我们走，但是今天我却不能让它自由，用绳子捆了起来，缚在狗房子里。因为带着狗到有名的大先生家里去探访，是于体面有关的。

我们寻到了他的住家了，可是不知道是告诉我们的说错了呢，还是我们自己弄错了？情形有点不对。这家的店前，放着了理发的器具和香水；入口的两边，挂着剃须用的铜盆子。无论怎么，这全不像教音乐的先生的招牌。

看来看去，我们只有断定这是一家理发店。站在门前，正在进退维谷的时候，刚巧有人走过，我们就唤住了他，问他甘特先生的家在哪里。谁知他也指着这理发店说："那里就是。"

为什么教音乐的大先生却会和理发店在一起呢。旅馆主人的话也有点靠不住，不过总之跑进去看一看再说。

店里隔成了两间，右边的架子上，排着了镜，刷子，木梳，香水，肥皂等类的东西；左边的一部分内，在壁上和长榻上，有数枝提琴，笛子，小喇叭，大提琴等种种的乐器，有的挂着，有的靠着。

"我们想来拜访甘特先生。"马撒向店内问了一声。

一位像鸡一样矮小而活泼的男子，正在和一位村人剃着胡子，那男子细声地答了我们的话："甘特就是我……"

我使使眼色对马撒说，这样的理发匠兼业的大先生，我们用不着他了。找这样的人教读，简直就是把黄金沉入海里一样的无谓。然而马撒不明白我的眼色呢，还是不听我的话，他竟悠悠然坐在椅上说："等这位客人的面修好了，给我剪剪头发好吧？"

"唔，我给你剪，要剃剃也好。"

"谢谢，今天只要剪一剪就好了。下次再剃吧。"

我看看马撒那装做正经的样子，莫明其妙。马撒也对我使一个眼色，意思是说要生气也须再等一会。

我正在后悔不应该到这样地方来的时候，大先生已经把那客人的面孔修得干净了。他把马撒请到镜前的椅子上，将白布围住了他的脖子。马撒马上就叫他说："老伯伯，我们刚在议论着音乐的问题，也不知道要向谁去问好。我想像老伯伯这样的老先生，一定可以指教我们的吧……"

"我可不知道你们谈些什么事，不过你试说说我听好了。"

我现在知道马撒的策略了。他先要试试这理发店老板兼音乐家的本事，要是他对我们的质问，能够有真切的解答，那我们才算合算，只花了理发钱，却省下了教授钱。马撒这家伙，也不是好惹的。

"那么，老伯伯，为什么调和提琴的调子时，只照一个音调而不照其他的音调呢？"

大先生此时正在梳马撒散长的头发，我想他一定也像我回答马撒一般地解答，心里好笑，俯下头去偷偷地笑出声了。

我以为他一定是这样说的："那是调和提琴的法子，所以不能不那样做。这早已成为规则了。"然而事实却不然。他开口说："唔，这事吗？调和提琴的调子时，非得先将乐器左边的第二条线放开时的声音'拉'和音义的自然音调成一致不可。这'拉'音就是提琴的基础音。先决定了这'拉'音，然后将其他的第五音符都调起来。将调得很好的提琴的四条线放开了时，就都是第五音符。第四条线的'梳'合起了第三条线的'拉'，将这'列'音又合起第二条线的'拉'，最后是把第二条线的'拉'合好第一条线的'拉'。所以在调音的时候就是这样子调起来的。"

我再不敢讥笑他人了。这次是马撒笑了出来，大概他是在嘲笑我吧？抑是因为听到了满足的解答而欢喜得笑起来吧？

我呢，莫名其妙地张着嘴巴，似痴似呆地望着那理发店的老板。他正挥动着剪刀在马撒的身边走来走去，向马撒解释疑义呢。

他的解释，在我听来，实在是非凡的中肯。

老板突然停立在我的面前说："你说吧，我讲错了话的？"

我受了深切的耻辱了。

在剪发的当儿，马撒接二连四地发出了种种的质问，而这理发匠也全无一点迟钝，给了我们确实的说明。

不久，发剪完了，这次是先生向我们说出种种的问题了，结局他知道了我们的目的，大声笑了起来，说："我上了你们的当了。真是胡闹的小孩子。"

然而比我更胡闹的是马撒，所以先生就罚他说，要他弹一曲提琴给他听。马撒一点也不犹豫，拿起了自己的提琴，奏了一曲旋舞曲。

理发匠拍掌赞赏着他说："你这样也说是不懂得音乐吗？"他高兴极了。

马撒放下提琴，取上了壁上的笛子说："我能吹笛子，也会吹小喇叭。"

"那么，你吹一吹看。"

马撒接着吹了笛子和小喇叭。

甘特先生似乎不胜感慨地听着。

"这小孩子对于音乐简直是神童。要是你同我在一块，我可以将你养成一个大音乐家。我不是说不三不四的音乐家啊，是真的一流音乐家呢！可是你得在上午时帮我给客人们剃剃胡子。午后我就教你的音乐。你不要以为我是理发匠，就看我不起。我也不能不吃饭不睡觉，所以才做理发匠哩。那有名的法国大诗人耶斯曼也是一边给人家剪头一边做诗的。我也是这样啦。亚然出了大诗人耶斯曼，蒙特就出了我这大音乐家甘特。"

我有点不放心望着马撒的面孔，想他是怎样地回答呢？我在这里不能不和我唯一的朋友，伙伴，兄弟诀别不可吗？我的心中零乱不堪了。想一想时，这恰像在"白鸟号"中美丽甘夫人说要永远看顾我时一样的情景，然而我却没有那时候的李士老人一样的蛮横。

我对着马撒，满含着情感说："你不要替我担心，只要你好，你就住在这里吧。"

可是马撒走近了我的身边，拿着我的手说："我哪里离得开你呢，无论怎么样，我决不会的。"他说后就转向着甘特先生，"老伯伯，谢谢你，我不能留在这里。"

甘特先生还劝了我很多话，他热心地要我在他这里受过了初步教育，再把我送到都鲁斯，以后再到巴黎的音乐学校去。我想谁都会为他动心的，谁知马撒却重复着说那句话：

"我决不愿意和路美分开！"

到了最后甘特先生也似乎断了念头，说："你那么样不愿意和你的朋友分离，那也就算了。我还想送你一点东西做纪念。"

他这样说着，在抽斗里搜寻，拿出一本旧书来，给了马撒说："念念这书，也会对你有益吧。"

那是一本破旧的书本子，题做"音乐原理"的，甘特先生拿起了桌上的钢笔，在书的第一页处写了一行字："此书给今天来访我的一个小孩子，他日后成了一个音乐家时，也会忆起蒙特的理发匠吧"，递给马撒。

我不知道此处有没有其他的音乐先生。然而蒙特的理发匠甘特先生的名字，却永远留在我和马撒的记忆中。

王子的母牛

离开了蒙特时,我对于马撒的感情,更加深厚了。

他是为了对于我的友情,将甘特先生的提议拒绝了。只要他愿意留在甘特的地方,那就再用不着辛苦了,安全地快适地学音乐,将来一还可得一些的财产了,然而为了我的原故,他却决意去继续那没有来由的希望,日日担心食宿的生活。

我紧紧握了马撒的手说:"我今天才知道你生生死死都是同我一起的。"

他微笑着,用那大的眼睛望着我说:"我早就这样想了。"

自从得了《音乐原理》之后,马撒的进步更加显著。我们经过的途中,都是荒僻的地方,乡民都紧束着荷包,所以我们只愿早点到达目的地,早出迟息,赶着路程,实在是很少有用功的时间。

不久到了目的地,我们就开始在温泉村中表演,从前玩熊的人并不曾说谎话,我们真的每天赚到了意外的收入。

那赚钱的方面,也是马撒比我强,在我的意见,只要有人看,不论甚么,马上就拼命地弹唱,可是马撒却不做那么样幼稚的行为。他先要端详观客的性质,要是以为不好时,就算有人集拢来,他也不弹不吹。他尤善于选择观客,对于我们是不是有好处。

喀尔的地方,是教着小孩惹起公众的慈善心为职业的,所以对于感动他人的同情心的方法,研究殆尽,因此马撒对于观客心理这东西,也很有研究。在支那街喀尔的家中时,我也因听见过马撒对于观客们赏钱的时候的议论而吃惊，这次我更为他在这里的识别眼光而敬服。

来这里的浴客的大部分，都是巴黎人，这在马撒是老相知，所以他更能熟悉他们的心理。当年轻的贵妇人，穿着黑色的丧服从教堂那边走了来时，马撒就对我说："留意点吧，奏那悲愁的曲好了。晓得了吗？我们非得使她忆起了那死去的人不可。只要她会流泪，那就好了，她一定要多多地赏赐我们的。"

在蒙特的温泉村中，有一条俗称做"沙龙"的散步道。在相当广阔的场所内，植了很多的五指状的树木。这树木长出了美观的树荫，浴客们常来这里散步或休息。马撒用心研究了这里的客人，随着了那时的情形，改换我们的题目，差不多没有一回是失败的。

我们看见了那颜色苍白、伤心地坐在椅上的病人时，就在稍离开的地方立定，斜目望望他们，试弹一二曲引动他。若是看见他生了气，我们马上就离开到别处去；若是看见他在静听，我们就走得近些，奏起成章的歌曲，然后叫卡彼衔着盆子到他身旁，这时候绝没有遭他踢开或吃亏的担心。

马撒最会引诱小孩子，提琴弓的一动，就可以自由地使小孩子们跳舞，做一做笑颜，就可以使发着气的孩子高兴。我不知道马撒何以会有这样的本领，不过事实都是这样的。

温泉村的表演，得到了绝大的成功，我们除了一切杂费之外，还赚了二十九元之多。和从前的五十八圆合起来，已经是八十七元了，因此，以后就没有再赚钱的必要；现在正是我们可以不用踌躇，马上到斜巴陇去的时候了。

刚巧我们前几天在途中听说优雪尔镇那里有买卖家畜的大市日。所以我们就决定乘机到那里去看一看。用我们节衣缩食的贮蓄，希图在这里买一头我们日夕希望的母牛。

在做着甜蜜的梦时，自然是很好的，可是到了实在要买牛时，就有出乎意外的难解决问题发生了。

我们梦想中的最好的母牛，将怎么样选择得出呢？这是一个重大问题。我不晓得怎么样的才算好，马撒也和我一样，那岂不是为难万分吗？

尤其最是使我们增加忧虑的，就是从前在旅途中，时常听见了那些旅客说的牛贩马贩们的诡计。他们那种欺诈手段的故事，早已足使我们两人战栗了。据说有一个农人在牛市中，买了一头再好不过的长尾巴的母牛。那尾巴一拂就可达到头上，马上能够把身上的苍蝇驱逐干净，这当然就够算是最好的了。那农人很得意地拉到家里去，可是等到第二天，到牛栏里去一看时，那宝贵的尾巴掉在地下了，只是一条假的尾巴。还有一个人却买了一头假角的母牛。此外也有买了挤不出牛奶的。假使我们费尽心机，辛辛苦苦买得了一头也是假的母牛时，那才糟糕呢！

对于假尾巴这事，马撒很能够安心，他可以出尽气力，吊在牛尾巴上试试看；对于肥胖的假装着的奶牛，也不成问题，他可以拿一根长针试刺刺看，就可知道了。

当真，只要这样一试，当然不会错的。假使尾巴是假插进去的话，那么只要一拉就可拉出来了。假奶也马上可以区别出来。但是假若那尾巴是真的时，马撒恐怕就非遭它的一蹴；真的奶要是刺了一刺时，那母牛也未必肯答应。

想到了挨蹄子的一蹴和牛角的一冲，马撒的空想就完全被揭破，我们更加堕入不安的状态中了。假使牵了一头挤不出奶的或是没有角的母牛到宝莲的家里时，那又才是笑话而且难过呢。

我们在很多的闲谈当中，又听见了令人快心的故事，那就是这一类的坏商人，遇了兽医，完全给他道破了的例话。我们只要拜托给兽医生，请他去代我们选择，那么，我们一定不会上他们的奸计的了。当然医生也要我们不少的钱，不过这钱总非花不可的吧。所以我们就决定了去拜托兽医生，这样议定后，我们又安心继续着赶路。

从蒙特到优雪尔本来要有两天的路程，因为我们赶得快了，在第二天的午后，就赶到了。

优雪尔也是我的故乡，这诸君是知道的了。李士老人最初买皮鞋给我，使我欢心的也是这里；我第一次在公众之前，表演那"乔利先生的仆人"的也是这里呢。

呀，那可怜的乔利！我们再看不见那穿了英国陆军大将的军服的它了！淘气的彼奴，温柔的朵儿小姐，都已不可寻了。

可怜的李士老人，呀！我永远失去他了！我们再看不见那抬着银发头颅，挺着胸膛，吹着横笛引率了全班演员前进的那老人的影子了。

从此地出发的当时，全班共有六个人，然而今日回到这里来的，只有我和卡彼两人了。这回忆使我感到了不可形容的哀愁。我虽然心里不能自信，但是在每个街头中，总看见了穿着皮衣服的李士老人的影子，听见了他那说惯了的"前进吧！"的声音。

当我忽然看见了那一家店子，从前老人为了装扮我，在那里买了旧校服和帽子的店子时，才觉得心里宽了一些。店前的情景，和从前没有一点差异。入口处还挂着当时使我羡慕的缝着金线的旧军服，陈列架内的，还是一样的旧枪炮和旧煤气灯杂乱着。

我指给马撒看那我第一次上台的地方——就是我演那"乔利先生的仆人"给老爷贵客诸位看的地方，卡彼似乎忆起了往事，不断地摇动尾巴。

我又看见了从前和李士老人住过的旅店，所以先住了进去，放下行李，略事休息之后，时候尚早，马上就问了兽医生的地方，出去寻访他了。

这兽医生已经有五十多岁的老人了，他很高兴地会见了我们。我告诉了他我们的来意，他又像别的人一样地笑对我们说："市上没有会玩把戏的牛卖呢。"

"不，不是要会玩把戏的。我们想要一头有好牛奶的。"我说后，那留心牛尾巴的马撒补足了说："要一头有真正的尾巴的。"

"我们因为听见了牛贩子会欺骗人家，所以要请先生给我们拣一头好的。"

"唔。你们要买牛做什么用呢？"

我们就把我们的目的大略告诉了他。

"这样吗。你们真不错。那么，我明天早上和你们到市上去看一看。我拣的一定不会是假尾巴的东西。"

"牛角也要是真的。"马撒说。

"是的，牛角也是真的。"

"牛奶也不要是假的。"

"是的，牛奶也是真的。总之是一头再好不过的就是了。不过这不是不花钱就可以买来的，你们知道吗？"

我没有做声，把包着了贵重的宝贝的包袱，解开了给他看。

"真不错。明天早上七点钟你们来就是了。"

"先生，我们应该送你多少礼物呢？"我问。

"什么，送礼？哈哈，不要那样的东西。你以为我这人会受你们这样好小孩子的礼物吗？"

我对于这亲切的兽医生，不知道要怎么样致谢好。可是马撒似乎想起了办法了，他对医生说："先生不爱听音乐吗？"

"不，怎么会不爱听呢。我最好音乐啦。"

"先生夜里几点钟睡觉？"

"唔,大概是过了九点钟后。"

我们约定了明天七点钟再来,就辞了出去。我知道马撒的办法了,所以一出了医生的门口,就向他说:"你想和我会奏一套音乐给他听吧。"

"唔,是的。我们看准了他将要睡觉的时刻,奏一曲'良夜曲'不好吗?"

"良夜曲"是将我们的心事,诉给我们所爱的人们时演奏的曲目哪……"

"你真想得好。那么,赶快回去,先练习一下吧。在街上讨钱的时候,奏得好不好都不关事;可是今晚是不要拿钱的,就非得奏得好不行。"

在九点缺二三分钟时,我们——马撒挟着提琴,我背了竖琴——都到兽医生的宅前来了。

街上是黑暗的,因为月亮就要上升了,所以省下街灯不点。店铺也都锁起来,走路的人差不多要绝迹了。

听见了九点钟一响,我们就奏起"良夜曲"来。在这狭小而静肃的街上响出来的乐器的声音,恰像反响极佳的音乐堂里奏出来一样,响遍了四周。各处人家的窗户推了开来,带着睡帽的人头从窗里伸出,互相询问这时候到底为了什么,奏起音乐来。

兽医生的家,是在十字街头一角处,屋顶上有一个小圆塔的。忽然这塔上的一扇窗被推开了,我们的朋友——兽医生的面孔现了出来。他一看见了我们,似乎是知道我们的目的了,挥手制止了我们的音乐,然后开口说:"我就来给你们开门,到我家里奏好了。"

门马上开开来,引了我们进去。医生向我们各人握了手,说:"你们太老实了,可是有点不留心。半夜里在路上奏乐要犯了妨害睡眠的罪名,警察会捉了去的呢。"

我们的合奏又在庭中演起来。庭园虽然不很大,可是还好看,庭角处有蔓草的围壁和天井,也有绿叶的小径,叶荫处还放着了桌子和椅子。

这兽医生有好几个子女,我们马上就给听众们围起来了。在绿叶的小径中,点了三四枝蜡烛,我们直奏到了十点钟左右。因为我们奏完一曲时,小孩子们又恳求我们奏第二次的曲,不肯放松啦。

要不是他们的父亲将我们送走的话,他们一定听得连睡觉都忘了吧。

"让他们早点回去睡觉吧,他们还约好明天早上七点钟要到这里来呢。"兽医生对他的儿女们说。

兽医生也不白让我们回来。他还请我们在那绿叶荫里吃了一顿甜美的夜饭。他这样的亲切,所以我们也只好陪礼,叫带了来的卡彼玩了二三套滑稽的把戏,给小孩子们看。小孩子们欢天喜地的,兽医生也似乎十分满足。我们回家的时候,已经快要到半夜了。

优雪尔的夜里是那样寂静,一到了第二天早上,就充满噪嚷之音和活动了。天还没亮时,我们就听到不断的车轮声,赶赴市场的马嘶声,母牛的叫声,绵羊的啼声,和农人们谩骂骚扰的声音,不绝地络绎于道上。

我们不能悠悠地睡觉了。匆忙爬了起来,到楼下一看时,旅馆的庭前,呈着了大混杂。几辆马车挤在一起,穿着漂亮的衣裳的农民们,从马车上跳了下来,女的用衣角拂落了灰尘,男的也拍拍身上的尘土。

街路完全挤满了赴市集的男女。我们装束停当,才是六点钟,比约定了的时间,还早一个钟头。我们商定先到市上去一次,先看定了我们所要的母牛。所以马上就向市上走去了。

到了市上一看时,啊!母牛真多呀!什么颜色什么大小都有。有胖的，有瘦的，有带着犊牛的，也有将巨大的奶拖到地上的。除牛之外还有嘶着的马，有舐着小马的母马，钻着污泥的猪，像被扼着喉咙般叫着的小猪，鸡，鸭，无所不有。我们也无暇顾及这些东西，只在物色我们的母牛。

走了三十分钟之间，我们选定了十七头。尤其是三头褐色的，二头白色的最合我们的意。我以为买一头像鲁热特一样的褐色的好，马撒又劝我买白的好。

七点钟到兽医生的家里时，他已经在等着我们了，赶快就起程赴市。在途上我们向他说明了想要的母牛的条件——总之，奶要多，东西要吃得少。

我们走到了市上，马撒指着了他自己看定的白牛说："我以为这头白的还好。"

我当然只顾着我，指着了刚才看好的褐牛说："这褐色的最好吧。"

但是兽医生只望了一望，不停在白牛的面前，也不停在褐牛的面前，慢慢地走到了当初我们没有看到的一头小的母牛前立住了。这是一头小腿、红毛、耳朵和两颊带了灰黑色的、眼眶深黑而鼻头洁白的母牛。

"这头牛很好，这是你们所要的了。"兽医生细声说。

牵着这头牛的，是一位褴褛的农人；兽医生向他问了问价钱。

"要卖一百二十块。"

这样小的牛要卖一百二十块！怎么能买得起呢，我们失望了，告诉兽医生再看看别的。但是他叫我们等一等，自己和农人讲起价来了。

兽医生先还他一个半价。农人减了五块。

兽医生加到七十块，农人灭了十块。

兽医生不再和他讲价钱，而批评起那牛来——腿子太弱，脖子又短，角太长，肺太小，而且奶的样子又不完全——说了很多不满足的话。

那么，那农人就说："你，很熟悉牛的好坏，不要多还价，让到一百块吧。"

可是此时我们都有点害怕了。因为我和马撒听了刚才兽医生的批评，却悲观起来了。

"先生，再看看别的吧。"

农人听到了这话，又减了五块。

他们还狂论价，农人一点点地减下去，减到了八十五块时，他无论怎么样讲，都不肯再减了。

兽医生用手肘撞撞我，告诉我他刚才的批评，是为了力便，实在这样好的母牛，完全是拾了来一样的便宜。不过八十五块，这在我是不很容易的价钱啊。

马撒这当儿走到了母牛的背后，拔了一根尾巴上的长毛，那牛生起气来，几乎踢伤了他。

这真实的尾巴，使我下了决心。

我交了八十五块钱，想牵起牛绳时，农人突然问我说："你出多少钱小费呢？交易定了之后，买方总须拿出小费来，这是市上的规则。"

讲来讲去，还是我出了四角钱，才算了局。这时我的口袋里，只有一圆二角钱了。

我又伸手想去拿那牛绳，谁知那农人紧握了我的手，和我做起朋友来了。

"我们已经做了朋友了，我想去找个女人喝两杯酒，你该没有忘记了给我的酒钱吧。"

我又给他要了两角钱去。

　　第三次我伸手去牵牛的当儿，他又格住了，说："你没有带鼻嵌来吗？我只卖牛不卖鼻嵌。"

　　他这样说后，又告诉我说因为念我是他的朋友，所以算便宜些，只要我六角钱。

　　没有这东西又不好带着牛走，所以只好照价给了他。算了一算，袋里只存四角钱了。合计起来，我共付了八十六圆二角。

　　到了我第四次伸手过去时，他又开口了："你带了缰绳来了吗？我只卖了鼻嵌，却不曾卖缰绳。"

　　没有法子，我只好又买了那缰绳。他要了我四角钱，我的袋里真的是莫名一文了。

　　现在再没有可买卖的东西了，那农人只好把牛和鼻嵌、缰绳都交了给我。

　　母牛已经到手了，可是我们身边没有一个钱，不能购买饲牛的食料，连自己吃饭的钱都没有着落了。

　　"今天就在这里表演一天吧。咖啡店里坐满了客人，我们一定可以赚到几个钱的。"马撤说。

偷牛贼

　　我们拉了母牛回旅店里，把它缚在牛栏内，分头到街上赚钱去了。午后回家算账时，马撒得了一圆八角，我得了一圆二角。

　　我们商量好了，请厨房里的女佣人给我们榨取今早买来的牛的牛奶，当夜饭吃。我从没有吃过这样好的牛奶，马撒也说，好得说不出来，比他从前在慈善医院吃的一样带着橙子香的还要好。

　　我们热心地赞赏了一会，决定去和它接吻，两个人跑到牛栏里，各向那黑的脸上接了吻。母牛也似乎感到了欢喜，伸出硬的舌头来舐我们的面孔。

　　"喂，牛也会接吻！"马撒高兴得乱叫乱跳了。

　　诸君要想知道我们和母牛交换了接吻时，是多么高兴，只要想起了我和马撒，不会像普通的小孩子一样，得到双亲或亲戚们的一吻的机会，就可以明白了吧。

　　第二天我们和太阳一齐爬了起来，装束停当，就拉了母牛向斜巴陇出发。

　　我想到了我们之所以能够买牛，也全靠了马撒的努力，为了答谢他，我将缰绳让给了他拿着，我自己却在牛背后跟着前进。不久我们走出了狭窄的小路后，我就和牛并排着，因为这样能够一路走着，一路还可以看到它。

　　是多么好的一头牛啊！我从没看见过这样合我意的母牛！它的样子是这样柔顺，身体又是那样稳重，慢慢前进的态度，我真觉得它似乎是懂得自己的高贵价值一样。

到了这一带地方，我再用不着像从前一样地，时时拿出地图来对看了。自从跟了李士老人，离开乡井，到现在已经是经过了好几年，可是眼之所视，无一不足以引起旧感的。

我的计划，第一，是不要使母牛过疲乏；第二，是因为不要太迟了才回斜巴陇，所以决定了今夜先到我和李士老人初次歇宿的村里，过一夜，明夜再从那里出发，到正午时，就可到宝莲的家里了。

然而这样幸运的我们，忽然又遭遇了幸运之神的遗弃，横祸飞到我们的头上来了。

那横祸是这样发生的：我们将一日的行程，分成了两日，不像从前那样，一边走路一边吃面包的匆忙了。议定以午饭为界，安安闲闲休息，让母牛也得到吃草的充分的时间；所以乘着发现一片绿草青青的空地时，就牵母牛走到那里去。

本来我们是想拿着缰绳让它吃的，后来觉得它是很柔顺的，而且正热心在吃着草，我便更放心了，把缰绳卷在它的角上，让它放牧去；我们自己却坐在草上，吃起面包来。

当然我们比牛快些吃完了。看了一会吃着草的母牛，它还是总吃不饱，所以我们从背囊里将皮球取了出来，掷着游戏。你们不要以为我们是除了赚钱之外，就像少年老成的小孩子一样的。我们的生活固然和普通的小孩子完全不相同，可是我们也有普通的小孩子一样的嗜好啊！只图游戏的嗜好，就没处得糊口之资，所以我们才出来赚钱；然而在余暇时，我们也要掷球跳跃为戏呢。

马撒时常要无缘无故地停了脚步说："让我们逛一逛不好吗？"我马上也就同意，把背囊和乐器丢在路旁，只顾游逛，忘了时间的经过。若使没有一个表，不想起自己是一队的队长，恐怕我们时常要逛到夜里也不知休息吧。

我们停了抛球之后，母牛还不停地吃着草。我们走到它身旁时，它似乎表示着还没有吃够的样子，更是吃得匆忙起来。

"再等一会吧。"马撒说。

"你不管它，它一天到晚都会吃不够的。"

"那么，再等它十分钟好了。"

我们就放下等它了。可是一刻也不能安静的马撒对我说："吹一曲喇叭给这牛听好吧。我从前住了两年的那马戏班里，也有一头母牛，才真喜欢音乐呢。"

他这样说后，也不等我的回答，就吹起军乐队进行时般的喇叭来了。

听见了最初的一声时，母牛吃惊地抬起头来，不知道心里怎么想，连我拉缰绳的时间也来不及，它突然拼命地飞跑了。

马撒和我拼命地追着奔牛。我还命卡彼去阻止它。可是人，不是什么都做得到的，更何况畜生发怒，也就没有法子。卡彼本来是跳到母牛的鼻前的，可是忽然又跳到它的脚后去，这么一来，那牛更是拼命狂奔了。

无论母牛跑到什么地方，我们决意到什么地方。我一边追着，口里大骂马撒是笨货。马撒喘着气答："你等一等敲我的头好了。任凭你怎么样敲，我都没有话说。"

我们喘着追了约莫半里路，母牛跑进了一个大村子里去了。当然它跑得离我们很远，不过道路是笔直的，还能够望着它的影子。忽然我们看见村里跑出很多人来，阻在路上，把母牛挡住了。

我们安了心，放慢脚步，村里的人们既经捉住了，我们就不会打失了它。同他们道道谢，一定可以还给我们的。

忽然间，母牛的周围，人数更增多了。等到我们走到时，村里的男女老少围住了牛，指着我们吵闹。

我刚想去牵回来时，他们一定不交还，反而围拢来，向我们质问起来。

"你们从哪里来的？"

"这母牛是怎么了？"

"这是哪一家的牛？"

"这不是你们的牛吧？"

我简单地告诉他们，这是我在优雪尔买来时。但是谁也没有相信我的样子。其中有二三个人说，这一定是偷了来的，这小孩子们就是偷牛贼，把他们交给警察，送到牢里去吧。

讲到牢狱，使我不寒而自栗。我面色变白，话也说不出来了。尤其是因为我们刚才跑得气都喘不出来，所以说话更不灵敏，也不能痛快地答辩。

霎时间，又来了一位宪兵。村里的人向宪兵说明原因，咬定我们就是小偷。我无论如何，也不能当众辨明那牛不是偷来的，所以母牛被牵到牛马收留处去了，我们也被带到了牢狱里。

我顽强辩论，马撤也一样想辩，不过宪兵却叫我们不要开口，制止了我们的发言。我想起了在都鲁斯时，李士老人因为和警察抵抗，被押到牢狱去时的光景，向马撤使眼色，叫他不要多说话，跟着宪兵跑就是了。

村中的男女，都赶出来，跟在偷牛的小孩子背后，结队成群一直跟到了村衙门的牢狱前。大家围住了我们，催促，推举，谩骂着。要不是宪兵保护着我们，恐怕就会像放火犯或杀人犯一样地，给人们掷石打伤吧。当然我们一点也不会犯了罪，不过群众这东西，是不可理喻的，他们并不知道我们做了什么事，也不知道我们是不是真的有罪，群众是以我们的牺牲为快乐了，这真是野蛮。

不一会，我们就到了牢狱。法国的乡村里，时常有衙门的看守人就是兼看牢和村监督的警察的；当宪兵带着我们告诉他要将我们送进狱时，那看守人忽然不答应。我们以为这样就好了，心中起了几成希望，不过宪兵硬要送进去，他没法子只得让步，后来答应了，踌踌躇躇引着路，将狱门打开了。那是上了锁和有两根门闩的铁门。我也知道了他不肯让我们入狱的理由。狱室的地板上，正晒着了很多很多的洋葱头呢。看牢人露着不满的颜色，正在收拾洋葱头的当儿，宪兵把我们的钱，刀子，洋火等完全没收了，将我们推到牢房里去了。沉重的铁门发出刺耳的声音，关起来了，于是，我们两人孤单地留在灰黑的牢房里。

我们将要在牢里坐多少时候呢？

我这样问着马撒时，他坐在面前，伸出头来说："你敲我的头好了，随便你怎么敲，也恐怕敲不够……"

"不，这也不能单怪你。我也不应该让你那么样胡干。"

"不要客气，你重重地敲它几下好了，这样我才能够安心……呀！可怜的牛！王子的母牛呀！"

他说着，哭出声来了。

这样一来，使我反不能不来安慰他。我告诉他，我们虽被关了进来，可是也用不着忧心，那优雪尔的兽医生，一定能做我们的证人的。

"不过他们若是说买牛的钱也是偷了来的，又怎么能够辩白那是我们赚的钱？你也该知道，一个人遇到了恶运时，就要被诬得连什么坏事都做得出似的。"

马撒的话是有道理的。你当明白，世上的人们，总是诬害不幸的人们的。我们刚才被带到牢里来的途中，不是正经验着吗！

马撒还哭着说："而且就算我们无事出得去，拿回了母牛来，也不知道宝莲伯母还是健在不是？"

苦儿流浪记

“你为什么想到这样不吉的事呢？”

“你离别她，不是很久了吗？有了年纪的人，会不会死，谁又能料到呢？”

一种不可言喻的恐怖抓住了我的心胸。宝莲不是就会死的年纪，可是那比她还要健壮得多的李士老人也就死去了，她又哪能绝对不生意外呢？我生怕就要亡失亲爱的人了啊！我真后悔为什么不早就想到此事。

“在没有买牛之前，为什么你不早点告诉我此事呢？”

“我的笨脑子，在幸福的时候，只会想到快乐的事，到了不幸的时候，又只会想超不幸的事了。在我想着买牛送宝莲伯母时，我只想到她将怎么高兴，我们又将怎么幸福，想得像喝醉了一样快乐哩。”

“我的脑子比你的还要笨啦。我也像你一样的！只是那么样想，忘记了一切了。”

马撒哭着叫起来了。

“呀！王子的母牛！”

突然他像被弹弓弹了起来一般地站起，举起双手像绝了希望的人一样地唤着：“假使宝莲伯母真的死了，只留下那可怕的耶路姆，将我们的母牛夺了去！或者连你也给他抢还去了时，我们怎么办呢！”

使我们想起了这些伤心的事情的，是牢狱中的阴郁，群众威吓我们时的唤声，宪兵，铁门的响和那可怕的顽强的门闩所致。

马撒除想到我们自身的问题外，并且还想到了母牛的事情。

“谁给母牛吃东西呢？谁给它榨奶呢？”

我们沉没在这样悲伤的心境里，时间迅速地过去了。我们的忧虑也更一刻一刻地增进。

328

　　不过我为着了使马撒不要绝望,告诉他说马上就会有人来查问
并放我们出去的吧。

　　"有人来查问时,你想要怎么样回答?"

　　"把真实的情形告诉他好了。"

　　"可是把真实的事说出来时,宪兵不是一定会把耶路姆传了
来,将你交还他吗?若使宝莲伯母还在世,那么为了要查明我们的
话是真是假,他们还要去询问她吧。这样一来,岂不是连什么王子的
母牛都没有了吗?我们的计划,完全拆穿了,还能够使她惊喜吗?"

　　结局那牢门发出了一种可怕的声音,牢门开了,一位白头发的,
似乎很正直的和善的老绅士,跟在看牢人的背后走进来了。我们觉
得心里宽了一些。

　　看牢人对着我们说:"好好地站着回答这位法官老爷吧。"

　　这老人就是地方法院的法官,简单的犯罪和其他的杂事都是
由他办理的。

　　老法官点着头吩咐那看牢人说:"好的,我先问这小孩子(他
指着我),你把那一个带到别的地方去吧。"

　　我觉得似乎还有和马撒商量一下的必要,不意地说:"法官先
生,我的朋友也和我一样地,一定将一切的事老实地说出来。"我向
着法官这样说时,还向马撒使眼色。

　　"好的,好的。"法官点点头,打断了我的话。可是马撒走出去
时,也向我使眼色,表明他是明白我的意思了。

　　法官凝看着我的眼睛开口说:"你是被控偷了牛关进牢来的,
你真的偷了牛没有?你好好地将事实招出来吧。"

　　我的牛是在优雪尔买的,所以我告诉他是优雪尔的兽医生偕我
去买的。

　　"这样我查一查就知道了。"

“请你查查看吧。”

“你们为甚么要买那牛呢？”

“我们想把它牵到斜巴陇去，送给那养育我的亲切的奶妈。”

“那奶妈叫什么名字？”

“她叫做宝莲。”

“哦，宝莲不是前年在巴黎受了伤的石工耶路姆的妻子吗？”

“是的，她是耶路姆的妻子。”

“这样，也让我查一查就知道了。”

我这次可不能像他说要查问兽医生那么样，爽直地请他去查问了。

法官看见我为难的样子，更加追问起来。我想告诉他，若是去查问起宝莲来时，我们的王子的母牛那一段梦想，就会暴露了出来。但这样幼稚的梦想，毕竟难以开口说。

在这为难的当儿，我又感到了片刻的满足。因为法官既然知道了宝莲，而且要向她查问我的话真伪，那么宝莲一定还没有死无疑了。

马上我又感到了第二次满足。在查问的时候，法官向着我说出耶路姆前日已经到巴黎去的事了。

我得到了不少的幸福，同时心里宽了很多，对法官的回答也讲得更清楚了。而且我们已经谈到只要优雪尔的兽医生来证明一下，就可释放的事了。

“你在什么地方找得到这么多钱来买牛呢？”法官问。

马撒最担心不过的，也就是这问题。

“我赚了钱积起来的。”

“什么地方？怎么样赚得来的？”

我告诉他这是我从巴黎到涡鲁斯的三个月间，和在涡鲁斯到蒙特间，节衣缩食，一个铜板两个铜板积下来的。

"为什么到涡鲁斯去呢？"

"在巴黎时，我有一个兄弟一样的小朋友，因为他在那里和一位做坑夫的伯父同在炭坑里做工，所以我是去找他去的。"

"这是什么时候的事？"

"二个月前。"

法官的眼睛奇怪地闪烁起来说："你从涡鲁斯就到这里来的吗？"

"不。我的那小兄弟受了伤，所以我就替他在坑里帮忙推车子，不意坑里浸了大水，我就和其余的坑夫们被活埋着了……"

法官打断了我的话头，用很温柔的声调说："你们两人中间，有一个叫做路美吗？"

我吃了一惊回答他说："路美就是我。"

"你有什么证据吗？据宪兵说，你们连执照都没有呢。"

"什么都没有。"

"那么，你试告诉生埋时的情景。我在报纸上早就看过了，你要是真的路美，我马上就可以辨白出来的。你说说看。你当心点啦。"

法官的言词，很亲切而温柔，我觉得他已经是我的同情者了，我就无凝滞地将我的故事讲出来了。他用柔和而充满着情爱的眼睛疑视着我；我以为他可以马上就放我们自由的，谁知他一声不响，离开我跑出去了。大概是再去查问马撒，看我们的话是否一致的吧。

我想着种种的事情，过了一会，才看见他带了马撒进来。

"我马上到优雪尔去打个照会，明天就可以放你们出去。"

"母牛呢？"马撒问。

"牛也还给你们。"

"谁会给它草吃吗？牛奶又怎么办呢？"

"这事不要你们担心。"

"若是有谁会去把奶榨出来,我们想把它当夜饭吃……"我得寸进尺地说了。

等法官去了后,我告诉马撒两个喜讯——宝莲还活着,耶路姆到巴黎去了。

"王子的母牛万岁!"

马撒叫了一声,在牢房里乱唱乱跳起来了。结局我也被他勾引了进去,携着手同在室里乱跳;刚才躲在房角上,缩做一团的卡彼也情不自禁,用后脚立起来,参加了我们的游戏。那看牢的吃了一惊——他是担心着那洋葱头会被我们踏坏的吧——跑到了牢房前:

"我以为你们想破狱逃走呢。牢房并不是跳舞场啦。你们静点吧!"

不过他的声调和样子,都不像当初时一样,我们知道事情一定很顺利了吧。果然,过了一会,看牢的拿了一大瓶牛奶及一个盛着大而白的面包和冷牛肉的盘子进来了。并且放了下来,说这是法官的赠品。

像我们这样受优待的囚人,恐怕不会有过吧。欢天喜地吃着牛肉,喝着牛奶,我对于牢狱这东西得了一个新的观念了——牢狱的确比我所想像的好得多了。

马撒也是同我一个意见。他笑着说:"不用花钱,有吃有宿,哪里有这样便宜的事呢!"

我还想吓他一吓,口里说:"但是假使那优雪尔的兽医生万一得了急病死了,又怎么好呢?我们不是没有第二个证人吗?"

"你这样吓我,有什么用处呢?我在不幸的时候,脑子闭塞起来,什么事都会吃惊,可是在这样高兴的时候,我的脑子可不能容纳你的怪想头啊。"

宝 莲

牢房的床，在习惯了星夜露宿的我们看来，也不见得怎样难睡。

"我做了一个梦，梦见了王子的母牛的进宫。"马撒早上一爬起来时说。

"我也梦见了。"

八点钟时，牢门开了，昨天的那法官和我们的朋友——优雪尔的兽医生走进来。兽医生是为了要释放我们，自己亲身特意跑了来的。

法官不仅在昨天亲切地给了我们一顿晚餐，他今天还拿了一张盖了印的执照给我们。

"这是你们的执照。只要有这个东西，你们就可走遍天下了。今天你们高高兴兴去好了，小孩子们。"

法官同我们握手，兽医生还同我们接吻呢。

我们是很悲惨地被带到这村里来的，可是今天呢，横行阔步走出这村了，故意装着样子，昂着头，牵住了母牛的缰绳，斜睨着站在门口呆望着我们的村人们前进。

马撒望了望我说："我只有一件不满意的事情！我很想碰一碰昨天捉我们的那个宪兵呢。"

"宪兵也不好，可是世界上的人也太坏了，他们总爱虐待不幸的人们。"

"我们袋里还有两块钱呢。有了两块钱就不能算是不幸了。"

"你昨天为什么不这样说？今天就这样说也不行啦。"

我们因了昨天的经验，再不敢将母牛的缰绳放开了，我们的牛虽然柔和，可是胆子却不很大。

不一会，我们到了初次和李士老人住宿的村里。从这里越过一片荒野，爬过一道山，就是斜巴陇了。

在村里刚刚走到彼奴偷肉的那店前时，我忽然想起了一件事，连忙告诉马撒说："我不是告诉过你，说要在宝莲妈妈的家里请你吃大饼的吗？做大饼应该有奶油和面粉鸡蛋呢。"

"很好吃的吧。"

"当然好吃呀。卷一卷满塞嘴里，连舌头都吞下去啦！可是宝莲妈妈的家里，连什么奶油、面粉、鸡蛋都没有，所以我想买了带去，你以为怎么样？"

"好的。"

"那么，你牵牢牛；可不许再把缰绳放开了呵。我到这店里买奶油和面粉，鸡蛋让宝莲妈妈到临近去借几个好了。要是在这里买了，说不定要在路上打破了的。"

我走进店里买了一斤奶油和两斤面粉。

我们想让母牛慢慢地跑，可是心里太急了。脚步也自然而然快了起来。还有三里，还有二里，还有一里，真奇怪，越走近越觉得宝莲妈妈的家为什么那样远。回忆到当日别了妈妈从这里走过、掉眼泪时的往事，更想起今日眼前又要再会的情景，心里真跳得厉害。

我频频拿出表来看，一面和马撒谈着。

"我的故乡好吧？"

"你的乡下一棵大树都没有。"

"那里，过了这道山，到斜巴陇，就可以看见很多的大树木，楮树，栗树等等。"

"会长栗子吗？"

"当然会的。在宝莲妈妈的家里，还有我少时时常当马骑的梨树呢。那梨子长得像你的头一样大，甜得真的要把舌头都吞下去。"

我的心里自以为将马撒带到了一个非凡的、无物不好的国度里来了。最少这地方在我是这样好的。从我落地呱呱的第一声，到懂得人事的日子，都是在这里过的。不知什么叫做不幸，只是幸福地成长的，也是在这里。我识到人间最深的爱情，也是在这里。我生涯中最初受到的这些可贵的印象，比到了我离乡后的种种艰难辛苦的经过情形，更加强烈，越走近了故乡的村落，那幸福的回忆越来火一般地燃着心胸，我漠然觉得空气中似漂着了一种清香，使我迷醉了。眼之所视，心之所思，无一件不是愉快的。

马撒也因为我的说明，感到了迷醉。

"假使你到我的故乡特里奴来的时候，我也要使你看到一些好的东西。"

"我们一块儿到特里奴去不好吗？等到会过了叶琴、丽色和泽民们以后。"

"那么，你愿意到特里奴来吗？"

"你不是也和我一块儿到过斜巴陇来的吗？我也要和你一块儿去看你的妈妈和妹妹。而且假使你的妹妹不很大，我还要抱起她来和她玩呢。你的妹妹就是我的妹妹啦。"

"啊，你！"

马撒含着泪，只能这样说了一声，再接不下去了。

不一刻我们就到了山顶。过了这山尖，道路就笔直地通到斜巴陇宝莲妈妈的家了。

再过一会，就到了那小墩——这就是当时我为了多望一望那不可再见的旧家向李士老人恳求让我多息一会的地方。

我把缰绳交给了马撒，一跳跳上了那小墩。脚下的景色依旧，杂树之间的旧家的屋顶，还是隐约可见，我看得要跳起来了。

"你做什么了？"马撒问。

"喂，看得见啦。"

马撒也走近了来，母牛还在吃草，所以他不能够爬上来，只踮着脚尖望一望。我指着对他说：

"喂，那就是宝莲妈妈的家，我的梨树也看见了吧。还有'我的庭园'。"

马撒没有什么可以追怀的东西，他一定觉得不十分兴奋吧，但是他也不作声。

刚巧这时候，烟囱里吹出了黄色的烟，笔直吹上了寂静的山谷间。

"宝莲妈妈在家啦，哈！"我叫了出来。

树梢的微风，将烟气吹到了这边来，我觉得那烟有楮树的叶子香。马上我的眼里不自主地掉下泪来了。我突兀跳下了小墩，抱着马撒和他接吻。卡彼跳到了我的身旁时，我也抱着它接吻了。

"快点走下去吧。"

"可是，宝莲伯母既然在家，我们不是就不能吓着了她吗？"马撒说。

"还不好吗？你先把牛牵了进去，说这是奉了王子之命牵了来的，那么她一定吃了一惊，问你是哪里的王子，这时候我就走进去好啦。"

"把音乐奏起来进去，那才是再好不过呢！"

"喂，不要再胡闹了吧。"

"不要紧，我再不会那样胡闹了。可是王子的母牛，本来应该是有音乐陪着才对呢。没有法子，算了吧。"

转过了山尖，刚走到当着宝莲妈妈的房子顶上的转角处时，我马上看见了庭前有一块白头巾。那正是宝莲妈妈。她推开了柴门，走到街上，向村里走去了。

我停了步，呆望着她的影子。

"宝莲伯母不在家，我们的计划又要……"马撒面上有点为难了。

"那么，我们再想别的方法好了。"

"什么方法？"

"那我可没有想到。"

"那么，率性在这里唤唤她不好吗？"

实在我也不知道多么想唤她，可是却忍住了。我怎么能够将这几个月来想使她惊喜的计划抛了呢。

不一会，我们到了我住惯了的旧家的柴门前，我像从前走进去时一样，两人推开了柴门走进去了。

我早就知道了宝莲妈妈的习惯，她每当出去的时候，总不会把门上锁的，只是虚掩着就算了，所以我知道我们能够不费事就可以进屋子里的。不过我们现在却非得先把牛牵到牛栏里去不可。

我以为牛栏不知道要变成什么样子了，跑了去一看，还是当年的光景依然，只多堆了一些杂乱的薪柴。我唤了马撒，将母牛系在牛栏前，两人赶快把柴堆在一角上，这也用不了多少时候，因为宝莲妈妈的积柴并不是丰富的。

把这事弄完了后，我向马撒说："到屋子里去吧。我还想像旧时一样，静坐在火炉边。等宝莲妈妈回来推柴门的声音一响时，你就带着卡彼躲在那边的床后。待她看见了从前一样的我，一定要吓她一跳的吧。"

我们这样子议定了，跳进屋子里。我就坐在寒冬的夜里常在那里取暖的火炉边。我的长头发可不能剪得像从前那么样，所以只好藏在上衣的领内，把手足缩成一堆，装得恰像从前的路美——妈妈的小路美一样。

因为我坐着的地方, 刚巧从窗子里可以望见柴门, 所以我用不着担心会反为出于不意, 受她的惊的。

我静坐着望望屋子里的四周。我觉得自己似乎是昨天才离开了这地方一样, 一点也没有变化。一切都还保持着从前的位置。我敲破了的玻璃窗子还是当年用纸补起来的那样, 不过纸色却变得灰黄了。

我很想走近那些家具, 一一忆起旧情, 但是因为不知道宝莲妈妈什么时候要回来, 所以还是不能够移动自己的位置。

一会儿, 我就看见了白色的女人头巾在柴门前出现了, 同时听到了开柴门的声音。

"快点躲起来。"我对马撤说, 自己更缩得小起来了。

门推开了, 宝莲妈妈的影子在门洞中出现, 突然看见了火炉边的人影, 她就开口问:"谁呀? 谁在这里?"

我不作声, 只望着了她。她站在那里很奇怪地凝看着我, 忽然双手发抖着, 口里喃喃说:"呵! 我的天! 不是梦了吗? 可是……"

我站了起来, 仓忙跑到她的身旁, 伸开两手把她抱住了。

"妈妈!"

"呵, 路美! 是路美啦!"

等到我们将抱着的手放开, 拭净眼泪时, 不知道是过了多少时候。

她看了又看地说:"要不是我天天在想着你, 恐怕一定会认不出你来了。你变了许多了, 大得多了, 身体也强壮了很多。"

听见了床后短急的鼻息, 我就想起了马撤。我叫了他一声, 他才钻了出来。

"妈妈, 他叫做马撤, 是我的兄弟。"

这时候，她的眼睛很奇怪地放着光辉，说："呵！那么，你碰见了你的父母了吗？"

"不，不是的，他是我兄弟一样的好友。这是卡彼，它也是我的好友？喂，卡彼，向你的队长的母亲见个礼。"

卡彼照样用后脚站了起来，一只脚放在胸前，郑重地弯一弯腰，行了一个敬礼。这引得宝莲妈妈发笑，使她的眼泪也干了。

这时候，马撒没有像我那样，因了一时的喜悦，就把一切忘记了，他马上对我使眼色，使我想起了母牛的事。

我装得似乎没事般地，向着宝莲妈妈说："妈妈，到后边去看看吧。马撒说要看看我从前当马骑的梨树呢。"

"好的。你也到庭园去看看。我一点也没有动过你的。因为我心里总以为你一定会再回来的。"

"我种了的菊薯呢？好吃吗？妈妈。"

"哦，是你种的吗？使我不意发现了菊薯惊喜了半天；我也以为一定是你偷偷地种了的，你总爱使我出其不意的欢喜。"

我以为时机已经到了。

"妈妈，牛栏怎么样了呢？——牛贩子要把鲁热特拉出去时，它也正像我那一次妈妈不在家时被拉了去一样地，用后脚顶住了不肯出去。"

"自从鲁热特不在了以后，就是那么样的只堆了一些干柴。"

一路说着话，我们快走到牛栏前，宝莲妈妈想要将牛栏里面的给我看，所以就推开了门。这瞬间我们那肚饿了的母牛，大概是以为有人拿东西来给它吃的吧，哞地叫了一声。

宝莲妈妈吃了一惊，倒退一步，眼睛睁圆地说："嗳唷，母牛啦！牛栏里有一只母牛！"

此时已经用不着再欺瞒了，我和马撒都齐声大笑起来。

宝莲妈妈呆呆地望着了我们的面孔。然而无论怎么样想像，牛栏里突然会有母牛的这回事，是事实上所不许的，现在居然会有了，那就算我们怎么样地好笑，她也不会明白的。

"这是我们商量好了，来吓吓你的，菊薯使你出其不意的惊喜，但是这一次更使你惊喜得厉害吧，妈妈。"

"呵，这么样呀！呵！这么样呀！"宝莲妈妈还是吓得转不回来，只是重复地说着。

"妈妈，我不愿意空手到你那么样爱育我这弃儿的家里来，所以就想带一点有用的礼物来，这当然是买一头替代鲁热特的母牛最好了。我就将我和马撒两人赚来的钱，从优雪尔买了来的。"

"嗳唷，你是多么孝顺的好孩子！"她又紧抱起了我。

我们因为要使她品评我们的母牛——现在算是她的了——就走进牛栏里去。

当她发现了这牛的每一个长处时，总是发着满足和惊叹的唤声：

"是多么好的一头母牛啊！"

突然她回顾着我们说："那么，你已经成了财主了？"

我不作声，马撒却笑了起来说："是大财主了啦，袋里只有一块两角钱呢。"

宝莲妈妈凝望着我们，过了一会才说："你们是多么好的孩子啊！"

我真高兴，宝莲妈妈的心中，竟把马撒和我一样地看待了。

这时候，母牛叫个不停。

"想是要榨奶了吧。"马撒说。

我跑家里去找白铁的奶桶。这本来是从前榨鲁热特的奶时用的，我刚才看见了它还是挂在旧时的地方——虽然母牛早已没有了。

我先倒了一些清水在桶里，把那铺满了灰尘的奶桶洗干净。

看见这奶桶里盛满了白沫的奶汁时，宝莲码妈的满足，真的形容也形容不出来的。

"这不比鲁热特的奶更多吗？路美。"

"是的，奶质也再好不过的哩。"马撒插嘴说，"有橙子的香气呢！"

宝莲妈妈不明了马撒的意思。

"哦？什么是橙子的香气呢？"

"那是因我害病在慈善医院里吃的，很好吃的牛奶。"非得把心里的事说出来不可的马撒说。

把牛奶榨好，缰绳也解了开来，让它在庭子里随便走，我们回到屋子里。其实我刚才进去取榨奶桶的时候，早已把拿来的面粉和奶油放在餐桌上着眼的地方，所以她看见了这第二次"要惊喜的事情"，又不断地发出了感叹之词。

我阻止了她，笑着对她说："妈妈，这是我们的东西哩。我和马撒都饿得不得了——把这个拿来做大饼吧，你也好吃的。妈妈还记得吗？在谢肉祭的那天，妈妈说是给我做大饼，把什么东西都弄好了，后来却被耶路姆全都倒了去，可是今天就再不怕有那样的事发生了。"

"喂，你知道耶路姆已经到巴黎去的了吗？"

"是的。"

"哦，那么，你知道他为着了什么事去的吗？"

"不知道。"

"那是和你有关系的事情哩。"

"什么，和我有关系的？"我的面色吓得变白了。

"可是也决不是使你不幸的事。"她看看马撒，表示这不是可以在他人的面前说出来的话。

"妈妈，在马撒的面前，什么都可以说的。我刚才不是告诉了你说他是我的兄弟的吗。"

"不过说起来太长了。"宝莲妈妈总要避开，不高兴在马撒的面前提起。

我又不能强迫她说出来，因为这样她一定会拒绝的，而且马撒也许会难过，所以我只能由她去。

"可是，妈妈，耶路姆——爸爸不会突然地跑回来的吧。"

"不，你放心好了。他不会突然回来的。"

"那么，慢慢地好了。等一会，再慢慢告诉我。"我觉得安心了，"快点来做大饼吧。谁也不会来掀了我们的锅子的，今天才是我们的世界呢。妈妈，有鸡蛋吗？"

"没有，家里一只鸡也没有了。"

"我恐怕会在路上把鸡蛋打破了，所以不会买来。妈妈，你到邻家去借几个吧。"

宝莲妈妈有点为难的神色，我马上知道了她一定是借得太多了，没有去还过。

"不，我去买来好了。到蒙克的家里就可以买得到吧。妈妈把面粉用牛奶调起来，并叫马撒去把柴砍好。"

我连忙跑到蒙克的家里，买了一打鸡蛋，还分了一些猪油来。

等到我回家里来一看时，面粉已经调好，只要打下鸡蛋去就行了。不过为了心急的原故，恐怕没有使它充分调和的时间，其实就算是做得不十分好，也用不着担心我们的肚皮会吃不下去的。

宝莲妈妈把打下了的鸡蛋拼命地拌着。

"路美，你那么样地想着我，为什么到现在总没有一点消息给我呢？我的心里时常想，万一路美会死了也说不定。要不然，一定会告诉我一点消息的。"

"可是妈妈不是一个人住着,妈妈同那得了二十个法郎将我卖了的爸爸住在一块呢。"

"路美,不要再说过去的话了吧。"

"不,我并不是讲什么不平。爸爸是那样地把我卖了的,要是我再有信来时,他一查出了我的住所,恐怕他一定又要将我转卖了,所以吓得我不敢写信来。当我的师父去世的时候,我真的想把我的事情写信告诉妈妈啦。"

"路美,那带了你去的玩狗的音乐师已经死了吗?"

"呀!师父死了的时候,我不知道哭了多少次。我今天所以能够自立,也是全靠了他的……这两年间,我又在巴黎附近的一家亲切的花匠家里度过了困难的日子。我想我若是寄了信来,爸爸或者会来找我,或者会到那照料着我的家里去要钱,这两样都是我所不愿意的,所以我只能忍着不发信。"

"这样吗?我也明白了。"

"我虽然没有写信来,但是无论遇着快乐或伤心的时候,没有不想到妈妈的。我得到了身体的自由后,马上就想跑到妈妈的地方来,可是这样我又不能买牛来送你,所以我就费了很多时候,和马撒两人走到这里来。像我们这样的小孩子,谁也不会给我们一块银钱的,只好一个铜板两个铜板地积着;拖着疲劳的腿子,在街上跑去,一边还要流臭汗,忍饥饿,才积得起来呢。我们真的遭遇了无数的辛苦。可是越劳苦越加快乐的这话,也是事实呀,对不对?马撒。"

我看着马撒说了最后的一句话。

"是的,每天夜里计算那天的收入时,真是快乐啊。"

"不单是计算当天的收入,连那从前积了的钱,也希望它能够倍加多起来,一定还要都倒出来数一数。"

"这样吗。你们真是天生成的一对好孩子。"

在说着话时，宝莲妈妈还将糖放进面粉里去，一齐搅拌。马撒砍好了柴就放进灶里去，引起火来了。我把盘子，肉叉，杯子排在桌子上，还到外边汲水去。

汲了水回来时，火已经烧得旺烘烘地，宝莲妈妈把锅子放在火上了。用刀子的尖头取了奶油放入锅里去，马上就溶化了，发出愉快的声音。

"呀，奶油喝起歌来了，我来陪着奏乐吧。"

马撒立刻取起提琴，架上弱音机，慢慢地弹着，合起了那煎奶油的声音。宝莲妈妈觉得很可笑，开口大笑了起来。

但是现在不是可以专心听音乐的那样悠闲的时候，宝莲妈妈用铁勺子掬起面粉，马上倒到锅子里去了。她拿着锅子的柄轻轻一敲，很精巧地向上扬了一扬，一个大饼就离开锅子，飞到屋顶去了，这使马撒吃了一惊。但是用不着担心到会弄上灰，飞去的大饼，在半空里翻了一个筋斗，烧好的一面朝上，又安安全全地落到锅子里。

我拿了盘子递过去，圆而扁平的大饼就滑到盘里来。

第一个先给了马撒，把他的手指烫了，嘴唇烫了，舌头烫了，喉咙也烫了。但是他也再管不及了。

他塞满一口，还嚷着："呀，真好吃。"

第二个是我的了，我也正像马撒一样的，顾不得烫伤了。

等到做好第三个，马撒又想伸手去接时，卡彼就吠了起来，请求它的分肥。它这请求也是正当然，所以马撒就掷给它，宝莲妈妈反而觉得奇怪，眼睛睁大了。她也像这方面的乡下人一样，对于狗总是当畜牲看不起，把大饼也要分给它吃，这就使她觉得太没有道理了。那么，我为要使她明白，就向她说明卡彼是有才干的狗，是我们的伙伴，有了它我们才能买得到母牛；并告诉她非得像对待我们一样地，也把大饼给它吃不可。

旧家庭和新家庭

　　我们惟恐宝莲妈妈来不及做地大吃了一顿，这次是要让她来吃了，我接着她来做。把奶油涂在锅子里，再将面粉倒下去，这是没有问题的，不过要把那锅子一敲，将大饼抛到半空里翻筋斗，然后又用锅子接住，就是一种大把戏了。我有两次差不多抛到灰里去了，马撒连忙用手接住，还遭了烫伤。

　　等到面粉都吃完了，知道宝莲妈妈的心事的马撒，假托是要去看看牛，也不听我的劝止，跑到庭里，给个机会让宝莲妈妈好来和我说话。

　　实在我也是口里想着要询问耶路姆到巴黎去的理由，急得了不得，只因了做大饼的心忙，才把它忘记了片时。

　　但是我还是种种的设想——大概耶路姆是到巴黎去找李士老人，向他讨这几年不会给的我的租钱吧。要是这样，那么，李士老人既已经死了，他也就没有办法。总不至于向着我讨吧。可是若使不是这回事，还为了想把我带回来的事呢。这目的就可不言而知了，是为了金钱，将我随便卖给谁人或是卖到什么地方，只要钱多的地方就是了。要是他这样想，那我倒觉得有意思，在他的手臂还没有伸到我的脖子以前，我早就决定了和法国作别和马撒一块儿到意大利去了。不论美国也好，地球上的哪一角都好，我总非得逃脱不可，我再不能随便给耶路姆做买卖了。

　　我心里怀着了这种心情，对宝莲妈妈说话时，也不能不小心一些。这并不是我会怀疑她，我知道她是多么爱我，多么为我尽力的，但是我同时还知道她一到了耶路姆的面前，就像老鼠看见了猫一样，畏缩不振的。假使我不当心将种种的事说了出来，那么，耶路姆就会使她转说给他听，寻出了找我的端绪。所以对于她，也不能随便乱说，这样地束紧裤带来和她应酬。

看见马撒走到庭外之后，我才开口说："妈妈，现在只有我们两人了，你把爸爸为什么到巴黎的事告诉我吧。这事是对我有益处吗？"我含着苦笑这样说时，宝莲妈妈却认真地回答我："是的！是一件可喜的消息。"

可喜的消息？我真莫名其妙。

她刚启口时，先跑到门口望了一望，看见了没有人，才放下心，跑到我的身旁，含笑低声地说："你的家里的人似乎在寻找你呢。"

"哦，我家里的人！"

"是的，路美，是你家里的人哩！"

"呀，那么，我还有家眷吗？我？妈妈，弃儿的我还会有家眷！"

"把你丢了的，或许不是你家里的人吧。他们现在正在找着你呢！"

"那么，是谁在找我呢？！妈妈，请你快点告诉我。"

我这样说后，突然像发了狂似的叫起来。

"妈妈，那是假的！假的！决没有这个道理的，是耶路姆在找我吧。"

"是的，耶路姆也是在找你，不过他是受了你们的家人的嘱托。"

我以为不要上耶路姆的当，就对她说："他一定是想把我找到，又卖给别人去的。要是这样的话，我可不再让他找到了。"

"嗳哟，你说甚么话呢！你以为我会帮着耶路姆，来欺骗你吗？"

"是爸爸骗了你啦。"

"你好好地听我说吧。真是不懂事的小孩子。你会那样害怕，你听我说完后再下判断好了；让我把听见了的话都告诉你。到下礼拜一刚巧一个月前，我正在厨房里做事的当儿，一位这方面罕见的漂亮的先生跑到屋子里来，他用很郑重的口气问，这一位是不是耶路姆先生？那么耶路姆就告诉他自己正是耶路姆。他又问，在巴黎的伤兵医院前大街上拾了一个弃儿，抱回家里来养的是不是你？耶路姆又告诉他，那正是自己。那位先生又追问着说，那小孩子现在在什么地方呢？

耶路姆也反问了他说，你这样问他，究竟为了什么事？"

我屏息声气倾听着，宝莲妈妈又接着说下去。

"你早是知道了的，在这里说话的声音，在厨房里也可以听得见的。我想这是关于你的事，非得留心听一听不可，就想伏在墙上偷听，谁知脚下碰着了小木枝，他们就注意到了；那位先生就问，似乎还有别人在吗？"

"不，那是我的妻子。"耶路姆说。但是那位先生又说，"这里太熟了，让我们到外边去谈谈吧。"那么两人就一起出去了。一定是到村里的咖啡店去的吧。过了三四个钟头后，耶路姆只一个人跑了回来。我总觉得那位先生就是你的真的爸爸，所以我等不得耶路姆快点回来，问他和耶路姆两人间谈了些什么话；可是他并不肯详细地告诉我，只说那位先生不是你的父亲，不过是受了你的家人的委托，来这里找你来的。其他的话他就不肯说了。"

我再不能不信任宝莲妈妈的话了。

"我的家庭在什么地方呢？我有爸爸吗？有妈妈吗？"

"我也寻根找叶地问了耶路姆,可是他说他自己也不知道。只告诉我他非得到巴黎去找你不可,因为前次租了你去的音乐师,曾留下了一个地址给他;所以他要到那地方去看一看。第二天他就出门去了。那地址我还记得,待我告诉你,那就是住在巴黎支那街的一个叫做喀尔的音乐师的家哪。路美,你好好地记住吧。巴黎的支那街……"

我打断了她说:"妈妈,喀尔的家我很熟悉。……爸爸到了巴黎后,有没有什么消息来呢?"

"不,一点也没有消息,他一定是拼着命在找你的。我刚才说的,那位先生拿了五十块钱说给他做盘费;到了巴黎后,我想他还会再接到钱的。就是说,像从前包着你的那绸缎说的,你的父母一定是大财主无疑的。我不知道你碰不着了耶路姆,所以看见你回到家里来的时候,我以为你是遇见了你的父母来了的。并且在你说马撒是你的兄弟时,我以为他当真的是你同胞了。"

刚巧马撒这时在门口走过,我叫住他,要他进来。

"喂,兄弟,我的父母在找着我呢! 我有家庭啦! 当真的家庭呢!"

真奇怪,马撒听到了这可惊的消息也不能像我那么样的兴奋,并且似乎不明白我的快乐一般。

我觉得有点没趣,将现在听见了的话告诉他。

那天夜里,我睡也不大睡得着。不过少时睡惯了的床,是再可怀慕不过的。屈着身体,缩在被窝里,我在这床上酣睡着过了多少的美丽之夜呢。在星空下露宿的夜里,夜寒朝露,使我不知道多少次想起了这床。只要想到自己还能够在这样怀念的床上睡觉,我就不能不感谢上帝的恩惠。

不一会,因了昼间的疲劳和昨夜狱中的疲劳。在不知不觉中入睡了。但是马上又醒转来，以后就再不容易睡得着了。

"呀，我的家庭！"

这观念使我心跳神怡，睡着醒着总是想到了它。眼睛一合拢，我就在梦里看见了从未看过的自己的家庭，父母，兄妹等人。最奇怪的就是马撒，丽色，宝莲妈妈，美丽甘夫人和亚沙都是我的家里的人，而李士老人却做了我的父亲。老人还活着并且成了富人，前日以为给狼犬吃了的彼奴和朵儿都找到了，和他住在一起。

在短促的数分钟的睡眠间，我把这数年来的经过都看见了。而且正和谁都经验过一般地，受了强烈的印象，我不能只当它是梦。醒后，我还像是和这些人们在一起过了一夜似的，明白地看见他们的影子，听见他们的声音，我再也睡不着了。

等到了这空想的影子渐渐模糊时，空想的实现，又妨害着了我的睡眠。

我的家人在找我，这是无可置疑的了，可是要能达到会见他们，非经过耶路姆的接洽不可。只要想到此事，我的快乐，就减了几成了。我真不高兴他来杂入我的幸福，但是又有什么法子呢？！他向李士老人说过的，自己是因为想可以得到隆重的谢礼，所以才把我养到今天；这话我一点也还没有忘记了的啊！

由他这语气中就可明白的，他之所以拾了我，也不是为了哀怜之情，而却为了包着我的漂亮的绸缎，有一天能够将我送回我的父母时，他可以得到利益的这些念头。然而因为他的梦想不容易实现，所以就把我卖给了李士老人，到了现在，他才算达到了最初的目的，预备将我卖还我的父母。

耶路姆和宝莲妈妈是多么不相同啊！宝莲妈妈的爱我恤我，决不是为了臭铜钱啊！我不知道计划了多少，想把此事的利益归到宝莲妈妈，而不愿耶路姆插手呢。但是总想不出方法来，所以我只在床上翻来覆去。而且想到了将我带到我的父母面前的也是耶路姆，受他们的谢礼的也是他而非宝莲妈妈时，我不能不感到失望了。

结局我对于耶路姆的事，只能断了念头不想；但是我既经成了富家子弟，那么马上或者会做不到，我决定了将来总要送很多很多的谢礼给宝莲妈妈。这样我心里才觉得宽了些。

目前我非得先去找着耶路姆不可。因为他不是会将出门后的地方告诉家中的那种人，宝莲妈妈只知道他是巴黎去的，可是住在巴黎的什么地方呢，她一点也不明白。这次到了巴黎后，也没有来过一次信，所以宝莲妈妈也不能够写信给他。不过他从前总常寄住在姆哈达街的几间便宜旅馆里，到那几家店里去问一问，恐怕也就可以问得出来吧。

我们满想着在宝莲妈妈的家里，过几天平稳幸福的日子，玩玩小孩子时的游戏的，然而命运却使我们不能不即日出发，世间的事情，总是这样悲惨的。

我们本来打算离开了宝莲妈妈的地方时，就要到海边的越斯南，去看叶琴的。我想无论如何非得去看看那样对我亲切的，爱疼我的叶琴不可的，但是当这样的时候，我再没有那样的余暇，不能不忍着心中止了。

而且看了叶琴之后，还要到都鲁斯去访丽色，将兄姊的消息报告给她。这也非得像要去看叶琴一样地绝了念头不可吗？我为了此事烦恼了一夜。有时我以为无论如何，不能做出这样无情的事，叶琴非得去看她不可，丽色却不必一定去看她的；有时又想这事待之后日吧。我为了使我的父母得到早一刻的安心，先到巴黎去，才是当然的道理。

我左右为难，踌躇不决，只是翻来覆去。最应该快乐的一夜，实在只是在最烦闷的心情中过了。

第二天早上，我们三人聚在炉边等着烧牛奶时，我就将昨夜解决不了的问题提出，征求他们的意见。

宝莲妈妈说："那你非得马上先到巴黎去不可啦。你的父母在找着你呢，快点去给他们欢喜，那才是孝道哩。"

这道理她还铺张说了几句，我觉得她的话是很对的。

"那么，我们马上就到巴黎去吧。"

然而马撒，却对我的决心显示着不平之色。

"喂，马撒，你不赞成我们马上就到巴黎去吗？甚么道理呢？妈妈告诉了我应当到巴黎去的理由，你也说说你的理由好吗？"

马撒摇摇头，避开理由的说明。

我逼迫着他，好容易他才开口说："我以为就算有了新家庭，也不应该将旧家庭忘了。你从前的家族，不是叶琴、亚历、泽民、丽色们吗？这四个人不都是你的兄弟姐妹，真心爱你的吗？然而你就算是找到了新家族，你也不会忘记了他们从前是把你丢到街上去过的吧。现在就是在找寻你，你就把那样亲切的家族抛了，这不太不近人情了一点吗？"

宝莲妈妈又插嘴说："那一定不是路美的父母将他丢了的。不知道是谁偷了出来丢了的，恐怕那时候路美的父母就在找寻他，也说不定啦。"

"这事我倒不知道，不过，那丽色的爸爸亚根，将倒在门前垂死的路美救活了，做了他重生的恩人；将路美当家中的人看待，在他患了病时，又给他请医生；而且亚历、叶琴、丽色们都爱他爱得胜过自家的兄弟；这些事我是知道的。所以我以为那样爱疼路美的人们，总比你的家庭——虽然我不知道是他们自己丢了你的，或是别人偷了来丢了的——更加应该保重。不应随便就可以忘记了的。横竖亚根也不是因为有什么义务的关系，非得将路美看作自家人不可

351

的,这样亲切的家族,我以为是不可多得的……"

马撒似乎是在生我的气,不望我的面孔,也不看宝莲妈妈,时时声音发抖着,注意地辩说。他很使我伤心,然而我决不因他的批评而生气,或是失了判断的能力。而且我也正像决断迟钝的人,容易给最后的意见所动的,不能不把马撒的意见当为很正常的。

"马撒说得对。我决不是那么样薄情,会把叶琴、丽色他们忘记的,那么,巴黎让我们以后再去吧。"

"可是,谁也不能像亲生父母那样的啊!"宝莲妈妈还想我会听从她的意见。

所以,我想了一会,就取一个折中的办法。

"那么,叶琴的地方先不要去,因为到越斯南去,要兜一个很大的圈子。然而她认识字能够写信,我就写一封信给她算了。可是在没有到巴黎之前,先到都鲁斯去一趟。路也差不了多少,迟到巴黎一些,也是有限的。丽色不认得字,而且我这次的漂流生活,也大半是为了她的,所以我一定要往那里去一去,告诉她亚历的事。叶琴的回信,也叫她寄到丽色的地方,让我好念给她听。这样不就好了吗?"

马撒听到这话,才笑颜闭了说:"唔,这样就好。"

决定了明天动身之后,我费了午前的大半天,来写了一封长信给叶琴。

第二天离别的情形,决不是什么豪华愉快的。可是和被李士老人牵着手,离开这斜巴陇时,就有天壤之差。我能够和宝莲妈妈亲吻,也可以约定我不久将陪着我的父母来看她。事实上,前一天夜里,我还同宝莲妈妈谈起我下次和父母一起来时,要带点什么东西来好呢。那时候她就说:"你再给我什么好东西,也不及那母牛好。你没有发财时的礼物比你发财后的,不知道要使我高兴得多少!"

我们和母牛也不能不有伤心的离别。马撒在母牛的脸上吻了十多次。畜生也似乎很高兴,在每次接吻的当儿,总是伸出舌头来。

过了一会,我们又再变成街头的漂泊者了,背上背着背囊,肩上挂着乐器,卡彼走在前头,我们大步跨着,似乎背后有人推着一样地快步赶路,想着快点到巴黎的念头,在不知不觉之中,使我们的脚步加快了。

马撒不响地跟着我走,过了一会,就说跑得这样快时,一下子就会疲倦,不能多走。我放慢了脚步等他,不一刻自然而然地又跑快起来了。

马撒似乎很无聊地说:"你的性子真急啦。"

"是的,我真急性。可是你也可以急性点哩,我的家族,不就是你的家族吗。"

马撒含愁摇摇头。

每当我说到家族时,马撒不知道有多少回变成这样子;我不但感到伤心,而且有点生气了。

"你和我不是大家兄弟吗?"

"呀,在我和你之间,我们是兄弟。我现在是你的兄弟,以后也是这样。不过……"

"不过什么呢?"

"不过我不是你的父母的儿子。假使你有真的同胞兄弟,我也不能算是你的兄弟的兄弟哪。"

"那么,假使我和你到你的故乡去了,你的妹妹也不能和我做兄妹吗?"

"那是可以的!"

"那为什么只有你却不可以做我的兄弟?"

"可是事情不相同啦。完全不相同。"

"为什么不同？不是一样的吗。"

"我不是像你一样的，生出来就有绸缎包里啊。"

"绸缎又怎么样呢？那不是一点关系也没有吗？"

"不，大有关系呢。你心里也不是正像我一样的明白吗？假使你到我的家里来——你要是富家子弟，你决不会到我家来的了——我的家里是没有隔日粮的穷人啦，但是你的父母，要是像宝莲伯母讲的那样的富人，那么，他一定是摆起架子，看不起穷人；像我这样的小穷鬼，还能够走近他的身旁吗？"

"那我也不是同你一样的小穷鬼吗？"

"现在是一样的，可是一到了明天，你一变就成了富人的少爷了。我呢，明天还是这样穷酸啦。你的父母会把你送到学校去，也会给你请先生吧。我却一个人——只是孤单的一个人，一直到死时总在大路上徘徊，想着你过好日子。你也会想起我来吗？"

"喂，马撒，你为什么要说这些话呢？！"

"我将心里想说的话说出来了。我实在能和你一起了，感到高兴，快乐。从前，我总没有想到会因为此事和你分离，心里满以为永远能够像现在一样，做着幸福的好梦呢。我并不是说要像现在一样地，一辈子在街边生活。我们两人拼命用功之后，能够成为一位可以在华丽的舞台上演奏的音乐家，而且两人永不相离地过着日子，我日夜总是这样设想着。"

"我们不是还可以做到吗？只要我的父母真的是有钱，那就像对待我一样地对待你。我到学校去，你也去，两人互相劝勉用功，无论到什么时候，都在一起过活。你是这样想，我又何尝不是呢。"

"你的心情，我是知道的。不过恐怕以后就不同了，你既有了父母，就不能让你自由了，是不是吗？"

"你好好地听我说吧。我的父母既然是在找寻我，那一定是很爱惜我的了。既然是爱惜我，那么，我所说的要求，就没有不答应的道理吧。我的要求就是想说，从前我做孤儿的时候，那些对待我亲切的人，我现在都要使他们幸福。要父母帮助宝莲妈妈；将亚根从狱里救出来，再把叶琴、亚历、泽民、丽色们交还给他；将你和我一起送入学校去。所以，我想我的父母要真的是有钱，正不知多么可以'成人之美'呢！"

"我却以为你的父母要是真的贫穷那才好呢。"

"你真的是傻子。"

"也许我是傻的。"

马撒再不作声，唤着卡彼。

刚巧是吃午饭的时候，我们就在路旁休息。马撒抱住了卡彼，像对懂话的人一样地说起话来了："喂，卡彼，你也像我一样的，以为路美的父母要是穷人就好了吧。"

听见我的名字，卡彼照例是发出满足的吠声，把前脚放在胸前。

"路美的父母要是穷人，那我们三个人，就会像从前一样，能够自由地生活，能够随便到高兴去的地方——英国也好，意大利也好——随便去。而且只要拍拍'老爷贵客诸位'的马屁就得了。"

"汪！汪！"

"假使他的父母是有钱人，卡彼，你就要被关在用铁栅围起来的庭里的狗笼中，用锁链捆起来了。那不是像我们时常捆在旅馆里狗栏中的粗麻绳，是很好的铁链啊！可是无论怎样好，锁链总是锁链。有钱人家里的狗，是不让它到屋子里去的，所以要用铁链锁起来啦。"

我自从听了宝莲妈妈的话以来，总是耽溺在那快乐的幻想里，而马撒却不同我共欢喜，反而希望我的父母会是穷人，我看见了，虽然不能不有几分生气，然而他之所以有这非常的伤心，也是很容易明白的。他决不是在诅咒我的幸福。只要知道那全是为了对我的强烈的友爱，和对于离别的极度的恐怖的结果，那么，我又没有可以怨责他的地方了。不但如此，我反因为知道了他对我爱之深，而感到幸福。

假使我们没有挣得每日的面包的劳苦，就算马撒怎么样叫苦，我也是要继续着跑步的旅行吧。然而我们在途中的各大村镇里，又有照例表演的必要。在等着我的富有的父母没有把钱分给我们之前，我们不能不在街头巷尾，汗流浃背地讨到三五个铜板而自足。

普通从斜巴陇笔直走到都鲁斯，并不需要多少日子，可是我们还非得在各地住下表演不可，所以就费了很多的时候。

若只是为了抓得糊口之资，我们倒用不着那么样卖力，不过我们又别的野心发生了。我记牢了宝莲妈妈对我说的话，穷时的礼物比富有时候的，不知道要使人欢喜多少倍——就想要像使宝莲妈妈欢喜一样，也使丽色快乐。若是一旦我已经做了富翁，也当然要分给她的，不过这只是把既盈囊的余财分给了别人，谁也会做得到的。我的想头，是像对待宝莲妈妈一样地，用自己辛辛苦苦挣来的钱，去给她送礼——"拿着贫穷时的礼物去"。

我用到特斯以前赚来的积钱，买了一个洋囡囡——一个不像穷人可以送得起的、漂亮的、大的洋囡囡，但是幸而价钱并不像母牛那样贵。

从特斯到都鲁斯的途中，除了斜桥村之外，其余都是偏僻的寒村，没有人理睬流落乡下的音乐师的我们，因此我们更是尽力量赶快了。

从前和李士老人经过斜桥时，是与美丽甘夫人刚分别了不久，在彼奴和朵儿还没有给狼犬吃了之前。现在我们离开了此地，沿着运河岸前进,在那岸上的丛林中,看见木船给马拖着在静悄悄的水上滑过,我不能不想起那和美丽甘、亚沙们一起过日子的"白鸟号"上的快乐的生活。我们恰像那拖船一样,沿着这如画的运河环绕着。

那"白鸟号"现在又在何方呢?!

和马撒往南方漂泊的时候,一走到有运河的地方,就像刚别过了"白鸟号"的当时一般,总爱问人看见这样子的好看的游览船没有,无论什么地方都没有看见它的影子,或者是因为亚沙的病已经痊愈,回英国去了,也未可知。这是最可靠的推想,不过走过这运河的沿岸,看着从那边有马拖着的船来时,总是心跳,等待着它或许会是"白鸟号"。然而每次却都没有"白鸟号"的影子。

现在正是秋天,天色黑得早,不得像夏天那样可以多走些路。我们在没有入夜之前早点到了村里,找到宿处。到都鲁斯的那天,是赶得很快来的,可是进村里时,已是太阳西坠了。

到丽色的姑母家里去,只要沿着运河走去就得了,卡特林姑母的丈夫,是在看守闸门的,所以他们住在村旁的闸门边的小屋子里。

渐渐走近这屋子,我的胸也渐渐跳动了起来。家里似乎正在烧火,火光反射到窗子上,连街上也都照得到了。

走近屋子旁一看时,门户和窗子都关起来了,只是窗上没有百叶门也没有窗帘子,从外边可以看到里头的情形。我望见了丽色坐在登台前,卡特林姑母坐在她的旁边,一位像是她的姑丈的男子,背向着我,坐在丽色的对面。

"他们正在吃夜饭,真凑巧。"马撒说。

我做手势让他不要响,一只手将卡彼拖到背后,从背上取下竖琴,预备弹奏。

马撒细声地说："唔，是的。弹一支良夜曲，想得好。"

"不，你不要弹。让我自己来吧。"

我不唱出声，只弹起了"拿破里之歌"的调子。因为一唱出声，她马上就会辨别出我的声音。

一边弹着一边看看窗内，我看见丽色马上抬起头，侧耳听了一听，那大的眼睛突然发出光亮来了。

我唱了。

那么，丽色就从椅子上跳下，向门口跑。我差不多连将竖琴交给马撒的时间都没有，她已经抱着我了。

家里的人们，将我们叫了进去。卡特林姑母和我接吻之后，就在桌上排下两个人的食具。

"姑母，请你多排一个位子，我还带了一个小客人来呢。"

我这样说时，把装在纸盒内慎重地拿了来的洋囡囡取出，让她坐在丽色边的椅子上。

丽色此时看着我的那目光，我一生也不会忘记的。

若使我们不是急于要到巴黎的话，恐怕还要在那里逗留很久的吧。我和丽色都有说不尽的话没有说呢。

丽色真幸福，她自从到了都鲁斯后，很能得到姑母夫妇的疼爱。卡特林姑母养过了五个孩子，可是像这方面的女人一样，把养了的小孩子都丢了不要，到巴黎去给人家当奶妈，所以现在家里一个孩子都没有，只把丽色当亲生儿子一样疼爱。

丽色用了种种的法子，告诉她做何种游戏过日，我又将别后的情形，详细告诉了她。

我的说话的大部分，还是关于我的富有的家族的事，像告诉马撒一样地再说一遍；再告诉她我要将亚根从狱里救出，让大家都得到幸福，请她安心等待着。

没有像马撒一样的处世经验的丽色——又幸而没有在喀尔的把戏班那样地方住过的丽色,只简单地以为世界上再没有像有钱人那样幸福的。她知道只要有钱就什么事都可以做得到。所以她不像马撒那么样地说那种话,真心喜欢我会变成一个有钱人。爸爸亚根之所以进牢,也是为了贫穷,只要有钱,马上就可以出来了。这世界上再没有用钱做不到的事情。我若是能够做一个有钱人,那么,丽色和我都不会想到有别的事情的,两人之中,哪一个变成了有钱人,在她都是一样。我们两个人感到了无上的幸福。

我们不止在闸门旁,谈话过日,时常还偕了马撒三人,抱了洋囡囡,带了卡彼,在森林里或旷野中散步,不知逛得多么高兴。

在黄昏,我们又把小桌子搬到庭前。——浓雾的时候,就在家内,马撒和我,各显本事弹唱。丽色最爱听的却是我唱的"拿破里之歌",在上床时,她一定要我为她歌一曲。

然而马上非得和丽色告别不可的时期又到了。

我对她的最后的一句话是:"下次来接你时,是用驾四匹马的马车来接你的。"

丽色也表示了她绝对相信我的话,并且在等待着的意思。

码上对话
AI成长伙伴
☑ 故事收音机
☑ 收看成长课
☑ 趣味测一测
☑ 读书分享会

耶路姆的行踪

从都鲁斯到巴黎之间，若是没有和马撒在一起，我一定要只求赚得当日的面包钱，以后就是用全速力赶到巴黎去吧。就算流着汗去拼命，又有什么用处呢。

没有买母牛的必要，也不是有洋囝囝要买。就算是赚了钱，也不是可以拿到我的父母处去做礼物的；到了他们那里，我马上就可分得到无数的银钱呢。

但是马撒却不是同我一样的想头。

"赚得到的还是多赚些好。到了巴黎，也不知道马上会不会找得到耶路姆的所在？"

"不要紧，早上找不到，下午总找得到的。姆哈达街又不是很长的，一家一家地问过去，也没有多少家。"

"要是不在姆哈达街呢？"

"只要打听得他的住所就得了。"

"万一或者因为他找不着你，又再回斜巴陇去，也未可定。那么你就得写信去，又非得等到他的回信不可了。这时日中，没有一个钱，那到什么地方去找饭吃呢？你也不应该不知道巴黎是一个什么样子的地方吧。你不曾忘记了跑马厅的一夜吧。"

"我当然不会忘记了。"

"我也忘不了饿得要死，靠在圣麦达尔寺壁，受你救活的那回事。我再不愿意身上没有一个钱，在巴黎挨饿了。"

"可是到了我的父母的家里，就有很好的晚餐吃了。"

"我不愿意只待望着晚饭，就把午饭省了。因为夜饭一误了事，那就不得了呀。想法子做到早饭中饭都可以吃得到吧，就想是要买母牛去送你的父母，多赚一些吧。"

这当然是很聪明的忠告无疑。不过我总不能像要买母牛送宝莲妈妈，或是买洋囡囡送丽色时那么样，用热心的态度来弹唱。

"你要是做了富翁时，一定会变成一个懒惰鬼！"马撒说。

不久我们渐走近了巴黎，到了我和马撒第一次合手表演的、在结婚式的跳舞中使我们伴奏的农人村里。那一对新婚的夫妇还记得我们，马上又开了跳舞会，赏给我们的夜饭和睡床。

第二天离开了这里，我们就在那天到了巴黎。回想从前，离我们去时恰是六个月又十四日。

比之前次离开巴黎他去时，季节变得阴郁而寒冷了，天上没有太阳，地下也没有花草，只有秋雾罩住了山野。从路旁的墙上落到头上来的，已经不是紫罗兰的花瓣，而是枯黄的树木的落叶。

然而季节却不论它是好是坏。我们的胸中充满着喜悦，没有要借外界的风景来提起我们的必要。当然在这里说是我们，或者不正当，也未可知。因为充满着喜悦的似乎只有我一个人。

实在的，越走近巴黎，马撒似乎越是沉郁；他一声不响，只顾默默地走路。

马撒虽然不明说出理由来，可是我知道他一定是在作离别的幻想，以为我会和他分离的原故；我又不高兴再将说过了好几次的旧话来安慰他，所以我也不作声。

我们走到了巴黎的堡垒前，刚刚是午饭的时刻，而且再踏进一步，就是巴黎了。所以我们想先装好肚子，就坐在堡垒的短堞上，将预备了来的午饭拿出来，刚在吃饭的时候，马撒才开口，将从前郁在心里的事情讲了出来：

"你知道我要进巴黎时，心里想着什么？"

"不知道。不过……"

"我在想着喀尔的事。……我恐怕他或许是出狱的时期了；我只听见了喀尔关了进去，但是真可恨，我没有问到他要关到什么时候。现在不知道是否从狱里出来又回到支那街去的事情。支那街和姆哈达街都在同一个方角，我万一到了姆哈达街，给他看见了时，又怎么办呢……他总算是我的主人，而且是伯父啦。被他抓着了时，可就逃不脱啊。我怕他，就像你从前怕耶路姆是一样的，一被他抓了去，就再看不见你，也不能回到故乡去看我的妈妈和妹妹了……"

我只为了我自己的家庭之事热狂，完全把喀尔的事忘记了。马撒的担心，也不是无理由；假使给喀尔看见了时，那才糟糕呢。

"那么，怎么办呢？你不高兴到巴黎去吗？"

"不，只要不到支那街附近去，他不会抓到我的。"

"那么，你不要到姆哈达街去好了，让我一个人去。但是我们先约定了午后七点钟在什么地方等着吧？"

我们约定了七点钟在圣母院前碰头，就走进巴黎了。

一块儿到了意大利广场后，马撒带了卡彼和我分手了，我似乎再不会见面一样的心里难过得很。他带了卡彼向植物园方向走去，我向离那里不远的姆哈达街出发。

这一个月以来，我不偕马撒，不带卡彼，一个人在巴黎的街上走，是第一次；心里感到了一阵辛酸，似乎就要哭出来。但是现在正是要找到我的家庭的好日子，我不应该流不吉的眼泪，我的心里这样地勉励着自己。

我把宝莲妈妈告诉过我的，说到那里大概就可以知道耶路姆的消息的二三家的旅馆名，抄写在本子里带来。但是这不过为了安心，实在我并没有打开簿子来看的必要。不要查看，我早就记住了那三家旅馆的名字了。

走进了姆哈达街，最初碰见的是一家菜馆。我决心跑了进去。我询问耶路姆的消息时的声音，有点发抖。

"那耶路姆是什么人？"

"是从斜巴陇来了的耶路姆？"

"从斜巴陇来了的耶路姆？他是干什么的？"

我告诉他耶路姆从前是做石工的，又把他的面貌——那也是我好几年前他从巴黎回家时看见的面貌——告诉他。

"这里没有那么样的人。我完全不认识他。"

我向他道了谢走出来，又到第二家去问。这一家是一边开水果店一边租房子给人家住的。

我踏进店里就问。

最初我得不到他们的回答。他们夫妇都忙得厉害，丈夫是用刀在切菠菜一类的东西，妻子正同顾客在争一钱的多少。两个人没有一个睬我的。

我第三次发了问时，才得到了回答。

"哦，是的，斜巴陇的耶路姆……他在这里住过的。是四年前吧。"丈夫对着他的妻子说。

"已经五六年都有了。还有一个礼拜的房钱没有给就逃走了。在什么地方呢，那家伙？看也看不见……"

我想知道的事，那妇人也正想知道哩。

我失望着走出了那水果店，心里更加担心起来。现在只存一家了，要是在那里也问不出耶路姆的地址，那怎么办好？到什么地方去问，才晓得他的居处呢？

最后的一家也同最初的一家相同，是一间小菜馆。我走进去时，主人正在厨房里给很多的顾客们盛菜。

我问他，他正在用大匙给客人盛汤。

"耶路姆吗? 他不在这里了。"

"那么，在什么地方?"我声音带抖地问。

"住在什么地方呢，我可不知道。"

我眼里发晕，周围的东西，似乎回转起来了。

"到哪里去，可以找得着他呢? 老伯伯，请你告诉我吧。"

"他地址也没有留下一个，想找也找不到。"

听见这话时，我的失望的样子，一定很难看，而且是很可怜的吧。坐在灶旁的桌边吃着饭的一位男子，就问我说："究竟你找耶路姆干什么?"

我不能将事实老实告诉他，所以说："我是从斜巴陇来的，他的妻子叫我给他带了话来。她告诉我说，来这里一问，就可以知道他的地方……"

主人向那对我说话的男子说："若是你晓得了耶路姆的住所，就告诉这小孩子吧。也不像是对于耶路姆有什么害处的……喂，小孩子，不是吗?"

"是的，是的。"

我的心胸因了希望而跳动了。

"他大概住在奥斯顿横街的简达尔旅馆吧。以后我虽然没有碰到他，可是三个礼拜前他还住在那里，现在也没有搬吧。"

我谢了他们走出来了。奥斯顿横街大概是在奥斯顿桥的左近。到那里去刚巧要经过支那街，那么，我就去探探喀尔的消息，可以报告给马撒知道。

到了那横街，我看见了第一次和李士老人到这里来时看见的那老头子，将褴褛的破衣挂在阴郁的院子里的墙上。我问他说："老伯伯,喀尔老板回家来了吗?"

老头子望了望我不做声,只咳嗽了;我以为我还是使他知道我也晓得喀尔的地方好,所以就装着滑头滑脑的样子说:"他还是在那里吗?不知道多么无聊啊。"

"是的吧,很无聊吧。可是还不是一天一天地过去。"

"老伯伯,总没有外边这样过得快吧。"

老头子哈哈哈哈地笑了起来,那笑声立刻就变了强烈的可怕的咳声,我等他咳完了,说:"马上不会就回来吧?"

"还有半年哩。"

喀尔还要坐六个月监啦。马撒也放心吧,有这么样长的时间,待我求求我的父母,使喀尔和他的侄儿绝缘,也是容易吧。

我走出了这里,飞足向奥斯顿横街急行。心里充满了喜悦和满足,就对于耶路姆也有了很宽容的心情了。

大概耶路姆不会像外貌那样,性质也那样刻薄吧。从前我虽不曾想到,假使我不是他在伤兵医院前将我拾起来,恐怕会死了也未可定。宝莲妈妈虽然是把我养大了,而拾回的毕竟还是耶路姆,我再没有半点可以怨他的地方。心里这样想着,碰见了耶路姆时,总之应该用笑颜来对他。赶快到了奥斯顿桥一问。奥斯顿街也就在左近。

简达尔旅馆是一家古旧破烂的旅店,店主是一位始终摇着头的半聋的老太婆。

"斜巴陇的耶路姆是住在这里吗?"

我问了她,老太婆用手遮在耳后,向我做手势,叫我走近点说。

"我有点听不大清楚。"

"我是来找耶路姆的!找从斜巴陇来的耶路姆!他住在这里吧。"我在老太婆的耳旁大声说。

那么，不知什么原故，那老太婆不答我的话，突然高举两手向天擎着，睡在膝上的猫吃了一惊跳下去了。

"呀！呀！"老太婆只是叹息。

头摇得更厉害。将我看得似乎不要再看了。

"你是那小孩子吗？"

"哦？那小孩子是谁？"

"他在找着的……？"

听见这话，我的心胸似被抓住了般的微抖了。

"那耶路姆……？"

"是的，那死了的耶路姆……"

我头里发晕，连忙靠住了竖琴才站住了。

"哦！耶路姆死了吗？"

我叫得连那老太婆也听得见了，那声音像破裂了似的。

"是的，他死了。八天前在安特尼慈善医院死了的。"

我像失神者一样地呆站在那里。耶路姆死了！我怎样才能找到我的父母呢？！到什么地方去找，才可以找到他们呢？！

老太婆又接着说："那么你真的是那小孩子吗？耶路姆在找着，说要交还他有钱的父母的……"

我抱着万一的希望，截断了她的话头说："老婆婆，你晓得了吗？"

"我听耶路姆说过了的。据他说，他十几年前拾了的小孩子的父母，现在在找那小孩子，是要找得到来还他，就可得到很多的钱，所以他到巴黎来……"

"我的父母住在巴黎吗？"我喘着气问。

"哦，那么，你真的是那小孩子啊。你就是那小孩子！你就是！"

老太婆尽摇着头，左右上下望遍了我的面孔。

但是我不能让她慢慢地端详。

"老婆婆，请你将知道的事情都告诉我吧。"

"呀唷，这小孩子，我说错了……少爷，我实在也不晓得其他的事情。"她突然说得郑重起来了。

"耶路姆没有对你讲过关于我的家庭的话吗？你想一想告诉我吧。我是这样没有办法，你也是知道的。"

老太婆不答，又高举两手向空中。

"真是。命运都由天定啊！"

这时候刚巧有一个像是女佣人的女子走进来，老太婆就把我丢下，向着她说话。

"呀，真的是奇怪的命运啊！这小孩子——这位少爷，就是耶路姆说的那弃儿……噢，对不起，他就是……耶路姆在找寻着的少爷。耶路姆那么样拼命找不到，现在他自己跑了来，耶路姆却死去了，真的是奇怪的命运啊。"

"老婆婆，耶路姆有没有说及关于我的父母的事呢？"

"他讲过了的，讲过了一二十次了。银钱满仓的大财主啦。"

"住在什么地方？叫什么名字？他没有说过吗？"

"呀！那……"老太婆耸了耸肩，"那事情他无论对谁都不肯说，守着秘密呢。他想自己一个人得到很多的酬金啦。他真是惹不得的人啊。"

呀，因耶路姆的死，我的本源也就被埋没了。

将要摸得着头脑的当儿，我的立脚地又崩坏了。呀，从前一切的快乐的梦呢！胸中一切的希望呢！

"那么老婆婆，耶路姆有什么谈心的人，也请你告诉我。"

"耶路姆决不是会将心中的秘密告诉他人的。"

"我的家人，有没有来找过耶路姆的？"

"不，一次也没有谁来过。"

"你知道耶路姆有什么朋友。就告诉我吧。"

"耶路姆连一个朋友都没有。"

我把头埋在两手中，但是这时候应该什么做好，我一点也想不起来，我真混乱极了，只有茫然地呆立着。

"哦，是的是的。"老太婆想了一会说，"他曾有一次来过一封挂号信。"

"那是从什么地方来的？"

"我不知道……邮差当面交给了他的。"

"那么，那封信似乎还应该存在。"

"不，这个也找过了，但是找不着……"

"为什么你又要找它？……"

"少爷，事情是这样的：耶路姆死了的时候，我把他放在这里的东西查了一查看，那也决不是因为好奇心的原故，因为我不能不将他死了的事情告诉他的妻子啦。所以我就查了一查，谁知什么都没有。连医院里衣服的袋里也没有一张纸条。不过他时常说起了斜巴陇的事，所以我想那边会查得出的，讣报也就送到斜巴陇去了。

"那么，宝莲妈妈是收到了讣报的了。"

我想想也没有再可以询问的话了。老太婆是连什么都不知道的。耶路姆不会留下一点可以找出关于他的发财机会的线索。

我真是束手无策，也不曾和那老太婆道谢，踉踉跄跄向门口处走。

"你到哪里去？"

"不，我还有朋友在等我。"

"哦，你还有朋友吗？他是住在巴黎的吗？"

"不，我和我的朋友今天刚从乡下到巴黎来……"。

"那么，旅馆呢？"

"旅馆还没有定。"

老太婆马上就抓到机会了。

"还没有定就住在我们这里好吗？现在有很好很舒服的房间空着。也并不是自己说自己好的话，实在我们素来是很老实的，住客也尽安心。你不要到那边的坏旅馆去，才是倒霉，而且，若是少爷的家人，尽等着耶路姆的消息等不到，会找他时，一定是到我们这里来的。这二三天内恐怕就会来的，除了我这里之外，再没有地方知道耶路姆的行踪了。你就住在这儿吧，我决不是欺骗你的。少爷，除了我们之外，再没有线索可以找到你的家人的地方。我老太婆是为了少爷的利益才对你说的……你的朋友是比你年纪大些吗？"

"不，他比我还要小。"

"呀唷，你们两个人到巴黎来！这巴黎是一个无情的地方啊，你们只是两个小孩子，没有大人看顾，他们才不理你呢。而且旅馆也有的是很噪杂的，或是有歹人出入，我们这里就没有这种事了。真的是闲静而且可以放心。本来这方面就是很清静的。"

我可不能相信这方面是这么样清静，而且就这简达尔旅馆说，我虽然在各地漂流中，也看过了肮脏龌龊的房子，但是总没有看见过这样的房子的。当然我们也住过很坏的旅馆，可是对于这老太婆的招待，我们恐怕也只好领情璧谢吧。然而现在不是可以多嫌人家的时候。假使我立刻能够找到父母，那么就在大马路的豪华的旅馆里住一夜，或是他们是住在巴黎的，那我更可以到漂亮屋子的一室中，舒舒服服地睡觉了。但是这两样现在都想不到了。

这简达尔旅馆大概还用不着多大的费用。我们现在是非想到了费用的问题不可的。现在想起来，我才知道从都鲁斯到巴黎之间，劝我拼命赚钱的马撒，要比我聪明得多。假使我们袋里不是还有七块钱，我们又成什么样子了。

我对那老太婆说："我和我的朋友两个人，房钱要多少？"

"一天算两角钱好了。这样便宜的房钱，实在是蚀本生意……"

"那么，我夜里再来……"

"谢谢你。你快些请来吧。巴黎夜里是很危险的。"

此后就是要去会马撒了。然而距约定的七点钟，还有很多时候，我百无聊赖地，只好走进植物园里，找了一个无人的角隅处坐下，我完全失望了，再没有走路的力气。

到伦敦去

我突然猛烈地被踢落绝望的深渊里了。我是为了受苦而出世的吧？每当我伸手想抓定一个立足地时，所抓到的树枝就会断折，把我抛落地下去。

我并不是学旅馆老太婆的语调，实在在我非得会见耶路姆时，耶路姆就死了；使我无从探知那在找着我的人——他一定是我的爸爸无疑——，这是多么不凑巧的事啊！

我坐在树荫的椅上、含着眼泪，心里闷闷在沉思的时候，看见了一位绅士和太太，带了一个曳着马车小玩具的小孩子走来，坐在和我对面的椅上。

那一对夫妇一坐下去，就唤那小孩子的名字，小孩子丢下马车，伸着两手跑到他的父母的地方去。父亲先抱着他，在他蓬松的发上，接了一个吻，那声音连我在这地方也听得见。父亲然后把那小孩子交给母亲，母亲也一样地抱着他，也在头上同一地方接了几次吻。在接吻的当儿，小孩子笑嘻嘻地，用有小酒窝子的滚圆的小手，拍在他的父母的颊上。

我看见人家父母的幸福和小孩子的快乐，不知不觉之中，掉下泪来了。我从来就没给父母这样疼爱过；就是此后，我真能有和父母接吻的希望吗?！

我突然想起了一件事，拭干了眼泪，取起竖琴，为那小孩子慢慢地奏起一曲旋舞曲。那么，那小孩子却把小的脚踏着拍子；过了一会，父亲走到我的旁边，想要给我一个银角子。我客气地谢了他，并将他的手推回去说："不，我不能承受你的赏赐，我是弹给可爱的小姑娘听。是我自己高兴的。"

绅士惊骇似的，用亲切的眼睛看了看我。恰巧这时候来了一位看守公园的警察，虽然那位绅士为我辩解了很多，但是那警察说，要不是马上走开，就要用违反公园规则的罪名，将我捉到警察署去。他恶狠狠地将我逐走了。

我半声不响，将竖琴的皮带穿上肩膀，离开了那里；几次回头看看时，那绅士夫妇还是用表示同情的面色，望着我这边。

走出了公园，要到圣母院去的时间还没有到，所以我走到圣涅河畔，望着水逍遥起来。

过了一会，天已入夜，街头的瓦斯灯，已经点起了火。我才慢慢地走向那二个高塔直立在黄昏后紫色的空中的圣母院去。

不到几分钟，我走到了圣母院前了，时间尚早，马撒还没有来。我感到了似乎多走了路般的疲劳，腿子像木头一样地，幸而看见了那边有椅子，我仓忙坐了下去，又耽溺在伤心的深渊中去了。我从没有像今日这样悲观落胆。不但是我的胸中这样，周围的景物，也似乎无一非深锁在悲哀中的。在这无昼无夜的繁华的巴黎，车马如织的巴黎之中，我感到了自己好像独立荒野寂静的黑暗中的一个迷儿。

我只是听着院中的钟声，注意着时间的经过，来混过一切。马撒的温柔的、快活的眼睛和他的慰藉的言词，在这时候的我，是多么的必要的啊！

差不多到七点钟的几分前，我忽然听见了很高兴似的的狗吠声，向那方一看时，在暗夜中有一件白色显眼的东西向我跑来。卡彼一跳跳到我的膝上，舐着我的手。我突然抱住了它，和它的面孔接吻了。

马上马撒也在那边走来，从远处就问我："怎么样了？"

"耶路姆死了！"

等到马撒走近了我，我简单地匆忙地将听了来的话告诉了他。

马撒对于这悲伤的消息，真心地对我表同情，我在伤心之中，也感到了不可言喻的欣慰。而且我知道了，实在他想要找得到我的父母的热心，也正不让我。

马撒用亲切的言词来安慰我，尤其勉励我不要失望。

"你的父母一定在等着耶路姆的消息，假使耶路姆断了消息时，他们一定会不放心，到简达尔旅馆来吧。我们就到那里去住不好吗？你何必失望呢。只不过是迟几天就是了。"

这话正同那摇着头的老太婆同出一辙。可是在马撒的嘴里说出来，却大有力量，大有道理。真的这不过是时间的问题罢了。会见父母的日期多延几天罢了。一点也用不着失望的。

我的心胸稍平静了，我把听了来的关于喀尔的事告诉了马撒。

"啊！还有半年！"

马撒叫了起来，在街当中乱跳。马上他又停止了跳舞，走近我的身旁说："你的家族和我的家族是多么的不同。你因找不到家庭而失望，我却因失了家族而高兴。"

"不过伯父——像喀尔那样的伯父还能算作家族吗？假使你失了你的妹妹，你也能够像现在这样地跳舞吗？"

"喂，不要乱说！不要讲这样的话好吧。"

"你看！"

我们沿着河边，走到奥斯顿桥，澄清的秋月下的圣涅河，在充满着种种的感情的我的眼中，是多么的美丽啊！

简达尔旅馆或许是老实的旅馆，但是那肮脏龌龊的程度，走了进去时才会使人吃惊呢。引了我们去看的房子，是在阁楼上的一间，在房子里，假使一个人想站着的话，别的一个人就非坐在床上不可。这实在是一间这样小，这样难住的房间。到巴黎来，还要住在这样肮脏的猪圈子一样的房子里睡觉，真是我做梦也没有梦到的。而且这床铺，只铺了一张颜色完全褪光了的、木板一样硬的旧棉被；宝莲妈妈说的我那绸缎的产衣，比这似乎距离得太远。临睡时的夜饭，也只有涂了意大利干酪的面包。这比之于我想到巴黎后请马撒吃的大菜，又是多么的相差得远啊！

然而幸而不是没有希望的，只要忍耐一些时就好了；我不想也得这样想地，钻进了肮脏的床里。

第二天早上，我写了一封报告消息和安慰及请求的长信给宝莲妈妈。而且恳求她假使有我的家族或有信给耶路姆时，请她马上写个信到简达尔旅馆来，并留心不要将我的家族的地方名字忘记了。

写完信后，还有一件非得做不可的痛心事。那就是到狱里去看丽色的爸爸亚根的事。我在都鲁斯去看丽色时，和她约定了我到了巴黎，一看见我的有钱的父母后，马上就将亚根救出来，并且还要我自己去接他。然而我现在却不能空手去看他！

但是我想到了自己会将叶琴、亚历、丽色们的消息告诉他，不知道要使他如何的幸福，自己鼓起勇气，决定马上到克利斯监狱去。

马撒也说要看看监狱，所以就带了他同去。

这次再用不着像前日一样地，在狱门前踱来踱去了。马上跑去问问看门的兵士，就让我们进去了。在那会面室中等一等，亚根走了出来，很高兴地说："你又来看我了！"他抱着我，和我接吻。

我先告诉他亚历和丽色的平安，然后说及不能去看叶琴的理由，谁知他却遮断我的话头说："你的父母找着了吗？"

"哦,那么,爸爸也知道了吗?"

亚根告诉我约莫在两个礼拜前,耶路姆到这里来找过他。

"那耶路姆现在死了啦。"

"什么?耶路姆死了,还没有看见你以前就死了的吗?"

亚根还告诉我耶路姆来找他的始末。据说是耶路姆靠了李士老人写给他的地址先去找了支那街的喀尔。可是那时喀尔已经被关在狱里了,所以他又到狱里去找,才听到说李士老人已经去世,我却被收留在花匠亚根的家里的话。那么,他又马上到亚根的地方去,探悉了亚根在克利斯监狱的事,所以他才又到监狱里找到了亚根。

亚根告诉耶路姆,说我现正在法国到处表演;虽然不能知道我的所在,不过迟早总会到他散在各地的小孩子们的地方去的。耶路姆并求了亚根,要他写信到都鲁斯,涡鲁斯,越斯南去。寄到都鲁斯去的信,恐怕在我离开了那里之后就到的吧。

"耶路姆有没有说到我的家族的事?"我问。

"他也没有说什么详细的事情,不过说你的父母到伤兵院附近的警察署去查了一查,知道了某月某日,在伤兵院前丢了的小孩子,是给斜巴陇的石工耶路姆拾了去的,就到斜巴陇去,找着了耶路姆,所以耶路姆才出来寻你。"

"他没有说出我的父母的名字吗?也没有说出地方或是什么吗?……"

"我也问了他,他只说后来再说,不肯告诉我。我知道他是恐怕从你的父母处得来的谢礼,不能分给他人,因此那样守秘密,所以我也不一定要迫着他说。他又以为我也做过你两年的爸爸,想插进去分一点甜头,胡吹乱想的,所以我生了气,就把他赶出去了。谁知他就会死了,这样看起来,完全是为了他的贪欲,竟把你垂手就可会面的父母又失去了。你真的是倒霉啦。"

我告诉他说，这也还用不着失望，只不过是时间的问题，那么，亚根就说："是的，一定的。你的父母会找得到耶路姆，耶路姆也会毫不费力地找到喀尔和我，那么，别人也一定会到简达尔旅馆来找你的。你暂时忍着等一等好了。"

这番说话又使我壮了胆，使我高兴了起来。我的事已经说完了，我又将丽色、亚历和我在涡鲁斯时被活埋了的事，详细告诉他。

亚根每听到一事，即惊骇地说："是多么可怕的职业啊！亚历这家伙，真可怜……想起来，从前种紫罗兰花时是多么幸福！"

"马上又会变成从前一样的。"

"路美，要这样就再好没有了。"

我想说若使我找到父母时，马上就请他们将亚根救出去的话，但是这样约言之不能乱说，已因此次的挫折，经验到了，所以我就忍住不说。

和马撒两人走出了监狱后，马撒对着我说："我们不能饿着肚子来等你的父母，所以我想今天天气又好，我们何不演一场再回去？我当巴黎就像自己的家里一样，到什么地方去会有钱赚，我都知道。"

我只有听从他意外的主意。马撒真的熟知赚钱的方向，由前次的经验，就可知道，两人一块儿出来赚钱，是非常可靠的，而且我们已经做得熟了，天气也不坏，由马撒的指导，在各处表演了好一会，到回旅馆来时，袋里积了五块多钱，这是近来意想不到的收入。

第二天我还是被马撒拉了出去卖艺，这一天也赚到了差不多四块钱。刚巧各处都在闹着秋祭，所以正是赚钱的好机会。

马撒高兴得了不得。

"照这样子看来，我们不要靠你的父母，也会马上就成富翁了。自己挣得来的富翁，是再没有比这更神气的事了。"

在简达尔旅馆住了三天，我每天对旅馆里的老太婆发出一定的问话时，老太婆的回话也总是不变——今天有没有人来找耶路姆？也没有寄给耶路姆或少爷的信——可是第四天的早上，话头就完全不同了："今天有一件东西要给少爷。"老太婆说时递了一封信给我。

那是宝莲妈妈的回信。不过她既不认得读写，那么，这不用说就是人家代笔的了。

据那信中说，宝莲妈妈在没有收到我的信前，就得到耶路姆的讣报了。而且在比那讣报的前几天，还接到了耶路姆给她的信。那信里有些是关于我的家族的事，或者在我是必要的，所以就同封寄来给我。信内还封了一封耶路姆的信。

"赶快把信念念看。"马撒眼睛睁圆地说。

我心头乱跳，两手发抖着打开了耶路姆的信来看。照录如左："我现在安特尼慈善医院中，病在垂危，恐怕再看不见斜巴陇了。我现在几乎连写信的力气都没有，所以也不能告诉你我为什么会病得这样厉害。不过即使告诉了你，也没有什么用处，还是在没有断气之前，将要紧的事，赶快告诉你。假使我死了时，你就写封信到伦敦林肯隐青公园克玛达法律事务处。这克玛达就是路美的父母的法律顾问，找路美的也就是他们。你在那信中，可告诉他说知道路美的所在的，只有你一个人。你最要紧是要想法子能够多得谢礼。只要得到这笔款子，那么，你以后就能安心过日子吧。你还须再写一封信给现在住在巴黎克利斯监狱的一位花匠，叫做亚根的，想他不久当能够告诉你路美的地方。但是我要郑重地咐嘱你，信一定是要教堂的牧师给你写，切不要请别人代笔。你若去请到别人时，一定要糟糕。但是在没有听说我已死了以后，决不要随便乱做。再会吧！我们永别了！"

我还没有念完最后的一句时，马撒就跳起来说："喂，到伦敦去！"

　　我读着了寄来的信，正在吃惊不已，不能十分明白马撒的意思。

　　马撒又接着说："在伦敦的法律事务处来找寻你，你的父母不就是英国人无疑了的吗？"

　　"但是……"

　　"你不愿意做英国人吗？"

　　"我想和丽色、亚历同一国好。"

　　"我以为你要是意大利人才好哩。"

　　"可是我要是英国人的话，就变成和亚沙的母亲、亚沙们同一个国了。

　　"你是英国人？你一定是英国人啦。假使你的父母是法国人，那么他们又何必到伦敦去托人来找住在法国的你呢？无疑地你是英国人了，当然要到英国去才对。而且这样做，是找到你的父母的捷径。"

　　"寄一封信到伦敦的那法律事务处就得了。"

　　"你到了现在，又踌躇起来了吗？你不想快点看见你的父母吗？当面找着他们谈话，要比信来得快得多呢，马上就可以明白啦。"

　　"那也是道理……"

　　"到伦敦去，不成问题。我们倒很顺利，到巴黎时剩下七块钱，第一日表演得了五块多，第二日又是四块，昨日五块，合起来二十一块多，只用了三块多，还有十八块。有这么多钱，大可以威风皇皇地到伦敦去了。"

　　"你不晓得伦敦吧？"

　　"是的，我并不晓得伦敦，但是在我从前住了两年的马戏班里，有两个英国人的丑角，他们时常告诉我伦敦的故事。而且教了我说英国话。我们因为要使老板娘不会听出我们讲的什么话，所以时常用英国话谈天，所以普通的英国话，我都可以说。我带你到伦敦去吧。"

　　"我也在李士老人处学了英国话的。"

　　"你是很久以前学的，恐怕已经忘记了吧。我到最近还是说着了的，一定还可以做你的通译。而且我要到伦敦去，也并不是专为想和你做通译的。实在我还有其他的理由……"

　　"什么理由？"

　　"因为假使你的父母到巴黎来找着你，他们一定不会将我带到英国去的，但是，若使我到了英国去时，大约就不好意思赶我回来吧。"

　　马撒疑心我的父母，这样的怪主意，足以使我不快，然而事实上也许会有的事情，所以我更决定容纳他的意见了。

　　"那么，马上就到伦敦去吧。"

　　"真的吗？"

　　我们不要两分钟，就把行李收拾好，到楼下去。

　　老太婆惊得眼睛睁圆地说："少爷，你就要走吗？那么，你不在这里等待你的父母吗？我们这样地郑重对待你，要是给你的父母看见时，正不知道怎么样满足呢……"

　　现在不是老太婆的辩舌可以留得住我们的时候了。我付了昨天的房钱，正想走时，老太婆就说："那么请你将地址留下给我，说不定还有哪一位会来寻你。"

　　这是很有道理的，所以我就在账簿上写下了我要去的、伦敦的克玛达法律事务处的地址给她。

"呀唷，你们到伦敦去！两个小孩子到伦敦去！渡过了海去！"

我们决定在武伦乘船。但是在没有离开巴黎之前，想去和亚根告辞，一出了旅馆，就到克利斯的监狱去。亚根很喜欢我不久就能够找到我的家族，并为我们的首途祝福。我告诉他不久等我和父母再到法国来，向他道谢的事。亚根就说："那么，不久再会吧。祝你万事如意。假使你不能那么样快到法国来，就写封信给我好了。"

"我一定马上就来。"

当天我们到了麻若，便在一家农家中借宿。因为我们想省下点钱，不要弄得船费不够的缘故。

从巴黎到武伦之间，我拼命地跟马撒学英国话，我在快乐之中，也有种种的担心。我的父母或者能够说法国话或是意大利话吧？假使只能说英国话呢，那就倒霉了。要是我还有兄弟或姐妹，那我要怎么样和他们寒暄呢。言语不通，不能够谈话，那不会就像他人一样的吗？我此次从斜巴陇出发以来，心中想着了种种的梦幻，卒至为了言语的问题而这样没有办法，实在是意想不到的。早知道是这样，我早就将退步着的英国话天天温习起来了，可是到了现在，悔已无及了。

从巴黎到武伦，我们走了八天。因为我们虽不敢想多赚钱，最少是要不用去以前的积蓄，所以就不能不在途中比较繁华的村镇中表演，多费时日了。

开赴伦敦的汽船，定明天早上的四点钟出帆，我们在等船的地方坐到三点多钟，在天还没有全亮的时候，就走上船里去了。我们躲在甲板上堆着很多箱子的地方，避开寒冷的北风，望着他们整顿出帆的准备。

滑车的声音，搬货物的声音，船夫们的声音，杂在一块噪杂；不一会，汽笛的声音一响，这些声音都寂静了。这回是出帆的钟响起来大绳丢落到水里去了。船向前进了——朝着我的祖国。

我对着马撒说过了好几次，世界上没有像在船上那么样舒服的，在不知不觉中，船在水上滑过时的愉快，是不可言喻的。每当这时，我总想起了"白鸟号"在南方的运河上滑过时的快乐。但是一旦驶到海里去，海是与运河完全没有一点相似的地方的。

船一离开了港口，就上下左右地动摇起来，有时以为是沉到海底去了，有时又似乎被抬到半空里，恰像电摇船一样的。只是默沉沉呈着厌烦的马撒向我说："真的是快活啦，船在水上滑过时！"

我不作声。因了暗礁和潮流的关系，船摇得特别厉害，但是今天的海，也实在不平稳。

自从昨天看见了海之后，马撒就说是厌烦的，肮脏的，阴郁的海，向我说美丽的海的话反对了。今天再碰着了这风浪，他更是辛苦地沉默地蹲着了。不久马撒突然站了起来，我才吃了一惊，说："怎么样了？"

"我胸口难过得很。"

"你晕船了。"

马撒跄跄踉踉走到栏杆旁。

我抱住了走回来的马撒，让他的头在我怀里休息。但是他的气力总不能复原。时时跑到栏杆那边去，又无力地跑回来。每次总是带怒带笑地，举起拳头向着英国那方说："英国的海才是这样凶啦。英国的坏东西！"

太阳升得很高了，水蒸气还是深罩着，天空是阴郁的。不久就看见了英国的海岸，雪白地屹立着了。更向前进时，各处都有停泊着的大船，我们的船也不十分动摇，向运河平静的地方慢慢地驶进去。

这里已经不是大海了，两边岸上的远树，时隐时现。船已经驶进汤姆士河口了。

"喂，到了英国来了。"我向着马撒说，但是他对于我这可喜的报告，一点也不觉得怎样，还是照旧在甲板上，说："算了，让我再睡一会吧。"

我在横渡这海峡中间，一点也不会晕眩，所以也不想到睡。那么，我说让马撒去静睡，自己带了卡彼，跑上了货物堆堆最高的地方，坐了下去，将卡彼挟在两腿中间，望着了那随着船的前进而变化的画一般的美景。

等到船傍岸时，马撒的头痛也好了，爬了起来。不一刻我们便顺顺利利在伦敦的中心处上岸了。走路的人都很奇怪地望着我们走过，大概是因为我的服装不同的原故吧。但是谁也没有和我们说话。

我向着马撒说："这里用得着你的英国话了。"

对于自己的英国话的能力，一点也不疑惧的马撒，走到了蓄着红胡子的巨男子的身旁，脱下帽子，郑重地问到青公园的路径。

我觉得马撒的说明，似乎过长了。巨男子要他说了同样的好几次话，想明白他的意思。我却装得一点也不疑心他的英国话的程度的样子。

后来，那人也似乎明白了，马撒回到了我的身旁，说："没有问题啦，跟着这汤姆士河，一直走上去就得了。"

然而伦敦却不像巴黎，没有那圣涅河一样的河岸道路，或者说河岸那里是没有道路的，更为妥当些吧。河的两边，都建着了房屋，无所谓河岸道路。所以我们就不能不沿着那似乎是沿着河流的道路前进。

那道路也都是黑暗，阴郁，泥泞满身的马车，货车，包袋和种种的货箱等，要从那些东西中间钻过，实在是不很容易。卡彼是我捆起来牵着走的。时候才不过是午后的一点钟，然而家家的店户，都已处处灯火了。街上吹着煤烟的雨。

我最初看见伦敦时的印象，决不是愉快的。

我们时时询问着道路前进，走了不少路时，马撒又问人到林肯隐青公园还很远吗？

据马撒的说明，是在街路当中，有一道门，阻止了去路的地方。街当中有一道门阻住的，我疑心不会有这样奇怪的街，但是我又不能说是马撒听错了，所以只好不做声地跟着他走。

然而马撒一点也没有听错，我们事实上走到了一个地方有一道弓形的大门，左右有两扇开着门的街上了。

在那里又逢人问路，那人叫我们向右手转过去，我们就折入了一条小街上，从那里起，就不像刚才那样混杂的大街，只有一条寂静的不规则的小路，零零乱乱，像在迷宫里一样，走了多少路还是像回到了原处一样。

我们刚以为是走失了路时，就到了一个小墓地前。那里有很多的墓，墓石都像用煤烟或鞋油涂过了一样的肮脏漆黑。那就是青公园。

马撒在向路人问道的当儿，我停了步，想制止像晨钟一般的心的动荡。我早已呼吸短急，身体也发抖了。

跟着马撒的背后前进，我们走到了一家门口钉了一方白铜牌，上面写着克玛达法律事务处的屋子前了。

马撒就想按门铃，我连忙阻止了他，马撒惊怪地说："为什么阻止我呢？……哦，你的面孔全变白了，怎么样？"

"没有，没有什么，你让我定一定心神吧——喂，好了。"

马撒按了按门铃。守门的开了门，我们就走进去。

我的心头乱跳，没有细看自己周围的光景的余裕。总之，似乎点了很多瓦斯灯，灯下有二三个书记，正在埋着头写字。

马撒是对他们之中的一人讲起话来。不用说，马撒是受我的嘱托，向他办交涉的。马撒说的什么话，我不明白，不过他时常重复说着小孩子、家族、耶路姆等我也能够明白的字眼。我以为他大概是在说明我就是我的家族托耶路姆去寻觅的小孩子的事吧。

耶路姆这个字似乎可以说明了一切，书记们都停了笔来望我们。和马撒说话的那书记站起来，向我们做了做手势，我们就跟了他去，他推开了里面的房门，让我们进去了。

那室里堆满了书籍，在一个绅士坐着的写字台旁，有一位带着假发、穿了一件黑的法衣般的衣服、手里拿了很多绿色的书的绅士。两个人正在谈话。

书记简单地将我们来访的理由说明了，那两位绅士从头到脚望了我们一会。

"你们两人中间，哪一个是耶路姆养大的。"坐着的绅士用法国话说。

因为他说的是法国话，所以我安心地走前一步说："是，那就是我。"

"耶路姆怎么样了？"

"他死了。"

两位绅士互相看了一眼。带假发的绅士说了几句话，就抱着书走出去了。

"那么，你们是怎么样来的？"留在台前的绅士不当心似的问我们说。

"从巴黎步行到武伦，从武伦到伦敦是坐轮船来的。现在刚到。"

"你们和耶路姆拿了旅费来的吗？"

"不，我们来不及看见他了。"

"可是那么，你们为什么知道到这里来？"

　　我尽力简单地说明了我们旅行的始末。我忙着叙述自己的故事，又急于要知道我的家族的事。但是我以为说完了的时候，绅士又向我说话，要我说明从生长到今日的生活方法怎么样。没有法子，我简单地将我在伤兵院前给耶路姆拾了去的事，养到了九岁时给李士老人买了去的事，李士老人死后给亚根养着的事，和亚根入狱后我又再回复旧时的街头生活的事，全都说了出来。

　　绅士一边记在簿子上，一边听着我的说话，他那眼睁睁看着我的样子，使我起了一种厌烦的感情。像他那语调一样干枯的，那绅士的面孔，也没有一点柔和的地方，时时露出的微笑，也有一种虚伪的阴影潜在背后。

　　"那么，那一个小孩子是谁？"绅士用笔指着马撒说，这正像是对马撒瞄着弓矢一样。

　　"他是我的朋友，我的伙伴，我的兄弟。"

　　"唔，他是在街头认识的吗？"

　　"他同我比真实的兄弟还要好。"

　　"哼，是的吗？"绅士冷淡地丢开了。

　　我以为此时正是我发问的时候了。

　　"我想问一问，我的家族是不是住在英国？"

　　"唔，住在伦敦啦，现在是住在伦敦。"

　　"那么，我现在马上能够看见吗？"

　　"可以会见的，我马上就叫人带你去。"

　　绅士说时，按了按电铃。

　　"请你等一等，我还有话要问……我有父亲吗？"

　　"不止有父亲，还有母亲，还有兄弟，还有妹妹呢。"

　　"啊！"我眼睛睁圆地叫了。看一看马撒时，他的眼里，满含着泪了。

刚巧这时候，房门开了，书记走了进来，绅士似乎对他发了命令，那是为了把我们送到我的家里去的。

跟着那男子要走出去时，那绅士唤住了我，说：“我忘记说了，你的家姓漆，漆德兴，那就是你的父亲的名字。”

我不顾那绅士的冷淡，拉着了他的手想接吻，可是他挥开了，却用那只手指着了房门。

带引我们的书记，是一位颜色苍白、满面皱痕的矮子。穿着了肮脏的可笑的礼服，带了过时的礼帽，结了雪白的领带，我们走出了门口时，这男子屈着指头作响，挥动了两腕。然后像要把自己穿的坏皮鞋，尽量投出去似的，交互振动两只脚，这样做后，他又将鼻头向着青空，强烈地深深地将充满各处的雾吸了进去。

“喂，楼上有臭金鸡纳霜气味呢。”马撒用意大利语说。

书记瞪了我们一眼，默默地只是“肃！肃！”，像唤狗声一样地，在牙齿间发出了声来。我们知道了那是叫我们跟着走的记号，所以就紧紧地跟着他走了。

我们马上就到了马车频繁的大街上了。书记唤了一辆和巴黎所看见的完全不相同的、御者似是坐在屋顶一样的高座的马车，让我们坐了上去。立刻屋顶上就和车中人交谈起来。我听见他们好几次说起“别斯那尔葛林”这几个字，我以为这一定是我的家族所住的地方无疑。我晓得了英国话的“葛林”就是绿的意思，所以我以为我们现在所要去的地方，一定是植遍了美丽的树木的所在，是住得舒服的地方吧，而且比之伦敦的这样只有阴郁的煤烟漆黑的建筑物的、龌龊的街路，是不止有天壤之别的。

他们的交淡，接着了很久。那御者似乎总不明白“别斯那尔葛林”。我把卡彼夹在股间，和马撒一块儿无聊地坐着，听着他们的交谈。我的心中，以为像“别斯那尔葛林”那样美丽的地方，这伦敦的御者，竟不认得，天下哪有这么样奇怪的事。而且我们走过的地方，都是煤烟蒙天的地方，像这样的伦敦，会有很多的绿叶畅茂的地方吗?！

过了一会，那御者也似乎总算明白了，在马背上加了一鞭。马车迅速地走过了几条大街，又穿过几条小街，仍是在大街接连的地方前进。这些地方都给浓雾罩住，朦朦胧胧地，所以我们也不能看清街路的情形。尤其是冷气也和浓雾并加，我们觉得难过起来了。

但是这里的所谓我们，只是指我和马撒而说，至于我们的引导者，他却一点也不在乎，开着口，喘着气，拼命地吸气，似乎要尽量装满那肺囊一样，而且时时还屈屈指头，伸伸脚。这人似是有好几年总是静坐着不动，也不曾呼吸过的样子。

从事务处出来到现在，马车走得很远了，然而还不见到，我的父母大概是住在乡下的吧。我以为不久这马车就要离开这样肮脏龌龊的街路，到畅快的乡下地方去的。

然而马车不但不向乡下走。却反而跑进更狭窄的小路里。我有点不放心，叫马撒问问我们的引路人，我的父母的家到了没有。马撒的回答，决不是能使我高兴的话。他说，这法律事务处的书记说，他从没有到过这样盗贼住的地方来过，所以连他也不知道。无疑地这是马撒弄错的了。要不然就是他不明白那书记的回话。

然而马撒硬说没有弄错，书记说了一个"瘦夫"，那就是法国话的"禾拉儿"同一个意思，同是指着盗贼的意思。我更是惊骇了，但是我马上就明白了，一定是那书记说是因为到乡下去的道路很僻静，恐怕有盗贼的意思吧。我告诉了马撒，马撒也和我表同意，大家暗笑那书记的胆怯。没有踏出都市一步的人，是多么没见识的啊!

真想不到，马车绝不向乡下驶。我以为英国这国家，是伦敦的石块和泥水造成的都会吗。那泥水直溅到马车上，尤其当马车走过泥水涡时，竟溅到我们的面上来了。我们老早就感到了一种不可言喻的恶臭充满着街市。这就是表明我们现在正在伦敦的最下流的所在。大概这是到"别斯那尔葛林"去的最后的路径吧，只要走过这地方，马上就是那广阔的乡下了吧。

　　老早以前，那御者就时时放松了马脚步，装着不知要向哪里去好的焦躁的态度了。结局他竟停了下来，开始向我们的引路人谈判了。我以为他们还是在吵架呢。我问马撒，他们做什么了，马撒告诉我说是因为那御者不晓得路，不愿意前往，但是若能告诉他怎么走的话，他也可以去；不过引路的书记却说自己从不曾过过这样盗贼的巢窟来过，不晓得路，叫御者去问问路人，总之驶到说定的地方去。真的我也听见了"瘦夫"这句话了。

　　的确此地不是"别斯那尔葛林"了。

　　御者和书记越吵越厉害了，结局书记发了气，给了御者的车钱，就跳下了马车，照样地还是发出那"肃——肃！"的声音，我们知道他是在叫我们也下车来的，所以也就下来了。

　　我们茫然屹立在罩着浓雾的泥泞的街中，忽然看到了一家灯火辉煌的繁华的店家。燃着的瓦斯灯光，在镜中反射，在室内的镀金面处反射，在酒瓶中反射，通过了浓雾，射到了街上的泥水潭里，也映着闪闪的火影。那就是英国人所谓的杜松子酒的酒店，里面是专事卖杜松子酒和其他种种强烈的酒类的。"肃！肃！"我们的引路者又发声了。

　　那么，我和马撒就跟着他走进那店里。以为我们是到了一个下流的地方的，那才是大错而特错呢。我从来没有到过这样豪华辉煌的地方，店里到处都是镜，到处都是镀金的家具，卖酒的账柜就像是银做成的。这实在是惊人的地方。然而看集在这漂亮的卖酒柜处站着喝着的，或是靠在壁上的，或是坐在酒台上喝着的人们的样子，却都是穿着肮脏的衣服，其中甚且有不穿鞋子、露出一双乌泥的脚的。全都是下流的人物，没有一个像绅士的。

书记走近了卖酒柜，叫他倒了一杯白色的酒，和刚才在雾中吸气的姿势一样，一口气喝干了。喝完酒，算了账之后，他又和旁边的一个男子攀谈起来了。

他是在向他问路，这不用马撒的通译，我也明白了。

出了酒店，我们大跨着步前进，跟着了引路人的背后，惟恐追不及。

现在这条路，更加狭窄了，虽有浓雾，也能够看得清楚两侧的房屋。房屋前挂着绳子，绳子上吊了洗好的衣服和破布之类的东西。

我们到底到哪里去呢?!我更加担心了。马撒似乎要看透我的心中似的，时时望望我，然而也不做声。

走过了几条这样狭窄的街路中，两侧的人家更是不堪了。法国肮脏的街路，决没有像这样的。说是房子，其实也不过是堆东西的小屋一类的东西。要是其中没有女人和小孩子的声息，就想不出它是住人的房子。这些女人都是面色苍白的；小孩子们呢，也都不穿衣服，只在背上贴了一块破布。在其中的街上，甚且有猪群在街当中拌搅着泥土，那恶臭直贯着鼻孔，真是令人不堪。

我们的引路人又忽然停步了。大概是迷了路吧。刚巧此时有警察走过，他们二人就谈了起来。那警察就走在前头给我们引路，我们默默地跟着了他走。

通过了几条弯弯曲曲的街路和十字路口之后，我们到了一幅中间有一个像小池一样的水涡的广场，警察就站住说："这里是红狮子庭。"

为什么警察要停在这里呢?"别斯那尔葛林"没有就在这里的理由。或者我的父母竟住在这样的地方吗?

我正是莫名其妙的时候，警察就跑到对着这广场的、一家围着木板的小房子的门前，敲敲那扇门。我们的引路人谢了谢警察，就让他走了。那么，我们已经走到了吗？！

　　牵着我的手的马撒，更加握得紧了，我也紧握着他。我们能够相互了解，我胸中的苦恼，同时也是马撒胸中的苦恼啊。

　　我的心完全混乱了，也记不得那时的门是怎样开的。总之，我们走进去时，在大而空洞的房间中，只有一盏的煤油灯和暖炉中的火光照着，人影朦胧地映在我的眼里而已。

　　在那火炉前有一位头上系着黑头巾，蓄着雪白的胡子的老人。他靠在用草编成的安乐椅上，一动也不动。再离开一点，在一张食桌前，和这老人对面，坐着了一个男子和一位妇人。男的约莫有四十二三岁，穿着灰色的天鹅绒的衣服，面色很好，然而却很严肃。女的比他少五六岁样子，淡褐色的长发，垂在白和黑的十字格子的披肩上。室中除此三人之外，还有四个小孩子。两个是男的，两个是女的，头发的颜色都和那妇人的一样，年纪呢，男的约莫是十三和十二岁，女的那最小的差不多是三岁，蹒蹒跚跚在室内摆来摆去。

　　在我们的引路人正在向他们说明的时候，我一目了然就看见了这些情景。

　　克玛达法律事务处的书记不知道说些什么，我没有听到，就听也不晓得。等他的说明完了时，全部的视线都像约齐了似的，注到我和马撒的身上。就是那像做成了摆着不动的老人，也望了望我们。只有那最小的女孩子，却给卡彼引住了。

　　"你们哪一个是路美？"穿着天鹅绒衣服的男子用法国话说。

　　"我。"我说。

　　"哦，你是路美吗？到这边来和你的爸爸接吻。"

　　在我的想像中，我以为一看见了父亲时，一定自然地会忘记了一

切,飞跑着去抱住他亲吻的。然而事实上,我却没有那样的心情。虽
然没有心情,我还是走上去,向爸爸接了一个吻。

爸爸放开了我说:"那边坐着的,是你的祖父。这是妈妈,小孩
子们都是你的同胞。"

我先走到母亲的身旁,抱住了她。妈妈不做声让我吻她,可是
她并不吻我。只对我说了两三句话,而且我也一点都不懂。

"去和祖父握握手,"爸爸说,"要慢点,祖父是患中风的。"

我听了他的吩咐,跑去和祖父握手,然后又和弟妹们也握了
手。我还想去抱抱那最小的妹子,可是她正热心地和卡彼玩得好,却
把我推开了。

这样地一边和他们一一握手,而我对于自己却觉得真无情。为
什么呢? 长远间憧憬着的家族,一旦看见了,然而我却一点也不感到
欣快啊! 我现在有了爸爸,有了妈妈,有了兄弟姐妹,连祖父都有了。
可是心里还是像冰一般冷! 我是多么热心,多么不能忍耐地在等着
会见家族的面呢。我是一想到了有了家族——有了疼爱我的两亲的
事时,就会欢喜得发狂的啊! 然而我现在竟起了一种莫可言喻的失
望,望着了家人们的面孔,也没有想说一两句亲热的言语,只有茫然
地屹立着。究竟我是着了鬼魔而忘记了身世了吗? 我是不知道享有
家庭之乐的人吗?

假使我的家族,不是住在这样的粗陋肮脏的屋子里,而在豪华
的宫殿中接见我的话,那么就完全不同了,我一定会像我所想像的
一样愉快吧。

这想法使我感到了一种说不出口的耻辱。这刹那的感情使我
又跑到了母亲的面前。我两手抱住了母亲,向她的唇上接吻。母亲当
然不知道我这样和她接吻的动机。她不回我的亲吻,只用那懒洋洋
的眼神望着了我。慢慢地耸一耸肩,看着父亲说了两三句我所不懂

的话。父亲像不注意地笑了。父亲和母亲都是这样地完全像他人一样对待我的笑声，更十分足以使我心碎。我特意的孝心也是这样的，他们不肯接受。

我悄然沉思着，然而父亲还不给我余裕，又指着马撒说："喂，路美，这小孩子是谁？"

我没有勇气来热心地诉说我和马撒的深切的关系了，只简单地解说了几句。

"哦，那么，他是来伦敦玩玩的吗？"

我正想作答时，马撒抢着说："是的，一点不错。"他自己置答了。

"那么耶路姆呢？为什么不和耶路姆同来？"

我陈说到了巴黎就遇耶路姆死了的事，和因宝莲妈妈的信而发现了端绪，和马撒二人到伦敦来的始末，那么父亲似乎又把我的话翻译给母亲听。母亲好几次地说："那就好，那就好。"这句话我也听懂了。但不明白耶路姆死了有甚好处。

"你不会说英国话吗？"父亲问我说。

"不会说。但是我会说一点意大利话。那是从耶路姆处买了我去的师父教了我的……"

"唔，那是叫做李士老人的把戏师父吗？"

"爸爸晓得此事吗？"

"唔，前次我到法国去找你去时，碰到了耶路姆，听他说的。然而这十四年中间，我置你于不顾，现在忽然又找起你来，你一定以为很奇怪的吧。"

"是的，我真奇怪得不得了。"

"那么，到火炉边来。我告诉你个详细吧。"

进来时我就把竖琴倚在墙上，但是背囊还是背着的，所以我就到父亲指示的炉边去。

当我把一双烂乌泥脚向火炉处伸出时，祖父像生了气的老猫一样，也不开口，向我吐了一口痰。祖父生气的原因，用不着说明也知道了，所以我赶快把脚缩了回来。

这当儿父亲对着我说："不，不要紧的。老人不高兴他人走近他自己的火旁的，但是你也冷吧，不要客气把脚伸出去好了，用不着和这老头儿客气的。"

我听见了父亲对这白发龙钟的老翁，说出这样的话来，吃了一惊。我以为即使对他人用不着客气，然而对于这样子的老人总应该客气一点，才是道理，所以我就把潮湿的脚缩到椅下去。

据父亲的所说，那是这样的：我是父亲的大儿子，是他和母亲结婚后一年生的。那时候父亲已经有好一些财产了。父亲结婚的当时，另外还有一位恋慕父亲、父亲也还喜欢她的女子，所以她以为父亲一定会去和她求婚的，然而父亲却和母亲结婚了，所以那女子就激起了极度的嫉妒，偷偷地计划着报仇。

父亲和母亲一点也不曾留心到此事，生了我六个月后，那女子就乘机将我偷了，带到法国去，丢在伤兵院前了。父亲和母亲上天下地地想找了我，但是再也想不到会被人丢到巴黎去的，所以没有到法国去寻。无论如何，探不到我的行踪以为是死了的，哭了一会也就断了念头。

然而距现在三个月之前，那女子患了重病死了，在临死时，她将始终的事，都忏悔了。所以父亲马上到了法国，到丢了我的地方的辖管警察署去查了一查，就知道我给斜巴陇的石工耶路姆拾了，抱回去养育了。

那么，父亲又到了斜巴陇，找着了耶路姆一问时，才知道我已经卖给了李士老人，在法国中随地漂流了。但是父亲又不能跟着在全法国中去找李士老人，所以给了耶路姆的旅费，托他去寻我，假使寻得到时，就通知父亲好友的克玛达法律事务处。父亲所以不把地方说出来的，是因为这一家只有冬季在伦敦，其他的季节，父亲就把全家都带着，到英国全国中做生意去，不在家中的。

父亲说完了后，又接着说："这就是此次找到你的门径。你明白了吗；这就是你离开了家十四年后，又复归来的经过。你现在还不十分混得熟，所以有点害怕，这也不能怪你。而且你不晓得他们的话，他们也不晓得你的话，自然有点不方便，然而这也是暂时的事，不久就会混得熟悉，大家亲近起来的了。"

那当然会亲近起来，一定的。和自己的父母兄弟在一块，还不能亲近，那才是奇怪的事情呢。

褴褛的绸缎，结局一点也不会光荣。这对于宝莲妈妈、丽色和亚根们，是再不幸没有的事了。我无论如何，不能将从前的梦幻中的事情。来对这些人实现。最多不过是一个落乡的行商人——尤其是住在像堆东西的房子一样的地方的人，那里会有如许金钱。但是这也不要紧。我所希求的，并非财富，而是温柔的家庭的爱情，只要有这爱情，我就会感到莫大的幸福了。

父亲在给我说话的当儿，母亲和妹妹在收拾食桌上夜饭的准备。她们拿了一个铁的大盘，放在食桌的当中，盘里盛着煮好的大块牛肉，肉的周围排着很多的马铃薯。

"你们肚子饿了吗？"父亲问我和马撒说。

马撒开口笑了一笑。

"那么，就坐拢来吃好了。"

父亲这样说后，先把祖父的椅子推前来，让他向着食桌，父亲自己也背着火炉坐下，然后做起主人的任务，将铁盘拿近了，切了那大块的煮牛肉，把上等的肉片和马铃薯一块儿给了我们。

马撒的疑心

我看着弟妹们的样子，一边自己大嚼起来。我本来就不晓得所谓文明的礼仪，也没有受过一点教养长大的，然而我却为了餐时的情景而惊骇。弟妹们都把肉叉和刀子放下，用手抓了牛肉或马铃薯送进口里，或是用手指浸到汤里拿起来舐。而且父亲和母亲都装着看不见的样子。祖父也是那么样的祖父，只顾自己吃，动着嘴巴，而且更用那边能够活动的一只手搬运着盘子。每当祖父想要将肉送到口里，因为不能自由灵便，致落到地上时，弟弟们又在嘲笑他了。

我以为等夜饭吃完后，一定是一家团圆，欢欣地谈天的，谁知父亲说："你们睡去了。"他就点了蜡烛，将马撒和我带到寝室去了。那是在放马车的车库里，里边放着两辆普通商人们所用的大马车。父亲打开了一辆的车门，车内设了上下两格的睡床。

"你们在这里慢慢地睡好了。"父亲说后就走出去了。

父亲出去时，将蜡烛留下了给我们。可是他却把马车门倒锁了起来。我们只好睡觉。我们实在也不像平时一样地谈床中的闲话，也不交谈今日的印象，只说了一句："你睡呀，马撒。"

"你睡呀，路美。"

只这么样各说了一句，就默默地钻进床里去。

正像我没有一点要和他说话一样，马撒也没有一点想和我说话的意思。我很感谢马撒此时能够不和我说话。

不愿意说话，决不是因为想睡觉的原故。蜡烛虽然吹熄了，可是我的眼睛合不拢来。想起了今天的情景，我不禁伤心地，悲痛地，只在狭小的床中辗转反侧。

睡在我的头上的马撒，也似乎睡不入眼，和我一样地翻来覆去。我细声说："还没有睡吗？"

"似乎睡不熟。"

"身体不大好吗？"

"不，谢谢你，我已经完全好了。不过周围的东西，似乎都在回转，我觉得似乎还是坐在船上一样的，恰像这马车一上一下似的。"

马撒之所以睡不熟，是完全为了此事吗？妨碍着马撒睡眠的，不是和我一样的念头吗？马撒爱我那样厉害，我们二人现在的心，自然而然地相通相连起来了。

在睡不着中间，时间刻刻前进。一种无尽的恐怖依着了时间的进行更加昂奋起来。我最初尚不知道这比伤心、不安、困难等一切的感情还要厉害，完全支配着我的这感觉是什么？后来才渐渐明白那就是恐怖之念。对于什么的恐怖呢？！这我完全不知道。我只晓得的确是恐怖。而且那决不是因为睡在这和我当初所想像的完全不同的、在这"别斯那尔葛林"方面的坏地方当中的空洞的车库中的原故。我从前的街头生活中，早就不知道在寂静的乡下的空房子或堆东西的房子里睡过了多少次，而且在这和一切的危险隔绝了的车库中，正不知是多么的安全。然而我却觉得可怕呢！自以为没有道理，越是想壮胆越觉得害怕起来了。

过了多少时候呢，这里听不到大时计的钟声，所以不能够明白，总之是过了午夜的吧。突然我听见有人敲车库门的声音。然而那并不是向着广场的前门，而是从后门来的。而且是很规则地断断续续，像是打暗号一样地慢慢地一下一下地敲。

马上就有光亮不知道从何处射到我们的车里来，我惊骇地望了望周围，同时睡在我的床边的卡彼，醒了来就想吠出声。这光亮是从马车壁上的窗子射进来的，因为那窗子还有帘子遮住，所以我当初并不晓得那窗子一半是在马撒的床上，一半是在我的这边的。

我不愿意卡彼惊醒了家中的人们，把手伸到嘴里，叫它不要作声，偷偷地探了探窗外。

携着手提灯到车库里来的，是我的父亲，慢慢地开了刚才敲过的那扇门，又慢慢关拢了。门开着的时候，走进了两个背着沉重的包袱的男子。

父亲连忙用手指压住嘴唇，叫那两个人不要做声，然后指指我们睡着的马车。我知道他是吩咐他们不要惊醒我们的意思。

他这意思使我动了心。我想就对父亲说，我还没有睡着，用不着和我那么样的客气，然而我又恐怕会扰动了似乎在熟睡的马撒，所以还是随他去。

父亲帮着他们两人的手，将包袱拿了下来，再回到正房子去，回头再出来时，并带了母亲二人。父亲回正房子去的当儿，那两个男子将包袱打开了，一个是装的布料，一个是装的帽子，肩披，绒线衣服，内衣，袜子，手套等之类的东西。

最初我吃了一惊，但是一想，我就知道是商人拿了原料货来卖给我的父母去做生意的了。父亲把货物一一在灯前照了一照，就递给母亲，母亲又用剪刀把货物上的商标剪下来，放进口袋里。

这使我莫明其妙。而且在这样三更半夜，跑来卖东西，也就是奇怪的了。

父亲一边在检查货物，一边却细声地和那二人谈话。要是我能够懂得英国话，那么我也或许可以明白，但是我又不懂得，所以他们说的什么，我完全不懂，只时时地听见他们说了警察两个字。

等货物检查好之后，父亲母亲就同那两个男子到正房去了；车库之中，又是黑暗起来。不用说他们四个人是进去算账的了。我的心中，想当这事是不足怪的，父母只是和他们批发了货物来的就是了。然而这个想法，自己也不能相信自己。为什么这两个男子要在半夜三更从后门走进来呢？为什么他们要细声谈着警察的事呢？为什么母亲要把货物的商标一一剪下来呢？

我无论如何，不能解答这些疑问。我越是要不想它，心里却越想得厉害。隔了一会，灯光又射进马车内来。我又偷偷地抬起头，从窗帘隙处探窥那光亮的一边。初次探窥时，我觉得这是很自然而又当然的，可是这次的探窥，就使我很觉心疚。我的心中叱责着自己不应该看，不应该知道，然而自己却不能不继续窥看。

两个男子似乎是回去了，已经不在。现在只有父亲和母亲，母亲解开了的包袱，重新包好，父亲用扫帚将车库角落的土扫开了后，用扫帚柄将地板一掀时，现出了一个地盖。父亲将地盖掀起来，母亲就把包袱拖到了。盖下有一个大洞，我不知道它有多少深，但看见母亲用灯照看，父亲把两个包袱用绳子捆好吊了下去，再将地盖弄好，又用扫帚将土沙扫好，不让它露出痕迹，并到左近去拿了一些藁屑来，撒在上面。

一切弄完后，父亲偕母亲又进正房去了。

正房的门关了起来时，我觉得马撒的床似乎动了一动。

马撒已经看见刚才一切的事了吗？

然而我没有向他开口的勇气。我的恐怖的原因已经明显了。我从头顶至脚尖都浸透了冷汗。

我终夜这样地烦愁着，不久鸡声啼唱，已经是天亮了。听见了鸡啼声后，我反而睡着了，然而总为噩梦缠扰着。

我从锁头的声音中惊醒。是谁来给我们开马车的门了。我以为那大概是父亲，装假睡蒙着头时，听见马撒的声音说："是你的弟弟来给我们开的，他已经走了。"

我们爬了起来。马撒也不问我睡得着睡不着。我也不问他的话。有一次马撒看着了我时，我就将眼睛转向别处了。

我们走进了正房子的食堂，父亲和母亲都不在那里。祖父还是坐在那安乐椅上，似乎从昨夜到现在没有动过一般地向着火。叫做奥立叶的大妹子在披整桌布，叫做金佐的弟弟在扫着房间。

我跑到二人的身旁，和他们握手，但是他们看也不看我，继续着做他们的事。那么我就想起向祖父问安，跑到火炉边时，祖父又对我吐了一口痰，所以我又停住了。

我忍着想掉泪的心情，对马撒说："请你问问祖父，我的父亲和母亲到哪里去了？"

马撒畏畏缩缩地向祖父说了。可是祖父一听见马撒用英国话和他说时，马上面色就变和霭了，高兴地和他谈起话来，而且对于现在所问的话，似乎回答得太长了。

"喂，祖父怎么说了？"

"他说，父亲今天一天不在家，母亲睡在房里，你们随便去逛好了。"

这翻译又似乎太短了。

"喂，祖父只说了这些吗？"

马撒似乎有点难为情。

"以后的不知道是什么，我不大明白……"

"那么，将你听懂了的话，告诉我吧。"

"他说，我们到外边去，应该看清楚人家不会留心我们的时候。要做什么呢，我可不知道……而且祖父说……人家的东西，就当是我们的好了。"

祖父的确似乎知道马撒对我说明的话了。他望着了我，用没有中风的那只手，装做把东西塞进口袋的手势，同时眼睛尖锐地四顾，做给我看。

"喂，到外边去吧。"马撒催促着我说。我们在外边走了二三个钟头，不过恐怕走失了路，只好在附近兜圈子。白天所看见的"别斯那尔葛林"比夜间所看见的还要不堪，那房子的形式，人们的服装，真是悲惨得可怕。

我们时时对望了望，但是没有一句话说。

过了一会，回家里一看时，母亲已经从卧室里走出来了。从进门处，我就看见了母亲的头仆在食桌上不动，我以为她是害病了，然而自己又不会说话，所以想和她接个吻，跑到了她的身旁，将她抱住了。

母亲抬头看了我一眼，大概在她蒙眬的眼睛中看不见我吧，我只感到她吹了一口热气在我的脸上，带着非常的酒气，我倒退了一步，母亲又将头仆在伸在食桌上的两腕中，打起鼾来了。

"那是杜松子酒。"祖父带笑对我说，以后还说了些什么？但是我不懂。

我似乎是全身的感情都忘失了一样地，茫然屹立着。过了一刻看看马撒的面孔时，他正用含着泪的眼睛望着我。

我对马撒使了使眼色，两个人又外边去了。

我们互相紧握着手沉默地，无目的地，随足之所至，笔直走了好一会。

马撒很担心地说："喂，这样走到什么地方去呢？"

"不知道。可是这样走去时，会走到一个可以和你谈话的清静的地方吧。我有话要对你说。在这样有人的地方又不方便……"

我在李士老人处就学会了，在街路的当中决不说紧要的大事的。大概因为了这习惯，我在有路人的地方，马上就留心着，会把想起来的话忘失了的。所以我现在也想走到没人的地方,告诉马撒心中的事。

不久我们走到一条清静的大路上,路的一端隐约可以看见了树林,那大概是乡下了吧。那么,我们就向那角落前进。然而那并非乡下,而是一个空洞的大公园,有如茵的大草地,处处还有小树的丛林。

这是最好的谈心地点了,我们就坐在草地上。

"我心里所想的事,你大概知道得很明白了的吧。我这样将你带到我的父母处来,也无非为你设想,以为是对你有好处的。我是多么爱你,谅你也真的知道了的。"

我这样一说时,马撒就抢着说:"什么,没有意思! 现在才来说这样的事……"

"而且我……"我突然心里一阵辛酸,"你或者会嘲笑我吧,我在家里想哭也哭不出来呢。除了你之外,我再没有一个人可以向他流泪的。"

我突然倒在马撒的腕里,泪如泉涌了。当我还是孤儿时,没有一次是这样地感到自身的不幸的。

我呜咽一会,才勉力收住了泪。我将马撒拖到这公园来,并非为了自己的哭泣的。也不是为求得马撒的怜悯。这完全不是为了我自己,这是为了马撒有话要说才来的啊。

"这话并不是为别的,我想叫你马上离开这里回到法国去。"

"啊! 我决不能让你一个人留在这里,而我到别的地方去的,我怎么能够这样做呢?!"马撒坚决地说。

"我知道你一定要这样说的。你这样说,我不知道是多么欢喜。可是我这样就满足了。你无论如何,非得离开这里不可。不管你到法国去也好,或是回到你的祖国意大利去,总之只要你不是在英国就好了。你快点离开这伦敦吧！"

"但是你呢？你到什么地方去？"

我？我不能不留在这里。留在我的家里，留在父母的膝下，这就是我的义务……这里是我们用剩的钱。我一铜板也不要了，你拿去做路费吧。到法国去恐怕还有得多。"我将钱包拿出来，放在马撒的面前。

马撒动也不动它。

"你这样地当他人对待我，我真不高兴。我决不回法国去。假使我们两人中间，有一个非得离开这里的话，那不是我，而是你。"

我吃了一惊。

"为什么？"

"为什么呢………"

马撒说不下去停止了。而且当他碰着我的惊疑的眼光时，他就把眼睛看到别处去了。

"喂，马撒，我有话要问你，你不要客气，实实在在的不用害怕，回答我好了。你昨夜没有睡着吧？"

马撒低了眼，用咽住了的声音说："我没有睡。"

"你看见了吗？"

"都看见了。"

"而且你都明白了吗？"

"那些拿了来的货物，并不是他们两人买了来的，你的父亲生着气问他为什么不走前门，却来叩车库的门时，那家伙就说前门处有警察呢。"

"喂，马撒，你明白了吧，你之所以非得离开这里的理由。"

"要是我非得离开这里的话，那么，你也非得走开不可。我们两人是一样的。"

"你先听我说吧。我之所以带你伦敦来，是因为听了宝莲妈妈等的话，相信我的两亲一定是有身份的富翁，而且预定他们会将我们送到学校里去的。这样我们就什么都是一样，可以长远在一起了。谁知到来一看时，是这个样子，希望都落了一个空……无论如何，你非得和我分开不可了。"

"决不的！"

"请你不要这样说，好好地听我说吧。你不要再使我增加痛苦好吧。我请问你，假使我们万一在巴黎中遇着了喀尔，你给他拉回去了，那时候你会劝我也和你一块儿做他的弟子吗？……你总不会吧。你一定要说我刚才说了一样的话，不让我在喀尔的地方吧。"

马撒沉默不答。

"怎么样？你以为我的话说对了，就说对了吧。"

马撒想了一想。

"你也听听我说的话吧。在斜巴陇时，我听见了你的家族在寻你的话，我真的是伤心。你能够寻到你的家人，这是多么可喜的事，我也应该与你同喜的，但是我只想着了自己的事而伤心。我的心中，以为你一定有男的同胞，有女的同胞吧，那么，你一定像我一样，不，一定比我还要爱你的那同胞吧。而且你的同胞都是受过了高尚的修养的少爷或小姐。这就使我起了嫉妒之心。我的性情是那么样只顾自己的。我现在都对你自白了，要是你以为可以恕我的话，那你就对我说一声恕了我，我再没有比这更欢喜的事了。"

"啊！马撒！"

"路美，你要是以为可以恕我的话，就说一声恕了我吧。"

"我和你中间还有什么恕我不恕我的话好讲呢。你决不因为那样的事就生气呵。"

"这虽是关于我自己的事，然而你太好了。对于不好的人生气，那是当然的。我就算你恕了我，我自己也不能自恕呵。你或者不知道，我还有很多事对你不起的呢……我初到英国来时，心里就这样想：我想到英国去看看，所以就和路美一块儿去，但是路美得到了幸福时，就会不大理我了吧，到那时候，我不论他怎样说，也不去理他，自己逃出了英国，回到特里奴，和妹妹接吻去……然而现在已经变成了这样的局势，我已再不想逃出英国了。我也不要和妹妹接吻了。和我接吻的，只有我唯一的朋友，我的哥哥，你，路美一人。"

这样说后，马撒拉起我的手，热烈地接吻。我的眼眶充满着了眼泪，这是我从来未有尝过的苦泪，是火热的泪。

我非常感动，然而我的决心却不因此而推翻。

"你无论如何，不能留在我的家里。我求你吧，请你回到法国去。你回到法国去，对宝莲妈妈、亚根、丽色他们说明我之所以不能如约的理由。你只要告诉他们，我的父母并没有像我所想像的那么样有钱就好了。这样他们就可以宽恕我了。不是吗？马撒，不是有钱人也不是可耻的啊。"

"然而你要我离开这里的，并不是因为你的父母不是有钱人的原故。所以我决不离开。"

"呀，马撒！我求你吧，为了使我安心，我请你走吧。要不然，我是多么痛苦呢！"

"你不是因为父母贫穷，所以叫我回法国去的。不是吗？假使是怕你们贫穷不能养我的话，那我可以赚得钱来帮助他们。所以你也不用叫我回去了，那么，为什么呢……一定是你恐怕因昨夜看了的那事情，或者我会为你的父母……"

"喂，那事情你不要再提……"

"将盗贼拿了来的货物的商标，用剪刀来剪，那就糟糕了的原故吧。"

"喂，请你不要再提了……我求你，马撒！"

我惭愧极了，用两手来掩住涨红了的面孔。

马撒还接着说："假使你是为了我，怕我会变成那么样的一个人的话，那我又何尝不是那样想呢。我无论怎么样，总不愿意你去剪那偷了来的东西的商标。所以我也不说是不离开这里，只要你肯同我一块儿走。逃回法国去看宝莲伯母、丽色、亚历他们去。"

"但是这不是做不到的事吗？你对于我的父母并没有关系，所以能够自由；但是我呢，他们是我最宝贵的父母啦。我无论如何，非得和我的家族在一块儿不可。"

"你的家族！患中风病而且向着你吐痰的祖父，和吃醉了倒在食桌上贪眠的母亲吗，那样的家庭……"

我瞪着了马撒，用发命令的调子说："喂，马撒，就算是你，我也不能让你讲这样无礼的话。就是中风，也还不是我的祖父吗？醉了也是我的母亲啊。既然是我的父母祖父，就非尊敬孝爱不可啦。所以你也非得尊敬他们不可。"

"那我也知道。所以假使是你的真的父母，我就非得尊敬他们不可。但是假使不是你的真的祖父也不是你的真的父母的话时，那你也非得尊敬他们孝爱他们不可吗？"

"你不是听了我父亲说过了的吗？"

"可是一点证据也没有啦。他们家里失了一个和你同年的小孩子，此次却找到一个和那小孩子同岁的你哪。"

"然而那小孩子是丢在伤兵院前的，我也是同日在伤兵院前被拾到的，哪里还会错呢。"

"但是又怎么能说在伤兵院前没有两个的小孩子同日被丢了的呢？那一个不是你的弃儿的父母，却在警察处查到了你的下落。所以那弄错了的父母就跑到斜巴陇去。"

"你真蠢，怎么会有这样的事呢?！"

"我或者是蠢，我的话说得不好，所以你才以为不会有的。我的头脑是蠢笨的，所以只能说蠢话，假使是别的一个聪明的人对你说时，你一定不以为蠢吧。这话是不蠢的，蠢的只是我这脑袋。"

"怎么会有这样的事！"

"而且，我告诉你吧。你一点也不像你们家里的那一个人呢。不像你的父亲也不像你的母亲，也不像你的祖父。头发的颜色也不像你的其他的兄弟姐妹。你看，你的同胞的面孔，都相似的，只有你却一点也不像。而且使我最奇怪不明白的，就是你那并不是有钱的父亲，拿出了那么多钱来找你……这样地推想起来时，你决不是那一家的人无疑了。所以我是劝你和我一块儿逃走，然而若使你硬要执着留在这里的话，我也要和你在一块，我已经下了决心了，无论你怎么样说都不行。但是你写封信到宝莲伯母那里，问问她，你的襁褓的事情不好吗? 先由她的回信，知道了你的襁褓是怎么样的，然后问问你的父亲对一对好了，这不就可以明白真实的事情了! 是的，你一定要这样子做。未到那时候之前，我一点也不能动。每天偕你带着卡彼去赚钱好了。"

马撒的这疑心，成了我不少的心乱的基础。

我们还谈了很久的话。午饭时买了些面包来充饥，在这美丽的公园中，散步了一个整天。

我们回到红狮子庭时，已是日落西山后了。

贼犬卡彼

偕马撒二人回家来一看时，父亲已经归来，母亲也清醒了。父亲、母亲对于我们在外嬉游的事，并不说一句话。不过在夜饭后，父亲说有事要对我们二人说，把我们叫到了炉边，也不顾祖父的生气，走到炉前去时，父亲朝着我们说："你们在法国，是怎么样糊口的，讲讲给我听听。"

那么，我就简略地将我们赚钱的情形说给了他听。

"你们那样就不怕饿死吗？"

马撒答他说："一次也没有遭遇过。我们还要将赚到的钱积了下来，买过一头母牛呢。"

"买了母牛？为什么呢？"

"买来送宝莲伯母——路美的奶母的，值得八十五块钱的上等的母牛哩。"

"那么你们的技艺似乎很好，你们试在这里弄弄看吧。"

我拿了竖琴来，弹了一曲。但是那最得意的"拿破里之歌"，我却没有唱。

"好的，好的。"父亲点点头，这次他向马撒说："马撒，你会什么？"

马撒先弹了提琴，然后又吹喇叭。

马撒在吹喇叭时，聚在我们四边的兄弟姐妹们都拍掌盛赞他。

"那么卡彼呢?"父亲望望卡彼,"这匹狗也似乎会玩什么技艺。你们不会是无故养着狗取乐的。这家伙也一定会抓到自己要吃的食料的吧。"

我最自夸的就是卡彼的技艺。那不同是对于卡彼的夸耀,还是我对于死去了的师父的夸耀呢?卡彼遵了我的命令,做了几套,小孩子们的高兴,真不比平常。卡彼还是得到了无论何时何地的大喝采。

"真不错的摇钱树子啦,这匹狗!"父亲很佩服地赞说。

卡彼受了赞赏,真使我高兴,还告诉父亲这狗无论教它怎么样做,它马上就会记住,其他的狗普通所做不到的事,它也会学得成功。

父亲将我所说的话,翻成英国话告诉大家,而且还讲了几句我所不懂的话,大家听了时,都笑起来了。母亲也笑,小孩子们也笑,连祖父也笑了,眼睛乱溜地,说了好几次"真好狗。真是好狗!",这句话我也懂得的。

父亲还接着说:"既然这样,我就有一件事和你商量,可是我想要先问马撒,关于你的事。怎么样呢,你不愿意留在英国和我们在一块儿过活吗?"

"我愿意和路美在一块!"马撒用力地说。

这一句话中,父亲不知道他的含意,似乎很满足。

"唔,这样很好。那么我就和你们商量商量,我们是这样的穷人,不能不各自去找工做。等到时候渐暖,就要到各处去做生意,可是在这样寒冷的时候,没有什么好生意,无可奈何只得在伦敦过冬。但是我们也不能优游过日,所以路美和马撒还是像在法国时一样,到街上去弹唱赚钱。伦敦一定很好赚的,尤其是在圣诞节靠近,一定是生意很好的。还有金佐和杰克,也不能只顾逛,就叫他们两人和卡彼在一块儿，多多少少去寻几个钱。"

我想我怎么能离开卡彼呢，所以仓忙地插嘴说："不过爸爸，卡彼没有我，是不肯献技的……"

"不要紧的，伶俐的狗一定马上就可以同他们去讨生活了。这样分配法，才可以多赚钱。"

"但是只有我和马撒赚不到那么多的，没有卡彼就不能赚得那么样好……"

"好了好了。我说这样就是这样啦。那就是我的家规。你既是我的家人，所以也非得服从这家规不可。晓得了吗？"

我再不能和他吵了。我想把卡彼弄得怎么样好的梦，现在也已成了这样。我不能不和卡彼分开！为什么伤心事这么样多！

我们又到马车里去就睡了，父亲今夜却不来锁门了。

我马上就睡下了，比我脱衣服来得慢的马撒走近了我的枕边，细声地和我说话：

"喂，你明白了吧。你的父亲，实在没有一点父亲的气概。他养小孩子也只为了要赚钱。他不是连你的狗也夺了去的吗？所以我劝你早点醒悟吧。明天就写信去给宝莲伯母吧。"

但是第二天我不能不教训卡彼一场。我抱住了卡彼，慢慢地在它的脸上亲吻了几次，并向它说明不能不同我分开，和金佐他们去赚钱的事。呀！可怜的卡彼！望着了我，专心听我的吩咐时的那可爱的样子！

等到将卡彼的绳子交给金佐时，我还吩咐了它无数的话语。卡彼真是伶俐而且柔顺的狗，脸上露出伤心的样子，然而一点也不反抗，跟着兄弟二人出去了。

我和马撒呢，是父亲自己将我们带到了最好赚钱的适当的地方去。我们走过了长长的伦敦，到了一条很多漂亮房子的街上，而且各处散布着纪念碑和雕像，像给美丽的花园围着了一样的地方。宽阔的人行道上，再没有像我们家里附近那样的，穿着破衣服，赤了脚，面孔像有了三四天不吃饭的样子的人的影子了。眼里所映的，只有化妆漂亮的女人，镜一样发亮的马车，头上涂了润发油的肥胖的御者，和强壮的光泽的马。

我们在这样的地方讨了一天的生活。回家时已经很迟了。因为我们卖艺的地方西伦敦到我们家里，是很有好些路的，同到家里最高兴的，就是卡彼摇着尾跳到身上的事。它通身都溅了淤泥，可是还很快活。

我们就在床前，用干草给卡彼擦身，将淤泥弄掉了，我把羊皮衣将它包了，让它和我一块儿睡在床上。卡彼也欢喜吧，然而我才欢喜呢。

我们每天是这样的，做了几天。卡彼每天给金佐和杰克带了出去卖艺。有一天的午后，父亲对我说，明天非得将金佐和杰克留在家里，狗就让你们带出去好了。这不知道是多么使我们欢喜。我和马撒计划定了，明天一定要好好地做一天，多赚些钱，让父亲知道将卡彼和我们拆开是不合算的。

第二天早晨，我们将卡彼化装停当，根据这几天的经验所得，知道了那最可赚钱的，向河儿蓬到牛津街那方面出发。

但是，不幸得很，昨天来的浓雾还不会晴，反为有今天更浓的情势，五六步前的东西，就不能入眼了。不是有急事的人是不会外出的，所以道上的行人极稀疏，平时卡彼一玩起把戏来时，房子里的人一定会打开窗子来看的，但是今天因了浓雾，不能再从窗子可以望得见了。我们的收入倍减的事，当然也用不着说了，马撒不断地诅咒着这伦敦有名的浓雾，又谁知道这雾在一刻后却给我们以大帮助呢。

　　我将卡彼带在背后，时时唤着它，使它不会离开我。不久我们
到了河儿蓬。这里是人所共知的伦敦最繁华的商业街。我在这里突
然看不到卡彼的影子。找一找看，也没有。这等的事，从前决不会发
生过的。但是我们以为等一等就会来的，刚巧那里有一条横街，我们
就站在街角处等待。从远处看不到我们的影子，所以我们不断吹着
口笛。

　　我非常担心起来了，愁着不会是给人偷去了的时候，突然卡彼
在雾中跳到了我们的地方。一看时，它口中衔了一只羊毛袜子。它摇
着尾巴，前脚攀住在我的身上，是在叫我和它接住啦。眼色呈着每当
玩把戏玩到最难玩时一样，表示满足的矜夸。它正在等着我的赞美
的话语。

　　我正在莫明其妙，呆呆地望着时，马撒匆忙地从卡彼的口中将
袜子抢过来，抓住了我的手，拉进了横街里去了。

　　"快点! 快点! 但是不要跑。"

　　这样地不呼气赶了一会，马撒才放慢了脚步，说明奔逃的理
由。

　　"我正在像你一样地吃惊着那袜子是怎么样拿来的时候，就
听见了街上一个男子叱骂的声音——贼犬到哪里去了! ——所以我
才匆忙地逃走，一切你都明白了吧。假使不是这样浓雾的话，我们和
卡彼都要被抓着了。"

　　我知道得太透澈了。我的胸中充满了不可言喻的耻羞的感情。
家里的人们，将卡彼养成贼犬了。把这具有无上美质的正直的卡彼，
养成贼犬了!

　　"马上回家去吧!"我变了颜色说。我很快地就拿出绳子来将
卡彼捆了。

　　马撒一声不响，和我表同意。我们拼命地赶回了"别斯那尔葛

林"。

回到家里一看时，父亲、母亲、小孩子们，都围住了食桌，在折布料。我变了面色，走将进去，将拿回来的袜子往食桌上一丢，金佐和杰克看见这袜子倒很高兴地笑起来。

"这袜子是卡彼偷了来的。它本来不是那么样的狗的，一定是家里的人把它教坏了。但是，我想知道，这是好玩地教了它的，决不是有意这样做吧。"

我的声音发抖了。然而我这时实具了从所未见的决心。

父亲瞪了我一眼说："假使是有意的又怎么样？我倒想听听。"

"我，我将卡彼的脖子用麻绳捆起来，丢到汤姆士河里去。我太爱卡彼了，与其使它成一个盗贼，我宁可将它杀了。就是我自己也是如此。要是我也被迫成一个贼的话，我也要和卡彼一块儿死在汤姆士河里。"

父亲瞪眼看了我的面孔，装着要打我的姿势。他的眼睛着了火般似的，但是我一点也不肯低头，注目看他。那么，父亲的面色渐渐变柔和了。

"唔，你说的也有道理。大概也不是有意使它去做贼的。它同金佐、杰克在一块，也似乎不大有用，从明天起还是交还给你吧。"

真是意外的结果，卡彼以后决不会离开我了。

我无论怎么样对他们好，我的弟弟们总是对我表示着敌意，他们两人明白地不认我是哥哥了。尤其是在卡彼的那回事后，那敌意更加深重了。他们一遇有机会，就想摧残卡彼，我口里虽然不好说出来，但是每次都握着拳头向他们表示，假使他们有一点对卡彼不好时，我不会答应的意思。

我断了念头了，对于男的同胞，可是至少对于女的同胞，总望她们会有点友爱之情。所以我就想去和奥立叶亲近，谁知她也不当我是亲哥哥看待，正和弟弟们一样。而且她没有一天不想出种种的坏事来戏弄我的。在这一点，她有和年龄不相符的坏聪明。

弟弟们和我作对，奥立叶也不和我亲近，那么可以做我的伴侣的，只有那不懂人事的三岁的小妹妹了。她的年纪是那么样小，还不能够加入兄姐们对我的排斥运动，所以还能严守中立，随我去爱护她。我时时使卡彼玩给她看，而且每当从讨生活处回来时，就把看把戏的小孩子们说是给卡彼的糖果或糕饼带了回来，给她做礼物，所以只有她却非常恋慕着我。

在乘轮船到英国时，心胸乱跳，想着我们家族是这么样那么样的，但是现在能够真心接受我的爱情的却只有这三岁的小妹妹一人。

祖父老是当我走近炉旁时就吐痰；父亲是除了每天计算我们赚回来的钱之外，不向我说半句温柔的话；母亲通常是不在家；金佐、杰克、奥立叶们是刚才说过的那个样子；三岁的小妹妹所以和我亲热着，也无非是我每天有糖果给她吃的原因，假使没有这糖果，恐怕她笑也不向我一笑吧。

呀！是多么无情的家族啊！

我以为无论如何不应该对自己的父母起疑心，所以最初当马撒劝我写信去问宝莲妈妈关于我的襁褓的事时，我拒绝了他，到了最近，我也觉得有非疑心到父母不可的了。假使我真的是这家的小孩子，那么，即使是在外国长大的，不能够说话，也总应该有点像亲子的对待才对。然而家中的人竟像路人一样来对待我，这也使我觉得未免太残酷，不能不有所不平了。

马撒察觉了我这心情，就对我说："喂，你写封信给宝莲伯母问一问不好吗？"

结局我写了一封信寄给宝莲妈妈去了，但是又恐怕她的回信会寄到家里来，所以我就叫她的来信，写到邮局转交给我。过了两三天后，我们每天总兜一个圈子，邮局去查问宝莲妈妈的回信有没有到，跑过了很多次空之后，总算才接到了回信。

邮局中决不是好看信的地方，我们出了邮局，找到一个僻静的地方，按住乱跳的心胸，拆开了宝莲妈妈的回信。那不用说，当然是斜巴陇教会里的牧师的代笔了。

我亲爱的路美：我接到你的信，吃了一惊。从逝世的耶路姆时常所说的话，和那来斜巴陇找你的人回去后耶路姆告诉我的话合拢想起来，我以为你一定是生在富裕的世家的。

我所以这样设想的，大半也因为耶路姆在巴黎拾到你时，你身上的襁褓，不是没有钱人的人家可以穿得起的。你说是要我告诉你当时穿的什么襁褓吗，这是很容易的，我好好地将证据都收好了的，一一详细地告诉你吧。

你当时身上的东西——金线和丝线编成的美丽的帽子，嵌花边的内衣，白羊毛的袜子，有丝绒的白鞋子，白法兰绒的长上衣，法兰绒的垫褓，绣花的连帽的长外套。而且我还要告诉你的，就是这样东西上面，没有徽章。在普通绣徽章的垫褓的一角，却被剪去了。

假使你有必要时，我马上就把这些东西寄给你。

我绝不因为你不能送我的礼物而伤心。你节衣缩食买给我的那头母牛，在我的心眼中，决不让世上的任何宝贝。那牛还是壮健的，照旧有很好的牛奶。只要这样就使我无上幸福了。在我爱护着那母牛时，我总想起了你和马撒。

请你时时写信来报告你的平安，我每天在等着呢。你的家虽说不是富有，但你是真的温柔的好小孩子，我想你的父母兄弟一定是很疼爱你，你一定过着幸福的日子的。这就使我安慰了。

再会吧，路美，身体须要珍重，并代我问问马撒的好。

宝莲

这信的最后一节，多么使我感激。她是那样的真心爱我，所以她以为世上的人们，无论是谁都像她一样疼爱我的。

"呀，我真快活！宝莲伯母念着我呢。"马撒高兴得不得了，"知道了这褴褛的事这样详细就得了。这和你家里被偷了去的小孩子的褴褛不同，你的父亲的说明也一定是不对的了。"

"或许父亲忘记了，也说不定。"

"不，不会的。证据只有那时候的褴褛啦，忘记了那证据，是会找得着小孩子吗？"

"这也有道理，但是，在没有听到父亲的回话以前，请你不要提起这事，好吧。"

这天我们装着无事回家，但是向着父亲，正正经经问他那时我被偷时的衣服是怎么样的，实在是不容易的事。假使我是偶然地问到的话，那当然不成问题，心里一有了鬼，胆子就缩小了，无论如何总难说得出口。

这样地过了两三天，我总没有说出来，有一天到了外边去时，适值下雨，我们赶早就回来了。母亲和小孩子们都不在家，只有祖父和父亲没有出去，我以为这是时机了，鼓起勇气，提出询问了。

父亲似乎要看穿我的心胸一样地，瞪住了我。他的眼光，正像平时我有什么事忤逆了他时的一样。我也大胆地看牢父亲的面孔，表示我不得到回答不休的决心。

父亲怒容满面，但是忽然又像前次一样，和顺了起来，变成笑颜了。这是可怕的，有刺的笑颜，然而笑颜总归是笑颜。

"路美，你要想知道，也没有什么问题，我就告诉你吧。就是因为有了那褴褛的头绪，才会找到你。你听着吧。金线和丝线编成的帽子，嵌花边的内衣，法兰绒的上衣和垫褥，白毛袜子，白鞋。和绣花的白外套，你的身上就穿了这些东西。而且在内衣和垫褥处绣有漆乔治的简笔字，可是被裁去了。晓得了吗？漆乔治就是你的原名。我还藏有你受洗礼时的登记证，你要看我顺便还可拿来你看看。"

父亲稀罕地高兴起来，在柜子上的抽屉中探了一会，拿了一张盖满了印的大纸来给我看。

但是我看不懂，所以就问他说："我叫马撒给我看也好吗？"

"好的。"

马撒这样那样地总算念懂了。据他说，我是XX年八月二日生，是漆德兴和妻玛色的长子，名字是漆乔治。

我还有什么疑问吗？我是真真正正的漆德兴的儿子啦。

然而马撒还是不能满足。走进那马车去就寝时，他又屈身在我的枕上说："话语虽然说得很好，可是一个乡下做小生意的商人，那里能够给小孩子金丝编的帽子和绣花的外套穿戴？"

"一定是因为做生意的人，所以买了便宜货来的。而且父亲不是说他那时候还没有这么样穷的吗？"

马撒吹着口笛摇摇头，又再对着我的耳朵说："我心中想，你不是漆德兴的儿子，而是他偷了来的！"马撒一说完后，就爬上了床睡觉去了。

码上对话
AI成长伙伴
☑ 故事收音机
☑ 收看成长课
☑ 趣味测一测
☑ 读书分享会

美丽甘叔父

假使我与马撒易地而处,那么,我也会像他一样,或许比他更会多方的设想吧。然而我的地位,却不许我想像的自由。在马撒看来,漆德兴只是一个漆德兴罢了,可是在我呢,他是我的父亲。

我想也学马撒一样地当他是一个普通的漆德兴来看时,父亲的这个名称,就压住了我。马撒可以随便地想像,因为漆德兴只是一个平常的人。我呢,我有非得尊敬父亲不可的义务。

虽然说是当他们作父亲看,作母亲看,作祖父看,有很多不能放心的地方,但是我没有像马撒那样地,随便想像的自由。

疑心他人——那是马撒的自由。疑心父亲——那是禁止了我的。

就是以为马撒所怀疑的事是对的时,我也有使他缄口的义务。然而我也有很多地方,不能使马撒缄口的。

马撒时常要发出以下的疑问:

"为什么金佐和杰克和奥立叶和那三岁的小妹妹都相似,而你独不像呢?为什么弟妹的头发都像母亲的淡褐色,而你的却不然呢?"

"为什么家里的人,除了那三岁的小妹妹之外,都当你是他人,当你像街旁的癞皮狗一样看待呢?"

"为什么当你做婴孩时,把你穿成贵族的小孩子一样呢?"

对于这些疑问,我当然不能有什么解释,可以使马撒信服的,但是我却有以下一般的反问：

"假使我不是父亲的儿子，那么，就算知道了我的所在，他不是不会理我的吗？为什么送耶路姆那么多钱，使他去找我呢？不过耶路姆为什么还要去拜托那克玛达法律事务处，那样的有漂亮的招牌的伟人物呢？"

马撒对于这些反问，也说奇怪，不能明白。

"但是，就算不能明白这点，也绝不能说我说的事不对。假使不是我，不是我这样笨头笨脑的人，一定会明白那德兴老头儿为什么要拿那么多钱出来找你的原因。只不过因为是我，所以不能明白罢了。我不知道恶党们的事……但是无论如何，你总不是德兴的儿子，虽然说不出理由来，总之我的脑里是明白的。你若是德兴的儿子，那才奇怪呢！这一定是马上就可以明白的……不过你太固执了，不肯听我的话，所以要弄迟了些。我何尝不是想尊敬你的父亲，多说他的坏话呢。不过在这样的地方住得久了，你就会渐渐变成盲从了他们，我只怕是这样。"

"那么，你说我要怎么办好？"

"我想把你带了一块儿逃回法国去。"

"这事怎么做得到啊？"

"那是因为你要对家族尽义务才这样想，若使那不是你的家族，那不是没有问题了吗？"

这样的议论不但没有止境，反而导我到不幸中去。

呀，世界上再没有比怀疑贼人之心的痛苦了。

一心以为不应该怀疑，然而我又不能不怀疑啊！

这父亲是我的父亲吗？这母亲是我的母亲吗？这家族是我的家族吗？

将这怀疑说出来，是多么可怕的事！在做孤儿孤单地落泪时，比之现在的我，是幸福了多少，而且少了多少的痛苦呢！

我这样地沉在伤心断肠的情思中，尚且不能不每日背着竖琴，在街头弹唱。

在我们，最幸福的日子，要算是礼拜日了。伦敦不比巴黎，礼拜天不许奏音乐，所以我们也停止了歌唱，可以自由地耽溺在忧愁的回忆中了。我偕马撒带了卡彼，颓丧地在附近处散步。这比之一二个月前的我，是多么的不相同啊！

有一天的礼拜日，我正想照旧预备着偕他们出去散步时，父亲对我说，今天有点事要对你说，你不要出去吧，他只放了马撒出去游玩了。今天真奇怪。祖父也在卧室里不出来。母亲戴了奥立叶和那小妹子出去了。二个弟弟也出去游玩，不在家里。结局只存了我和父亲两人。

约莫过了一个钟头，有人来叩门了。父亲跑去开门，马上就带了一个人进来。那男子完全和平时来找父亲的人不同面相。那真的是英国人所谓的"绅士"呢。身上穿着漂亮的衣服，头上带了大礼帽，十足是上流社会的人品，只是面庞带了疲于世故的痕迹，年岁约莫是五十岁左右。最使我失惊的，是他的那笑容。随着他那上下肩的运动、显露出来的白色牙齿，正像小犬的牙齿一样的尖锐。那就是这绅士的特征，当看他缩唇露齿一笑时，我以为与其说是笑，宁可说他像要吃人一样可怕。

这绅士用英国话和父亲谈着话，始终望着我。但是当我的眼睛碰着了他的时候，绅士又看到别处去了。

我吃惊着这绅士到这里来做什么的呢，这时候，绅士停止了英国语，用法国话谈起来了。他的法国话说得真流畅，没有普通一般的英国人讲法国话时的抑扬。

"那么，就是这个小孩子吗？你说可以给我有用的。身体似乎还康健，不知道怎么样？"绅士看着我说。

"喂，路美，不回人家的话吗？"

"你，身体壮健吗？"绅士问我说。

"是，还很壮健。"

"一直到了现在，你没有患过病吗？"

"有一次患了肺炎。"

"哼，为什么会患肺炎？"

"在一个很冷很冷的时候，和师父两人在雪中睡着了，那时候师父冻死了，我却遇着救，就在那时候患了肺炎。"

"那是什么时候的事？"

"三年前了。"

"以后你再没有肺炎的症候吗？"

"一点也没有。"

"你不会在睡觉时流冷汗吗？不觉得比别人要容易感到疲倦吗？"

"不会流冷汗，走路太多时，也会疲倦，不过从没有因疲倦得过病的。"

绅士站起来，走近了我。卷起袖子来看我的手臂，摸摸脉搏，还叫我脱了上衣，将手按按我的心脏。将耳朵伏在我的胸前，叫我像跑了路来时地用力深呼吸。然后又叫我咳嗽。

弄完了后，绅士瞪目看了我好一会，我以为他此次要动手吃我了。

那绅士并不对我说话，他跑到了父亲的面前，又用英国话谈起来了。而且马上两人就走出去。也不走前门，却从到那车库去的后门出去了。

我一个人被丢下了，在想着这究竟是怎么一回事。那绅士为什么要问那么多的事? 也似乎是想来雇我去做一名西崽。要是这样，我就非得和马撒、卡彼分开不可了! 然而我决心了，无论父亲怎么说，我一定不去给人家做西崽。尤其是做那不知是笑或是吃人的那险恶的绅士的西崽，我更是不干。

不一会，父亲自己一个人回来了。而且向我说，那绅士本来是想试用你的，但是为了别的事情，不要你了，所以你随便到什么地方去玩好了。

我绝没有想到外边去逛的心情。然而坐在这样悲郁的家里，也只有更加使人闷。还是去散散步比较好些吧。

外边下着微雨，我想去拿件皮大衣来，走进了马车里一看时，大吃了一惊! 应该是出去散步了的马撒，好好地睡在那里呢。

我想唤他时，马撒仓忙掩住了我的嘴，细声地说："静静地开了车库的门，到外边去。我也偷偷地跟着你出去。我不能让他们知道我在这里。"

我惊疑着这是有什么事，赶快取了皮衣服披在身上，跳下马车，静静地开了车库的门。幸而没有谁出来，所以跟着了我的马撒，也不会被人看见。

到了街上，马撒就对我说："喂，你以为刚才来了的那位绅士是谁?"

"以为是谁……"

"是你在寻找着的亚沙的叔父啦。他就叫做美丽甘克森。"

我在街路上像化石一样地站住了。马撒拉着我的手一边走路一边接着说："我跑了出来散步，但是只有一个人，而且又下雨了，寂寞的伦敦的礼拜日，一点意思也没有，所以我想不如睡午觉好，从后门走了进来睡觉。我正在模模糊糊的时候，你的父亲就和别的男子谈着话到车库中来了。我无意中听到了一个生人的声音说：……岩石一样的身体啦，别的小孩子恐怕就会死了，但是现在一点肺炎的痕迹都没有……我知道了这是关于你的事了，在窗口处探头一窥时，那不是一位漂亮的绅士吗？

"是关于你的事，那我就非听不可了。侧耳静听时，关于你的话已经说完了，以后的话，也是有一听之必要的。你的父亲向那绅士说——你的侄儿近来怎样？……那回答就是——此次又救活了。三个月前医生们都说无望了，可是那爱子如命的母亲又把他救活了？……你的父亲说——那真是不幸，哦，美丽甘太太也实在令人佩服……

"听到了说到美丽甘夫人，我的心就乱跳起来了。你的父亲又说——假使令侄好了起来时，那你的一片苦心不就糟糕了吗？……那绅士说——现在是这样的，但是迟早我总不能让亚沙活着，你看好了。只要除去了亚沙，以后就是我克森的天下了。所以待我将亚沙结果了后，一方就……晓得了吧？……你的父亲说——请你放心好了，这边的事让我办妥就是……那么，那绅士似很满足地说——烦劳你了……他们还说了一些什么话，不过我不能十分明白他们的意思。那绅士就回去了……"

听着马撒在讲着这故事的当儿，最先涌到我头上来的念头，就是为了想知道亚沙和美丽甘夫人的消息，很想跑回去问父亲克森的地址，但是同时我又明白那是再蠢不过的想头了。问等着亚沙死讯的人，哪里能问得到亚沙的消息的呢。而且躲着偷听的这回事，只要给那绅士或父亲知道了，也决不会有好结果的。

只要能够知道亚沙还没有死，病又渐好的这消息，就是我退一步的欢喜事了。

圣诞节的前夜

我们已经不再提亚沙的、美丽甘夫人的、美丽甘·克森的事了。

亚沙和他的母亲在什么地方呢？到什么地方才能够找得他们二人呢？

克森来了我们家里的这回事，使我想到一种计策。他来了一次，就没有不来二次三次的道理。大概他总要时时来和我的父亲商量这回事。那么，等他再来的时候，就派那还面生的马撤跟着他的背后，就可以明白他的住所吧。只要知道了他的住所，拉拢他的女佣或仆人等，就可以探出亚沙的住所了。

像我们从前一样，从早晨到晚上都在外边讨生活忙碌，就算克森来了，当然不能知道，幸而以后的二十日间，我们白天不用出去讨生活，只做夜生意了。因为一到了十二月，就是圣诞节的季节了。白天既然留在家里，我们两人就轮流着看守，假使亚沙的叔父来时，不让这机会逃过就好了。

商定了此事之后，马撤再不说要回法国去的话了。

有一天，马撤对我说："你不明白我为什么这样急于要找美丽甘夫人吧？"

"为什么呢？"

马撤踌躇了好一会之后，说："你不是说夫人对你很亲切吗？"

这似乎不是马撒问话的理由。果然他接着说了："而且……我以为夫人一定……会给你找到你的父母的……"

　　"马撒!"我骂了他一声。

　　"你听见我说到此事，就会生气，但是这并非我不好，我时时刻刻不相信你是漆家的人哩。你好好地看看你的家人，再详细看看你自己，不单是面貌和头发。你会有像祖父那样的举动，那么的笑容吗? 你能够有德兴那样将布料藏到洞里去的诡计吗? 你能够像你的母亲一样地躺在桌上醉倒吗? 你能够像金佐、杰克他们一样，使卡彼去偷人家的袜子吗? 喂，你什么都做不到吧。瓜藤只能够生瓜呢。假使你是和漆家同一条藤的，那你也是同样的瓜。卡彼衔了袜子来时，你就会将它塞进空袋子去吧。但是李士老人被捕入狱时，你怎么样了? 没有饭吃，你不是也不能够去偷吗? 金佐和杰克要是学得到你就好了。你绝对不是同一条藤的瓜啊! 简单地举个例子说，假使我不是我的父亲的儿子，也决不会有不学而能够弹提琴吹喇叭吹笛子的道理。就是因为我的父亲是一个音乐家，所以我才是生而为音乐家。这不是当然的事吗? 你生来就是绅士的儿子，若是碰见了美丽甘夫人之后，那时候你才是成了真的绅士呢!"

　　"那是什么道理?"

　　"我有我的道理。"

　　"你把你的道理告诉我吧。"

　　"那不能说。决不能说!"

　　"为什么?"

　　"是再愚蠢不过的呢。"

　　"蠢的也好。"

　　"你不会忘记了别斯那尔葛林的事吧。以为是草木繁生的漂亮地方，然而却成了沟深泥捏成的肮脏的地方。假使我的想像也弄错了时，也是一样的；所以我现在不愿意说。"

我不能再勉强马撒说。

我们只有待时机的到来。

这样我们等待着时机，每天拖着木头一样的腿子，在伦敦街上来回。因为一到了圣诞节的夜，有地盘的街头音乐师们，都各围起了麻绳，不让人侵犯。像我们新来的、没有老顾客在一定地方的人，不留神在他们的范围内弹唱起来时，马上就有不知何来的同伴跳将出来，要赏你拳头，而且还要被他们赶开。

我们好几次找到了好生意的地方，忽然就遇着那露出小腿子、穿着围裙一般的有折襞的短裤子、披了山樵的上衣、带了插着鸟毛的帽子的那可怕的苏格兰的音乐师，马上出来赶我们飞跑了。马撒的一根喇叭本来就够敌得住他们了，但是我们不敢，从远处一听到那风笛的声音，我们就匆忙地逃走了。

此外我们还有一个大敌，那就是在伦敦横行阔步的黑奴的音乐队。英国人说他们是黑奴乐队，但实在却是假装的黑人，他们穿了奇样的燕尾服，脖子上带了恰似用纸包了花束一样的高领，大概都是弹着铜月琴。这班假黑奴比那苏格兰的音乐师还要可怕，在街角处一看见了那黑奴的影子，我们就低声蹑足逃跑，要不然就是将乐器藏到背后，混在群众当中，看他们奇怪的表演。

有一天正在看着这黑奴乐队的当儿，他们中的一个尤其奇特的男子，忽然看见了马撒，和马撒打招呼了。我吃了一惊，以为这一定是要将我们当做玩弄物，在群众之前，拿我们来寻开心的了。谁知马撒却很亲热地和那黑奴招呼。我惊骇着问他说："喂，你认得他吗？"

"那是李顺啦。"

"李顺是谁？"

"他是我时常对你说的，那马戏班的我的好友啦。我不是对你说那班里有两个英国人的吗？他就是其中的一人。教我说英国话的，就是他哩。"

"但是最初你不认得他就是那李顺吗？"

"在马戏班时，他的面孔是雪白的。可是现在他却涂得墨黑了。"

表演完了一套后，李顺离开他们的伙伴，跑到我们这边来。看看他和马撒谈话的样子，便可以知道马撒是多么得人爱的小孩子了，无论是怎么样要好的兄弟，也不能表现出此时李顺眼中的快慰，和他说话时的那调子的满足。李顺简单地诉说了他生活的困难，和不能不离开了马戏班，来做街头音乐家的经过。但是我们就不能不马上分手，李顺要追上他们黑奴的伙伴，我们又不能不到他们不到的地方去卖艺了。

在分手时，马撒便和李顺约定了下次礼拜日再晤面，好慢慢地谈叙别后的经过。到了礼拜的那天，他们见面的时候，我也在一块儿。也许因为马撒的关系吧，李顺对我也表示深切的同情。靠着他告诉了我们很多亲切的话，我们以后的表演肯定也容易了好多。李顺还十分喜欢卡彼，后来竟提起若是我们四个人（卡彼在内）能够组成一队，在英国中讨生活，那一定会造成一点财产。但是我之所以不能听从他的劝告的理由，也正是我和不能听从马撒劝我回法国的理由一样。我这样使李顺失望，然而他却并不怨我。而且这时候我做梦也梦不到，这李顺后来竟有一日会大帮了我们的忙。

不久耶稣圣诞节渐近了。我们每朝出去的时间，现在变成夜里的八九点钟，向先选定了的地方去了。

最初先在马车绝迹了的小街上奏起来。我们合奏的乐声，要使它从关住了的窗隙中响进去，使睡床中的小孩子们知道圣诞节之渐近，便有寂寞的音调之必要。那么有心的人们就会推开窗子，来接受我们的努力。在这样寂寞的街上，过了些时之后，就到大路上去了。运送从戏院出来的人们的马车的影子，渐渐稀疏，渐渐达到早晨的杂音嘈闹中间，一种不可言喻的沉默，支配着这大路。我们奏起了和这肃静相配的幽婉的，忧愁的，宗教的曲目，马撒的提琴啼哭着，我的竖琴发出了呻吟一般的声音。当我们略事休息时，遥远的十字路口，又有其他的音乐的吟奏，像梦一般隐微地随风吹了来。这样我们的演奏就告终了。

"先生太太小姐们，祝你们的晚安并快活的圣诞节！"

睡在温暖的被窝里听音乐，一定是很快乐的吧。然而奏着音乐的我们呢，指头冻得就像断落，雾深的夜里就连内衣也湿透了，尤其是北风紧吹的寒夜，我们更冻得连骨头都冰了啊！圣诞节的时季，实在是对我们最残酷的时期了，然幸而这三四个礼拜之中，没有一天是不能够出去讨生活的。

我们有多少次停在没有关铺门的店前呢，在鸡鸭店前，水果店前，糖果店前，糕饼店前看了多少时候呢！羽毛刮得干干净净的肥鸭的味道！法国火鸡的肥胖和美丽！这里看着了橘子和苹果堆成金字塔，那里又有糖栗子干梅子的山！只要看看这样好吃的水果，唾液就泉一般的涌满口中了。世间尽只要在父母的腕上拉了一拉，就马上可以买得这些好吃东西的幸福的小孩子吧！

我们只有这样好吃东西的一瞥，在北风紧吹的街上孤寂地走着，只有心中想像着那上自贵族之家，下至住在茅屋中的人们，一样地欢迎着这家族之祭的情景而已。

呀！有可爱的父母的小孩子，这圣诞节是多么快乐啊！

在圣诞节之间，克森的确没有来过。最少是我们没有看见他。

过了圣诞节，我们又是大清早就出去了，所以差不多没有看到克森的机会。

马撒以后还是和李顺继续着交际，有一天他就问李顺有没有法子，可以找到有一位身体不自由的叫做亚沙的儿子的美丽甘夫人的住所，要不然，只要知道那叫做美丽甘·克森的绅士的地方也好。李顺说这简直像捉风捕云一样的无头绪，就美丽甘一姓，伦敦也不知道有多少人，而且到乡下去时，这姓的人更多了，假使不晓得那人的身份和职业，便没有找寻的法子。

　　我们完全没有想到此事，在我们的眼中，以为美丽甘夫人只有亚沙的母亲一人，克森就是亚沙的叔父，马上就可以查得明白的了。

　　从此以后，马撒又时常提起要回法国去的话了。我为了此事不知和他吵过多少次。

　　"那么，你不愿意找到美丽甘夫人吗？"我说。

　　"但是没有一点证据，可以证明美丽甘夫人住在英国。"

　　"到法国去找她，不是更无希望的吗？"

　　"我可不是那么样想。我以为假使亚沙的身体再坏时，他们一定又带他到法国去的，伦敦是这么样冷。将他带到法国去，那不是当然的吗？"

　　"但是气候良好的，不只是法国。"

　　"亚沙第一次是在法国养好的，那么，一定又会到法国去了。我无论怎么样，总不相信亚沙还会在这样冷的英国。所以你下一个决心，回到法国去不好吗？"

　　马撒还接着说："而且我以为不久就会有灾难要落到我们头上。我心里总觉得是这样的……我们快点想法子逃出英国不好吗？"

圣乔治教堂的盗贼

以后这一家对我的待遇，还是一点不变。祖父还是不欢喜我；父亲除了命令之外，不向我开口。母亲就算我在她身旁，也不看我一眼；兄弟们总是窥隙想出种种与我为难的坏事，奥立叶时常对我表示敌意；但是我总不能听从马撤的劝告，逃回法国去。而且当马撤硬说我不是漆姓的家人时，我也不愿相信他。

时日极闲静地流过了。然而一日接一日，一周接一周，竟到了我们举家离开伦敦，到他处去做生意的时节了。

两部大车子都涂成新的颜色，种种的货物顺着次序搬进车里了。那车子装的东西，出了我们的想像之外，使我们吃了一惊。布料，毛织物，帽子，女人的肩披，毛巾，袜子，女人的内衣服，背心，线，针，剪刀，剃刀，钮子，棉花，绒线，肥皂，香油，耳环，指环，旧宝石，鞋墨，医兽类的药粉，挥发油，牙痛药，生发药，染发药，其他还有种种的东西。而且其中当然是那藏在洞穴内的东西占大部分。

这样地将两部车子都装满了货物之后，就有四匹强壮的马不知道从何处到来了。是买来的呢，还是怎么样弄来的，我真奇怪得不得了。

然而我们两人是怎么样呢？和从没有离开过伦敦的祖父在一块儿，遗留在这红狮子庭的家里吗？像金佐、杰克们一样，在各处拿着商品沿街求售吗？抑是跟着车后，在各村镇中继续着卖艺吗？

父亲看见我们可以用提琴和竖琴谋得糊口之资，便决定了叫我们仍旧继续着音乐家的生活。在出发的前一夜，我们就得到了这宣告。

这天夜里，我和马撤之间，又发生了激烈的辩论。马撤硬主张要乘这个机会逃走，但是我执着不肯答应，所以他又沉默了。

第二天早晨，我们跟着马车，离开"别斯那尔葛林"了。只要这样，我们就像遇救一样了。别了刺鼻的不洁的臭气，能够吸到新鲜的乡间的空气，我们便感到新的心情了。

在这一天中，我们就看见父亲怎么样卖货的情形了。我们到了一个大村落时，选定了一块空地，将车子排着，放开一边的门扇，很多的陈列品排得好好的，很足以引起顾客们的好奇心。

父亲提高嗓子说："照码大减价！请看看定价吧！空前未有的大减价！不顾血本，特别廉价。欲购从速，请勿后悔。亏本生意，等于送给你们的。大减价，特减价！请看看定价多买一点吧！购货从速！"

我听见看了定价走开时的人这样说："那一定都是偷来的货品无疑。"

"唔，大概是的吧，他自己也那么样说哩。"

假使他们看到了我通红的脸孔时，他们的疑心不知道要加强多少倍。

他们都没有注意到，然而马撤却留心着了。那天夜里，他就对我说："你每天红着脸孔，受着良心的苛责。你能够永远地这样子忍耐过去吗？"

"请你不要提起此事吧，给你一说时，我只有更增加苦痛……"

"我说的也并不是想使你增加痛苦，我是为要救你啊。我前次也预言过了，不久一定有灾难降临的，我已经这样感到了，是不会错误的。我早已明白地闻见了那臭气了。不久警察就会来查问减价的理由，或是金佐和杰克做了小偷……"

"喂，马撒！"我变了色制止马撒。

马撒还不停。

"你对于你的家族的事情，想闭拢眼睛，不加闻问，所以我替你操心啦。不久那警察一定要来，将你的家人提了去。那么，即使没有犯罪，我和你也要一块儿被捕了去。我们哪里能够证明我们的清白呢？我们不是用那卖了货物的钱来吃饭吗？"

这话是我做梦也想不到的，我像是突然头颅受了铁锤的一击。我极力想反对这想头：

"可是我们不是仍旧自食其力的吗？"

"是的。然而同盗贼住在一处，我们怎么能够证明自己不是盗贼？你的父亲和兄弟去坐监，我们也要去吧，我是这样可怜的小孩子，自然没有关系，但是被贴了一个盗贼的名义在头上去坐监，我是不愿意的。你定会比我更不愿吧，假使你真的家族，听说了你做贼被捕入狱，是多么悲观呢！而且你又是怎么样惭愧。而且一旦被关入监里，就不能找寻你的家族，也不能寻到美丽甘夫人了。所以现在你斩钉断铁，逃出了这里不好吗？"

"请你一人逃走了吧。"

"你又说这蠢话了。你去坐监我也去坐监的。我并不是因为自己害怕要逃，只因为了救护你，才想走的。假使你非得养你的家人不可，那么，此话又当作别说了，但是你在与不在，你们的家都没有一点关系。我不明白你这拘泥的理由，路美，假使你真想逃脱这灾难，我们早一刻逃出了这里不好吗。"

"你等我再想一想吧。"

"踌蹰踌蹰，恐怕恶魔的手已经伸来了啊。要决定就快点决定吧。我虽然是说了好几次了, 实在那臭气已经使我难堪了。"

马撒的话使我感到了无上的苦恼。但是我还不能下决心, 这样踌躇踌躇在心内激斗不决, 我自己也感到是太卑怯。我想我有应该明白这事情之必要。

此后不久, 发生了一件事情, 才算开了我的眼睛。然而已经迟了。

离开了伦敦六七个礼拜之后, 我们到了一个最近有赛马的村里。在英国的乡间, 赛马就是祭礼中最热闹的。这并不是只为等看那日的赛马, 从五六日前起, 就有很多的把戏班, 专赶着乡村的祭礼去卖艺的浮浪人和行商人等等, 都集中到跑马厅的附近, 恰像是祭礼的市日一样。

然而父亲却不像普通的行商人一样, 没有到跑马厅的热闹的地方去, 很奇怪地却在僻静的地方停住了。这一定是富有经验的父亲, 看透了这边更有生意吧。

因为到此地太早, 还没有到可以排起货品做生意的时间, 我便和马撒到离此地不远的跑马厅去看看情形。在跑马场的广阔的草地上, 各处散着天幕、木造的小屋、马车屋等的小房子, 早餐的炊烟, 一缕缕的从屋顶上吹出。

我们正在这小房子之间徘徊着的时候, 忽然在一间停车的小房子前, 看见了正在将锅子放到火上去的李顺。同时看见我们的李顺, 也欢喜得不得了。李顺是和其他的两个伙伴, 同到这里来卖艺的。但是因为奏音乐的人不能够来, 所以他正在担心着这表演能不能够成功。他一看见了我们, 就提议要我们来给他们伴奏, 赚到的利益均分, 当然卡彼也要得到相当的份额。

我看看马撒的眼色, 知道我若是首肯时, 他一定很高兴, 所以马上就答应了。李顺高兴得不得了, 尤其是属望着卡彼能够来。

卖艺是明天最热闹的日子,我们和李顺分手回家后,把此事告诉了父亲。

"你们去给他伴奏也不要紧,但是我想用用卡彼,你就把它留下吧。"

我为此话害怕了。那并非因为怕李顺失望,怕的只是父亲不会将卡彼派去做坏事吗?我正在踌躇不决时,父亲察觉了我的样子,就说:"我并不为别的,只因卡彼的耳朵很好,我想留他在这里明天可以看车子。明天是最紧要的日子,也是最混杂的日子,偶一不留心就会连什么东西都被偷完了的。所以想要叫卡彼看顾车子,预防偷窃,你就和马撒两人到那李顺的地方去好了。大概表演要到半夜才完,你们回到昨夜住过的奥加旅馆来好了。我们等天黑了,就离开这里到那奥加旅馆去住夜。"

奥加旅馆是在这村外的旷野当中的一个孤立的旅馆。半夜里的表演完后,再到那里去是很费事的,不过我也只有听从父亲的吩咐。第二天早晨,带了卡彼出去散步之后,给它一点饮食品,检查清楚没有不妥的地方了,然后吩咐它好好地看顾车子,用绳子将它捆在车旁,我就偕马撒向着跑马厅去了。

我们到了跑马厅不久,就开场排演,直到入夜,没有停过,拼命地表演了,我的指尖,像针刺一般刺痛,马撒也吹喇叭吹得连气也喘不过来。然而我们只在吃饭时,休息了一下,又非继续着弹吹不可了。李顺和他的伙伴,也像车轮一样地,弄得全身疲倦了。

渐近夜半时,李顺说这是最后了,更是拼命地卖力。我已经不知道自己弹的是什么了。马撒也是一样。这样疲劳的并不只是我们,演艺的人也奇怪得很,结局那最后拿出来的大木柱倒了下去,将马撒的足压住了。我惊唤了一声,马撒也发出了可怕的苦痛的叫号。我以为马撒的足被压碎了,和李顺两人在左右抱护着他,幸而伤并不十分重，只是皮肉压破了，没有损及骨头。但也并不是轻伤，马撒已经不能行走。

那么，马撒今夜只好宿在李顺的马车里。不过我既是漆家的人，就非得一个人回到父亲们投宿的那奥加旅馆去不可。

马撒对着我说："路美，我不愿意你今夜回去。等明天早晨和我一块儿回去不好吗？"

"假使明天回去，家里的人谁都不在了，怎么办？"

"只愿意它这样！"

"不，我不愿意就这样子和家族诀别。"

"可是，你今夜和我一块儿留在这里吧。我不愿意离开你。现在你一个人走去，你一定要有什么不意事……"

"瞎说，哪有这样的事。而且我无论如何，明天一定来看你。"

"假使他们不放你来呢？"

"那么，好了，我把这竖琴留在这里，无论如何，非得让我来不可了。"

马撒对于我的身边，有了不少的恐怖，但是我还是和他分了手，一个人孤单地走出了跑马厅。

我自己相信没有一点可以抱恐怖之心的理由，不过走出了跑马厅后，就有一种说不出来的伤感抓住了我的心胸。大概是因为离开了马撒，卡彼又不在身旁，只孤单地一个人在这寂寞的野路上走过的原故吧。道旁发出一种夜的秘密的音声，苍白的月亮，也足使我断肠。

我虽然疲倦得很，但是很快赶着路，不久就到那旅馆了。院子里不见有马车，厩里也不能系马。父亲似乎不会是在这里。

我绕了旅馆一周，看见一个窗子里还有灯影，我以为是还有人没睡，畏畏缩缩地敲敲门看。白天看见了的店主人，皱着眉头，手里拿着蜡烛走了出来，一看了我就认出是白天来过了的小孩子，但是他不让我进去，却将蜡烛藏在背后，望望四边，侧耳听了听后，细声地告诉我说："你们的车子走了。到路易去的。你连夜赶上去好了，这是你父亲吩咐的。晓得了吗？路易啦。"

店主说完后，对着我的鼻头将门闭住了。

我来英国，已有相当的时日，这样的几句话，我也能够明白了，然而只说是路易，到底是远是近？在哪一方向？我完全不知道。店主在我正想发问以前，就像怕给人家听见似的，无情地将门关住了。欲问无人，就算父亲说了连夜赶上，也不能连方向都不清楚地跑去。而且我不能丢下马撒，虽然双腿像棉花一样，也只好回到跑马厅去再决定了。

曳着疲倦的腿子走了约莫一个半钟头，回到跑马厅来。寻找那李顺的小房子，也尽够费事，不过总算能够和马撒并枕地钻在稻藁里睡觉，也就是幸福了。我只简单地告诉他们今夜冒险的经过，因为太疲劳，而陷入睡眠乡中去了。

到了第二天睡醒时，气力已经十分复原了，所以只要还在睡着的马撒能够走路，我就决心想在今朝追到路易去。

我先到车外一看时，比我早起的李顺，正在前面的草地上焚火烧锅。火还不能烧得好，他伏在地上拼命地吹着。这当儿，我看见警察拉着了一匹像卡彼一样的狗从那边走来。

我心里有点奇怪，详细一看时，真的是卡彼，我莫明其妙地，惊怪地呆望着，看见了我的卡彼，猛烈地拉断了那捆着它的绳子，跳到我的身上来。

马上警察就走到我身旁，说："这匹狗是你的吗？"

"是，是我最宝贵的狗。"

"唔，是的吧。马上就拘捕你去，你晓得了吧。"

粗大的手臂伸了一伸，抓住了我，几乎将我细嫩的手腕抓断了。

看见了这光景的李顺，离开了火旁，踱到了警察的身边说："你为什么要拘捕这小孩子？"

"为什么呀，他是你的兄弟吗？"

"不，是我的伙伴……"

"昨夜有一个男子和一个小孩子，偷进了圣乔治教堂偷东西，叫这狗看风；只有这狗没有逃得脱，被抓了来。我们断定了大概是外处潜来的家伙，所以就带了这狗来查探，果然发现了这小孩子。喂，头目在什么地方？"

我觉得一种不可言喻的苦痛，张开了的嘴巴也合不拢来。

现在我一切都明白了。最少我可以推测到此的经过，我父亲需要狗，并非为看顾车子。并且一入夜就离开了街市，到旷野中的旅馆去，也非无因。父亲之所以幸而不遭拘捕，是因为教堂的盗案要马上发现，父亲早就立刻逃出那旅馆去了。

然而我现在不是想父亲的时候了。目下的问题，是怎样能够使自己脱罪。我想不要累及家族，只要找出自己无罪的证据。那第一是要证明昨晚是如何过夜的就行了。

我正在想出这道理的当儿，马撒睡醒了。他听见了警察的声音和人群的混杂，察出了理由，就曳着跛足，跳下马车来。

我向着李顺，用法国话说："请你好好地说明我的无罪。我和大家在这里玩到一点钟，然后到奥加旅馆去！和店主说了几句话，马上又回到这里来了。"

李顺照样翻译了，警察反为疑心起来了。

"那贼偷进教堂时，也正是午前的一点一刻。这小孩子说他是一点钟左右离开这里的，和偷进教堂的时刻正相符合。"

"到市上去也得二十分钟啦。"李顺说。

"跑了去只要十分钟。而且谁又能证明这小孩子是一点钟走的呢!"

"我可以证明。"

"哼。"警察笑着说,"总之这小孩子我要带走,你若有话,到法庭去说好了。"

这时候马撒投到我的腰里,一边和我接吻,向我的耳边说:"不要怕! 我们一定要救助你的。"

我用法国话说:"好好地看顾着狗吧。"

然而警察也似乎明白了这句话。

"狗我还要带走,还要查出共同偷东西的贼哩。"

我在大庭广众之中,受了教堂的盗贼之名,给警察曳跑了。呀! 多么可耻的事!

我这次被带了去的监狱,不是像那法国的乡下的晒着洋葱头的一样的随便的监狱,这是一间窗子也嵌着铁条,绝对不能破监的、坚牢的监狱。而且房内只有一张椅子,一张床铺而已。

我似失了力气一样地倒在椅上。想了一会自己的伤心境遇。马撒告诉我一定要救我,叫我不要失望,但是像马撒那样的小孩子,怎么能够营救我呢? 就算李顺也会帮着他,然而这两人不像可以从这监狱里将我救得出去的。

我推开了窗子一看,粗大的铁条紧嵌在石壁里,这石壁也有三尺厚。而且窗下的地面,都是石铺的,成了一个细长的院子,院子的那边,屹立着约莫一丈二尺高的墙壁。壁的那边,大概是街路了吧。

无论有什么样的朋友的助力,的确是逃不出这监狱。无论何种朋友的义侠和友情,也绝不能穿过了这一层墙壁。

而且我将永远地被留在这监房中的吗? ! 什么时候才被带到

法庭去呢?!被带到法庭后,对于我的狗在教堂里的事,将怎么辩解呢?我的无罪,要怎么才能证明呢?只是李顺和马撒的证明,法官能够答应吗?而且我决心不累及我的父亲和家人们的,这样我的辩明能够成立吗?……呀!我只觉得越加烦愁了。

这苦热的长日,一点点地过去,到了将近黄昏时,监守拿了我的夜饭——面包和马铃薯。我想起了从前在读着种种的因人的故事中,有在从外边送来的食物中,藏着写了信的字条事情,所以我以为或者李顺和马撒会有信藏在里面,将面包撕成粉碎来查看,并将马铃薯弄碎了才吃,但是一点草屑也没有。

我不能不等到明天。呀!这一夜真难以入睡,伤心断肠的,到何时才忘得了呢?!

第二天早上,监守拿了温水和洗面盆来,说是今天开庭,叫我好好地化妆。他亲切地告诉我弄得干净一点出庭时,时常有很大的利益的事。

我听了他的吩咐,洗净了脸,梳好了头发,衣服也穿得齐齐整整地。在等着出庭的当儿,我想着了要怎么样回答,要怎么样辩明,但是在不知不觉之中,却离开了实际,跑到了空想的世界,心里只想着了故事里一般的,无情无理的梦一样的事。我想到了美丽的女王,或是乘着鸟的骑士来营救我的事。

过了一会,监守又来了,叫我跟着他走。我跟他走出了监房,通过了好几折走廊之后,到了一扇开着的门前。

"喂,走进去!"

温暖的空气,冲塞了咽喉一般地吹到我的脸上。我听见了很多的蜂的翼声一样的、混杂的嘈声。走了进去,那就是法庭。

我被引上了罪人的席位,觉得脑里似乎发了晕,但是还能够看到法庭的情景。

法官坐在高一级的地方。前面稍低的地方坐了两三个人员，以后我才知道那一个是检事，一个是收领偿金的，一个是书记。其他还有穿着法衣，带着假发的人坐在我的席前，那就是我的律师。

我哪里来的律师？！谁给我请的律师？我一点也不明白，但是总之，我有律师这是确实的。

在同我对面的其他的席上，有李顺和他两个伙伴，奥加旅馆的主人，捉我的那警察，和其他两三个我完全不认识的人，这些都是证人，被唤了来的。

旁听席当中，也有相当的人数。在其中我的眼睛碰着了马撒。真奇怪的，我突然觉得胆壮起来了，而且勉励着自己不应该失望。

检事先站了起来，述说了下面的事：昨夜一点一刻时，有一个男子和一个小孩子用梯子爬进圣乔治教堂，敲破了窗子，偷进了教堂。那贼还将一头狗带入院子里看风。刚巧夜深有走过那里的路人，看见了教堂内奇怪的火光，同时听见了敲破窗子的声音，心里怀疑，唤起了看守的人，叫他留心。看守的人带了很多人跑到教堂里。看见了这班人时，狗就不断吠起来。小偷慌张地一点东西没有拿到，从窗口逃了出去，爬上了那梯子，越过教堂的墙头，不见影迹了。但是狗却不能爬上梯子，只在那里踱来踱去，所以把狗抓来了。由这狗的引导，抓到一名共犯。这里的小孩子就是。而且主犯的线索也已经探到了……"

法官向我问了姓名，年龄，职业。我用英国话回答了姓名叫做漆乔治，在伦敦的别斯那尔葛林的红狮子庭与家族同居。然后又得了许可，用法国话辩明了教堂的事发生的当夜，自己的行动。

"然而你的狗在教堂内的这事，你怎样辩解？"

"我不知道怎样辩解。我一点也不明白我的狗为什么会在教堂里。只是卡彼有一天一夜没有同我在一块儿了。那天早上我将它系在我们的车子旁的。"

我不能再说明下去了。因为再说下去，就非得有对于父亲不利的陈述不可。

我望望马撒时、他做手势叫我接着正直地说下去。但是此事我却做不到。

这时轮到看教堂的男子做证人，他被唤了上去，他的陈述，对于我没有多大的关系。

我的律师和那看守人发起了问答。看守人说他锁门时，教堂内决没有狗。律师说他大概在锁门时，不知狗已经进去了吧。以后又在查问那看守人吃不吃酒，结局他自己说出他是一个很爱吃酒的。那狗是小偷带进来的呢？还是早就被关进去的呢？亦记不清楚了。

因为律师的辩护，关于卡彼的问题，很有益处了。李顺也做证人上去陈述，奥加旅馆的主人也陈述了。全部的证人的陈述，是一致的，不过不能证明的，就是我在几点钟离开跑马厅的那一点，证人的陈述，一点也不能对我有利益。

过了一刻，讯问就告终结，法官使人念了口供之后，就宣告在没有确定要不要解交重罪法庭之前，将我移到沙禾奴监狱去。

呀！重罪法庭！

我为什么不早听马撒的话呢！？

李　顺

再被带到了监房里，我一投身在冷冰冰的椅上，以为自己已经发现了，我今天为什么不能马上被释放的理由了。大概是那法官想等到抓到主犯之后，查看我是不是真实的共犯吧。

刚才法官已经说有了线索了。那么，不久我就得在重罪法庭中，和我的父亲、金佐们在一块儿受审问的耻辱了。就算把父亲和兄弟坐了罪，而我一人得以放免赦罪那又有什么好处？

呀，那一天要到来？我何时被移到沙禾奴的监狱去呢？这监狱又是在什么地方的呢？

我为了这疑问在烦恼着，那天的下午忽然听见了喇叭的声音，由那吹法推测起来，我立刻知道那是马撒。马撒正想告诉我，他在念着我，并且外边看守着我。喇叭的声音，是从窗子那边的墙外响来的。马撒大概是到了墙外的街上，为了一墙之阻，在仅仅四五米之外，不能见面。但是视力虽不能穿壁，而音响却自由地通过了。

在喇叭声之外，还听到了群众的步声和远远的波涛一样的人声，我知道马撒和李顺在那里卖艺了。

他们两人为什么要拣这块地方呢？因为此地的生意好吗？抑是为了要向我打记号呢？

突然我听见了用法国话大声叫的马撒的清彻的声音：

"明天的黎明！"

这声音的余韵尚未灭时，那喇叭的活泼的噪扰的音曲又响起来了。

我们并不用着什么特别的头脑，才可以明白马撒用法国话说了"明天的黎明"这句话，决不是对着观客而发的。但是对于这句话的意味，就决不是容易推测得出的。我挥动了全身的智力，不愿使马撒失望，然而明天的黎明，到底想怎么干，我一点也不明白。

我以为只有一事不应忘记的，就是在明天的黎明时刻，醒着眼来响应突然的一切。直到这时机的到来，我只好忍耐着就是了。

因为要在明天的黎明前醒觉，所以我一到天黑，就躺在吊床上，希图入睡。然而睡不着。附近的大钟的声音，也不知听见多少次。到最后那魔就在它的翼上将我载着去了。

我睡醒时，还是深夜。天空的明星，从窗里还可望得到。世上寂静无声。离天亮还有很多的时间吧。

我下了吊床，偷偷地坐在椅上 又恐怕惊动了看夜的，在室内也不敢走动，只有静静地等待着，不久大钟响了三下。我觉得起来太早了，可是再睡下去，又恐怕睡得太熟了，说不定会在黎明还睡着，只好决心这样地等到天亮。

我唯一的任务，就是数着那十五分钟敲一次的大钟的声音。可是这十五分钟多么长啊！我有好几次在钟还未敲时实在以为钟又在敲了。

背靠着墙壁，眼总望着窗子。不久透过玻璃的星光渐渐淡白，天空也似乎变白了。

这不是我的心情使然。真的是黎明了，遥远的地方，已经有幽微的晨鸡声了。

我站起来，蹑足跑去开窗子。想要推开这造得不好的窗子，而又要它不响，这不是容易的事。我耐着心慢慢地不怕费时，总算能够满足地将它推开了。

我不知道马撒将要怎么样营救我。但是除了这窗子之外，没有可以救我的地方。而且那边还有粗大的铁条，笨厚的石壁，嵌铁的门。希图能够从这狱里救出我去，真是没有常识的东西。然而我又不能抛弃了遇救的希望。

星光渐薄，从窗外透进来的早晨新鲜的寒气，使我发抖。然而我绝不离开窗旁一步。顶住足尖站在那里，没有自主的目的，而却瞪着眸子凝望，侧着耳朵倾听。

广大的白幕一般的东西，升空到天上，地上的东西，大概可以分出形态来了。这就是马撒所说的黎明。我想到这里，就屏息着声气，侧着耳细听。没有一点声音。只听到自己心脏的鼓动。

过了一会，我似乎听见了高墙的那边，有人抓爬的声音。但是在我又没有听清楚足音，我又以为是听错了。我更侧耳细听。抓爬的声音还是继续着。突然我看见了那墙上伸出头来。天还是暗的，不能看清那是谁的面孔，不过很奇怪的，我马上知道了那不是马撒的头颅，而是李顺的。

李顺一看见我贴在铁窗子内，就静静地说："肃！"

他更做手势叫我离开窗子。我不知道什么道理，总之听从了他的吩咐，离开窗子，站在旁边窥看形势。李顺拿起了一根玻璃管似的光亮的东西，顶在嘴上向窗子瞄准。

我立刻明白了这就是吹矢。我听见了"拂"的一声李顺吹气的声音。同时我看见了一个小白球掠过空中，从窗子滚了进来。这瞬间李顺的头颅就在高墙的那边消失，再没有半点声音了。

我走到了在室中滚落的白球旁，拾了起来。那是用薄纸包了的铅珠，那纸上似乎写着了很细的蝇头字，然而天还是黑的，没有法子看得清楚，我只好等着天亮。为了慎重起见，我偷偷地关拢窗子，紧握着那铅珠，仍旧躺在吊床上。

那天的天亮真是困难！我以为今天的天是不会亮的了。不久窗上渐变黄色，过一会又转成过蔷薇色，室内光亮起来了。

我就慎重地剥下那包着铅珠的纸条，披开一看时，果然有如下的文字："你是被决定了明天午后的火车到沙禾奴的监狱去的。你将被一个警察护送着，乘二等车到那里去。那时候你应该坐在靠近车门的地方。开了车四十五分后，火车通过接续线，将放慢速度。不要忘记了是四十五分后。在那里火车将转成弓形，目标是有一株大白杨树，那时，你就将那边的车门推开，大胆向草地上跳下去。跳时须两手向后，使足尖先落地。跳下后就爬上左手边的长堤上来。我们在那里有一辆驾着骏马的马车预备着等你。一点也不要害怕。两天后我们就到法国去了，一切都准备停当了，须大胆地实行。尤其是跳下时，须放胆往远处跳，想法子使足尖先落地。"

我似乎已遇救了一般了。我已经不要到重罪法庭去。我用不着受和父亲们见面的耻辱了。呀！马撒！呀！李顺！我要怎么样感谢你们！尤其是这次的事，一定是李顺想出来的。没有李顺，马撒两个人决不能这样准备周到的。对于我这普通的朋友，能够这样帮忙的李顺，真是一位义士，我一辈子也不会忘了他。

我读了两三次。"四十五分，弓形的转角，大白杨树，足向下往远处跳，左手边的长堤……"我完全记在心里了。就算跌死也不打紧，我大胆地跳下去吧。与其用盗贼的名义来受罚，倒不如死了好得多。

两天后就到法国了！我欢喜得无天无地了，可是突然想起卡彼时，我又为之断肠了。但是我再一想，马撒总不会丢下卡彼不顾的。能够想出法子来营救我的马撒，总能够想出法子来救卡彼吧。

我最后一次念完了信后，就把那信嚼碎吞了下去。此后只有静静地睡觉了。我这样，等到监守人送朝饭来时，我还是睡在吊床上。

时间迅速地，没有十分的痛苦地过去了。到了第二天下午，一位我没有见过面的警察走进来，叫我跟他走。看那警察的样子，是很和善的五十来岁的、有点迟钝的男子, 我心里欢喜, 以为这就好了。

一切的顺序, 像马撒的信中一样地执行了。我乘上车子时, 依马撒的吩咐, 靠紧坐在入口的门边。警察也不加干涉, 只坐在我的对面, 其他没有别的乘客。

"你会说英国话吗?"那警察问。

"是, 我会说一点点。"

"你听得懂吧?"

"是, 慢点说时, 我可以听得懂。"

"那么, 我们慢慢地来谈谈吧。我要忠告你, 在法庭上说假话, 是最不好的。做了坏事, 就应该忏悔啦。尤其像你这样的小孩子, 只要自己忏悔, 罪就轻了。你是未成人的, 或许立即就会放你也说不定。我并不骗你, 最好是自白出来。我说得很唐突, 但是你若对我自首了, 我可以替你帮忙, 怎么样呢?"

我想说我没有什么可以自首的事。但是一想, 和这警察议论起来, 有点不妙, 所以默默地装着很佩服似的听着他的说话。

警察看见我这样子, 又说:"你想想看好了。可是你也不应该无论向谁随便忏悔, 你应该找对你有好意的人来说。我这人是真心替你做事的, 你好好地想一想好了。"

"是的, 我想一想看。"

这样地说, 我先使那警察放心。我很惊奇似的望着车窗外的风景, 过了一会向那警察问, 我可不可以站在门前, 看看外边的风景。

警察也似乎要得我的高兴, 允许了我的要求。我推开车门的窗子, 靠着, 眺望外边 火车现在正用全速力赛进, 警察没有一点看管好的样子。

过了一会, 那警察因为从窗里吹进来的空气太冷, 缩进里边去了。然而冷气对于我, 却完全没有关系。我偷偷地将左手从窗口伸出去，预备着随时都可开门的姿势，似乎已经过了四十五分了。我看见了那边有一株就是所说的那白杨树。我的心正在乱跳时，火车拉响了汽笛，渐渐放慢了速度。呀，时机近了！马上就是转弯的地方，白杨树近在眼前了。我以为时机到了，匆忙拧开把手，推开车门，电闪雷掣地，尽可能地向远处一跳。

跳下去的地方，是干的大沟，我的手碰着了前面的堤，所以幸得保护着了胸部，然而因为打击和振动太厉害的原故，我立刻滚下沟里，人事不省了。

我再醒转来时，还以为是仍在火车上，因为我是睡在很快的车子里。我觉得身体被摇得乱滚，而且是睡在干草之间。

真奇怪，有人在舐着我的面孔。热的接吻雨一般也降在我的颊上，我的额前。

张开眼一看时，一匹黄毛肮脏，使人难堪的狗靠着我，在舐我的面孔。

我的眼睛同时又碰着了伏在我身上的马撒的眼。

马撒推开了狗和我接吻，一边嚷着说："你遇救了！"

"这里是什么地方？"

"这里是马车里哪。李顺在驾着车呢。"

李顺听见了这边的话声，回头看着说："身体怎么样了？"

"怎么样呢，不知道。似乎不要紧了。"

"动动手脚看吧。"李顺说。

我躺在干草上，遵着他的吩咐，动动手脚看。

"呀，不要紧了，什么地方都没有伤！"马撒很高兴地说。

"我为什么会到这地方来？"我有点奇怪。

"你照着我的信跳下车子了。但是因为振动太厉害，跌在沟里气绝了哪。我们尽等你总不来，所以我拿住了马缰绳，李顺走到堤下去看了,他一看见你气绝了,就把你抱到车上来,那时候以为你是死了,我们不知道多么担忧。现在你逃脱了,安心吧!"

"警察呢?"

"他和火车一块儿去了。火车没有停车哩。"

大概我已经明白了,我望望我的周围。那匹肮脏的黄狗,用恰像卡彼一样的温柔的眼光望着我。但是它明明不是卡彼。因为卡彼是干净的白狗,而这匹是肮脏的黄狗。

"马撒,你把卡彼丢了吗?!"我忍着心痛说了。

在马撒没有作答之前,那黄狗跳上我的身上,一边吠一边舐着我。

马撒笑了说:"它就是卡彼啦。我们将它染成黄色了。"

我急遽抱住了卡彼,和它接吻了不知多少次。

"为什么把卡彼染了?"

"其中有故事啦。让我告诉你吧。"

但是李顺阻止了他说:"马撒,那话放在后来说吧。你到这里来执住这缰绳和马鞭驱马。过一会就是税关的栅门了,我把这马车弄得人家看不出来才好。"

那马车是非常粗陋的二轮车。顶上盖着了粗麻布的大幌。李顺把这幌取去,把幌轮也收了,叠成四折,盖在我的身上,将我藏起来了。他又去和马撒换了位置,于是,马撒爬了起来,钻进那叠好的幌下。本来是三个人乘在有幌的马车的;一霎时却变成了无幌,乘客也只有一个人,外观完全变了一个样子。照这样子,就算有人赶了来,也看不出吧。

当马撒钻到我的旁边时,我就向他说:"到什么地方去呢?"

"到一个叫做小喊顿的地方去。那是一个小港,那里李顺的哥哥有一艘帆船,要到法国的罗曼地方去买乳酪和鸡蛋去的。那船今夜就要出帆,所以我们就搭那船逃归法国。要是此次逃得脱,那完全是靠李顺，那一切都是他的计划，像我这样的一个小孩子能做什么呢。用吹矢将信送入监里的，和使你从火车跳下来的，都是李顺的计划啦。预备好快马的，接洽帆船让我们到法国去的都是李顺。坐轮船去是不成问题的，但是那么样做，立刻就要被抓到……喂，路美，交朋友真的不错啊。"

"卡彼呢？是谁偷出来的？"

"那是我，不过将他染成黄色使警察认不出来的却是李顺。那警察正牵着卡彼在人丛中走时，我乘他的不注意，偷偷地唤了卡彼，卡彼就扯开绳子跑来。李顺是偷狗的名人，所以他在旁边等着带了来的。"

"你的脚好了么？"

"似乎好了。我没有想到自己的脚的工夫了啦。"

英国的道路，不像法国那样的自由，到处都有税关的栅门。依着货色，不能不付若干的钱。到了这栅门时，李顺吩咐我们不要声张也不要动，他自己却和看栅门的人说着笑话，从从容容通过去。看门的人也因看见了这只有一个驾御者的寒酸的马车，所以不加审问，让我过去。

李顺本来是马戏班的小丑角色，对于此道，很有奇怪的才智。面孔也装得好，他此时装的是一位中年的农夫，说话举动无一不是农夫的样子，就算平素相知的人们，也看不出来。

我们跑得真快。马是骏驹，而李顺又是马戏班里出来的，很会驱车，所以我们跑得很高兴。不过为了使马息气和吃草，中间不能不休息。然而我们不像平时一样地到路旁的菜店去。看见了一丛树林时，我们就驱车进去，解开了辕让马到小溪里去喝水，再将麦袋挂在它的脖子上。

这时已经是夜里了，不愁有人来追了。我们便从幌下钻出来，知道这时就向李顺说话也没有关系，所以为了谢他的意思，想将心里的话说出来。但是李顺不许我说，只用力紧握住了我的手说："你替我们帮了忙，所以我们又帮了你们的忙。世间是恩恩相报的。而且你不是马撒的兄弟吗？为了马撒，谁都愿意尽力啦。"

我问李顺到港去还有多少路程。李顺说非有二个钟头不可，不过恐怕因为潮水的关系，船会提早出帆也未可定，所以赶得及的话，还是非得赶快不可。"

我和马撒又钻进幌下的干草中。马又重新迅速地前进了。

"你还是不放心吗？"马撒问我说。

"唔，也不是完全放心。我觉得似乎再要被抓，也许不会了。不过，逃走就等于白白犯下罪一样的。我最不愿意他们这样想，假使被抓住了又怎么办？"

"不要紧的，等到火车到了站，警察噪起来，再来追我们已经迟了。而且他们断没有想到我们会在小喊顿上船的道理。"

然而我不能像马撒那么样乐观。搜索队即时四处找起我来时，是很危险的啊。

我们的马，随着了李顺的驱策，用全速在田路上飞跑。有时也遇着了别的马车，但是没有一辆会赶得过我们的。途上的村落，也都静默了，窗上还有残灯的，寥寥几不可多见。只有一些狗们，看见了我们的马车跑得太快，时常要赶着吠几声而已。

在上斜坡的地方，李顺又让马息了一息。我们下了马车，扑在地上细听。就是那比谁都要灵敏的马撒，也不能听到一点声息。我们是在黑暗和寂寞之中赶了来的。

我们已经没有再躲入幌下的必要。然而夜越深越冷了。而且从海边吹来的风，早就强烈地扑着脸孔。所以为了避这风吹，我们还是用幌盖着身子。用舌头舐舐嘴唇时，有点盐味，我们知道海已经是很近的了。不久我们的眼中，映着了时隐时现的强烈的火光。那就是灯塔，我们已经到了目的地了。

李顺羁住了马，慢慢地走到了横路，吩咐我们抓住缰绳，在那里等他。他自己却去看哥哥的船有没有开出去。

我自己说出来吧，从李顺去了后，只存了我们时的那一刻时间，却像无限的长。我和马撒都噤不出声。我们听见了岸上的波涛声随着风的加强，越加单调地凶起来了。而且我们的感情也越加兴奋。马撒也像我一样地抖着。马撒细声说："那是因为天冷。"但这决不是因为天冷的原故吧。

等得不耐烦的当儿，从李顺走去的那方向听到了脚步声。无疑地是李顺回来的了，我的运命就在这瞬间决定啊！

李顺不是一个人。渐渐走近时，尚有一位穿着厚油布的大衣，带着羊毛帽子的男子。

"这是我的哥哥。"李顺说。

"幸而还在等着潮水，所以他自己跑来接你们，那么，我就在这里分手吧。我不能让多人知道我到这里来的。"

我重新想对李顺道谢，但是他还是阻止了我，紧握着我的手说："那话不要再说了。大家互相帮忙，那是当然的。世间是轮流着的，以后再会吧。我只要想到自己为了马撒出过一点力，心里就高兴了。"

我和李顺话别，偕马撒跟着李顺的哥哥走了。我们穿过了几条寂静的小路，到了海岸的码头，海里吹来的急风，扑面吹来，几乎使我们不能出气。

李顺的哥哥不做声，指了指停在码头旁的一艘单樯的帆船。五六分钟后，我们上了那船的船梯，船长——李顺的哥哥立刻引我们到一间小船室里，他像李顺一样的语调说："还要再等两个钟头才开船。在没有关船之前你们不要做声。噪了起来时，恐怕要引起人家的注意就讨厌了。"

　　船长将船室锁起来出去了。我们似乎真的坐上了大船一样。马撒等到看不见船长的影子时，突然抱住了我和我接吻，那时候他已经不会发抖了。

李
顺

"白鸟"的行踪

船暂时没有声音像睡着了一般地横躺着。我们只听到风打樯头的声，和击着船底的波涛声。过一会才听见了甲板热闹起来，绳子落水的声，滑车的声，卷锁链的声，扬帆的辘轳声等等的杂音。

听见舵动时，船就向左倾下振动了。船现在是动身了！我们安安全全遇救了。

船最初是间隔着慢慢摇动的，可是因为，太大了，不久就动得越加厉害起来。

"可怜的马撒！"我执住了马撒的手说。

"我无论怎么样晕眩，也不打紧。只要你逃得脱就好了。在未乘船前，我早就知道是这样的了。在马车上时，我便觉得大树的树梢在摇动，所以我想，若是坐上了船时，一切的东西，一定会舞起来吧。现在真的东西舞了起来啊。"

这时候有人来给我们开门。

"已经出了海了，再不怕有人追来的了。想到甲板上去就上去好了。"

那是李顺的哥哥。

"怎么样才不会晕船呢？"马撒问他说。

"睡着最好。"

"谢谢你，那么我就睡在这里。"

马撒躺了下去。

"我就叫茶房拿个铜盆或是什么东西来,你这样忍着好了。"

我想留在马撒的身边,但是他总不答应。

"你用不着守住我。没有什么关系。你已经逃脱了,我虽然晕了船,但是从没有这样欢喜过。"

我到甲板上去看一看,因为了船的倾斜和强风,我不能站得住,只好抓住帆索,下一只脚。面前是深夜的黑暗,辨不出一点东西。只有在那像铺着起泡的白布一般的大波涛中,一只孤单的小船笔直冲去。时常倾得似乎就翻下去,然而又决不会颠覆。慢慢地再起来,乘着了背后追来的西风,突破巨浪,像矢一样地前进。

我回头望了陆地的那一角港内的火光,在水蒸气浓密的黑暗中,比春夜的星星还要模糊。在眺望之中,那火光也渐渐地一个一个地熄了,我心里怀着遇救的快乐,向英国道别了。

"假使这风是这样吹时,黄昏就可到法国了。再没有比这'月蚀'号这么样快的帆船的。"李顺的哥哥自夸地说。

"还非得在海中再过一天,呀,可怜的马撒!而且他说晕船也欢喜啊……"

天亮了,风还是一样地吹着。时间总算渐渐地过去。我往来在甲板和马撒睡着的船室中。

那天的下午,船长指着西南方说:"那是玛尔拿。"

一看是,遥远彼方的苍苍水际处,屹立着一根像白色的大柱一样的东西。

我连忙跑下甲板,到船室里向马撒报告这可喜的消息。我们已经看见法国了!

可是我们的船是到罗曼地的伊西尼起岸的,从玛尔拿到伊西尼还有很多路程。然而总之法国已经近在眼前了。以后只不过是一时的耐烦。

不一会我们的船驶进伊西尼湾了。天时已经入夜。李顺的哥哥留住我们，还在"月蚀"号过了一夜。

第二天早上，大家分手时，李顺的哥哥和我们紧握着手说："什么时候再想回英国去时，我这'月蚀'号每个礼拜二在这里出发，你们不要客气来找我好了。"

对于他这亲切的提议，我们再不想有机会来接受。马撒和我各有各人的理由，不愿意再随便渡过这海峡了。

我们的行李，只有各人的乐器，除了随身衣服之外，再无长物地跑上了法国的海岸了。我留在李顺家里的竖琴，是马撒给我带了来的。我们的背囊，却放在漆家的车子里，没有拿得来，这很使我们不便。因为衬衣、袜子、手巾等等的东西，都是放在背囊里的，尤其是我那张法国的地图，现在更是必要，而亦是放在背囊里，不曾带来。

幸而马撒节俭积下了五圆，和偕李顺赚来的分了十一圆也放在马撒处，所以我们总共还有十六圆的现钱。这在我们当然是大宗的款项了。马撒本来想将我们的分额，送给李顺当为代我们奔走预备的谢礼的，但是李顺却说，做事是为了友谊，不应该看钱做事，一个铜板也不肯收。

我们上岸后最初的公事，是先买了二个旧的背囊，二件衬衣，二双袜子，一块肥皂，一把木梳，线，钮子，和一张我们的生意中不可缺的法国地图。

实在的，我们到什么地方去呢？走哪一条路好？向哪一角走好！这是我们下了"月蚀"，走上伊西尼港时最先想起的问题。

"我不论向左走也好，向右走也好，不过我有一个希望。"马撒说。

"什么希望?"

"不论哪条河都好,我想沿着河边走,或是顺着运河去。我有我的打算。"

我不做声,马撒又接着说:"我告诉你这打算吧。亚沙患病时,他的妈妈就带他在船上,在法国中游行是吧。而且你碰见的,就在那时候。"

"但是亚沙的病已经好了啊。"

"只是好了一些吧了。是说病很重了,得了母亲的看护才得无事啦。我以为要使亚沙真的完全好,一定又是让他坐在'白鸟'上游行。所以,沿着河岸或运河走时,就有机会碰着'白鸟'。"

"不过我们又不知道'白鸟'有没有在法国。"

"'白鸟'又不能到海里去,假使在的话,一定是在法国哪。而且像'白鸟'那样的船,法国也不可多见,一定是很容易找得到的。"

"但是我们不能只顾找'白鸟',而把叶琴,丽色,泽民,亚历们忘记了。"

"一边找着'白鸟',我们不是一边还可以去访他们吗? 所以,你查查地图看这附近有没有河或运河,我们就沿着它走吧。"

我们立刻就将地图铺在道旁的草上查看,从这里去,最近的就是圣涅河。

"那么,就沿着圣涅河上去好吧。"马撒说。

"沿着圣涅河上去,就到巴黎哩。"

"到巴黎去也很好吧。"

"不很好。我听我死去了的师父说过,要找人就到巴黎去。所以假使英国的警察跟着找我时,他一定要到巴黎去。我不愿在英国逃出来,却到巴黎来被捕。那我又何苦那么样地逃出来呢。"

"你以为英国的警察会追究到这里来吗? "

“我可不知道，假使是追了来，那就倒霉了。我不愿意到巴黎去。”

“那么，不要到巴黎去也好，到了巴黎附近，我们再兜一个大圈子，又绕过巴黎的前头去，不就好了吗？我也担心着不要被喀尔从监里出了来，将我又抓去。”

“唔，是从监里出来的时候了。”

“那么，就那么样做吧。沿着圣涅河到巴黎的附近，途中又顺便问问驶船或拖船的人们，有没有看到‘白鸟’，那是法国中不多有的奇怪的船，看过了一次，就一定不会忘记的，他们一定可以告诉我们。若使谁也没有在圣涅河上看见过‘白鸟’，那么，就一定是没有到圣涅河来过，我们就到罗亚尔河，或加伦河，凡是法国中的一切的河川，一切的运河中去找，最终我们总可以碰到它无疑的。不是吗？”

我不敢反对马撒所说的。听从他的意见，决定先向圣涅河走上去看。

我们的方针既经决定，这次就有照料卡彼一下的必要。卡彼被那黄色的染料涂得太不像样了，我不觉得它就是我的卡彼。那么我们就买了一些肥皂粉，在附近的小河中，和马撒两个人拼命地洗得手腕都麻了才止。

李顺似乎是用了很好的色料和它染过的，洗也洗不褪，两个人流着汗拼命地擦，也只洗脱了一半，以后我们每遇有机会，就给它洗，这样地洗到卡彼回复了原状，我们费了六七个礼拜。

我们总算到了圣涅河，立刻就问本地的人们有没有谁看见过“白鸟”的。可是谁也没曾见过那样的船。沿着圣涅河上走，在沿岸的村镇中一定要去询问“白鸟”的踪迹。

在没有碰见过“白鸟”的人中，我们不觉已走过了巴黎，到了玛伦河和圣涅河分流的地方了。正在这里迷了方向时，我们偶然听见了的确是"白鸟"那船的消息，据说，约莫在二个月前，"白鸟号"沿着圣涅河逆航向上流驶去了。

回答我们的问话的，是一位看船的老翁。就船的构造说，就那船中有一位少年的病人说，——都和"白鸟"相符合，我们再无置疑的余地了。

当我和老头儿的问答中，马撒一个人自己在堤上跳起舞来了，而且马上又取出提琴来，像发狂的人一样地，奏起凯旋曲了。

两个月以前，那么就是离得很远的了。不过还不是半年或一年以前。远是远了一点，但还有追及的希望。我们是步行的，而且还有每日要找寻面包的重大问题，实在是不容易的事，然而我们决不愿意放弃了希望。不过只是时日的问题，这样做去时，我相信迟早总有碰到"白鸟"的日子。

"是谁说得有道理!"马撒叫了起来说。

剖开心肝来说，想要碰着"白鸟"的希望，一定比较马撒还要深。不过是因为我的性质，不愿意将自己的梦想说出来罢了。

我们用不着再逢人便问了。"白鸟"在我们的前头，我们只要沿着圣涅河上进就是了。

走到了蒙利时，罗昂河又与圣涅河合流。各方探询之后，我们知道"白鸟"还是在圣涅河。

到了蒙特罗，在这里约涅河又同圣涅河合流。这次"白鸟"却舍了圣涅河而取道约涅河。"白鸟"离开蒙特罗时，是在两个月连十日前。他们说，那青藤缠绕着的甲板上，曾有一位英国贵妇人与一位睡在床上的少年在。

我们到这里，又比最初迟了十天。只得又赶快向约涅河上追去。

我们一边赶着"白鸟"，同时渐近丽色所居的都鲁斯。我按着乱跳的心头，打开地图一看，约涅河只是圣涅河的一小支流，所以

"白鸟"当然不能直驶上去不止的。我们无论如何非得取道通到此河的两运河中之一,而这两运河中,就有一条是流过丽色的家门前的。

假使"白鸟"也选了这条运河,通过了丽色的门前,那么,丽色一定是看见了"白鸟"无疑。

我曾好几次告诉了她"白鸟"和亚沙、美丽甘夫人们的故事,所以她马上就会知道那是"白鸟",而且会欢送那亚沙和美丽甘夫人。想到这里,我的心又乱跳起来了。

我们立刻就到了第一条运河,"白鸟"还是在约涅河。我们渐明白了是到过丽色的家的运河了,我觉得只要看见了丽色,那么对于美丽甘夫人和亚沙,我们一定可以明白更详细的消息。

从前我们因为不使那从英国带来的十六圆减少,所以每因机会,就开场卖艺,可是这四五日来,只热心在追赶"白鸟"的踪迹,每天只有仰给那宝重的蓄积,也不想卖艺,只顾飞跑前进。

"喂,快走吧!"马撒一说时,我也催着他说:"快走!"。

我们早起夜息,赶赴前程。然而谁也不说疲倦。只有卡彼莫明其妙,装着奇怪的脸孔,时时望望我跟着走。

不思赚钱只顾走路,这就有点不对,所以我们自然是采取了勤俭主义。现在气候很热,马撒就说肉类不合于夏天卫生,绝对不吃,一天只吃面包和一个煮鸡蛋分做两人吃。不过水是用不着客气的,随便喝够好了。

不久我们到了丽色家前的运河了。在每个闸门处,总问起"白鸟"的消息,知道"白鸟"似乎很缓慢地在这美丽的运河中行驶,谁都看见了它,没有一个人不在说它的。

照这样看来,我们大概可以从卡特林姑母和丽色处听到很多关于"白鸟"的消息吧。

越近都鲁斯，人们越说得起劲。他们不只说船的形状。他们还说美丽甘夫人是"一位慈善的英国贵妇人"，说亚沙是"时常睡在饰满花草的回廊下的温柔的少年——不过有时他也倚在柱旁站着"。

那么，亚沙的病恐怕是好了很多吧。

我们渐近了都鲁斯。再两个钟头，再一个钟头，再十五分！

好容易才看见了前次在清秋的阳光下、偕丽色去散步的那树林。过一会，运河的闸门和卡特林姑母的房子都看得见了。

我们嘴里虽然不做声，而各人的脚步像约好了似的加快了。我们不是步行，而是飞跑了。卡彼的确是看见了丽色家了吧，它最先飞跑了去。

卡彼是去告诉丽色我们来了的事，丽色会跑出来迎接我们吧。

然而从家中出来的并非丽色。我们反而看见了一边吠唤、一边被赶了出来的卡彼。

我们莫明其妙地停了步。面面相觑，不知究竟为了什么事。我们默默地还是向前走。

卡彼回到我们身旁，此次却是畏畏缩缩地跟着了我们的背后。

家中走出了一位男子，手中挥着闸门的闸板一般的东西，向闸门那边去了。那不是丽色的姑丈。

我们担着心到了家旁一看时，一位从不曾看过的妇人在厨房里忙着做事。

"卡特林姑母不在家吗？"我试一问时，那妇人很奇怪地望着了我们，说："她不在这里了。"

"那么在什么地方呢？"

"她到埃及去了。"

我和马撒静悄悄地相觑着。卡特林姑母到埃及去了！我们从前也确曾听过埃及这句话。然而埃及这个国家，是何等的国家呢？我完全不知道。连它在什么方向都不明白。只漠然地以为它是在很远很远的海的那边的一个国家。

"丽色也到埃及去了吗?"

"丽色!"那妇人端详了我一会说,"你是那路美吗?"

"是的。"

"哦,那么,我倒要对你说几句话。那卡特林的丈夫因水难死了。"

"什么? 水难……"

"怪可怜的,他在闸门中,跌下水里去了,不凑巧偏偏那身上的衣服,钩住了船底的钉,浮不起来,就那么样的一命呜呼了。那么,卡特林又不是有钱留下的,正在莫可奈何的时候,刚巧她从前做过奶妈的那家人家,到埃及去,想要卡特林再到他们那里去,所以她就决定到埃及去了。不说为难的就是你现在找她的那丽色。然而运气这东西,真是奇怪,有一天,这运河里来了一只从未见过的漂亮的船,那船中的一位英国太太,就到卡特林的地方来访问。"

我们吃了一惊。为什么美丽甘夫人会来找寻卡特林姑母?

"那么,那位英国太太是特意来找卡特林姑母的吗?"

"她是来找路美的啊。详细的事我可不知道,听说他们在船上游来游去时,在报纸上看见了说你在什么涡鲁斯的炭坑内,做了一件好事,所以她很想看看那小孩子,写了一封信到涡鲁斯去。"

那妇人又接着说:"那么她就接到了一封回信说,路美在何处,可不知道,不过大概是到都鲁斯的这家去的。刚巧他们到了这方向,所以顺便驶进了这运河来,到卡特林的家里来找,"

"原来是这样的。"我答了一声,和马撒互相看看各人的面孔。我对于这样思念着我的美丽甘夫人,不禁油然生了感谢之念。我的眼中也充满热泪了。

但是我只担心着丽色的事，所以就追着问："丽色怎么样了呢？"

"哦，那丽色，真的没有像她那样幸福的小孩子。那位英国太太在听说了种种事情之后，就说，既然这样，丽色就让她领去，一边给那患病的小孩子做伴，一边受她的照料，卡特林是因便得便，欢喜得不得了，马上就把丽色托给了那位太太，自己到埃及去了。"

我受了深刻的感动的打击，不知所以然地呆站着。

"你知道那英国太太的行踪吗？"不像我那样失了希望的马撒问。

"大概是到法国的南部，或是瑞士去。等定了下落时，丽色就应该有消息来的，不过就现在还没有消息，似乎还没有一定的下落哩。"

我还是茫然站着，马撒转了身向那妇人说："谢谢你！老伯母。"他轻轻地从后门将我推到路上去。

"喂，走吧，开步走！"马撒快活地叫了一声，"不单是美丽甘夫人和亚沙，连丽色都可以看见哩。事势不是很可乐观吗。这就是叫做好运道来了哪。我们到现在，已经受够苦难和不幸了，就算时运到来，也不为早了吧。吉兆已经临头了，真多谢。下次有什么好事呢，总之，不说为妙。"

马撒是在做梦了。

我们一刻也不愿虚度，除了睡眠的时间，和获得面包的时间之外，我们专心向"白鸟"的背后追赶。

从罗亚尔河到中央运河，又再下沙翁河，我们结局到了里昂。在这里使我们为难的，就是不知道"白鸟"是向龙河下游到法国的南方去？或是逆向上游到瑞士去？

里昂是一个大地方，船只往来如织，人们也对于往来的船只不大注意到。"白鸟"的行踪，到这里就不明白了。我们担忧得怎么似

461

的，在河岸碰着的船夫、曳船的人、看船的人、或其他种种的人时，就一一询问，到了最后，才知道"白鸟"向龙河的上游驶去了。那么，"白鸟"是向瑞士去的了。

"从瑞士谁也不容易到法国南的意大利去。这次我满心以为交好运了：追着美丽甘夫人的背后，最后到了特里奴，可以和妹妹接吻了！"马撒失望地大叫。

呀，可怜的马撒。他为我拼命地找着美丽甘夫人和亚沙，然而我却不为他做一点事。

从里昂追着"白鸟"的背后，由龙河上前，这河从这里起，水势渐急，"白鸟"也一定不能驶得很快。在克罗斯探问时，"白鸟"只比我们先走过六个礼拜。我拿出地图来查看，我们似乎没有在到瑞士以前有能够追得到"白鸟"的希望，而且龙河是否可以通到水源的日内瓦湖去，还是疑问。假使美丽甘夫人到了瑞士去了时，我们又没有瑞士的地图。这样一来，我们就有点不放心了。

这样那样我们到了一个给龙河分开两段叫做雪雪的地方。河中架着吊桥。我们为了探听"白鸟"的去向，跑到河边去，无意中看见对岸时，我的吃惊是怎么样的啊！"白鸟"停泊在那里呢！

襁　褓

　　我跑上了吊桥，那的确是"白鸟"。不错的，那是"白鸟"，但是活像被遗弃了的船一样，没有住人的影子。用木栅一类的东西保护似的围着，停在那里，甲板上完全锁住了，回廊里没有一朵好花。

　　"怎么样了呢? 不是亚沙有什么事吗? "

　　我们脸望着脸停止脚步，心里像裂了一样的。

　　然而这不是可以踌躇的时候，壮了胆走近船旁，问了在那里碰见的一个男子。幸而他是看管"白鸟"的，马上就答复了我们的问话。

　　据他说，美丽甘夫人们，现在平安住在瑞士。"白鸟"到了这里，再驶不上去了，所以在这里离船登岸，雇了一辆四轮马车，夫人就同两位小孩子、一个女佣人乘着去了。其余的用人们，带着行李，跟着夫人之后走了。夫人到秋天再不到这里来，搭上"白鸟"，到法国的南方过冬去。

　　"太太现在住在什么地方? "马撒说。

　　"据说是在日内瓦湖边，在越比越的附近租了房子，不过实在的情形却不晓得。"

　　我们马上就以那越比越为目标，向瑞士国境出发。到了日内瓦时，就买一张瑞士的地图吧。只要有一张地图入手，到什么地方都不怕了。美丽甘夫人既然已住定了乡间的别墅，我们可以不必像从前那样子紧赶，只要找到那地方就得了。想到这里，我们的胆子就壮了不少。

　　离开了雪雪五天后，我们已到了越比越的附近，刚巧是到得好，因为我们的袋里只有七个铜板，鞋底也都走穿了呢，瞩目一望，从绿荫的日内瓦湖畔，直到那背后的碧绿的山，无数的漂亮的庄子并立着。大概这些庄子之中，就有一家是美丽甘夫人带着亚沙和丽色住在那里的吧。我们只要找得着那家就好了。

然而到来一看，觉得越比越不是一个小村落。这是一个繁华的地方，是比普通的村镇要大得多的大都会。我们最初以为只要简单地询问那带了一位身体不自由的男孩子和一位哑巴的女孩子的英国贵妇人，就可以知道了，谁知这完全是不知实际的空想。走近看见那沿着湖边的郊外，差不多完全是住了英国人和美国人，恰呈了伦敦附近的别墅的光景一样。

那么，为要知道美丽甘夫人的住家，我们只好一家一家地去询问这镇里和附近的庄子。但是这在我们也不算什么困难的事，在越比越这地方奏着乐器寻遍就好了。

只花一天，我们转完了这市镇，得了不少的收入。在想买母牛和洋图图的那时节，每当收入倍增的夜里，我们便感到了无上的幸福，但是现在跋涉奔波，却不是为了金钱，就是赚到了银钱，那又算得什么？走遍了全越比越，还不能得到关于美丽甘夫人的线索的我们，那夜里却只有疲劳烦累，钻入被窝里。

第二天，我们又到越比越的郊外去寻访。没有一定的目标，随足所自，遇着别墅式的房子，不管它窗子有没有开，我们一定在外边奏起音乐来。从湖畔到山脚，从山脚到湖畔，往还不知多少次，而且在行人当中，一看有亲切的面孔的人，就向他询问。然而一切只是徒劳而已。有人说大概是住在山顶上的别墅的，又有人说恐怕是住在湖畔的英国妇人。跑了去看时，却都是弄错了。这天也走得全身疲倦，回到家里来，然而我们决不失望。今天寻不到等明天，明天寻不到等后天，我们总是怀着新的勇气出去。

　　我们有时向两侧围着高屏的街上走，有时踱过了葡萄园或果树园中间的小径。而且屡屡走过了在那大栗树繁茂的叶子、遮蔽了苍空和阳光之下、生着了美丽的天鹅绒一般的青苔的通路。

　　在这样的小径或道路的左右，每五步或十步之间，排着绮丽的铁格子门，或木造的风雅的柴门。从这些门望进去，有铺着细砂的花园中的小路，这小路在种满了修整的常青树和花草的碧绿的草地上，像蛇一般蜿蜒着，直到了尽头处，就是极尽繁华的漂亮房子，或是攀绕着藤蔓的乡村式的风雅的房子。而且无论哪一家，都从建筑上的设计，使住在这里的人，可以从树木之间，看见那淡紫色的阿尔比士山，和翡翠一般的日内瓦湖。

　　这些连花园的别墅，屡屡使我们失望。因为花园太大的原故，所以从门外到家里的距离很远，以致我们的演奏不容易传到屋子里去。因为要使屋子里的人听得见，我们就只有尽力弹唱，那么，夜里一回到家时，我们的疲劳，真是不可形容的了。

　　有一天的午后，我们在这样的街上伴着合奏。我们面前的铁格子门是开着了的，可以看见里面的花园。我们的背后是土壁。我们当初没有注意到这土壁，背向着它，只顾对着门弹奏。因为很久没有效力，我们就想走开到别的地方去，不过还有一点留恋，我自己一个人提高了嗓子唱起那秘藏的"拿破里之歌"。当我唱完了第一节，正想移到第二节的当儿，突然从我们的背后——从那土壁中，听见有人在唱我正要唱的"拿破里之歌"的第二节的歌声。那歌声很微弱，不类普通的声音，然而节拍却一点也不错误。

　　我和马撒是多么惊骇呢！我想不到这广阔的世界上，竟有人知道我的"拿破里之歌"，而且能那样唱得出来的。然而土壁内现在正是那么样地歌着。

　　"不会是亚沙吗？"马撒说。

然而这的确不是亚沙的声音。亚沙的声音，我一听就明白了。

卡彼一听见了声音，突然发出喜悦的吠声，总是向那土壁乱跳。

我忘记了后，向土壁中叫起来。

"是谁呀？刚才在唱歌的？"

同时壁内也有同样的唤声："路美？"

马撒和我面对着面看着，莫明其妙。

我和马撒呆呆地对看的时候，我忽然看见了土壁的一端，矮篱笆的那边，有一块白帕子挥动。我马上向那里跑去。

只看见了帕子，我还不知道是谁在挥动。等到了那篱笆前，我才明白了那帕子的主人——是谁呢？那就是丽色啊！

毕竟我们找到丽色了。那么亚沙和美丽甘夫人也住在这土壁中的别墅内吧。

但是那唱的是谁呢？这是我们看见了丽色时发出来的疑问。

"是我。"丽色答。

丽色会唱歌，丽色会说话啦！我似乎不相信自己的耳朵，吃了一大惊，睁圆着眼睛说："呀！丽色会说话了！什么时候开始的？"

丽色的舌头还不能十分灵转地说："就是现在！"

"什么，就是现在？！"

我从前时常听见说，丽色有一天会说话，大概是在她有什么很动心的事时，就会说话的这一类的话。但是我不相信那是可能的事呢！

然而现在，那就成事实了。她现在听了我的歌声，又发现了她以为永久失去了的路美，那激烈的感情，遂使这奇迹实现了。这一半是因为"拿破里之歌"的原故。我的"拿破里之歌"，很能够感动，她再也不会听得厌烦，也没有一回听后不为下泪的。在亚根的家里时，她早就表示了假使她只要能开口说话，她一定会唱那歌的了。这样有深因缘的"拿破里之歌"，遂使她在不知不觉之中，随口唱了出来，而成了会说话的动机。

我也感动非常，紧抓住了篱笆呆立着，不过这不是发痴的时节，所以我整一整心绪，问丽色说："美丽甘夫人和亚沙，在哪里？"

丽色想要答我的这问话，动了动嘴唇，不过一遇到繁复的言语，她还不能够说，很烦躁地甩手势和眼色，向我指指花园的那边，树下的小径处。因为离得远，不能看得清楚，不过我也辨出亚沙躺在一个仆人推着的车上，母亲是跟在背后的了。我不自知地伸长脖子，只顾望着时，忽然从母亲的背后，现出一位绅士——美丽甘·克森的影子来了，我不觉倒退了几步。我忘记了克森还不认得马撒的事，叫他也赶快藏了起来。

这瞬间的惊愕一过去，我立刻就想到了丽色莫明其妙地还站在那里，偷偷地走近篱笆说：

"我们是因为看见了那位克森藏起来的。因为假使我们给他看见时，就会被赶回英国去的。"

丽色似乎很吃惊地举起了双手，我又对她说："不要动。不要对人提起我们来了的事……明天早上九点钟，我们再到这里来，你也一个人到这里来吧。你到那边去好了。"

丽色还是踌躇不决，我就催她说："快点去吧，要不然恐怕不知道要惹出怎么大的事情来，也未可知。"

我们说完这句话，就躲在土壁下，偷偷地走进了那边葡萄园茂盛的地方。

在那里我们才放了心，马撒便对我说："我不能像你那样的，等到明天。克森那家伙说不定今夜就会将亚沙杀死。我想我自己一个人，马上就跑去看美丽甘夫人，将我所知道的事完全告诉了她。克森一点也不认得我，所以就算给他看见了，也决不会累及你的……那么美丽甘夫人就会指示我们应该怎么做好吧。"

我以为马撒所说的话，也有道理，马上就表示同意，叫他到美丽甘夫人的地方去，我呢，在那边看得见的绿叶荫郁的栗树下等候。假使万一克森会到那路上来时，我也可以躲在树干后的。

我跑到了那栗树下，躺在铺了毛毡一样的青苔上，一刻千秋似的等着马撒。

尽等马撒也还不来，我以为马撒或者弄错了地方，找不到，自己跑回家里去了，也说不定，这时候我忽然看见马撒伴着美丽甘夫人一块儿走了来。

我赶快跑到夫人的面前。拿起夫人伸出来的手来接吻。那么，夫人将我抱在两腕中间，弯着腰温柔地亲热地向我的额上接吻。

夫人给我接吻的，这是第二次。不过第一次——在"白鸟"上分别时，她却没有像这次将我抱得那么样紧。

"多么可怜的孩子！"夫人用那雪白秀丽的手指，抓分着我的头发，含泪的眼睛，看了我好一会之后，口里喃喃地说："……呀……不错的……"她说后又叹了一口气。

这句话是夫人对她自己说的，我一点也不明白她的意思。我只感到了夫人温柔的爱情和那满含着亲爱之情的眼光，使我尝到切身的幸福。除此之外，我没有想到其他的余暇了。

夫人还是凝看着我说："路美，刚才你的伙伴告诉我的那事，实在是可怕得非凡的，我还要你亲口告诉我一下。你把你在漆姓的家里所知道的，和克森来时的情形，详详细细告诉我吧。克森不在这里，你用不着担心了。"

我将她所问的事，简约地说了。尤其是将克森来时的情形，详详细细不遗不漏地说了。夫人时时对于紧要的地方，就向后质问或是反问,从来我的说话并没有有人这样注意来听的。说话中间,夫人的眼睛也从没有离开过我的脸上。

我的话说完后,夫人还是默默地看了我好一会,才又开口说:"这事对于你我,都是很要紧的,我们应该注意之上更加注意,慎重从事才好。我马上就去找一个可以指导我们的人来,和他商量,在这期间,你们……你是亚沙的朋友,而且……"夫人说到这里,有点踌躇,"我当你是亚沙的兄弟一样的……从今天起,不止你自己,连你的同伴的这小孩子,都非得停止你们悲惨的生活不可。等过两个钟头后,你们就到亚尔布士旅馆去好了。我马上就派人去定房间,我们明天在那里会面。今天我不能再和你们细谈了。"

夫人这样说时,又向我接吻,和马撤握手,然后快步离开栗树去了。

等到看不见夫人的影子时,我对着马撤说:"你到底对夫人说了什么说?"

"我说了夫人现在对你说的,还有种种的话!真是慈善的夫人!我再没有看见过这样好的夫人!"

"种种的话,是什么话?"

马撤含笑说:"种种的话就是种种的话啦……但是我不能说出来。"

马撤这样说时,他就真的不会再说的,所以我就转了话头说:"你看见亚沙吗!"

"我远远地望见了他。然而我也知道他是温柔的小孩子。"

我不知道马撤对夫人说了些什么话,心里越急,又催促他了。然而无论如何,马撤总想避开我的质问,要不然就是说些不关痛痒的事。

我只得断念,不再去问他,而说到别的事去,藉以消磨时间,不久到了指定的时刻,我们就向亚尔布士旅馆走去。这是这方面林立的漂亮的旅馆之一,我们做梦也梦不到会住在这样奢侈的旅馆。我们正自惭服装之不整，然而旅馆的人们却没有看不起的样子，穿着燕尾服、带了白领结的茶房殷勤地将我们带到了房间里。

我们的房间之漂亮！从装饰至窗帘地毡，无不尽善尽美，其中还有雪白的柔软的两张睡床并排着。推开窗子就是凉台，朝下一望，蔚蓝澄清的湖水中，浮着张了翼的鸟一样的帆船，白鸟也像绘画样地浮在水上，阿尔比士山的紫色的影子浸在湖面。我们只有疑心世界到底有这样好的景色的地方吗？

饱餐了这秀丽的风景之后，我们才走进房里来，马上那穿了燕尾服的茶房，又直立着不动，问我们晚餐时所要的菜色了。

"蒸饼有吗？"马撒说。

"是，各种蒸饼都有。"

"那么，将各种的蒸饼都拿来吧。"

茶房立正着，无论我们说的多可笑的话，他总是丝毫不动地立着。

"几种都拿来吗？"

"是的。"马撒很大方地答。

"还有肉类，烧禽，野菜等类的菜品，要拿什么来？"

马撒圆眼睛，一点也不畏缩，大大方方，命了很多的菜品。

"就这样够了吗？"

"唔，够了。"

茶房致了一礼，向后转，走出去了。

马撒喜容满面地说："喂，这里的菜，一定比那漆家的好吧！"

第二天美丽甘夫人带了裁缝师父和卖衬衣的人来了。据夫人说，丽色拼命地在学说话，现在可以向人寒暄得几句了。一个钟头后，夫人还是和我接吻，和马撒握了手后回去了。

夫人这样地接着来了四天。每次来时，她那对我的温柔慈爱即随之增加，不过还是似乎心中尚有所隐藏的。

第五天，那一位我从前在"白鸟"上认识了她的女用人，坐了一部两只马拉的马车来接我们。我们的服装也完全改变了。马车中的路途很短。因为我满心抱着狂人一样的空想，正在做着好梦啦。我们马上被带到华丽的客厅里，在那里夫人和睡在长椅上的亚沙，还有丽色都在等待着我们。

我们一踏进去，亚沙就伸长两手向我，我走了近去，抱住了他和他接吻。我又抱着了丽色接吻。然后夫人亲热地吻了我说："你仍旧同从前一样的身份了。"

我不明白这是什么意思，望着夫人时，夫人也不向我说明，只站了起来，推开别的房间的房门。在那里宝莲妈妈——真真正正的斜巴陇的宝莲妈妈抱着了婴孩的襁褓，白外套，花边的帽子，鞋子等类的东西，站在那里。

我也等不及宝莲妈妈将这些东西放到桌上，就跳到她的身上，投在她的怀里和她接吻。这时候我听见夫人唤了女用人，吩咐她些什么，大概是去唤克森的声音，所以我马上面色变青了，可是夫人却温柔对我说："不，不要害怕，你到我的身旁来，握着我的手好了。"

这时候，客厅的正门开了，那露出尖锐的牙齿含着微笑的克森进来了。但是他看了我一眼时，那微笑突然变成皱眉蹙额的面孔了。

美丽甘夫人不等他开口，就说："我请了你来，并不为别的，"夫人的声音带抖，然而很镇静地说，"做婴孩时被偷了的我的大儿子，现在才找到了，所以我想叫他见见你。"

夫人紧握着我的手，接着说："这小孩子就是的，可是你也想是早已知道了吧。因为在偷了这小孩子的人的家中，你已经是检查过他的身体的。"

"到底这是什么一回事……"克森还想装做不知，但是面色已经完全变了。

"那男子做了贼，去偷教堂的东西，现在被关在英国的狱中，他已经把这件事完全自首了。这里有证明此事的证书。他自己说明怎么样偷这小孩子，怎么样把他丢在巴黎的伤兵院前，怎么样为了隐藏证据，把襁褓的徽章剪了，——都说出来了。这里是那襁褓。拾了这小孩子养育了他的慈善的妇人，将这些东西保留了起来。请你拿来看看，这证明书也请你读一读。"

克森像石像一样地动也不动站了一会，我以为他是在想怎么样将我们这些人一块儿扼杀的了，但是他突然向着门口走去，一手执着开门的把手，回头看着这边说：

"这小孩子是不是真的，你有一天会知道就是了。"

美丽甘夫人——这次我可以唤她作妈妈了——镇静地说："随便你到法庭去起诉好了。但是我不愿意去和逝世了的丈夫的兄弟打官司，就算他做了坏事。这层也请你明白。"

门关起来了，我的叔父的影子不见了时，我伸开两手，向我的妈妈扑去。妈妈也伸开两手，抱住了我。我们两人同时互相亲吻了。

我们的感动渐渐冷静时，马撒走近了我，含笑说："你告诉妈妈，我给你守了秘密的事。"

"那么你早就晓得了一切吗？"

回答我这质问的，是我的妈妈。

"是的，马撒早就察觉你是我的儿子了。但是太早就说了出来，恐怕后来或者有什么错误处，反为不妙，所以在没有探齐证据之前，我就叫马撒要严守秘密。详细的事，待我慢慢再告诉你。总之你比亚沙早一年出世，养了六个月后，就给人偷了去，一直到现在没有下落。现在又是这样回来了，以后我们二人决不会再分开的了。不但我们，就连你不幸时的朋友……"妈妈指着马撒和丽色说，"这两个人也是我们一辈子离不开的朋友。"

十年后

若干年的幸福的日子，像飞矢一般地过去了。

现在我们是住在我们先祖传下的"美丽甘庄园"里了。

在浊世间的荒波里漂流，受了薄情的命运翻弄的苦儿——没有家的小孩子，现在才有了真心相爱的母亲和弟弟，并且还有享名的家声和遗下巨万的财产的先祖。

若干的夜晚，在农人的破草房里，在牛马栏里，并且屡屡在星光之下经过了的悲惨的小孩子，又有谁会想到那就是有来历的"美丽甘庄"的历史的古城——时时有带路的人引了好奇的旅客到来的这古城——的承继人呢。

这"美丽甘庄园"是在十年前，我和我的亲爱的朋友马撒得了马戏师父李顺之救助，在他的哥哥的船上逃出来的港的西岸约二十里的地方。

我现在是和母亲，弟弟，妻，同住在这城中。

自从我们定居在这里以来的六个月中，我常是在家里书房中过日子。每日关在这保存着很多关于美丽甘一家的日记，财产目录，证书，记录等的书房里，并非为了想查这一家的记录或其他的东西。我是来这里仆在先祖传下来的古旧的大书台上，展开纸来记述冒险的事呢。

我等到在我的长子——小马撒举行洗礼的时候，利用这时机，想将我不幸时的旧友全部请到这美丽甘庄园来，将他们都在内的冒险的记录，当作我的感谢的纪念物，送给他们，所以将零碎写成的东西，都付之石版印刷商人之手印了出来，今天我正是等着将这自作的自传送给我的宾客们。

这聚会不但来宾多不明内容，就是我的妻子也不知道。我的妻子并不知今天可以会见她的父亲、姐姐、兄弟、姑母。只有我的母亲和弟弟却与我共此秘密。那么，一切的宾客，各不相知，而会合在这美丽甘庄园中，过此一夜。我呢，在一堂之中，看到了我不幸之日的旧友全部了。

只因在这聚会之中，缺了一人，这就是我无限的痛恨。然而就算积起千千万万的宝贝，也不能使死者复生。可怜的李士老人！眷怀的师父！到那一世我才得听到你亲口说的那熟耳之音"小孩子们，开步走！"呢！然而将你的白骨，移到了巴黎的蒙巴尔那斯墓地里，又为你建了你的前身——名振全欧洲的歌人卡尔·罗巴尔提尼的半身铜像，纪念你的永远，也就是报你厚恩于万一了。那铜像的模型，现在正是安置在这美丽甘庄园内。

我在你的像上提起了笔，时时仰望着你忆起了旧事而动笔。今日宾客的列席者当中，我也应该先乞你的降临。呀，我永世勿忘的恩师！我之所以有今日，也是赖吾师的福荫。假使没有你的教训，没有你高贵的示范，我哪得有今天这日子，成为俯仰天地而不愧的独立独行的人呢！呀！真的使我眷眷不能忘的吾师！今天的席上，没有吾师的光临，是多么痛恨的一回事啊！

然而现在母亲在挂满先祖的肖像的回廊那边走来了。母亲的那富有品格的充满温柔和慈善的面容，比在"白鸟"上时，没有半点差异，不过那时候永罩在她面上的忧愁的面纱，都无踪无迹了。

现在母亲倚在亚沙的腕中了。因为亚沙已经不是得母亲的扶持才可起立的当年的亚沙了。他现在不论狩猎，不论划艇，乘马，都已成了一位完全的运动家了。他自从离开了叔父的毒手之后，元气恢复，成了一位见人无愧的青年了。

在母亲的背后，跟着一位穿了法国乡村式的服装的老婆婆，老婆婆的腕上，抱着一个包在白外套中，刚出世不久的婴儿。这年老的妇人，就是斜巴陇的宝莲妈妈，抱着的婴儿，就是我的儿子小马撒。

我找到了母亲的当初，就想唤宝莲妈妈来我们家里，但是她不答应。她说："路美，你的心情我真欢喜，但是我现在不是可以到你的母亲身旁去的日子。你今后非得要进学校，拼命用功不可，否则我就是到了你那里，也是无所用处。不过我们也不是一辈子再不会见面的，等到你长大成人时，你就会讨一位好媳妇吧。那么，你们就会养小孩子。假使那时我还活着，而你又愿意的话，我就来给你们抱小孩子，我不能像养你那样时做奶妈，不过看小孩子是做得到的。而且年纪大了的人，可以不用多睡觉，所以决不会像你那样地，让那小孩子给人家偷去。"

宝莲妈妈如愿回了斜巴陇那里去过她安逸的生活，当我的儿子快要生的时候，差人到斜巴陇去一说，她马上就答应了，离开了她的故乡，丢了惯习，遗弃了朋友，别了母牛到英国来了。

亚沙离开了母亲，将手中的《泰晤士报》放在我的桌上，问我有没有看过，我说还没有看过时，她就指着报中的一栏给我看，那是维也纳的通信："诸君不久就可在伦敦看见音乐界的天才马撒君吧。他在当地维也纳的成功虽然不少，但英国的招待，也难以推辞，故他定于一两日内离开维也纳向伦敦出发。他不仅是一位具有伟大的威力和可惊的创造技能的音乐家，同时他是现代首屈一指的大作曲家。总之，他是提琴界的肖邦。"

我不用借这通信才知道当年的街头艺人、我的伙伴我的弟子的马撒，现在成了大艺术家。我和亚沙和他三人受了教师的监督，在一块儿念书的时候，他的拉丁文和希腊文的进步，是极其缓慢的，不过我的母亲选给我们的那音乐教师，却为了他的进步而咋舌。蒙特的理发师兼音乐先生甘特拉先生的预言，果然的中，现在已经成为事实，而且彰彰在人眼中了。然而《泰晤士报》的维也纳通信，使我感到了我也和受维也纳人士喝采的本人一样的夸耀和幸福。马撒永远是我的朋友，我的兄弟。不，宁可说是我的手足。正像我的幸福就是他的幸福一样，他的胜利也就是我的胜利。

正在读完《泰晤士报》时，仆人拿了一封电报来。那正是马撒打了来的——他现在刚到了英国。大约是四点十分到斯其达火车站，而且从维也纳出发时，顺路过巴黎，将他的妹妹沙丽也带了来，所以要我们派马车去接他。

我把这电报给亚沙看，对他说马撒带了沙丽来的话时，亚沙的面孔泛了红晕。亚沙是爱上了现在在巴黎受了高尚的教育、变成绝世丽人的沙丽了。

"哥哥，我去接他们好吧。"亚沙有点难为情似的说。

"当然好的！"我说。

已经是时候了，亚沙就去预备马车。

差不多同时踏进来的，是我的妻子。我的妻子是谁，想诸君早已猜到了吧。那就是可怜的花匠亚根的小女儿丽色。丽色已经不是哑巴了。她在我的母亲的膝下，受了十年间的教育，现在成了一位品性优良的淑女了。而且那美丽，更是逐年加艳。最初我向母亲要丽色时，感到了很大的困难。那就是因为身家的不相称，亲戚们都极力反对，好像我讨了丽色时，就有非和他们绝缘不可的形势。然而也有一部分的亲戚，却知道了丽色的品格和她的温柔处，向我表同意的。幸而我母亲极力做我的后盾，所以结婚能够平安地实行，造成了一个幸福的家庭。

妻子走近了我的身旁说:"什么事情呢,大家都在窃窃私议的……而且亚沙也不说话就到火车站去,玛特火车站也派了马车去,到底是什么事情呢? 你告诉我好吧。"

我和母亲笑了起来,但是没有回答她。那么丽色就抱住了母亲的脖子,温柔地接了一个吻说:"妈妈,你也和他们在一伙,那我就不用担心,不过我也想快点知道个明白啊。"

时间刻刻前进,到玛特车站接丽色的家族的马车差不多就要到。那么,我就和我的妻子开玩笑,拿了船上用的望远镜,向着山麓的那方说:"你试看看这望远镜,那么,你的好奇心就会满足了。"

然而映在妻的眼里的,只有雪白的蜿蜒的街道。

那么,我就取回了望远镜,拿到自己的眼前,说:"怎么,你看不见吗? 我看海的那边的法国,看得很清楚。一个灰色头发的老头子,正在催促着两个妇人。老人就是你的爸爸,两位妇人,一位是卡特林姑母,一位是叶琴。卡特林姑母也增了年纪了,哦,他们三人都坐上马车了。他们到哪里去呢? 或许是到法国来的吗? 真不凑巧,浓雾罩起来,看不见。让我看看那边吧……哦,有只大轮船驶来了。甲板上有一位男子,他现在是从亚马逊方面去采取植物回来的,他还拿了欧洲人不曾看过的花。这男子最初的纪行文,大引起了人家的注意,所以只要说到植物学者泽民,就有不少的人晓得他。他似乎正在着急不要搭不上船,可以去看他的妹妹和家族。"

我又将眼镜转向别处,口中说:"哦,这次连话声都听得着了。一位是七十来岁的老人,一位男子的年纪尚轻。他们现在车中谈着话,'这次旅行真愉快啊,亚历。''真是愉快,先生。''你当然更觉得愉快吧。你不单可以和路美握手,而且还可以看见你的家人们……总之,看了路美之后,再去看看英国的炭坑,图谋改良涡鲁斯的炭坑，但是伯父因了害病，不能够来，这就是很可惜的。'他们正谈着这些话呢。"

我还想再说下去时，丽色突然两手抱住了我的头，说："假使真的这样，我不知怎么欢喜呢。"

"假使你欢喜，那就应该谢谢母亲。这都是母亲的好意……你要再让我讲下去，我还要告诉你那成了有名的把戏师父的李顺，和他的哥哥来了的事呢。"

谈笑之间，马车的声音，渐走渐近了。我们赶快走近窗际，在最先的四轮车中，丽色看见了父亲、姑母和姐姐，两个兄弟。亚历的旁边，坐了一位银发弯腰的老人，那就是"教馆先生"。从反向侧面走近来的马车中，马撒和沙丽来了，两人挥着手和我们招呼。马撒的马车的后面，还来了一部马车。那是完全变成了绅士的李顺自己驾了来的。那和从前丝毫不异的他的哥哥船夫也坐在车上。

我们走下门前的石阶，去迎接他们。

不一刻大家都坐在一桌上，开了欢乐的夜宴。我们都谈起了过去的旧事。

马撒还说了他在赌场中看见了克森的事。那么李顺又说起漆德兴一家的消息。据他说，德兴以后又犯了重罪，处了流刑。他的妻子也因一夜喝醉了，倒在火炉上烧死了。金佐和杰克也犯了罪，跟他们的爸爸入狱了。家里现在只剩了那老而不死的祖父，和那最小的姑娘。因为祖父还有一点蓄积，所以还能够养着孙女安逸地过活。

饭后马撒把我唤到窗边说："我有一个计划。我们在过漂泊生活中，奏了很多次的音乐，但是对于我们爱好的人们，我们还没有奏给他们听过。今天是很希罕的旧友的会合，我们两个人做一次纪念的合奏不好吗？"

我马上就表示同意，说："我愿意唱一曲'拿破里之歌'吧，使丽色开口说话的也是那首歌哩。"

我们将藏在漂亮的箱子中的家宝——各人的乐器取出来。但是那提琴是价不值一文的东西，竖琴也是古旧不堪的乐器了。

人们将我们围成一个圈子。这时候一匹老耄的白狗跑了来。那就是老卡彼。卡彼现在虽然聋了，可是眼睛还好，它静静地睡在垫褥上，一看见了旧友的竖琴就忆起旧情，蹒蹒跚跚离开垫褥跑了来。

我们且弹且唱。卡彼衔了盘子，摇摇摆摆在"老爷贵客"的面前转来转去，那么，各人就丢了多少入盘里。卡彼似为了那收入吃了一惊，拿到我的面前来。实在地，卡彼得到这样的收入，这是第一次，盘内有的都是金币和银币，算一算共有六十多块钱。

我照例和卡彼接了吻，我小孩子时的不幸的记忆，使我想起了一个计划。

那就是将这六十多块钱来做基本金，设立一个保护在街路上漂泊的年轻的艺人的机关，不敷的款项，就由我的母亲支出来。

马撒吻着我母亲的手说："我愿意尽点微力，来帮助路美的计划。假使你允许我的话，我将此次在伦敦音乐会的收入，添上卡彼现在的所得。"

我的记录已经完了，马撒却为我加唱了一曲"拿破里之歌"。

全书完

这部《苦儿流浪记》，充满着爱的情素，迅电般地会摄引读者整颗的心。

徐晋

1933.3.14

图书在版编目（CIP）数据

苦儿流浪记 / （法）埃克多·马洛著；章衣萍，林
雪清译. -- 武汉：长江文艺出版社，2017.1（2024.7 重印）

ISBN 978-7-5354-9018-6

Ⅰ.①苦… Ⅱ.①埃… ②章… ③林… Ⅲ.①儿童小
说－长篇小说－法国－近代 Ⅳ.①I565.84

中国版本图书馆 CIP 数据核字(2016)第 187319 号

责任编辑：杜东辉　　　　　　　责任校对：毛季慧
封面设计：博悦阁　　　　　　　责任印制：邱　莉　　胡丽平

出版：　长江出版传媒 | 长江文艺出版社

地址：武汉市雄楚大街 268 号　　　　邮编：430070
发行：长江文艺出版社
电话：027—87679360
http://www.cjlap.com
印刷：湖北新华印务有限公司

开本：880 毫米×1280 毫米　　1/32　　印张：15.625
版次：2017 年 1 月第 1 版　　　2024 年 7 月第 2 次印刷
字数：303 千字

定价：88.00 元

版权所有，盗版必究（举报电话：027—87679308　　87679310）
（图书出现印装问题，本社负责调换）

收看成长课
激发你的潜能
边听故事边学道理

趣味测一测
有困难不用怕
测测你的逆境表现力

故事收音机
配套有声书
一键收听苦儿的流浪历险

AI成长伙伴
7×24小时对话
把你的心事说给我听

扫码启程

和路美一起成长